全新彩色版

金敬梅 主编

中华文史大观

史记故事

上

（全2册）

世界图书出版公司

目 录

本纪

世家

史 记 故 事

·目 录

史记故事·目录

　　"国学"，产生于西学东渐、文化转型的历史时期，兴起于20世纪初，鼎盛于20年代，80年代又有"寻根"热，90年代"国学"热再次掀起至今，无不是对传统文化在今日中国乃至世界多元文化中的一次次定位固基。

　　一般来说，国学指以释道儒三家学问为主干，文学艺术、戏剧音乐、武术菜肴、民俗礼仪等等为枝叶的传统中国文化体系。

　　国学以学科分，应分为哲学、史学、宗教学、文学、礼俗学、考据学、伦理学、版本学等，其中以儒家哲学为主流；以思想分，应分为先秦诸子、儒道释三家等，儒家贯穿并主导中国思想史，其他列从属地位；以《四库全书》分，应分为经、史、子、集四部，但以经、子部为重，尤倾向于经部。

　　近代学者邓实定义国学说："国学者何？一国所自有之学也。有地而人生其上，因以成国焉。有其国者有其学。学也者，学其一国之学以为国用，而自治其一国者也。……国学者，与有国以俱来，本乎地理、根之民性而不可须史离也。君子生是国则通是学，知爱其国无不知爱其学。"邓先生的国学概念很广泛，同时也强调了国学的经世致用性。

　　总的来说，国学是有别于西方学术，独具特点且自成体系的文化形态，是中国固有的文化传统、人文理念和认识方法。其博大精深之内涵，雄厚内敛之魂魄，足以令世人千百年传诵。可以说国学经典是中华文化的根基，其中蕴含着前人洞察世事的精妙哲理。学习国学可以在潜移默化中学会为人处世的方法，增强个人的文化修养，使思想在"润物细无声"中得到浸润和升华。

　　为让广大读者能够真正与国学亲密接触，我们去芜存菁，在卷帙浩繁的中华传统文化典籍中精心挑选出一系列国学经典。在尊重原著的基础上，通过释疑、修饰、考证、援引等，汇编成本套丛书，以飨读者。

　　您现在所看到的《史记故事》便是丛书之一。

　　中国文化史中的某些史学著作是后人难以超越的，司马迁的《史记》就是这样一座后人难以企及的高峰。《史记》是中国纪传体通史的开山之作，鲁迅先生对《史记》赞叹不已，誉之为"史家之绝唱，无韵之《离骚》"，对它的史学价值和文学价值推崇备至。

　　《史记》记录的历史，从传说中的黄帝开始，到汉武帝太初年间止，大约三千年。其体例为纪传体，多以人物或者家族为单位展开，故事性很强，文笔出众，是后代传记文学的先驱和样板，影响深远。

　　本部《史记故事》辑录了《史记》中脍炙人口、千古传诵的佳篇，以深入浅出、通俗易懂的故事体编撰而成。编者在每一篇故事前插入了简评，或诗词，使本书的知识含量最大化，同时，大量精美的图片，使本书呈现出丰富的文化内涵。

　　衷心地希望本系列丛书能成为广大读者的良师益友，使您在品味国学博大精深的同时，能从中汲取源源不断的智慧甘泉。

本纪

运筹帷幄，决胜千里。

《史记》是我国纪传体史书的创始之作，所谓纪传体的"纪"就是指"本纪"。纪者，记也。本其事而记之，故曰"本纪"。

《史记》共有"本纪"十二篇，以历史上的帝王为中心，上自黄帝，下至司马迁所处时代的帝王汉武帝，依次记叙了他们的言行政绩，以及各个时代的政治、经济、军事、文化、外交等方面的重大事件。"本纪"实际上就是帝王的传记，因为帝王是统理国家大事的最高首脑，为他们作传而名之曰"本纪"，正是显示天下本统之所在，使官民行事都有一定的纲纪。

"本纪"排在全书的最前头，历来被视为全书的纲，它保存了许多珍贵的历史资料，对后人了解中国历史发展有着重要的价值。

在"本纪"的写作中，司马迁本着实录的精神，在选取人物时，并不是根据其官职或社会地位，而是以其实际行为表现为标准，从客观史实出发总结出历史经验教训，反映了司马迁的唯物主义史学观和实事求是的严谨治史态度。司马迁在"本纪"中首创了以人载事的写法，着重写其"为人"，并注意其"为人"的复杂性。

就艺术特色来说，"本纪"最为突出的特点是取材慎重，剪裁适当，布局合理，详略有致，抓住重点，渲染抒情，在多数篇目中都有精彩之笔，人物真实，场面生动，感情饱满。这些具有代表性的人物故事、历史事件，使读者读后受益匪浅。

- 黄帝者，少典之子，姓公孙，名曰轩辕。生而神灵，弱而能言，幼而徇齐，长而敦敏，成而聪明。
- 夏禹，名曰文命。禹之父曰鲧，鲧之父曰帝颛顼，颛顼之父曰昌意，昌意之父曰黄帝。禹者，黄帝之玄孙而帝颛顼之孙也。
- 周后稷，名弃。其母有邰氏女，曰姜原。
- 秦之先，帝颛顼之苗裔孙曰女脩。
- 秦始皇帝者，秦庄襄王子也。……名为政，姓赵氏。年十三岁，庄襄王死，政代立为秦王。
- 项籍者，下相人也，字羽。初起时，年二十四。
- 高祖，沛丰邑中阳里人，姓刘氏，字季。
- 吕太后者，高祖微时妃也，生孝惠帝、女鲁元太后。
- 孝文皇帝，高祖中子也。高祖十一年春，已破陈豨军，定代地，立为代王，都中都。
- 孝景皇帝者，孝文之中子也。母窦太后。孝文在代时，前后有三男，及窦太后得幸，前后死，及三子更死，故孝景得立。
- 孝武皇帝者，孝景中子也。母曰王太后。

黄帝鼓励民众勤苦耕作，爱惜江湖山林和土地，收割与狩猎都要按照时令进行。他广布德政，也感动了上天，使得在他统治的很多年中，历来都是风调雨顺，天下太平。

　　黄帝，本姓公孙，名叫轩辕。他从小就不同凡响，生下来不到七十天就会说话。小时候的轩辕就心智周密，而且思维敏捷，口才出众。长大以后，性格敦厚，做事机敏，二十岁成年的时候，就已经见多识广，能明辨是非了。后来被推举为部落联盟的首领。

　　在轩辕生活的时代，神农氏的后代子孙道德衰微，各地诸侯之间经常互相征战侵略，残害百姓，但是神农氏没有能力征服他们。在这种情况下，轩辕就不得不动用军事力量，去征讨诸侯中不来进贡[1]的人，而且每战必胜，四方诸侯因此都来称臣归服。但是蚩尤最残暴，一时之间还没有谁能去征服他。

　　当时，炎帝想凌驾于诸侯之上，然而四方诸侯都来归附轩辕。轩辕就实行以德治国的政策，整顿军事，还顺应天时与地利，种植各种农作物，抚慰千千万万的民众，使他们安居乐业。另外，还教导尚武的氏族习武，来和炎帝作战，经过几番战斗之后，轩辕打败了炎帝。

　　蚩尤不服从轩辕的命令，发动叛乱。于是轩辕就向四方诸侯征集军队，与蚩尤决战，擒获并杀死了蚩尤。这样，天下平定，四方诸侯都尊崇轩辕做天子，代替神农氏，这就是黄帝。只要天下有不顺从的势力，黄帝就马上去征讨他们。这样，黄帝总是在讨伐中披荆斩棘，从来都没有安居消停过。

　　征战中，黄帝到过很多地方。往东到达了海滨，去过泰山。往西到达了崆峒，登上了鸡头山。往南到达了长江流域，登上了熊山、湘山。往北驱逐过少数民族，到过釜山。他常年迁徙往来，没有固定的住处，住地总是在军队旁边建立营房，以便自卫。官职方面，置立左右大监，监察万国。由于万国归一，所以每当到了祭祀鬼神或封官晋爵，需要仪式的时候，规模就很宏大，自古以来的帝王中，黄帝时候的规模是最大的。

　　黄帝让人推算历数，可以预知未来的气候和节令，顺应大自然的规律，预测各种变化，以便播种百谷草木，驯化各种鸟兽昆虫。黄帝的德

黄帝

政广泛传布，也感动了上天，使得在他统治的很多年中，历来都是风调雨顺，天下太平。黄帝鼓励民众勤苦耕作，教导民众爱惜江湖山林和土地，收割与狩猎都要按照时令进行，不许过度开采利用，让民众在利用大自然的时候要有所节制。

黄帝的妻子叫嫘祖。嫘祖是黄帝的正妃，生了两个儿子，一个叫玄嚣，一个叫昌意，玄嚣就是青阳。

黄帝逝世后，安葬在桥山[2]。他的孙子昌意的儿子高阳即位，这就是帝颛顼。帝颛顼逝世后，由玄嚣的孙子高辛即位，这就是帝喾。帝喾有两个儿子，一个是放勋，一个是挚。帝喾逝世后，由挚接续帝位。帝挚即位后，发现自己管理国家的能力不如弟弟，就把帝位让给了弟弟放勋，这就是帝尧。

相关链接

[1] 进贡：古代附属、附庸国等地方政权首领定期或不定期地向帝王供奉本地特
产等财物的一种形式，表示对对方的臣服。
[2] 桥山：在今陕西省黄陵县北，黄帝陵位于该山山顶，历代多有前往朝拜者。

帝尧极具天赋。他富有仁爱之心，像上天一样涵养万物。他的德行让人不得不钦佩，因而能团结天下人心。他被誉为贤明君主。

帝尧从小即极具天赋。他富有仁爱之心，像上天一样涵养万物。人们依附他，就像向日葵总是面向太阳一样。帝尧非常富有，但是并不骄奢淫逸，非常高贵却不怠慢别人。由于他的德行让人不得不钦佩，因而能团结天下人心。

他任命羲氏、和氏，推算日月星辰的运行来制定历法[1]，然后很慎重地将每年的节令告诉民众。

他先是任命羲仲，住在东方，在那里恭敬地迎接日出，管理监督春耕事务。在春分日，昼夜长短相等，黄昏时朱雀七星出现在正南方。这个时候，就该开始春耕了，民众中的老人和壮年人就要分工劳作。

再任命羲叔，居住在南方，在那里管理夏季农耕。在夏至日，白昼最长，心宿星在黄昏的时候出现在正南方，这个时候就是仲夏。这时候民众尽力耕作，鸟兽也都换上了稀疏的羽毛。

再任命和仲，住在西方，恭敬地送太阳落山，管理监督秋收事务。在秋分日，昼夜长短相等，虚突星黄昏时出现在正南方，这个时候就是仲秋了。这时候民众喜悦和乐，鸟兽的羽毛更生。

再任命和叔，居住在北方，管理收藏物畜。在冬至日，白昼最短，虚突星黄昏时出现在正南方，这个时候就是仲冬了。这时候民众都躲到屋子里居住，鸟兽都生出了细毛来御寒。

这样，一年四季都清清楚楚了。当时的一年是三百六十六天，还置设闰月来正定各年的四时。由于切实地整饬百官，所以各种事业都兴办起来了。

尧的时代，天下发洪水，于是尧问各位诸侯："现在浩浩荡荡的洪水浊浪滔天，包围了山岗，淹上了丘陵，下方的民众都非常忧愁，有谁能治理洪水？"

大家都说鲧可以。尧说："鲧的性格暴戾，不相信天神天道，摧残好人，不能用。"

诸侯们说："鲧不是这样的人，要么让他试一试，不可以用就算了。"尧于是采纳了诸侯们的意见，任用鲧治水。九年过去了，治水没有成功。

尧在位七十年后，让位给舜。舜的父亲道德败坏，是个盲人。他的母亲不讲忠信，弟弟狂傲无理，但舜都能亲和他们，使他们慢慢地朝好的方向走，不至于奸恶。当时舜还没有成家，但是名气已经很大了，于是尧把自己的两个女儿嫁给舜做妻子，通过这两个女儿来观察他的德行。

舜让尧的两个女儿在家里行使妇人之礼。尧认为舜做得很好，就让舜担任司徒的职务，来协调父子、君臣、夫妇、兄弟、朋友间的关系，使人们都能遵从这五常之教。又让舜经常参与百官事务，舜把百官事务处理得很有秩序。又让舜迎接来朝的宾客，舜不但把接待工作做的很好，而且表现得庄肃威严，诸侯和远方宾客对他都很恭敬。尧还派舜到深山和大河里去，遇到暴风雨，舜也从不迷路误事。尧认为舜有非凡的智慧，于是就让舜来继位。

舜利用各种工具来观测天象[2]、定准日月五星的实际位置，了解它们的运行规律。然后，再按照天历来安排事务，规定音律和度量衡，修正各种礼仪。舜还将全国划分成十二个州，疏浚各地的江河。把常用的刑律刻画在器物上，用流放的方法处置一些罪犯，对有触犯法律的人运用鞭刑，在学校有犯法的学生就用木棍打，另外，用金钱可以赎减刑罚。因为过失造成祸害的可以赦免，有所凭恃终不悔改的就严施刑罚。

比如说，灌兜向尧推荐共工，尧不同意，但灌兜仍然试着让共工去做事，共工果然心术不正，把事办坏了。四方诸侯推举鲧治理洪水，尧认为不能胜任，可是四方诸侯仍然勉强请求尧试用，试用的结果就是没有功效。当时，三苗氏族在江淮、荆州等地多次作乱。

舜注意到了这些情况，深思熟虑之后，向尧

进言，请求流放共工到幽陵去，来改变北狄的习俗；流放灌兜到崇山去，来改变南蛮的习俗；把三苗迁到三危去，来改变西戎的习俗；把鲧流放到羽山去，来改变东夷的习俗。结果，四个人都受到了最恰当的处罚，还为国家带来了好处。舜的这种处理国家事务的方法，使天下人都心悦诚服。

尧帝在位七十年的时候得到舜，二十年后命令舜代行天子的政事八年，尧去世了。百姓非常悲哀，就好像死的是自己的父母一样。三年时间内，全国各地都没有演奏音乐，用这样的方式表示对尧的思念。

尧在生前就知道，自己的儿子丹朱无德无能，不能把管理天下的权力交给他，于是就把帝位交给舜。因为交给舜，那么天下人都可以得到好处，只有丹朱会受到损害；可是如果交给丹朱，那么天下人就会受到损害，只有丹朱能得到好处。尧不愿损害天下人，来使自己的儿子得利，所以把管理天下的大权交给了舜。

尧逝世之后，舜守丧三年，然后把位置让给丹朱，躲起来了。可是，朝拜的诸侯不到丹朱的住地，反而来找舜；要打官司的人们也不去找丹朱，反而要去找舜；歌颂政绩的人们也不歌颂丹朱，反而来歌颂舜。舜说："这是上天的旨意啊！"于是，回到京都登上了天子之位，这就是帝舜。

帝 尧
号尧，名放勋，初封于陶，后徙于唐，故曰陶唐氏，又称唐尧，为我国原始社会后期部落联盟首领，相传在位百年。

相关链接

〔1〕历法：即根据大自然的变化规律所制定的用于判断气候变化、预示季节来临的法则，我国古代历法是劳动人民通过长期经验积累总结出来的，是伟大民族智慧的结晶。

〔2〕天象：泛指各种天文现象，如流星、彗星、日食、月食等，古人多以此为吉祥或灾难等大事将要发生的征兆。

孝顺宽厚的舜帝

舜在二十岁的时候，因孝顺闻名；三十岁的时候，尧任用他；五十岁的时候，开始代行天子的政事；五十八岁的时候，尧去世；六十一岁的时候，接替尧登上帝位。在位三十九年，继续了尧时的太平盛世，被称为"尧天舜日"。

舜[1]的出身卑微，七代以来，都是地位低微的普通百姓。

舜的父亲瞽叟，是个盲人。舜的生母早已去世，瞽叟再娶，又生下了一个儿子叫象，象很讲究享受，待人很傲慢。瞽叟偏爱后妻所生的儿子，总是想杀掉舜，但舜都躲过了；可是，只要舜有小的过错，就要受到重罚。但是，舜仍然孝顺地奉养父亲、后母和弟弟，而且越来越恭敬，一点都不敢懈怠。

舜曾在历山耕过地，在雷泽捕过鱼，在黄河边上做过瓦器，在寿丘制作过各种家用器具，在负夏乘凉时还做过生意。舜的父亲瞽叟品德败坏，母亲不讲忠信，弟弟象狂傲歹毒，都想杀掉舜。可是舜却孝顺适从，一点儿也不违背道义，他们多次想杀掉他，都找不到机会。

舜在二十岁的时候，因为孝顺父母而出了名。三十岁时，尧帝询问有没有适合做天子的人，四方诸侯都推荐舜，说只有他堪当此任。于是尧就把两个女儿嫁给舜，来观察他内在的德行；还派九个男人和他相处，来观察他的外部表现。

舜的修养很深，处世严谨而且有威严，尧的两个女儿从来不敢以公主自居，不敢拿傲慢的态度来对待舜的父母弟弟，特别讲究妇人之道。那九个男人侍奉舜，也都忠实恭敬。舜在历山耕种，历山的农人都互让田地；在雷泽捕鱼，雷泽上的渔人都互让居处；在黄河边作瓦器，黄河边出产的瓦器都不粗制滥造。短短一年时间内，舜所居处的地方就发展成了村落，两年之后，成了小镇，三年后就成了都会。

尧于是赐给舜细布衣服和琴，替舜建造粮仓，还赐给了他一些牛羊。

舜的父亲瞽叟看舜富起来了，又想杀害舜。他先是让舜爬到粮仓上去修仓顶，然后在下面放火焚烧粮仓。舜用两顶斗笠[2]护住身体，跳下粮仓，逃离火海，得以幸免于难。后来瞽叟又让舜去挖井，舜在挖井的时候偷偷地挖了一条暗道，可以从旁边的井口出去。舜把井挖得很深之后，瞽叟和象就一起往井下填土，想把舜埋在里面，可是舜却从暗道中逃了出来，脱离了险境。瞽叟和象以为舜死在井里了，非常高兴。

象和父母一起分割舜的家室财物，象说："最先出这个主意的是我。所以舜的妻子，也就是尧的两个女儿，还有一把琴，都是我象的；牛、羊、粮仓分给父母。"分完之后，象就住在舜原来的屋子里，弹奏那把分来的琴。可是舜活着回来了，让象很吃惊，也很不高兴，就假意说："我思念哥哥，正在伤心呢！"舜没有戳穿他们，而是更为恭敬地侍奉瞽叟，爱护弟弟。于是，尧就用推行五种伦理和担任各种官职来测试舜，舜把各方面都治理得很好。

在过去，社会上有十六个贤明的人才，他们的后代都很有美德。可是帝尧没有让他们担任要职。而舜给了他们职位，任用他们让他们发挥自己的特长，所有的事务都完成得很有条理，而且，成功地教化了民众，使中原的各个部族都很太平，边远地区的部族一心向往中原的教化。

在过去，有一些缺乏道德，祸害民众的家族，而尧没有除去这些患害。舜掌权之后，就把这些家族流放到四方边远地带，并用他们来抵御更加邪恶的人。这样做了以后，全国人心善良，可以说完全没有凶恶的人了。

舜进入深山老林，即使遇到狂风暴雨也不迷路误事，尧就知道舜有能力掌管整个天下。舜受到任用有二十年，然后尧才让他代行政事，代行政事八年之后，尧就去世了。舜三年丧礼结束，让位给尧的儿子丹朱，但是天下的人都归服于舜，于是舜就不得不登上帝位。

从尧帝的时代开始，禹、皋陶、契、后稷、伯夷、夔、龙、益、彭祖等人，就为天下效力，可是尧去世了，却没有给他们分配职务。于是，舜召集四方诸侯，商量怎样任用这些人。

舜问四方诸侯："有谁能统领百官，辅佐我把尧帝的事业发扬光大呢？"大家都说禹合适。于是舜让禹去平定水土。后来，舜为所有有才能的人都分配了合适的职务：让契去做司徒，教导人民遵守伦理道德；让皋陶去做狱官之长，执行各种刑罚；让垂做共工，统领工匠事务；让益去掌管山泽，管理山林百兽；让伯夷协助自己掌管天、地、人三事的礼仪；任命夔做典乐官，用诗歌舞蹈教导人民，以便通过音乐，使神与人之间达到和谐……最后，二十二个人都找到了最适合自己的位置。之后，每三年考察一次政绩，三次考察就可以决定官员的升降。

这二十二人都很有成绩。皋陶做掌管刑狱的大理，持法公平，民众顺从；伯夷主管礼仪，上上下下都表现谦让；垂主掌百工，各种手工艺都很出色；益主掌山泽，山林水泽都开发得很好；弃主掌农官，各种谷物都顺应天时，收成很好……禹的功劳最大，开通了九座大山，疏通了九处湖泊，引导了九条河流，划定了九州方界，使九州的君长各自按照相应的职分来贡奉物产。全国国土广大，纵横五千里，一直到达遥远的荒凉地带。四海之内，万国来朝，都顺从帝舜的领导。

在这样的背景下，禹创作了歌颂帝尧的乐曲《九招》，招来了各方的奇珍异物，凤凰也飞来翔舞。

普天之下清明的德政，都是从舜帝时代开始的。舜在二十岁的时候，因为孝顺闻名；三十岁的时候，被尧任用；五十岁的时候，开始代行天子的政事；五十八岁的时候，尧去世；六十一岁的时候，接替尧登上帝位。登上帝位三十九年，到南方去巡察的时候，在苍梧的郊野去世。安葬在了长江南部的九嶷山，就是零陵。舜的儿子商均无德无能，所以，舜在生前就安排禹来接替。舜逝世之后，禹守孝三年，然后让位给舜的儿子商均。可是和当初舜让位给尧的儿子一样，诸侯们都来归附禹，所以禹才登上了天子之位。

相关链接

〔1〕舜：生卒年代不可考，生于姚墟，故姓姚；国号有虞，故称有虞氏；双目重瞳，故名曰重华；字都君，史称虞舜，又称舜帝，为传说中上古圣贤帝王，我国原始社会后期部落联盟领袖。

〔2〕斗笠：古代用竹篾夹上油纸或竹叶等编织而成的帽子，一般边沿宽大，可以用来防雨或遮阳。

禹遵从舜帝的旨意，命令诸侯和百姓都行动起来，共同治水。他翻山越岭，经过之处都作出标记，以便确定治理高山大川的规划。禹不知疲倦地劳作，居住在外面十三年，三过家门而不入。终于，山脉开出了道路，河流得到疏浚，湖泊筑起了堤防，而且九州之内政令教化得到统一。

夏禹[1]的父亲叫鲧，鲧的父亲叫帝颛顼，颛顼的父亲叫昌意，昌意的父亲叫黄帝。禹，是黄帝的玄孙，也是颛顼帝的孙子。禹的曾祖父昌意和父亲鲧都没有做过皇帝，只是普通的臣民。

尧的时候，天下发大水，浊浪滔天，漫无边际，淹没了山岗和丘陵，天下民众无计可施，非常忧虑。尧听从大臣和诸侯们的建议，任用鲧治理洪水。

但是，九年过去了，洪水还是没有平息，仍然肆虐全国。这个时候，尧帝得到了舜。舜受到任用，代行天子政事，到全国各地去视察。在视察途中，他看到鲧治理洪水没有收到成效，就把鲧流放到羽山，后来鲧就死在了那里。舜又任用鲧的儿子禹，来让他继续鲧的治水大业。

禹遵从舜帝的旨意，命令诸侯和百姓都行动起来，共同治水。他翻山越岭，经过之处都作出标记，以便确定治理高山大川的规划。禹不知疲倦地劳作，居住在外面十三年，经过家门也不敢进去休息。在生活上，他不讲究自己的起居饮食，而是把所有财力和物力都用来治水。在陆地上行进的时候，他坐着车；在水路行进的时候，他驾着船；在泥滩上行进的时候，他乘着橇；在山地里行进的时候，他就穿上带铁齿的鞋。

为了测量地形，有时候运用准绳，有时候运用规矩，依靠仪器，充分利用春夏秋冬的时机，来开发九州土地，疏浚九条河道，深挖九处湖泊，测量九大山系。又命令益把稻种分发给民众，让他们可以在低地耕

○ 品画鉴宝
吕王禹（西周） 此器造型古朴端庄，纹饰洗练。

夏禹

孔聖無間虞舜傳心

澤流萬世勤惜寸陰

种。命令后稷给民众分发食品，哪里不够吃，就从其他地方调一些来。

禹巡行治水从冀州开始，然后是兖州、青州、徐州、扬州、荆州、豫州、梁州、雍州等等，所有这些地区的山川湖泊都治理得很成功。于是，九州之内，政令教化统一了，四方边远地区可以安居了，九条山脉都开出了道路，九条河流的水源也都疏浚了，九大湖泊也都筑起了堤防。

四海之内进贡的道路都通畅无阻了，各个区域的土地都要按照规定认真交纳赋税；而且，按照上、中、下九等划分的土地级别，确定好赋税的标准。

按照规定，天子直接统辖的国都以外，五百里的范围内叫作甸服[2]。一百里范围内的地区，田赋中要交纳马饲料；一百里以外二百里以内地区，要交纳谷穗；二百里以外，三百里以内的地区，要交纳带秸的谷子；三百里以外四百里以内的地区，交纳粗米；四百里以外五百里以内的地区，交纳精米。

甸服往外的五百里区域叫作侯服：一百里地区用作卿大夫的封地，往外二百里以内地区交给服侍天子的小国，再往外二百里地区分封给可以抵御外侮的诸侯国。侯服往外的区域情况各不相同，但都要服从中央。

就这样，天子的声威教化传播到了全国各地，直到四方荒远的边陲。于是舜帝赏赐给禹一块黑色宝玉，借以布告天下，让大家知道，治水已经成功，天下已经安定。

相关链接

[1] 禹：姓姒，名文命，古代涂山氏国（今安徽怀远）人，传说为继舜而立的上古帝王，因治水有功，故后人尊称他为大禹。"大"，即崇高伟大的意思。又因其国号为夏后，故又称之夏禹。

[2] 甸服：大禹所创立的赋税制度，是根据土地等级等标准来制定的，甸服为其中的一种。《国语·周语上》："夫先王之制，邦内甸服，邦外侯服，侯、卫宾服、蛮、夷要服，戎、狄荒服……"

建立夏朝

汤从监狱被桀放出来后，加紧修治自己的德政，诸侯都归附到汤的名下，于是汤就领兵来讨伐桀。汤赶走桀之后，就登临天子之位，接受天下的朝拜。于是殷商时代开始了。

舜帝上朝，禹和皋陶在舜帝面前讨论问题。

皋陶主张，只要能按照道德行事，加强自身的修养，就能使全国人民顺从，使中央的政令贯彻下去，就能使全国都兴盛发达。

可是禹不同意皋陶的观点，禹说："如果只要有道德，只要体察民情，就能够治理好国家，那还担心什么灌兜之类的恶人，还迁徙什么少数民族，还害怕什么花言巧语、善于察颜观色和谄媚的坏人呢？"

皋陶说："你说的有道理。不过，行事要以品德为引导，言论也要以品德作为依据。考验一个人的品德，要看他怎么样做事。性格宽宏大量又能严肃起来，柔和又能独立行事，厚道而且待人恭敬，办事有条理而且认真，性情柔顺却又刚毅，正直而且温和，简约却不草率，坚强果决而且作风踏实，做事勇敢而且合乎义理，如果能经常修炼这九种品德，那么就非常好。如果大夫们能每天修炼其中的三方面品德，那么就肯定会保住自己的领地。如果诸侯们能每天修炼其中的六方面品德，那么就会保住自己的封国。如果天子可以修炼九方面的品德，而且都付诸行动，那么天下就会治理得很好。你们说，我的看法能得到实施吗？"

禹这回表示同意："你的看法，只要能够施行，就能够取得成绩。"

皋陶自谦说："我没有什么才智，只是想帮助治理天下。"

舜帝对禹说："你也发表一下看法吧！"

禹拜谢说："我没有什么可说的。我只想整天努力不懈地办事。"

皋陶问禹说："怎么才叫努力不懈？"

禹说："洪水滔天，浩浩荡荡，包围了山岗，淹没了丘陵，普天下的民众都在努力治水。我在陆地上行进的时候坐着车，水面上行进的时候驾着船，泥滩上跋涉的时候乘着橇，山路上赶路的时候穿着带铁齿的鞋，翻山越岭，用木杆做出标记。同益一起给民众运送粮食和新鲜的肉食。引导九条河道，流通到四海；疏浚田间大大小小的水沟，流通到江河。同稷一起，给民众分发口粮。粮食少了，从有剩余的地方调节出来，

○ 品画鉴宝　兽面纹玉琮（商）
此器呈圆筒形，外壁琢兽面图像。整个画面富有层次感，并使主题纹饰处在一种神秘的气氛中。

或者把民众从粮食不足的地方迁徙出去。经过这样的努力，万千的民众才安定下来，各诸侯国也都得到了治理。"

舜帝感慨地说："是啊！千万不要像我的儿子丹朱那样好吃懒做。他那个样子，就像是在没有水的陆地上划船，是无法前进的。因此，不能让他通过父子相继来登上帝位。"

禹说："是啊，不勤劳刻苦是做不了事的。当初，我一结婚就离家去治水，生下儿子启[1]，我却没有时间抚养他，所以才能够完成平治水灾的事业。后来，辅佐您建立行政制度，国土宽广，达到了五千里，一直开辟到了四方最为荒远的地方。不过，三苗部族性格凶顽，无利于国家，这恐怕值得舜帝您放在心上！"

皋陶敬重禹的功德，下令让民众都效法禹。不按照命令中的话来做，就用刑加以处罚。舜帝的德教因此而大加发扬。

于是夔奏起乐曲，祖先的神灵因此降临，乐曲演奏九遍之后，凤凰被召来了，百兽也都跳起舞来，诸侯互相礼让，百官也都和谐相处，场面非常热烈。

后来，舜帝向上天举荐禹，做天子的继承人。十七年后，舜帝逝世。三年的丧礼结束，禹把天子的位置让位给舜的儿子商均，自己住到了阳城。天下的诸侯都不理睬商均，而去朝见禹。禹于是就登上天子之位，坐北向南接受诸侯的朝拜，国号叫作夏后，姓姒。

禹帝登上天子位之后，就提拔皋陶，并推荐他做继承人。可惜，皋陶没等到继位就去世了。

十年之后，禹帝到东部地区去巡察，死在了会稽。天下传给了益。三年的丧礼结束，益让位给禹帝的儿子启，住到了别处。禹的儿子启德才兼备，天下归心于他。所以诸侯都去朝拜启，于是启就登上了天子之位，这就是夏后国的启帝。

启帝逝世后，儿子太康帝即位。太康帝因为沉溺在游乐和田猎当中不理国政，后来被羿驱逐，失去国位。之后，成为天子的分别是仲康帝、相帝、少康帝、予帝、槐帝、芒帝等等。

到了孔甲帝时代，夏后氏的道德和威望已经衰落了，诸侯都背叛它。再后来，到了桀帝的时候，自从孔甲在位以来的诸侯大多数都已经背叛夏朝。可是桀不去致力建立德政，却用暴力伤害百官贵族，贵族们已经忍无可忍了。

桀召来自己的手下汤，把他囚禁在监狱中，但不久又释放了汤。汤修治自己的德政，诸侯都归附到汤的名下，于是汤就领兵来讨伐桀。桀失败逃跑，不久死去。桀在临死之前曾对人说："真后悔当初没有杀掉汤，以致落到这种地步！"

汤赶走桀之后，就登临天子之位，接受天下的朝拜。于是殷商时代开始了。

相关链接

[1] 启：姓姒名启，大禹之子，夏朝（公元前2070－前1600年）帝王。据说禹死后，按照以往的规矩把帝位禅让给了益，但天下归心于启，于是启得以继承帝位。而正是从启开始，帝位不再实行禅让，而是一代一代父子相传，史称"家天下"，标志着我国原始社会的结束和奴隶社会的开始。

汤逝世后，又过了几个朝代，太甲帝即位。太甲帝时代，政治混乱、暴虐，不遵守汤的成法。太甲帝在桐宫流放三年后，悔悟罪过，又以德政服人，四方诸侯又都归顺于殷，国泰民安。又过了几个朝代，殷朝日渐衰微。

殷[1]家的始祖名叫契，契的母亲名叫简狄，是有娀氏部落的女子，当了帝喾的第二个妃子。有一次，简狄和别人到河里去洗浴，看见天上的燕子掉下来一个蛋，简狄拣起来吃了，结果就怀了孕，生下了契。

契长大以后，跟着夏禹治水，立下了功劳。舜帝命令契说："现在的百官贵族不和睦，父子、君臣、夫妇、长幼、朋友之间的关系不好，你去做司徒的官，要恭敬地传布伦理道德，要宣传宽厚待人。"然后，舜帝把商这个地方封给契。在尧、舜、禹当政期间，契带领家族，兴盛起来了。

契去世，儿子昭明即位。过了十四代之后，天乙即位，这就是成汤。汤定居住在了南亳。

当时有个贤能的人叫作伊尹[2]。伊尹想求见汤，却没有合适的途径，就去做另外一个部落女子的陪嫁男仆，背着炊事用具来见汤，让汤致力于实施王道政治。汤听说伊尹是个隐士，就派人去请他出山，经过五个来回以后，伊尹才肯出世任职，负责管理国家政务。

汤是个仁慈的人。有一次，汤出门，看见野外捕猎的人张开四面大网，还祈祷说："从天上地下四面八方来的，都进入我的网中吧！"汤说："这样不行，会捕尽了呀！"于是就让其去掉捕网的三面，并让捕猎人祈祷说："想从左面逃走的，就从左边逃走吧！想从右面逃走的，就从右边逃走吧！如果不愿逃走，那就进入我的网中吧！"四方诸侯们听到这件事，都感动地说："汤的仁德真是达到了极点，对禽兽都这么仁慈，真是难得啊！"

就在这个时候，夏桀施行暴政，荒淫无道。汤率领四方诸侯前去讨伐桀。汤说："不是我愿意叛乱，实在是因为夏桀罪大恶极！我知道，你们中的很多人都不愿意出兵，有怨言，但是，夏桀有罪啊！夏桀罪大恶极，上天命令我去惩罚他。我畏惧上天，不敢不去征伐。夏王耗尽了民脂民膏，掠夺光了夏国的资财，民众甚至宁愿跟他一起灭亡！夏桀的德行已经堕落成这个样子，现在我一定要前去讨伐。你们

19

成汤
姓子，名履，又名天乙，本居于亳（在今河南商丘），帝喾（相传为"五帝"之一）之子契的后代，夏朝末年商部落首领，后取代夏桀而建立商朝（公元前1600－前1046年），定都于亳，谥成汤（大意为成就商朝的汤）。

如果和我一起去执行上天的惩罚，我将大力赏赐你们。你们如果不依从誓言，我就要惩罚你们，决不赦免。"

桀兵败逃跑，然后汤就去攻打忠于桀的诸侯国三义，缴获了这个国家的镇国之宝。伊尹向诸侯通报了政治军事情况，于是四方诸侯全都归服，汤便登上天子之位，平定天下。汤改变了历法，更换了服饰等器物的颜色，崇尚白色，还规定在白天举行朝会。

汤逝世，又过了外内帝、仲壬帝后，太甲帝即位。太甲帝时代，政治混乱、暴虐，不遵守汤的成法，无德无义，于是伊尹把他流放到汤的葬地桐宫。三年时间内，伊尹代理行使政治权力，主持国家事务。太甲帝在桐宫流放三年，悔悟罪过，自我谴责，得了善道，于是伊尹就迎回太甲帝，重新把政权交还给他。太甲帝以德政服人，四方诸侯又都归顺于殷，国泰民安。

又经过了几代，殷朝日见衰微。太戊帝的时候，在朝廷的院子里种了一棵显示吉凶征兆的树，一天时间里，从早晨到晚上就长到了碗口粗细。太戊帝很害怕，就问大臣伊陟。伊陟说："臣听说，如果有德行，那么妖魔鬼怪就无从施展。帝，您的政治肯定有缺失，赶快修明德政吧。"太戊听从伊陟的话，那棵树就枯死了，怪异也就消失。于是殷家重新兴盛，四方诸侯又来归顺。

在以后的几代里，殷商经历了几次兴衰起伏。

从汤开始，到盘庚帝的时候，国都总是不固定，迁移了五次。殷家的百姓都有怨言，不想再迁徙了。盘庚因此回到成汤时代的都城亳都，施行成汤时代的政治规范。这样，百官贵族就安心了，殷家的政治威德重新兴盛，四方诸侯也都来朝拜。

武丁帝时代，想着要再次振兴殷家，但是没有得到恰当的辅佐人物。在三年的时间里，武丁从不发表意见，一切政治大事都由大臣来决定，以便从旁观察国家的政治风尚。有一天夜里，武丁梦见得到一位圣

贤的人，名字叫"说"。醒来之后，按照梦中所见到的相貌，来查看群臣百官中是不是有这个人，结果没有。于是就派百官到民间去寻找，在傅险地方找到了说。当时，说是一个犯法服役的人，在傅险筑路养路。官员让说和武丁相见，武丁说正是这个人。通过交谈，发现说果然是个圣贤的人，就任命他做朝廷的辅相，殷家的国政得到了特别好的治理。所以就拿傅险这个地名作他的姓，称作傅说。

在傅说的辅佐下，武丁修明政治，励行德义，天下都欢欣鼓舞，殷家的政治威德重新兴盛。

到了昏庸无道的武乙帝时代。武乙帝爱玩，做了一个木偶人，还给它取名叫作天神。和木偶人打架，还让人做裁判。木偶人没有取胜，就砍杀它，站在旁边羞辱它。还用皮革做了一个囊，里面盛上血，仰头用箭射皮囊，取个名称叫作"射天"。

武乙帝出去打猎时，被雷震死了。儿子太丁帝和孙子乙帝时代，殷家更加衰败。

相关链接

〔1〕殷：商朝迁都于殷以后的称呼。殷，地名，在今河南安阳西北的小屯村。
〔2〕伊尹：？-公元前1713年，名伊，一说名挚，尹为官名（相当于宰相之职），
　　夏朝莘国（今属山东）人，商初大臣，是成汤灭夏建商的得力助手。

残暴的纣王

纣帝整天饮酒作乐，尤其喜欢与美女们淫乱。百官贵族对此很不满，四方诸侯中已经有背叛国家的了。于是，纣就加重刑罚，把诸侯百官抓起来受刑。由于纣更加荒淫暴虐，不思悔改，周武王便率领四方诸侯讨伐纣王。

后来，轮到了纣[1]做天子。纣帝资质聪颖，善于言谈，博闻强记，而且身材力量超过常人，空手能够与猛兽格斗。可惜，纣帝把自己的智慧当作了刚愎自用的资本，把口才当作了粉饰过错的工具；在臣子面前炫耀才能，在整个天下吹嘘声名，认为所有人的本领都在自己之下。

纣帝整天饮酒作乐，尤其喜欢与美女们淫乱。他最宠爱妲己，只要是妲己的话就百依百顺。为了讨她欢心，就大量搜集奇兽异物，充满了整个宫廷。又大肆扩建宫殿，扩建养禽种花的游乐场所。生活上非常放荡，经常让男男女女都裸体在酒池肉林[2]中嬉戏追逐，通宵宴饮作乐。

百官贵族对此很不满，四方诸侯中已经有背叛国家的了。于是，纣就加重刑罚，把诸侯百官抓起来受刑。最残酷的刑罚是，用炭火焚烤铜柱，让人在铜柱上行走，然后掉入火中烧死。

纣任用西伯、九侯、鄂侯辅助自己。九侯有个美丽的女儿，把她进送给了纣。九侯的女儿不喜欢淫乱，纣发怒，把她杀了，还把九侯剁成肉酱。鄂侯对这件事不满，态度明确而又坚决，所以纣就把鄂侯也杀掉了，还把他熏成了干肉。西伯[3]听说了，暗中悲叹。有人把这件事报告给纣，纣就把西伯囚禁在羑里。好在西伯的手下等人，进送美女、奇珍、良马献给纣，于是纣就赦免了西伯。

西伯从狱中放出来以后，马上就献出了洛水西岸的大片土地，请求纣王废除酷刑。纣答应了他，还赐给他弓箭斧钺，让他征伐其他诸侯，于是西伯就成了西部诸侯的首领。

纣任用费中主持政事。费中善于阿谀逢迎，贪图私利，所以殷地的人们都讨厌他。纣又任用恶来，恶来善于制造谣言毁坏别人的声誉，四方诸侯因此就更是和殷家疏远了。

西伯暗中修养德行，遍做好事，于是四方诸侯大多都背叛纣而去归顺西伯。西伯势力发展很快，纣因此逐渐失掉了威严和权势。王子比干向纣王进谏，但纣不听从。纣王淫乱暴虐，百姓们都希望国家能尽快灭亡。有贤臣规劝纣王改邪归正，否则国运垂危，可是纣王说："我身为天子，上天可以保护我！"贤臣们都对纣王毫无办法。

西伯去世之后，其子周武王向东进行讨伐，四方诸侯背叛殷家，与周武王会合的有八百多个。四方诸侯都说："可以讨伐了。"可是武王借口还不知晓上天的旨意，没有马上进攻。

纣更加荒淫暴虐，不思改悔。大臣微子多次进谏还是不听，于是和其他几位大臣一起离去了。比干说："做一个国王的臣子，不能不用死来谏争。"就极力去向纣进谏。纣发怒说："我听说圣贤的人心脏有七个孔窍。不知道你是不是这样？"于是就剖开比干的胸部，挖出心脏来观看。另外一个大臣箕子很害怕，就假装癫狂去做奴仆，可是纣抓住了他，把他囚禁起来。殷家的其他大臣看到国王已经无可救药，就都投奔到了周。

在这种情势下，周武王便率领四方诸侯讨伐纣王。纣发动军队抵抗，惨败。纣逃回王宫，穿上用宝玉装饰缝制的衣服，跳到火中自焚而死。周武王斩下纣王的头，把它悬挂在大白旗杆上。然后，杀死妲己，把箕子从囚牢中释放出来，聚土重筑比干的坟墓。殷地的百姓非常喜悦。于是周武王就做了天子。因为后世贬低帝的称号，所以改变称号叫做王。封殷的后代为诸侯国，隶属于周。

相关链接

[1] 纣：？—公元前1046年，名受，殷帝乙少子，为帝辛，商朝最后一位帝王，中国历史上有名的暴君，人称纣王。纣，凶暴残虐之意。周武王姬发伐商，攻下都城朝歌后，纣王自焚于鹿台。

[2] 酒池肉林：纣王以酒灌池，名曰酒池，以肉悬木，名曰肉林，使男女裸体逐戏于其间。

[3] 西伯：即周文王姬昌，商纣时被封为西方诸侯之伯，周朝的奠基者，谥文王，其子姬发灭商定周（公元前1046—前771年），都宗周（今陕西西安西）。相传他曾创立文王八卦，并著成《周易》一书。

○ 品画鉴宝　晶簋（商）　此器口稍侈，颈略收，鼓腹，圈足。纹饰精美，造型稳重。

周朝的兴起

周的始祖后稷，名字叫作弃。后稷的子孙都很有德行，所以家族兴盛。到了古公的时候，他想重新修治家族的事业，就积聚德政，推行仁义。古公的长子名叫太伯，次子名叫虞仲，三子名叫季历。古公去世，季历即位。季历去世，儿子昌即位，这就是西伯。西伯就是后来的文王。西伯去世之后，太子发即位，这就是武王。

周的始祖后稷，名字叫作弃。他的母亲叫作姜原，是喾帝的元配夫人。有一天，姜原出门到野外，看见一只巨人的足迹，心里很吃惊，也很兴奋，就把脚踩到那个巨大的足迹里，一踩进去，突然感到身子一震，好像怀孕了一样。果然，经过怀孕期，生下了一个儿子。姜原觉得这个孩子不吉利，就把他抛弃在小巷里，可是所有路过的马和牛都避开不践踏他；又把他放到树林中，正好碰上树林里有很多人，就只好走开；再把他弃置在结冰的水渠里，可是飞来一群鸟，用它们的羽翼来为他覆盖和铺垫。姜原认为他很神异，就抱回来抚养他直到长大。因为最初想抛弃他，因此名字叫作弃。

弃还是个儿童的时候，就有像大人物一样的志向。他玩游戏，喜欢种植芝麻、豆类，而且芝麻、豆类长得都很好。等到成年，他就喜好耕种各种农作物，观察土地干什么最适宜，宜于种植五谷 [1] 的，就种五谷，百姓都向他学习。尧帝听说了，就任用弃来负责农业生产，整个天下都获益非浅。因为有功，所以舜帝把邰这个地方封给弃，称号叫作后稷。后稷的子孙都很有德行，所以家族兴盛。可是，由于天下时常战争，所以也流离失所。到了古公的时候，他想重新修治家族的事业，就积聚德政，推行仁义，国内的人民都拥护他。这个时候，北方的戎狄部族薰

○ 品画鉴宝
乳钉四耳簋（西周）此器耳上各饰六只浮雕牛头纹，雕塑精细，形态生动。全器造型庄重，装饰典雅，铸作精湛。

24

周文王

育来进攻，想得到财产物品，于是古公送财物给他们。过了不久，又来进攻，想得到土地和民众。民众都很愤怒，想和他们开战。

古公说："民众拥护君主，是因为这样对他们有利。现在戎狄[2]部族之所以来进攻，是因为想得到我们的土地和民众。民众在我这里，和在他们那里，难道真的有什么不同吗？民众想因为我的缘故而开战，对我来说，那就等于杀死人家的父亲和儿子而来做君主，我不忍心做这样的事。"于是，古公带着家人离开自己的国家，翻山越岭，到岐下定居。国内的人民有感于古公的仁爱，全都扶老携幼，跟到岐下来归服古公。以至于其他国家的人民听说古公仁爱，也来归服于他。于是古公就废除野蛮的习俗，营建城郭、宫室和民房，组成村落，安排居住。还建立了五种官府机构，来处理事务。民众都作歌制乐，颂扬他的德行。

古公的长子名叫太伯，次子名叫虞仲，三子名叫季历。季历的儿子昌，一生下来就有圣贤的祥瑞。古公非常喜欢昌，认为昌可以使家族兴旺发达。长子太伯、次子虞仲知道古公想让季历即位，以便传给昌，于是二人就逃到了当时称作荆蛮的吴越地区，像当地的蛮族一样打扮，用这种方法把王位让给季历。

古公去世，季历即位。季历去世，其儿子昌即位，这就是西伯。

西伯就是后来的文王。他遵循前代贤人的事业，忠厚重仁义，尊老爱幼，工作勤勉，礼贤下士，因此，很多士人都来归顺他。伯夷、叔齐隐居在孤竹，听说西伯尊重老人，就结伴而行，一齐来归服他。

崇侯虎跑到殷纣面前，谗毁西伯说："西伯积善行德，各地诸侯都向往他，这对您可是非常不利啊！"纣听信谗言，于是把西伯囚禁起来。西伯的朋友搜求到了美女，还有骏马和其他稀奇古怪的物品，通过殷家的宠臣献给纣。纣非常高兴，说："一个美女就足以释放西伯啦，何况还有更多的好东西呢！"于是赦免了西伯，并且赐给他弓箭

○ 品画鉴宝
父庚觯（西周）　此器敞口、细长颈、垂腹。器型虽小，装饰华美，在同类器中殊为罕见。

斧钺，允许西伯能够有权征伐他人。不但如此，还供出了谗害西伯的人："谗毁西伯的，是崇侯虎。"西伯出狱后，暗中推行善德，深得民心，哪里出现了有争执的事，当地诸侯就会来请教西伯，请他作出公平裁断。当时，曾有虞、芮两地的人发生争执，于是来到周地找西伯裁决。进入周的地界之后，两人看见农人们在田里互让田地，民间习俗都礼让长者。于是，虞、芮两地的人还没有见到西伯，就都感到了惭愧，彼此跟对方说："我们所争执的，正是周家人所感到羞耻的，哪里有脸面去找西伯啊，那只会自取耻辱呀！"两人说着，就都退让而离去了。四方诸侯听说这件事，都说："看来西伯会成为承受天命的君主。"

西伯征战南北东西，所向无敌。去世之后，太子发即位，这就是武王。西伯在王位上大约有五十年。据说，他被囚禁的时候，把《易经》的八卦推演成了六十四卦。他改变了殷的法令制度，制定了周家的历法。谥号叫作文王。

相关链接

[1] 五谷：古代所说的五种农作物，指稻、黍、稷、麦、菽，一说为麻、黍、稷、麦、菽。稷：粟；菽：大豆；麻：大麻。

[2] 戎狄：古代中国由于经济文化比较发达，故自称"华夏"，称周边民族为西戎、东夷、南蛮、北狄。

纣帝听说武王来了，回城登上王位，穿上用珍贵的美玉所镶嵌的衣服，跳到火中自焚而死。武王进入都城，来到纣死亡的地方。武王用箭射他，射了三支箭以后下车，再拿宝剑击打纣的尸体，然后斩下纣的头颅，悬挂在大白旗的旗杆上。

武王即位之后，任命姜太公做太师，周公旦做宰辅，还有一班人佐助左右。

十一年后，纣的昏乱暴虐更加无法无天，杀死了王子比干，还囚禁了箕子。太师和少师抱着他们的乐器逃亡到了周。在这种情况下，武王号令四方诸侯说："殷家罪恶深重，不能不去讨伐他了。"于是准备率领军队东征讨伐。

一天清晨，武王在商都郊外的牧野，进行誓师。武王宣告众人："古人有过这样的说法：'母鸡不应该啼鸣报晓。如果母鸡啼鸣报晓，那么这一家就要彻底灭亡。'现在殷纣王只采用妇人的意见，废弃了对先祖的祭祀，毁弃了国家的大政，遗弃他的亲族不加任用，反而只是听信那些因为犯罪而从别处逃亡到商地来的人，让他们胡作非为。现在我只有恭敬地执行上天的惩罚！"宣誓完毕，四方诸侯军队会集的战车有四千多辆，军队在牧野摆开了阵势。

纣帝听说武王来了，发兵七十万人抗拒武王。武王派少数勇士先冲入敌阵挑战，再用大部队向前攻击纣帝的军队。纣的军队人数虽然众多，但是都不愿打仗，甚至还希望武王赶快打进来。所以，纣的军队都叛变了，倒转兵器，来为武王开路。纣逃跑，返回城中登上鹿台。穿上用珍贵的美玉所镶嵌的衣服，跳到火中自焚而死。

武王手持大白旗来指挥四方诸侯，诸侯都拜贺武王。武王来到商的国都，商国都的百官贵族都迎接等待在郊外。武王进入都城，来到纣死亡的地方。武王用箭射他，射了三支箭以后下车，再拿宝剑击打纣的尸体，然后用黄钺斩下纣的头颅，悬挂在大白旗的旗杆上。接着，来到纣宠幸的两个嬖妾的住所，两个嬖妾都已经上吊自杀。武王又对她们射了三支箭，用剑击打她们的尸体，再用铁制黑色大斧斩下她们的头，将它们悬挂在小白旗的旗杆上。

周武王统领天下之后，追思先代的圣王，封神农的后代在焦地，黄帝的后代在祝地，尧帝的后代在蓟地，舜帝的后代在陈地，大禹的后代在杞地。还分封功臣谋士，把尚父作为第一个受封的人。封尚父在营丘，国号叫齐；封周公旦在曲阜，国号叫鲁；封召公奭在燕国；封叔鲜在管国；叔度在蔡国。其余的人按照次序也受了封。

武王征召负责管理九州的各州君长，心情急切，晚上睡不着觉。周公旦来到武王的处所，问："为什么睡不着觉？"武王说："因为上天不肯享用殷家的祭祀。从我出生到现在这六十年里，贤明的大臣被疏远，卑鄙小人在朝廷里胡作非为，天灾人祸，民不聊生。由于上天不保佑殷家，所以我们周家现在才能成就王业。上天保佑殷家的时候，他们任用贤臣三百六十人，致使殷家的事业虽不是非常了不起，但也没有一下子就灭亡。现在，我们周家还不知道能不能获得上天的保佑，哪里还有闲工夫睡觉！"

武王日日夜夜辛苦操劳，招徕贤人，以便安定各地，直到使德教施于四方。还在洛邑[1]营建了周家的陪都。在华山的南面放牧马匹，在桃林的旧墟一带放牧牛羊。让军队放下兵器，经过整顿后解散，向天下人显示不再用武了。

相关链接

[1] 洛邑：今河南洛阳，周在此建立陪都后称成周，而称天子所在之都为宗周。

成王以及后来的康王的时代，天下非常安宁，整整四十多年都没有使用刑罚。康王去世之后，儿子昭王即位。昭王的时候，文王、武王以来形成的治理国家的优良政治方略——也就是所谓王道，已经衰微残缺了。

武王生了病。辅佐的大臣们恭敬虔诚地进行占卜[1]，为武王祈祷。周公斋戒沐浴，举行消灾除邪的仪式，愿意以自身抵押给上天，去代替武王生病。后来武王还是逝世了，太子诵继承了王位，这就是成王。管叔、蔡叔等人怀疑周公有野心，就和武庚一起叛乱，背叛周朝。周公奉成王的命令，进行讨伐，历经三年终于平定叛乱，诛杀了武庚、管叔，流放了蔡叔。周公因为有功，所以代替年幼的成王行使政治权力，七年后，成王长大了，周公便把行政权力交回给成王，站回了群臣的位置上。

成王以及后来的康王时代，天下非常安宁，整整四十多年都没有使用刑罚。

康王去世之后，儿子昭王即位。昭王的时候，文王、武王以来形成的治理国家的优良政治方略也就是所谓王道[2]，已经衰微残缺了。昭王到南方去视察，一去不回，死在了那里。

昭王的儿子即位，就是穆王。穆王登上王位的时候，年龄已经五十岁了。当时的王道衰败微弱，穆王有感于文王、武王的治国方略已经残缺不全，于是命令伯冏担任管理周王生活和传达命令的太仆正，告诫他要管理好国家的政事。由于管理得当，国家重新获得了安宁。

穆王想要征伐犬戎[3]。大臣祭公谋父进谏说：不要去打仗。先王们只显示德行，避免炫耀武力。凡是兵器，平常应该收藏起来，只有适宜的时候才能动用，这样，一动用就会显示威严；可是如果有意地加以显示，随便地动用武力，就无法使人感到惧怕。所以，歌颂周公旦的诗说：'收好你的干戈，藏起你的弓箭，我所求的是美德，推广它到全中国，定用王道保天下。'先王对于民众，总是努力端正他们的品德，修养他们的性情，增加他们的财产，让他们明白利害，让他们心怀德政而畏惧惩罚，因为这样，先王才能发展壮大。商纣王鱼肉百姓，百姓忍无可忍，所以都拥护武王，最后在商郊牧野打败了纣王。可是武王伐纣，并不是想要打仗，而是怜恤百姓，为他们除去祸害。先王让各地诸侯按照等级来供奉财物，如果有不服从的，首先要责问自己，到底自己在哪里做得

不够好，然后就要修正自身，修治仁义礼乐制度等文德，如果该修正的都修正了，还有不来供奉的，就要惩罚他们，甚至出兵征讨。这样做事，近地的诸侯没有不听从的，远方的民族没有不臣服的。现在，犬戎的君主并没有不履行该尽的责任，可是您却要去征讨他，要向他炫耀武力，这岂不是破坏先王的遗训吗？我听说，犬戎民族已经树立了敦厚的风尚，遵循祖先遗留下来的传统道德，他们已经有基础和条件来抗御我们了。可是穆王不听劝告，还是出兵去征伐了。经过一番战争，抢到了四只白狼、四只白鹿回来了，而这些东西，犬戎本来就是愿意供奉的。从这以后，荒远地区的民族再也不来臣服了。

穆王在位五十五年，逝世后，儿子共王即位。

有一次，共王在泾水上游玩，密国诸侯康公陪着他。当时，有三个美女投奔到密康公这里，密康公的母亲就出主意说："应该把她们送给共王。三只兽就成群，三个人就成众，三个美女就成气候。国王打猎无法获取过多的野兽，国王娶嫔妃不娶同一家的三名女子。三人都是美丽的女子。把美丽的女子送给你，你有什么样的德行能够承受？国王都不能承受，更何况你这样的小人物呢！小人物拥有这些宝物，国家最终一定会灭亡。"可是康公舍不得把三名美女献给共王。过了一年，共王灭掉了密国。

共王逝世，儿子懿王即位。懿王的时候，周家王室就开始衰败。再后来，厉王即位，国家越来越腐败。

相关链接

〔1〕占卜：即通过察看经火灼烧过的龟壳裂纹形状、走向等来推测吉凶祸福。

〔2〕王道：指帝王治理天下之道，通常指君主通过德政、仁义等开明政治原则来安抚臣民和治理天下的理想状态。

〔3〕犬戎：西周时期活动于今陕西、甘肃一带的一个古代民族，名叫猃狁，又称西戎，犬戎是蔑视的称呼。

厉王行为暴虐，国内百姓到处议论厉王。召公进谏说："老百姓受不了您的残暴政令啦！"厉王恼怒，就从卫国找来一名巫士，让他去监视民众，只要发现谁胆敢议论朝政，就来报告，然后杀掉他们。

周厉王 [1] 在位三十年，非常贪好财利，还亲近品德败坏的荣公。大夫芮良夫向厉王进谏说："那个荣公只好独占财利，却不能为国家排忧解难。天地间有各种各样的财物，人人都有资格得到它，怎么可以独占呢？独占的结果，只能招来更多的怨怒，带来大难。他用这种独占天下财利的思想误导国王您，国王您怎么可能长治久安呢？当天下人的国王，就要能够把财物均匀地分配给全国上下所有的人才行。《诗经·大雅》中说：'普遍赐福成就周家。'所以先王才能够创建周家的天下，一直到现在。如今国王您却独占财利，怎么行呢？普通民众独占财利，还把他叫作强盗；如果国王您也照着去做，来归服您的人就会越来越少。假如您宠任荣公，那么周家一定会衰亡。"

可是厉王不听从芮良夫的劝谏，还是宠任荣公，让他掌权。

厉王行为暴虐，国内百姓到处议论厉王。召公进谏说："老百姓受不了您的残暴政令啦！"厉王恼怒，就从卫国找来一名巫士 [2]，让他去监视民众，只要发现谁胆敢议论朝政，就来报告，然后杀掉他们。这样一来，议论的人是少了，但四方诸侯也就不来朝拜了。

厉王越来越严苛，全国的百姓，谁都不敢发表意见，路上遇见，也只用目光示意。

厉王很高兴，告诉召公说："我能禁止议论了，谁也不敢说三道四了。"

召公说："这不过是堵塞了言路而已，并不是什么成就。堵塞百姓的言论，其危害要超过堵塞水流。堵塞水流，如果一旦崩溃，那么伤害的人一定会更多，百姓也是这样。所以，治理水害的人采取的措施是疏导，治理百姓的人应采取的办法是让他们宣泄，以便使言路畅通。所以，天子处理朝政，应该鼓励所有官员都献上诗篇讽刺政治，让史官献上史书，让乐师进献箴言，让百官进谏，让低贱的民众能向上传达他们的意见。百姓有口能说话，就好比大地有山有河，所有财物都从这里产生出来；又好比大地有高原、低地、平原，食物从这里生长出来。口能够畅通地发表意见，那么好的主张就能从这里生发出来。百姓的话，是考虑

31

成熟了以后才流露出来的。堵住他们的嘴，那么谁还敢拥护您？”

厉王不听进谏。于是国内谁也不敢发表评论。三年后，臣子们联手发动叛乱，袭击厉王。厉王逃亡到彘地。

厉王的太子匿藏在召公的家中，百姓们听说了，就包围了召公府。召公说："过去我曾经多次劝谏国王，国王不听，以至于有了这次灾难。现在杀了国王的太子，国王将会误以为我发泄自己的仇恨。一个侍奉君主的人，不该这样做！"于是他就用自己的儿子来顶替国王的太子，让太子逃出了包围。

召公、周公两位辅相负责天下政事，史称"共和"。十四年后，厉王死在了彘地。太子在召公的家中成长起来，两位辅相于是扶立他做国王，这就是宣王。宣王登临王位，两人又帮他治理天下，效法文王、武王、成王、康王留下来的优秀传统，四方诸侯于是又开始重新宗奉周家王室。

宣王不重视农业，不到千亩地区去耕田，虢国的文公进谏，可是宣王不听。后来，在千亩地区交战，宣王的军队被姜氏的一支戎族打败了。

宣王被打败，全军覆没，于是准备征兵。大臣进谏，宣王还是不听。

相关链接

[1] 周厉王：？—公元前828年，姓姬，名胡，西周的第十位国王，公元前878年—841年在位。

[2] 巫士：即巫师，古代以装神弄鬼替人祈祷为职业的人，他们一般都称自己具有能够领会神灵的意思、懂得降魔镇妖的法术等本领。

○ 品画鉴宝 玉鸬鹚（西周）此器体扁平，呈空中飞翔状。造型新颖，形象生动，制作精巧。

一笑倾国

褒姒不喜欢笑，幽王千方百计让她笑，可是不管怎么做她就是不笑。幽王在边境上建筑了高大的烽火台和鼓风箱，如有敌人来犯，就点燃烽火。有一次，四方诸侯们见到烽火燃起来了，都带兵来到边境。等他们满头大汗赶到一看，并没有敌寇，大家都很狼狈，褒姒于是大笑。

宣王逝世后，儿子幽王即位。

幽王即位之后第二年，都城附近的渭水、泾水、洛水三条河流的区域内都发生了地震。大夫伯阳甫说："看来周家是快要灭亡了！天地的自然之气，不会自动地失去秩序；假若失去了运行的秩序，那肯定是有人扰乱了它。现在三条河流区域内发生了地震，这是因为阳气失掉了它在上的位置，而被阴气所压倒。河流源泉的堵塞，肯定会影响到国家的气运，必定会使国家灭亡。从前，伊水、洛水枯竭，夏代就灭亡；黄河枯竭，商代就灭亡。现在周家的国运，多像夏、商两代的末年哪！一个国家的气运，必须要依靠山川河流，如果山崩河枯，那就是亡国的征兆。上天要抛弃哪个国家，它的灭亡就不会超过十年。"

就在这一年，渭水、泾水、洛水三条河流枯竭，岐山崩塌。

一年后，幽王宠爱褒姒。褒姒生了儿子伯服，幽王就想废掉太子宜臼，还想废掉太子的母亲申后，然后再立褒姒做王后，让伯服做太子。

周朝的太史伯阳甫读了有关的史书以后说："唉！周家要亡国了。"原来，据史书记载，从前在夏后氏衰败的时候，有两条神龙降落在夏帝宫廷内，自称是褒国以前的两位天子。夏帝占卜得知，无论是杀掉它们，还是赶走它们，还是把它们留在宫廷内，三种情况都不吉利。再占卜得知，只要将它们的唾液留下收藏起来，就吉利了。于是陈列祭品并宣读策文告诉神龙，神龙于是留下唾液飞走了。人们马上用匣子把唾液收藏起来。

夏代灭亡后，藏着唾液的匣子传给了殷家。殷代灭亡，又把这只匣子传给了周家。经过连续三代，谁也不敢打开这只匣子。到了厉王的末年，打开匣子来观看当中藏的唾液。唾液流了出来，都沾在了宫廷的地面上，怎么也除不掉。厉王让妇人们光着身子大声吵嚷，流在地上的唾液就变化成了一只黑色的类似蜥蜴的动物，这个动物爬进了厉王的后宫。后宫一个七岁的童妾遇上了这只动物，结果这个小女婢成年以后，没有丈夫就生下了一个小孩，她很害怕，就把小孩抛弃了。

宣王时期，民间歌谣说："山桑做的箭弓，箕木做的箭袋，它们会亡掉周家。"宣王听说，有一对夫妇正好在卖这种箭弓和箭袋，就派人要把他们抓起来杀掉。这对夫妇得到消息，马上逃命，在路上正好遇见了那个小女婢所抛弃的妖孽孩子，听到这个孩子夜晚啼哭，很可怜，就把她收养下来。后来，他们顺利地逃到了褒国。褒国人有罪，于是把这个被收养的女子献给周王以赎免罪过。这个女子就是褒姒。

幽王三年，幽王在后宫看见了褒姒，很喜欢她。褒姒为他生下了儿子伯服。后来，幽王终于废除了申后和太子，立褒姒为皇后，伯服为太子。太史伯阳甫感叹说："唉，祸患已成！国家没有希望啦！"

褒姒不喜欢笑，幽王想尽了千方百计让她笑，可是不管怎么做她就是不笑。幽王在边境上建筑了高大的烽火台[1] 和鼓风箱，如有敌人来犯，就点燃烽火。有一次，四方诸侯们见到烽火燃起来了，都带兵来到边境。等他们满头大汗赶到一看，并没有敌寇，大家都很狼狈，褒姒于是大笑。幽王看到这个做法能让褒姒大笑，非常高兴，所以就多次点燃烽火。这样，幽王很快失掉了诸侯对他的信任，四方诸侯再也不带兵来了。

幽王任命小人掌权，国内的百姓怨声载道。他还废掉了申后，除去了太子。申侯非常愤怒，联合外族来进攻幽王。幽王点燃烽火向诸侯请求救兵，可是诸侯救兵一个都没来到。幽王被杀死在骊山脚下，褒姒被俘虏。四方诸侯听从申侯的旨意，共同扶立幽王原来的太子宜臼，这就是平王。

平王即位，把京城往东迁徙到洛邑，[2] 以免受到西方外族的侵害。

相关链接

[1] 烽火台：古代为传递军事等重要消息而在边防等地建立的高台，遇有消息时，白天放烟，晚上点火。又叫烽燧、烟墩等。

[2] 鉴于"烽火戏诸侯"的教训，等到申侯联合犬戎发动变乱时，周幽王再也招不到前来勤王的军队了，于是落了个兵败身亡的下场。公元前770年，平王迁都洛邑，史称"东周"。

诸侯争霸王室衰微

周王朝到了平王时期，王室开始衰微，齐、楚、秦、晋强大起来，天下大势陷入了诸侯争霸、连年征战的混乱局面。最后秦国得到了周朝的九鼎宝器，周朝国运已尽，秦国雄踞天下。

平王时期，周朝王室衰微，诸侯之间弱肉强食，齐国、楚国、秦国、晋国开始强大，天下大势由四方诸侯中的首领所左右。

很多年过去了，诸侯争霸，连年征战，民不聊生。[1]

有一年，秦国进攻韩国，韩国就拉楚国来帮助抵抗。楚国看到周也出兵，怀疑周是要帮助秦国，所以准备进攻周。周派出著名策士苏代去游说楚王："周帮助秦国有什么不好呢？帮助之后，秦国和周就容易结为一体，这样秦国就容易取得周，那他们就会慢慢发生冲突，就会闹矛盾。为楚国考虑，如果周要帮助秦国，那么您要善待他，不帮助秦国，您也要善待他，这样来让他和秦国疏远。周和秦国断绝交往，就一定会纳入楚国了。"

秦国想借用西周与东周之间的道路，要去攻打韩国。周感到很难办。借给秦国，怕得罪韩国；不借，又害怕冒犯秦国。有谋士出主意给周天子："可以派人去说服韩国，让韩国先送给周一些土地，再派出重要人物到楚国去拉关系，这样一来，秦国一定觉得周和楚国都与韩国关系很好，这样就不会去攻打韩国了。然后，我们还可以对秦国说：'韩国给周一些土地，是为了让秦国来怀疑周，并不是周的本意。'秦国也一定没有什么借口让周不接受韩国的土地，这样，就既可以从韩国接受土地，又不得罪秦国。"

秦国邀请西周君，西周君害怕，不敢去，派人对韩王说："秦国邀请西周君，是想要让西周君派兵攻打您的南阳，您为何不出兵到南阳呢？这样，周君就可以用您的出兵作为托辞，对付秦国。周君不去秦国，秦国也一定不敢越过黄河来攻打南阳。"

楚国包围了韩国的雍氏地区，韩国向东周求救，东周君很忧虑，不知道如何是好。苏代说："这种小事有什么可怕的！臣下我能够让韩国不来麻烦周，还能替您得到韩国的高都。"周君说："您如果真的能做到，我可以让整个国家都随您安排。"

　　于是，苏代去见韩国的相国说："楚国包围雍氏，预期三个月攻下来，现在都已经五个月了，还攻不下来，这说明楚国已经疲倦了。现在相国如果还去东周求救，就相当于告诉楚国，韩国支持不下去了。"

　　韩相国说："你说的对。但是派往东周的使者已经出发了。"

　　苏代说："为什么不把高都送给周？"

　　韩相国非常愤怒："我们不去麻烦东周已经不错了，凭什么还要把高都送给周？"

　　苏代说："把高都给周，其实就相当于周投靠到韩国来了，秦国听说了一定会对周特别愤怒，就不会和周通使往来。这样，损失了高都，却得到了一个周国，为什么不给？"

　　相国说："有道理。"果真把高都给了周。

　　有一年，秦国违背了与魏国订立的条约，在华阳袭击了魏国大将芒卯。周的谋士马犯对周君说："我可以让梁国派人来为我们的国都筑城。"然后，马犯跑到梁王那里说："周王害怕秦国进攻，身染重病，如

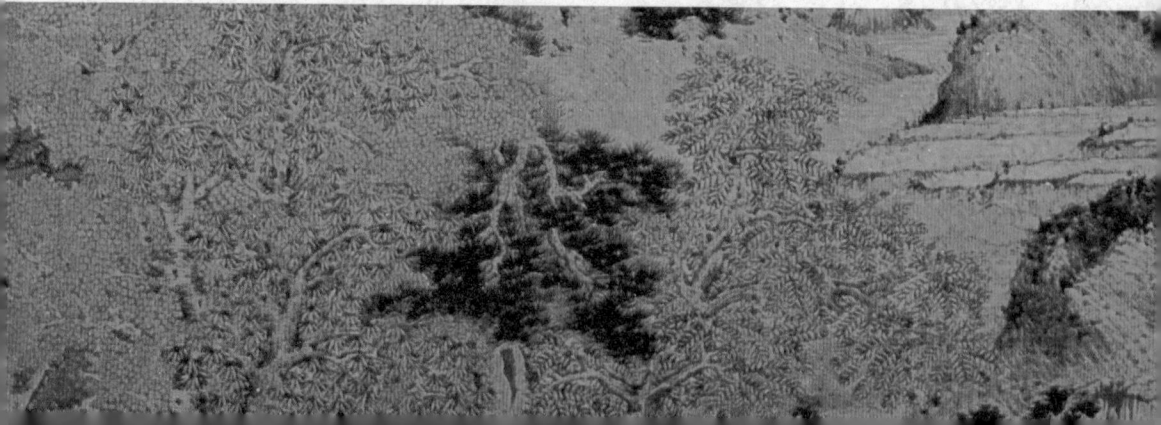

果他死去，我马犯作为周王的臣子也没好日子过。我可以把周的九鼎[2]宝器给您弄到手，只要您能保证我的安全。"

梁王信以为真，就给了马犯一些士兵，说是去戍守西周都城。马犯又跑去对秦王说："梁国并不是要戍守西周都城，而是要攻打周室，夺取九鼎宝器。您如果不信，可以带兵到边境来看。"秦国果然出兵。马犯又去对梁王说："周王病得更严重了，我请求等以后方便的时候再把九鼎宝器交给您。现在您让士卒到了周国，诸侯各国都生了疑心，对您以后不利。不如让这些士卒替周筑城，来隐瞒您的本意。"梁王同意了，就让这些梁国士兵为周的国都筑城。

当时，韩国、赵国、魏国都想抗拒秦国。周让它的相国到秦国去，因为秦国没把周的相国当回事，所以他在半路上就返回了。有客人对相国说："秦国是轻视还是重视您，相国您现在还不能断定。秦国很想了解韩、赵、魏三国的情势，您不妨去把三国的情势讲给秦王听，那么秦王就一定会重视您。重视您，就是秦国重视周。这样就可以与强国加强交往。"秦国相信周，发兵进攻韩国、赵国、魏国。

后来，秦国攻取韩国，西周担心自己的将来，就和东方诸侯国相约合纵，率领天下的精锐部队攻打秦国。秦王愤怒，派军攻打西周。西周君奔走到秦国，叩头接受罪罚，献出土地三十六邑，人口三万。秦国接受了献地和人口，让周君回国。

周君去世后，周家百姓就向东逃亡。秦国得到了九鼎宝器。七年以后，秦庄襄王灭掉了东、西周，把东、西周的土地并入秦国，周朝的国运已尽，再也无人主持祭祀了。

相关链接

〔1〕公元前770年，平王东迁以后，王室衰微，诸侯强大，为了争夺土地，各诸侯国之间连年发生战争，直到公元前221年秦始皇统一天下，才结束了这种局面，因此史学习惯上称这期间的五百多年为春秋战国时期，而又以"三家分晋"为春秋和战国的分界点。春秋时期，出现了五个强大的诸侯国，称为"春秋五霸"（一说为宋襄公、秦穆公、晋文公、齐桓公、楚庄王，另说为楚庄王、晋文公、齐桓公、吴王阖闾、越王勾践。）；战国时期，出现了七个强大的诸侯国，称为"战国七雄"（韩、赵、魏、齐、楚、燕、秦）。

〔2〕九鼎：指安鼎、财鼎、仕鼎、丰鼎、爱鼎、寿鼎、智鼎、嗣鼎和黄帝鼎。在宝鼎坛摆放时，将前八鼎按照八卦方位排列，黄帝鼎放于鼎坛中宫位置。在古代，鼎是国家权力的象征。

秦国的兴起

○ 品画鉴宝 秦公墓（春秋）此壶形同鲍瓜，用于盛玄酒。

秦国的祖先，是颛顼帝的孙女，名叫女修。她的后世至襄公开始，使秦国成为了诸侯国，和其他诸侯国平起平坐。

秦国的祖先，是颛顼帝的孙女，名叫女修。女修在纺织的时候，有一只燕子从头顶飞过，遗落下一颗蛋。女修把这颗蛋拣起来吃了，不久就生下了儿子大业。大业娶了女华，女华生下大费，大费曾经与大禹一起治水。治水成功之后，舜帝赐给大禹玄圭[1]，作为奖赏；大禹在接受玄圭的时候谦虚地说："光靠我一个人的力量，根本不可能完成治水大业；之所以成功了，是因为有大费做助手。"舜帝于是赏赐给大费一面旌旗，还把一个姚姓的美女嫁给他做妻子。大费行礼接受，辅佐舜帝驯服鸟兽，也很成功。舜帝高兴，赐他姓嬴。

大费有两个儿子：一个名叫大廉，就是鸟俗氏；另一个叫若木，就是费氏。他的玄孙叫作费昌。有些子孙居住在中原，也有些住到了夷狄地区。

费昌生活在夏桀的时代，后来投奔了商，替商汤驾车，帮助商汤在鸣条打败了夏桀。大廉的玄孙名叫孟戏、中衍，中衍身形像鸟，却能说人话。太戊帝听说后，叫人来占卜，看用他来驾车是否吉祥，结果是吉，就让他驾车，还给他娶妻，帮他成家。自从太戊以后，中衍的后代子孙，每世都有人辅佐殷国，并且立下大功。因此，在整个商朝，嬴姓都很显贵，并且发展成为诸侯。中衍的玄孙名叫中潏，在西戎保卫边疆，他生了儿子蜚廉。

蜚廉的儿子名叫恶来。恶来气力大，蜚廉善奔跑，父子两人都凭力气侍奉殷纣王。周武王伐纣的时候，杀了恶来。当时，蜚廉正在北方替纣王制作石棺，他回来以后，商纣王已经死了，没办法向纣王汇报工

作，就只好在霍太山筑坛祭奠纣王，并向他报告工作。筑坛的时候，挖出了一具石棺，上面刻的文字说："上帝命令蜚廉，不要参与殷人的叛乱，赐给你石棺，来光耀你的家族。"蜚廉死后，就葬在了霍太山。

蜚廉还有一个儿子，名叫季胜。季胜有个后代叫做造父，因为善于驾车，因而得到了周穆王的宠幸。徐偃王作乱的时候，造父替穆王驾车，从很远的地方急驰回国，及时地阻止了叛乱。穆王感激，把赵城封给造父，造父一族从此就姓赵。蜚廉还有一个后代，叫作非子。非子因为造父而受到周朝的宠信，蒙恩居住在赵城，姓赵。

非子居住在犬丘，喜欢马匹等牲畜，而且善于畜养。犬丘人把这件事告知周孝王，孝王召他负责养马，马匹得到了最周到的照顾，大量繁殖。孝王赏识非子，就在秦地建造城邑，使非子接续嬴家的庙祀，称号叫秦嬴。

秦嬴的玄孙秦仲，在位二十三年，被西戎杀害。他有五个儿子，他们中最年长的一个名叫庄公。周宣王召来庄公和他的兄弟五人，给他们七千士兵，让他们去讨伐西戎，打败了西戎。于是周宣王再次赏赐秦仲的后代，并任命他们做西垂大夫。

庄公生了三个儿子，长子名叫世父，世父说："西戎杀害了我的祖父，我要是不杀死戎王就决不回来。"于是带领士兵去攻打西戎，把嗣立之位让给弟弟襄公，于是襄公成了太子。

庄公在位四十四年，去世，太子襄公继位。

周幽王的时候，多次欺辱诸侯，诸侯反叛，于是西戎部族的犬戎和申侯联合攻打周室，在郦山脚下杀死了周幽王。而秦襄公率军援救周室，作战勇猛，立有战功。周室为了避开犬戎的骚扰，向东迁都到洛邑，襄公派兵护送周王迁都。周平王感激，于是封襄公做诸侯，把岐山 [2] 以西的土地都赏赐给他，还对襄公说："西戎无道，夺我岐山、丰水的土地，秦国如果能把戎人赶走，就可以拥有这片土地。"并与襄公盟誓，赐他封地和爵位。襄公因此开始使秦国成为了诸侯国，和其他诸侯国平起平坐。

到了宣公的时候，卫国、燕国攻伐周王室，迫使周惠王出逃。当时诸侯纷争，斗争激烈，秦国起伏不定。

相关链接
〔1〕玄圭：黑色的圭。圭，为古代的一种玉制礼器，长条形，上端为三角，下端为正方，如同现在领带的造型，多为祭祀、朝聘等时候使用。
〔2〕岐山：在今陕西岐山县以北。

秦穆公称霸

穆公派军攻打晋国后，增加了十二个属国，拓展了千里疆土，终于在西戎称霸。

晋献公灭亡了虞国，俘虏了虞国国君和大夫百里奚[1]。百里奚被俘之后，作为陪嫁的仆人来到秦国。来到秦国之后不久，百里奚找了个机会出逃，跑到了宛，可是在楚国边境被捉住了。

秦穆公[2]听说百里奚有德有才，想要拿重金赎回他。担心楚国人不答应，就派人对楚国说："我国的陪嫁奴仆百里奚现在到了楚国，我们请求用五张黑色公羊皮赎回他。"楚国人答应了，把百里奚交回了秦国。

当时，百里奚已经有七十多岁了。穆公亲自从牢房中把他释放出来，和他讨论国家大事。

百里奚辞谢说："我是亡国之臣，哪里还有资格谈这个！"穆公说："虞国国君正因为不重用你，才导致亡国。亡国可不是你的罪过啊！"穆公坚决地向他请教，两人聊了三天，穆公非常高兴，让他掌管国家大权。

百里奚又推辞说："我的才能不及我的朋友蹇叔，蹇叔德才兼备，却不被世人所知。我在游历齐国的时候，曾经穷困得沿街乞讨，是蹇叔收留了我。当时我想在齐国追随齐君，是蹇叔制止了我，因此我才得以避免卷入齐国的内乱，去了周朝。周天子想要重用我，是蹇叔劝阻了我，使我离去，才免于被杀。我侍奉虞君，蹇叔又劝止我，我虽然知道虞君不会重用我，但为了钱财和爵禄，还是留了下来。我两次采纳他的意见，都逃脱了灾难，一次没有听从他，就遭遇了亡国的大难。这些事，足以说明蹇叔的贤能。"穆公听了，马上派人送厚礼去迎请蹇叔，任他为上大夫。

秋天，穆公亲自率军攻打晋国，在河曲大战。当时，晋国骊姬正在内乱，太子申生死在了新城，公子重耳、夷吾从晋国逃亡，跑到了国外。

过了几年，齐桓公在葵丘会集诸侯，成了盟主。

晋献公去世前，立骊姬的儿子奚齐为国君，可是奚齐被大臣里克所杀。大臣荀息于是另立卓子为国君，里克就又杀死了卓子和荀息。这时候，夷吾派人到秦国求援，请求秦国帮他回国。穆公答应了他的请求，派百里奚带兵护送夷吾回晋国。夷吾感激，向秦国人许诺说："如果我能成为晋国国君，就割八座城邑奉献给秦国。"可是，等他回到晋国，被拥立为国君之后，却派丕郑到秦国去推脱，想违背前约，不给秦国城邑，并且杀死了里克。

丕郑得知后非常害怕，就给秦穆公出主意说："晋国人不欢迎夷吾做国君，而是希望重耳能回国做国君。现在呢，夷吾违背了与秦国订立的盟约，都是吕甥、郤芮的计策。希望您用重利把这两位大臣迅速召来，他们来到秦国后，就马上扣留他们，这样，再护送重耳回晋国就方便了。"穆公答应了他的请求，派人和丕郑回到晋国，召唤那两人。可是吕甥、郤芮察觉到丕郑的阴谋，就让夷吾杀了丕郑。

　　丕郑的儿子丕豹逃到了秦国，劝穆公说："晋国国君无道，百姓叛离，可以借这个机会去攻打他。"穆公说："假如晋国百姓真的反叛晋君，那么他怎么可能诛杀他的大臣呢？能够诛杀他的大臣，说明他还是能够顺应民心。"秦穆公表面上不听从他的建议，而暗地里却重用丕豹。

　　晋国遭遇旱灾，到秦国借粮。丕豹对穆公说，不要借粮食给晋国，应该趁它发生饥荒去攻伐它。穆公犹豫，就向大夫公孙支咨询，公孙支说："灾年和丰年变换无常，谁都可能遭到旱灾，应该借给它。"又问百里奚，百里奚说："夷吾是得罪了您，可是晋国的百姓没有得罪您啊！"

于是，穆公采用百里奚和公孙支的建议，还是把粮食借给了晋国。用船载漕运和车载陆运，运粮的车船络绎不绝。

后来，秦国发生饥荒，去晋国借粮。晋国国君召来群臣，一起商量这件事。虢射说："趁着他们闹饥荒，尽快去攻打它，肯定可以获胜！"晋君表示同意，马上发动军队，准备攻打秦国。秦穆公也准备迎战。任命丕豹为将军，亲自统兵，反击晋军。九月，和晋惠公夷吾展开大会战。晋君脱离主力部队，和秦军争夺战利品，在回归途中，马陷到了泥沼里。秦穆公率军追击晋惠公，不但没有捉住他，反而被晋军围困，受了伤。就在这危急时刻，曾经偷吃过秦穆公良马的三百名岐下人冒死冲入晋军，解救了穆公，还活捉了晋君。

当初，穆公的良马走失，被住在岐下的三百名野人抓到，并把它杀掉吃了。官吏抓到了这些野人，要依法惩治。穆公说："君子是不会为了牲畜而伤人的。我听说，吃了好马的肉而不饮酒，会伤身体。"于是赐酒给野人们喝，并赦免了他们的罪过。这三百人听说秦军反击晋军，都要求从军，在战斗中看见穆公危急，都不避刀枪，冒死争战，来报答当初的恩德。

穆公抓住了晋君，回到了秦国，然后发布命令："请大家斋戒独宿，我准备用晋君祭祀上天。"周天子听说了，就借口"晋侯与我同姓"，来替晋君求情。夷吾的姐姐，也就是穆公的夫人，身穿丧服、光着脚，悲悲戚戚地对穆公说："如果我不能拯救自己的兄弟，而且身着丧服，违背了你的命令，那可怎么办好呀！"

穆公无可奈何，感叹说："唉，真是不好办。我捉到了晋君，本来以为是一件大功，可是现在呢，天子为他求情，夫人也为这件事伤心。唉！"没办法，就和晋君订立盟约，答应放还晋君，又把晋君安排到上等住处，并馈赠他牛、羊、猪各七头作为食品。十一月，晋君夷吾被释放回国，把晋国河西的土地献给了秦国，并且把太子圉送到秦国去做人质。秦穆公把皇族女子嫁给了太子圉。

当时，秦国已经非常强大，国土向东发展到了黄河。过了几年，秦国又吞并了梁国和芮国。

后来，晋国太子圉听说晋君生病，心里暗想："梁国是我母亲的家乡，现在已经被秦国消灭了。我的兄弟很多，如果国君去世，那么秦国必然要留住我，那么晋国就会不把我当回事，也就会另立太子。"于是逃回晋国。一年后，晋惠公去世，子圉被立为国君，就是晋怀公。秦国怨恨太子圉从秦国逃跑，就去楚国请来晋国的公子重耳，还把过去圉的妻子嫁给重耳。起初，重耳推辞，后来就接受了。

秦国派人去通知晋国，说秦国想要让重耳回到晋国。晋国答应了，于是秦国派人送重耳回国。不久，重耳被立为晋国国君，这就是晋文公。文公一登基，马上就派人杀死了圉。

同年秋天，周襄王的弟弟带依靠翟国来攻打周王。周王逃到了郑国，然后派人到晋国和秦国，请求帮忙。秦穆公率领军队，协助晋文公护送襄王回国，杀掉了周王的弟弟带。后来，晋文公在城濮打败了楚军。两年后，穆公协助晋文公围困郑国。郑国派人去离间穆公说："灭亡郑国，会加强晋国，这样对晋国有好处，可是秦国得不到什么利益。晋国的强盛，就是秦国的忧患啊！"穆公听了有理，就撤军回国了。晋国失去支持，只好罢兵。

郑国有人跑到秦国，出卖郑国说："我把守着郑国的城门，你们秦国可以来袭击郑国，我会配合你们。"穆公把这件事告诉了蹇叔和百里奚，问他们怎么办。他们回答说："途经好几个国家，行程上千里，去偷袭别人，怎么可能成功呢？既然有人出卖郑国，就可能有人出卖我们秦国，又怎么知道郑国不知道我们的计划呢？这件事做不得。"穆公说："你们不懂，这件事我已经决定了。"于是发兵，派百里奚的儿子和蹇叔的儿子率领秦军。

启程这天，百里奚和蹇叔二人来到即将出发的军队面前，痛哭流涕。穆公很生气："我发兵，你们却来哭丧，是不是不想活了？"两人回答说："臣子不敢打击士气。军队出发，臣子的儿子要跟着一起去；臣子年老，恐怕他们回来迟了，再也见不到我们了，所以才哭。"两位老人退下后，偷偷对他们的儿子说："如果你们的军队失败，肯定是在险要的崤山地区。"

秦国军队向东行进，穿过晋国领土，经过周室北门。周室的王孙满说："秦军的行动违背礼法，怎么可能不失败？"军队行进到滑地，郑国商人弦高正好带着十二头牛，准备到周室去卖，正好碰见了秦国军队，恐怕自己会被抓去杀掉，所以干脆就把牛主动献给了秦军。他说："听说你们准备攻打郑国，郑国国君很重视，正在认认真真地准备防御呢，还派我送十二头牛来慰劳秦国官兵。"秦国的三位将军听了，就聚在一起商量说："我们准备偷袭郑国，可是已经被郑国知晓了，等到我们赶到郑国以后，肯定不可能取胜。干脆不要去了，随便打一个地方得了。"于是，秦军就灭掉了滑城。滑城，是晋国边疆的城邑。

当时，晋文公刚刚去世，还没有安葬。太子襄公气急败坏地说："秦国没把我看在眼里，趁我办丧事的时候来进攻我！这个仇一定要报！"于是他身披黑色孝服，亲自率军在崤山埋伏，截住秦军，秦军大败，全军覆没。晋军还俘虏了秦国的三位将军。晋文公的夫人，是秦穆公的女儿，所以为被俘虏的三位秦国将军讲情："这三个人，穆公对他们恨之入骨，你应该让他们三人回国，穆公肯定会烹杀他们，用不着你动手。"

晋国国君答应了，放回了秦国的三位将军。三位将军回国，秦穆公身着素服，亲自到郊外去迎接他们，对着三位将军哭着说："我没有听从百里奚和蹇叔，使三位将军受到了侮辱。都是我的错，你们三位哪会有什么罪呢？你们一定要用心准备雪耻，不可懈怠。"随后，马上恢复了三人以前的官职俸禄，而且更加厚待。

戎王听说秦穆公有贤德，所以派遣由余作为使者前往秦国观察。秦穆公向由余展示了宫室的豪华与物资的富足。由余看后说："这些东西，豪华是豪华，但是，如果让鬼神去做，那么实在是太劳神了，如果用人力去做，那就太辛苦民众了。"

穆公听了，觉得他的说法很奇怪，就问道："中原各国有诗书礼乐和法度，以此作为行政的原则，即使这样，有时还出现变乱；可是戎国没有中原国家的诗书礼乐法度，那用什么来治理国家呢？是不是更困难呢？"

由余笑着说："其实，诗书礼乐法度正是使中原国家发生变乱的原因。上古时代，圣人黄帝制作了礼乐法度，并且能以身作则，但只能达到小治。等到后世君王，越来越骄奢淫逸，却建立苛刻的法度，来监督臣民，臣民受不了，就会怨恨上层人物，说他们不行仁义，结果，上下相争，积怨越来越深，肯定会导致相互杀戮，最后两败俱伤。而戎国不是这样。在上位的人对待在下者讲究仁慈，在下位者也就心怀忠信，治理一国的政事，就像治理自己一个人似的，他们不知道治理国家还要有那么多复杂的条款，这才是真正的圣人之道啊！"

穆公听了，偷偷问内史廖："邻国的圣人，就是我国的忧患。如今由余是一位贤才，是寡人的祸害，怎么对待他好呢？"内史廖说："戎王居处的地方，偏僻而且闭塞，还没有听到过我们的声乐之美。您不妨送给他美女和乐队，来改变他的心志；假借由余之名去向戎王请求延期返戎，这样就可以疏远他们之间的关系；然后，可以扣留由余，不让他回国，以此来耽误他的归期。戎王对他感到难以琢磨，肯定就会怀疑由余。君臣之间有嫌隙，就可以把由余降伏。"穆公很赞成，就请由余吃饭，询问他戎国的地形和兵力，了解戎国所有的情况，而后，命令内史廖把由十六名女子组成的乐队送给戎王。戎王非常喜欢她们，过了整整一年，还不愿意送还。这个时候，秦国才放回了由余。由余屡次劝谏戎王，戎王不听，穆公于是多次派人暗中去招降由余，由余于是就逃出了戎国，投降了秦国。穆公以礼相待，向他咨询，问他用什么方式攻伐戎国最合适。

穆公又派军攻打晋国，渡过黄河以后，就把船烧掉了，破釜沉舟，结果打得晋军大败，攻取了王官城和鄗地，用来报复崤山之役的耻辱。晋国人困守城中，不敢出战。在这种情况下，穆公渡过黄河，为在崤山战役中牺牲的官兵修坟，为他们发丧，并且致哀三日。还对军队发表誓戒说："古时候，人们有事要向白发老人请教，这样才不会有什么过失。当初，我不听取蹇叔和百里奚的意见，结果坏了大事，现在我追悔莫及，所以才特地作出誓言，为的是让后世记住我的过错。"君子们听说了这件事，都为此垂泪，他们说："秦穆公的为人，真是非常周全，所以，他才获得了这么多贤士。"

秦穆公还采用由余的谋略，去攻打戎王，增加了十二个属国，拓展了千里疆土，终于在西戎称霸。周天子派人带着金鼓去向秦穆公祝贺。

穆公去世，葬在雍地。陪葬的有一百七十七人，其中有秦国的良臣子舆氏三人。秦国人为三人感到悲哀，为他们作了一首名叫《黄鸟》的诗歌。君子们评论这件事说："秦穆公扩展疆土，使国家强盛起来，往东征服了强大的晋国，往西称霸于戎夷地区，成就非凡。可是他死后弃民于不顾，要把他的良臣带走，为他殉葬。怎么能夺去善人、良臣，夺去百姓所敬爱的人的性命去殉葬呢？由这件事可以知道，秦国不可能再所向披靡了。"

相关链接

〔1〕百里奚：生卒年代不可考，又称百里或百里子，名奚，春秋时楚国宛（今河南南阳）人，秦穆公时著名贤臣、政治家。

〔2〕秦穆公：？－公元前621年，姓嬴，名任好，春秋时期秦国君主，在位期间善于选贤任能，同时大力开疆拓土，不仅使秦国称霸西戎，而且他自己也成为了春秋五霸之一。

秦孝公和齐威王、楚宣王、魏惠王、燕悼侯、韩哀侯、赵成侯平起平坐。诸侯凭借实力互相征战兼并。

在以后的日子里，秦国、楚国、晋国、齐国等等，都很强大，彼此之间钩心斗角，此消彼长。

楚国的公子弑杀了灵王，自立为王，这就是楚平王。有一年，楚平王请求秦国，要娶宗室女子做太子建的妻子。秦女来到楚国，平王见秦女长得漂亮，就自己娶了她。后来，楚平王想要杀掉太子建，太子建逃亡到了国外。过了几年，吴王阖闾和伍子胥攻伐楚国，楚王逃跑，吴国的军队于是进入了郢都。楚国大夫申包胥来到秦国告急求援，整整七天没有吃饭，日夜哭泣，打动了秦国，秦国发动大队人马去解救楚国，打败了吴国的军队。吴国的军队撤回后，楚王才得以重回郢都。

秦悼公二年，齐国的大臣田乞杀害了国君的小儿子，扶立阳生作为齐君，这就是齐悼公。后来，吴国的军队打败了齐国军队。齐国人杀死了齐悼公，立他的儿子简公为国君。几年后，晋定公和吴王夫差会盟，吴王作了盟主。吴国强盛，开始欺凌中原各国。

秦国由于多次更换国君，君臣秩序混乱，因此使晋国得以重新强盛，夺取了秦国的河西地区。

献公元年，废除了殉葬制度。周朝太史憺拜见献公说："周以前和秦国是合在一起的，分别了五百年后，又要重新合并，合并后会有霸王出世。"以后几年，果然有异兆[1]出现，桃树冬季开花，天上降下金雨。秦国的军队和晋国在石门山地区交战，斩杀了晋军首级六万，周天子赠送了绣有花纹的礼服来表示祝贺。秦国的军队还与魏国和晋国在少梁交战，俘虏了敌将公孙痤。

孝公元年，在黄河和崤山以东，一共有六个强国。秦孝公和齐威王、楚宣王、魏惠王、燕悼侯、韩哀侯、赵成侯平起平坐，在淮水和泗水一带，拥有十多个小国。楚国、魏国和秦国土地相连。魏国修筑了长城，从郑县沿洛水向北，拥有上郡等地区。楚国从汉中往南，拥有巴、黔中等广大地区。周室势力微弱，诸侯凭借实力互相征战兼并。

秦国位于偏僻的雍州地区，没有资格参与中原各诸侯国的会盟，诸侯们也都把秦国当夷狄看待。在这种形势下，孝公广泛地施行恩惠，救助孤寡老人，招纳安慰官兵，确定各种奖赏。他宣告全国："以前，我的祖先穆公，以德治国，并且振兴武力，往东平定了晋国内乱，使国土扩展到黄河，往西，曾经称霸于戎翟地区，为后世创立了基业。而厉公、躁公、简公时期，国家出现内患，无暇顾及国外事务，让三晋夺去了先君开拓的河西地区，诸侯们因此鄙视秦国，秦国受到了奇耻大辱。献公即位后，修整了边境，准备向东征伐，恢复穆公时候的广阔疆域，重整穆公时期的政治法令。寡人缅怀先君的遗志，内心常常悲痛无比。群臣中如果谁能出奇计使秦国强盛，那么我将尊崇他，并给予高官，与他共同分享国土。"卫鞅 [2] 听到秦孝公发布的这一命令，就来求见孝公。

卫鞅劝说孝公变更法制、整顿刑法，在内政上重视农耕，明确规定在对外征战中的赏罚制度，鼓励为国捐躯，孝公很欣赏他的建议，采用了卫鞅的新法，刚开始，百姓不喜欢新法；过了三年，百姓感受到了新法的便利。

惠文君十年，张仪被任命为秦相。魏国把上郡的十五县送给了秦国。几年后，张仪和齐楚两国大臣在啮桑地区会盟。后来，张仪又担任魏国国相，乐池担任秦国国相。韩国、赵国、魏国、燕国、齐国与匈奴的军队联合，共同来攻打秦国。秦国打败了联军，斩杀了敌军首级八万二千。不久，张仪再度担任秦国国相。

武王时代，韩国、魏国、齐国、楚国、越国都服从秦国。武王力气很大，喜欢勇猛的人，所以力士任鄙、乌获、孟说都得到了重用，做了高官。有一次，武王与孟说举鼎较力，结果摔断了膝盖骨，不久，武王去世。因为武王的死与跟孟说较力有关，所以孟说的全族都被杀尽了。武王去世后，因为没有儿子，所以扶立武王的弟弟为秦王，这就是昭襄王。

昭襄王时代，军功卓著。攻克了赵国、楚国、魏国、燕国、韩国，一路顺风，韩国的上党郡甚至放弃抵抗。只有赵国很难攻克，双方相持不下。秦国派武安君白起攻击赵军，在长平彻底打败了赵国的军队，四十多万赵军全部被坑杀。

周朝灭亡之后，西周的宝器九鼎归属秦国。天下诸侯都来归服秦国。魏国来得最晚，秦王就派军占领了魏国的吴城，魏国于是把所有国政都委属给秦国，并完全听从秦国的命令。

庄襄王元年，大赦犯人，广施恩德，来安抚天下百姓。东周君和诸侯一起，商量要攻打秦国，秦国知道了，派相国吕不韦诛杀了东周君，

○ 品画鉴宝
鼎形灯（战国）此器设计精巧，使用方便，工艺独特。

把东周土地全都纳入秦国版图。魏国将军无忌率领五国联军攻打秦国，战败之后，五国联军解散而去。

庄襄王去世，儿子政继位，这就是秦始皇帝。秦王政在位二十六年，第一次统一了天下，把天下分为三十六个郡，号称始皇帝。始皇帝五十一岁逝世，儿子胡亥继立，就是秦二世皇帝。二世皇帝三年，诸侯一起反叛，赵高杀害了二世皇帝，立子婴为秦王。子婴即位只有一个多月，就被诸侯杀掉，于是，秦朝灭亡。

相关链接

[1] 异兆：异常的兆头。古人认为天人合一，人和自然界是通灵的，所以认为在大事发生之前都会有比如彗星、日食、地震等异常现象作为前兆出现。

[2] 卫鞅：约公元前390—前338年，卫国国君的后裔，姓公孙，封于商，故人称卫鞅、公孙鞅、商鞅。战国时期法家代表、政治家，受秦孝公重用，大力推行新法，史称"商鞅变法"。

秦始皇，名政，姓赵，是秦襄王的儿子。有个叫尉缭的人见过秦始皇后说："秦王的相貌，鼻子高，眼睛细长，胸脯像鸷鸟一样，声音像豺狼一样，这样的人，心地不仁慈，有虎狼心肠，不得志的时候，他很容易对人表示谦卑，一旦得志，就会很轻易地吞食别人……"

　　秦始皇，是秦国庄襄王的儿子。当初，庄襄王在赵国做人质的时候，曾见到了吕不韦[1]的姬妾，非常喜欢，后来娶了她，生下了始皇帝。始皇帝降生的时候，被取名叫作政，姓赵。

　　政十三岁时，庄襄王去世，政继位为秦王。当时，秦国疆域很大，已经兼并了巴、蜀、汉中，并且越过宛而占有郢地，在那里设置了南郡；在北方，占有了河东、太原和上党；东面，占有荥阳，灭亡了东西二周，在那设置了三川郡。吕不韦担任丞相，封邑十万户，封号文信侯。吕不韦野心很大，招揽各地游士，想依靠他们的力量来吞并天下。李斯担任舍人，蒙骜等人担任将军。秦王年幼，而且刚刚即位，所以，国家大事都委托给大臣处理。

　　晋阳县发生反叛，将军蒙骜进攻叛军，平定了叛乱。二年，秦国攻打魏国，斩杀敌军首级三万。

　　三年，进攻韩国，攻取了十三座城邑。五年，将军蒙骜进攻魏国，共取得二十座城邑，秦国初次设置东郡。六年，韩、魏、赵、卫、楚五国联合攻击秦国，秦国反击，大胜，五国联军解散。秦军攻克卫国，逼进东郡，卫国国君率领宗族迁居野王，凭借险峻山势坚守在河内地区。八年，秦王的弟弟长安君谋反叛秦，被处死。黄河泛滥，连河里的鱼都冲上了岸，致使许多人赶着车马向东逃荒，另寻生计。

　　九年，有彗星出现，光芒横贯长空。秦王举行成年加冠典礼，这时候，长信侯阴谋叛乱，被发觉，他假造秦王御玺和太后玺印，调动县里的军队和其他人，发动叛乱。秦王命令相国、昌平君、昌文君调集军队，在咸阳开战，斩杀叛军首级数百。平叛的功臣都晋升了爵位，连参战的宦者，也晋升一级官爵。长信侯战败逃走。于是在全国下令通缉：生擒长信侯，赏钱一百万；杀死长信侯，赏钱五十万。结果，长信侯以及手下全部被抓获。手下二十人全被悬首、车裂[2]，在街上示众。他们的家族也被杀光。他们的那些门客，罪轻的罚劳役三年。至于那些被剥夺爵

秦始
国富兵强叹御天
英明执政裁多年
机谋早备併吞志
六国闻风不敢前

位而被流放的，达到了四千多家，都被安置在房陵居住。相国吕不韦因受长信侯案件的牵连，被免除了相职。

为了国家安全，还在全国进行彻底的搜查，赶走从各国来任职的宾客。李斯上书，痛陈利弊，才废止了逐客令。李斯进而游说秦王，主张马上攻打韩国，以此来震慑其他诸侯国，秦王觉得有道理，就派李斯去攻打韩国。韩王非常忧虑，与韩非商量，想办法削弱秦国。

大梁人尉缭来到秦国，给秦王提建议说："秦国强盛，相比之下，其他诸侯就像郡县的首长一般。可是，怕的就是诸侯们联合起来，出其不意地一起来进攻。希望大王不要吝惜财物，拿去贿赂各国有权势的大臣，以此打乱他们的计划，这样，只要投入区区的三十万金，就可吞并诸侯各国。"秦王听从了他的计策，用平等的礼节召见他，连自己的衣服和饮食也与尉缭同等，以示尊重。

尉缭见了秦王之后，暗想："秦王的相貌，鼻子高，眼睛细长，胸脯像鸷鸟一样，声音像豺狼一样，这样的人，心地不仁慈，有虎狼心肠，不得志的时候，他很容易对人表示谦卑，一旦得志，就会很轻易地吞食别人。我只是个平民百姓，可是他见到我时，总是表现得谦恭而卑下。如果我真的使他得到天下，那么全天下人都会成为他的俘虏。这种人是不能和他长期相处的。"于是他准备逃走。秦王发觉了，执意挽留，任命他为秦国尉，并且听从他的治国之道。

始皇十二年，文信侯吕不韦去世，他的门客偷偷摸摸地把他埋了。门客中那些来哭丧的，如果是三晋地区的人，就被驱逐出境；如果是秦国人而且俸禄在六百石以上，就剥夺他的官爵并被迫迁徙；俸禄在五百石以下而没有哭丧的，也要迁徙，但不剥夺官爵。从那往后，执掌国家大政而不走正道，像长信侯和吕不韦那样的人，就要取消他全家人的户籍而充作奴隶。

始皇十三年，攻打赵国，杀死赵国将军，斩杀敌军首级十万。韩非出使秦国，秦国采用李斯的意见，扣留了韩非，最后韩非死在了秦国。韩王屈服，请求成为秦国的藩臣。

　　十五年，魏国迫于秦国军队的威力，向秦国奉献土地。十七年，秦国攻打韩国，俘获韩王，占有了韩国的全部土地，在这个地区设置了郡，定名为颍川郡。这一年发生地震，百姓遭受了非常严重的饥荒。

　　十八年，大举进攻赵国，一年后夺取赵国的土地，到达了平阳，俘虏了赵王。又率兵准备攻打燕国，在中山地区屯驻。秦王来到邯郸，活埋了那些与秦王的母家有仇怨的人。赵国的公子率领着他的宗族几百人逃到代地，自立为代王，和东方的燕国会合兵力，驻扎在上谷郡。

　　二十年，燕国的太子丹担心秦国大军压境，非常害怕，就派荆轲去行刺秦王。秦王发觉了，肢解了荆轲的身体示众，然后发兵进攻燕国。燕国、代国出兵迎击，秦军在易水的西边打败了燕军。一年后，秦国增调了更多的士卒，打垮了燕国太子的军队，攻克了燕都蓟城，杀掉了燕国太子丹。燕王向东跑到辽东地区，在那里称王。

　　二十二年，攻打魏国，挖沟引来黄河水，淹没了魏国首都大梁城，大梁城的墙被水冲坏，魏王请求投降，秦国于是占领了魏国土地。

　　二十三年，秦王派人带兵进攻楚国，俘获了楚王。楚国的将军项燕扶立昌平君为楚王，在淮南地区起兵反秦。一年后，昌平君战死，项燕自杀。

　　二十五年，秦国大规模地发动军队，在辽东地区攻打燕国，俘获了燕王。回军攻打代国，又俘获了代王。还平定了楚国的江南地区，降服了越君，设置了会稽郡。

　　二十六年，齐王和他的丞相发动军队，防卫齐国的西界，不与秦国交往。秦国派军攻打齐国，俘获了齐王。

相关链接

〔1〕吕不韦：约公元前292－前235年，战国时期卫国濮阳（今河南濮阳）人，祖籍阳翟（今河南禹州），初为商人，后辅助做人质的异人（秦庄襄王）登上王位，并得以摄政秦王嬴政，把持秦国政治多年，封文信侯。
〔2〕车裂：古代一种残酷的刑罚，又叫五马分尸，即把人的手、脚和头分别绑起来，用五匹马从不同的方向同时用力撕拉。

万
世
基
业
始
皇
帝

一统天下后，秦王就对丞相和御史下诏令说：寡人以渺小的身躯，兴兵征战天下，六国全都称臣认罪，天下完全得到安定。如今如果不更改名号，就很难称扬我所开创的伟大功业，使它流传给后世。你们讨论一下帝王的称号吧。

统一了天下，秦王就对丞相和御史下诏令说：

"前段时间，韩王交出土地，进献国玺，请求做我国的藩臣，可是不久就违背了盟约，与赵国、魏国联合，一起来反叛秦国。所以，我们才兴兵攻打韩国，俘获了它的国王。寡人认为这样做很圆满了，大概可以不再打仗了。赵王派他的丞相李牧来订立盟约，所以我们归还了他们的人质。可是不久，他们背弃了盟约，在太原反叛我国，所以，我们才兴兵讨伐，抓获了他们的国王。赵国公子又自立为代王，所以又消灭了他。魏王起初订立盟约，表示臣服秦国，可是不久，又与韩国、赵国合谋，袭击秦国，秦军官兵善战，打垮了他们。楚王奉献青阳以西的土地，可是不久，就违背盟约，攻打我国的南部，因此，我国发兵，俘获了它的国王，平定了楚地。燕王昏庸，他的太子丹暗地里命令荆轲到秦国来刺杀我，[1] 秦国出兵讨伐，灭了燕国。齐王断绝了和秦国的往来，想要作乱，我们前去诛伐，俘获了齐王，平定了齐地。寡人以渺小的身躯，兴兵征战天下，六国全都称臣认罪，天下完全得到安定。如今如果不更改名号，就很难称扬我所开创的伟大功业，使它流传后世。你们讨论一下帝王的称号吧。"

丞相王绾、御史大夫冯劫、廷尉李斯等人认真商量之后，回答说：

"以前，五帝的疆土纵横千里，在这以外的诸侯们，有的来朝贡天子，有的不来朝贡，天子无法完全加以控制。如今陛下率领正义之师，消灭叛贼，平定了天下，海内设立郡县，法令从此统一，这是有史以来，从未有过的功业，连五帝也无法达到。臣等谨慎地与博士们讨论，结论是：'古代有天皇，有地皇，有泰皇，泰皇最为尊贵。'臣等呈上尊号，认为您应称为'泰皇'。天子之命称为'制'，天子之令称为'诏'，天子自称'朕'。"

秦王说："这样吧，不要'泰'字，只用'皇'字，再采用上古'帝'位的称号，尊号叫作'皇帝'。其他就照你们的建议办。"

于是追加尊号，称庄襄王为太上皇。又下达制书说："朕听说，上

古的时候，有号而没有谥，中古时有号，死后又按照他的行为，给他立谥。这样一来，就是儿子评论父亲、臣子评论君主了，这样做很不合适，朕不同意这种做法。从今以后，废除谥号。朕称始皇帝，后世按数字排列，从二世、三世直到万世，让它传递无尽。"

始皇帝根据金、木、水、火、土五德相生相克的原理，认为周朝得到火德，秦代替周的火德，就应该推从水德。所以，现在应该是从水德开始，应该更改每年的起始月，朝臣们元旦入朝庆贺都从十月初一日开始。衣服、旌旗的色彩都崇尚黑色。数目以六为基数，法冠都是六寸，马车的宽度为六尺，每乘车的马定为六匹。因为开始运行水德，所以要把黄河改名叫德水。另外，主张以苛刻的手段治国，凡事都依法办理，不讲求仁慈、恩惠和道义，以为只有这样做了以后，才符合五德运行的原则。于是，全国上下都施行残酷的刑法，犯人很难得到赦免。

丞相王绾等人上奏说："诸侯刚刚被平定，燕、齐、楚等地偏远，如果不在那里设置王国，就很难守住这些地区。请您封立各位皇子为王。"始皇帝把这个提议下发给群臣们讨论，群臣们大都同意，认为这样做更便于治理。

可是廷尉李斯建议说："周朝的时候，文王、武王分封了非常多的子弟以及同姓诸侯，但是后来呢，宗属关系越来越疏远，他们之间相互攻击，就像仇敌一样，接连不断地相互征战。如今不同了，仰仗陛下的神灵，天下已经完全统一，各地都设立了郡县，可以用国家的赋税收入重赏各家子弟和功臣，这样就很容易控制他们。使天下没有二心，这才是安邦定国的关键啊！所以说，设置诸侯不利于国家的长治久安。"

始皇帝说："是啊！多少年来，天下人饱受战争的苦难，就是因为有诸侯王的存在。现在，天下刚刚平定，却又要重新设置王国，这是在种下战争的祸根啊！我同意廷尉的意见。"

于是，把全国分成三十六郡，郡中设置郡守、郡尉、监御史等官职。把民众改称为"黔首"。赏赐天下的人共同宴饮，庆贺统一。收集天下兵器，聚集到咸阳，熔化以后铸成大钟，并且铸造了十二个铜人，都重达千石，放在宫廷里。统一法律和度量衡，统一车辆的规格，统一文字。秦朝的版图，东边到了大海和朝鲜地区，西边到达临洮、羌中，南边到达北向户，北方据守黄河，作为关塞，并与阴山相连，直到辽东。把天下十二万户豪富迁徙到咸阳。各代祖先的陵庙以及章台宫，还有上林苑，都设置在渭水南岸地区。秦每次灭亡一个诸侯国，都要画出他们宫室的图形，然后在咸阳 [2] 仿建，并把从诸侯国所得到的美人、钟鼓，都安置在里面。

二十八年，始皇帝向东巡视，登上了邹地的峄山，在那里树立了石碑，并与鲁地儒生商讨碑文，准备刻石铭文，歌颂秦朝的功德，还讨论了封禅等事宜。随后，又登上泰山，树立石碑，祭祀天神。下山时，突然有狂风暴雨袭来，始皇帝于是在树下避雨休息，因此封这棵大树为五大夫。之后，沿着渤海向东行进，登上芝罘山，也树立石碑歌颂秦的功德，然后离去。再向南登临琅邪山，在这里逗留了三个月，整天吃喝玩乐。同时，把三万户百姓迁到了琅邪山下，免去了他们十二年的赋税徭役。随后，又建造琅邪台，立碑纪念，颂扬秦朝的功德，表明始皇帝的万丈雄心。这些事完成以后，齐地人徐巿等呈上奏书，说海中有三座神山，分别叫作蓬莱、方丈、瀛州，有神仙居住在那里。希望能够率领童男童女前往，寻仙觅道。始皇帝同意，因此派遣徐福率领几千名童男童女，入海寻仙。

始皇帝从东方返回的时候，路过彭城，亲自斋戒祭祀，想要把当年掉落在泗水中的周鼎打捞上来。派了一千人潜入水中去找，没有找到。随后，向西南渡过淮水，前往衡山、南郡。在坐船渡过湘江的时候，遭遇大风，几乎不能渡江。始皇帝问博士："湘江的水神是谁？"博士回答说："根据传说，是尧的女儿，也就是舜的妻子，葬在河里。"始皇帝听了，大怒，派三千名罪犯把湘山的树木全部都砍掉，整座山都露出了红土，成了光秃秃的土山。

二十九年，始皇帝到东方出游，被刺客惊扰。刺客没有抓到，于是在全国进行了十天的大搜捕。后来，始皇帝身着便装，暗中在咸阳巡视，带了四名武士，夜里出来，在兰池宫又遇到行刺，非常危险，武士杀掉了刺客，然后在关中地区进行了二十天的大搜捕。

后来，始皇帝派人去觅求仙人不死的奇药。派到海中寻求仙人的燕人卢生返回之后，向始皇帝呈奏他所抄录的一本神书，书上说："灭亡秦的是胡。"始皇帝于是派出将军蒙恬，大举北进，攻打胡人，攻取了河南地区。

三十四年，贬谪那些不公正办理讼狱的人，去修筑长城或者戍守南越。

相关链接

〔1〕当初燕太子丹在秦国做人质，后来逃回了燕国。他看到嬴政志在吞并六国，感到自己岌岌可危，就礼遇侠客荆轲，并让他前去刺杀秦王，事情最后以失败告终。

〔2〕咸阳：秦的都城，在今陕西咸阳，公元前250年秦孝公迁都于此。

○ 品画鉴宝
彩绘车马（秦）此为古代车制中的安车，制造工艺复杂精细。

赵高指鹿为马

　　赵高想要作乱，恐怕群臣不服，就预先进行测验。他牵来一头鹿，献给二世皇帝，煞有介事地说："这是一匹马。"二世皇帝笑着说："丞相看错了吧？竟然把鹿看作马。"又询问左右大臣，左右大臣有的默不作声，有的说是马而阿谀赵高，也有人说是鹿。不久，赵高就在暗地里把说是鹿的人杀掉了。以后，群臣都很畏惧赵高。

　　二世皇帝元年，胡亥二十一岁。赵高担任郎中令，因为受到皇帝的信任而专权用事。秦二世和赵高商量说："朕年纪轻，又刚刚登位，民心尚未归附。想当初，先帝到各郡县去巡视，来显示自己的强大，以便威慑海内。我如今坐享其成，不去巡视，会被人看成懦弱无能，这样怎么可以统治天下？"

　　于是二世出游巡视，李斯随从。先是到了碣石山，然后又沿海南下，到了会稽，并且在始皇帝以前所竖立的刻石上重新刻上文字，彰扬先帝的功业和盛德。

二世皇帝还遵从赵高的建议，申明法令。他私下与赵高商议说："大臣们不顺服，官吏的势力还很大，另外，各位公子以后肯定也要和朕争夺帝位，朕该如何处理呢？"

赵高回答说："其实臣早就想说，但是没敢。先帝的大臣，都是立下了累世功名的贵人。他们曾经为国家积累功业，劳苦了一辈子，后代也继承了他们的传统。而我赵高呢，本来是一位无功无勋的贱人，幸而得到陛下的抬举，让我官居高位，掌握宫禁中的事务。大臣们对这个安排都不高兴，虽然表面上顺从我，但心里面非常不服气。如今皇上出巡，应该借这个时机，查出那些有罪的官僚，杀掉他们，这样，可以除去那些皇上不喜欢的人。如今这个时代，不提倡效法文治，一切应该取决于武力，希望陛下抓住时机，当机立断，千万不要迟疑，要抓住群臣还来不及反叛的时机，尽快采取行动。圣明的君主，能够重用前朝遗留下来的普通人，对于地位卑贱的人，能使他变得高贵，对于贫困的人，能使他变得富足，对于被前朝疏远的人，能够给予宠信，这样，就能实现上下团结，使国家安定。"

二世皇帝说："嗯，这个办法不错！"于是，就找借口杀掉大臣和各个公子，又制造罪名，抓了一些职位较低的官员，没有一个人能够幸免。并且还把始皇帝的六个皇子杀死在杜县。公子将闾等兄弟三人暂时被囚禁在内宫，等待议定他们的罪名，没有立即处决。

二世皇帝派使者传令将闾说："公子不臣服君主，论罪应死，就要执行了。"将闾说："宫廷的礼法，我从来不敢不顺从；朝廷上的位次，我从来不敢错乱；回答皇帝的命令，我从来不敢失言。凭什么说我不臣服？我希望能够明白，我到底犯了什么罪，然后再接受死罪。"使者说："我没有资格参加讨论，只能奉诏书行事。"将闾无奈，仰天大呼三声，叫道："天啊！我没有罪！"于是兄弟三人都流着眼泪，拔剑自杀。宫廷中的人听说了，都很害怕。群臣当中只要有劝谏的，就被认定是诽谤朝政，大官吏们为保持他们的禄位，只好阿谀奉承。

二世皇帝说："先皇帝因为咸阳朝廷太狭小，所以才营造了阿房宫。还没有建成，正遇到皇上崩逝，就命令那些营造的人停止建筑，去修郦山陵。郦山的事已经做完，现在如果放下阿房宫的事不去完成，那就是有意显示先帝的过错啊。"

于是又重新修建阿房宫。同时，派兵安抚四夷，又搜罗了五万精兵，守卫咸阳，让他们学习射箭，学习饲养供宫中玩赏的狗马禽兽。咸阳地区于是人口膨胀，要消费很多粮食，所以就向下调集各郡县的粮食和草料，并且命令运送粮草的人都要自带干粮，在咸阳三百里以内的地区不允许取用这些粮食。

陈涉等人造反，国号"张楚[1]"，陈涉自立为楚王，据守陈县，派出各路将领去攻占土地。崤山以东各地的青年人，因为都受到过秦朝官吏的迫害，所以都杀死地方官，起来造反，来响应陈涉。他们相互扶立，成为侯王，联合起来向西进军，打着讨伐秦朝的旗号，造反的人越来越多，数也数不清。有人出使东方归来，把各地造反的情况报告给了二世皇帝。二世皇帝听后大怒，把他关进了监狱。后来又有使者到来，皇上询问东方的形势，使者回答说："没事的！只不过是一群土匪强盗，郡中的官员正在追捕他们，现在已经全部抓到了，不用担忧。"皇上听了，非常高兴。

当时，武臣立自己为赵王，魏咎自立为魏王，田儋自立为齐王。沛公在沛县起义，项梁在会稽郡起兵，反秦的势力越来越大。

第二年冬天，陈涉派周章率军攻到戏水，拥兵几十万。二世皇帝惊恐万状，向群臣求助说："哎呀，这该怎么办？"少府章邯说："盗贼兵临城下，人多势众。现在即使调发附近郡县的军队，也已经来不及了。郦山的工匠人数众多，请皇上赦免他们的罪过，发给他们武器来攻打盗贼。"于是，二世皇帝大赦因犯和苦力，派章邯统率他们，打败了周章的军队，还杀死了周章。随后，二世皇帝又增派长史司马欣、董翳领兵协助章邯，在城父县杀死了陈胜，在定陶县打垮了项梁，在临济城消灭了魏咎。在有名的贼盗将领都被杀死以后，章邯向北渡过黄河，在巨鹿攻打赵王歇等人。

赵高劝谏二世皇帝说："先皇帝君临天下，统治了很长时间，所以群臣们不敢为非作歹，不敢在朝廷上胡说八道。可是陛下呢，青春年少，而且刚刚即位,怎么可以在朝廷上与公卿们决策国事呢？如果决策一旦失误，就是把自己的短处暴露在群臣面前。天子处在万人之上，本来就不该让他们直接听见陛下的声音。"从此，二世皇帝经常躲在宫禁中，与赵高决策政事，公卿大臣们很少能够见到皇帝。

反叛的人越来越多，只好不停地调派关中地区的军卒去征伐。右丞相冯去疾、左丞相李斯、将军冯劫进言劝谏说："关东地区的盗贼群起，秦朝派军队去讨伐，杀了不少，但是仍然不能制止住他们。为什么这么难？都是因为戍守、漕陆运输和各种差役大多太苦，还有，赋税也太重。请求暂且停止修建阿房宫，减少四边的屯戍和物资转运。"

二世皇帝说："我听韩非子说过：'尧、舜修建居室，采用原木作椽子，而不加刮削；用茅草盖铺屋顶，而不加剪裁；用陶器煮饭喝水。即便是今日看门士卒的待遇，也不会比他们更差。大禹治水，让河流导入大海，他亲自手持挖土的杵和铁锹，泥水泡得他连小腿上的汗毛都掉光了，即使是臣仆奴隶的劳苦，也不比他更剧烈。'

"拥有天下而居于高位的人，应该随心所欲、为所欲为。作为君主，只要威严，只要能明确地颁布法令，在下的臣民们就不敢胡作非为，这样就能驾驭天下了。至于说尧舜禹，作为君主，贵为天子，还亲自辛苦劳作，为百姓作出牺牲，那样做怎么行呢，怎么能以他们为榜样呢？朕贵为万乘君王，却没有享受过万乘君王应该享受的。我想要建造千万辆的车驾，以此来充实我的名号。而且，先帝从诸侯起家，兼并了天下，天下安定之后，又对外抵御四方夷狄，边境也得到了安宁，于是才建筑宫室，来表达他的丰功伟绩。

"如今，朕即位刚刚两年，盗贼群起作乱，你们不但无法禁止，还想要废止先帝所要做的大事业。你们这样做，既不能报答先帝，也不能为朕尽力。你们还有什么资格身处高位？"

于是把冯去疾、李斯和冯劫抓起来，投入监狱，立案审查他们的罪过。冯去疾和冯劫说："将相不能受辱。"于是自杀。李斯没有自杀，遭受了五刑[2]。

第三年，章邯等人率军包围了巨鹿[3]，楚国上将军项羽率楚军前往救援。冬天，赵高担任丞相，判决并处死了李斯。夏天，章邯等人作战屡次失利，二世皇帝派人责问章邯，章邯恐惧，就让长史司马欣到朝中求情。赵高不肯接见，又不信任他。司马欣担心自己的性命，就逃出了咸阳，赵高派人抓他，没有追到。司马欣见到章邯说："赵高已经总揽了国家大权，将军有功要被杀，无功也要被杀。你好自为之吧！"这个时候，项羽加紧攻打秦军，章邯等人就率军投降了。

八月，赵高想要作乱，恐怕群臣不服，就预先进行测验。他牵来一头鹿，献给二世皇帝，煞有介事地说："这是一匹马。"二世皇帝笑着说："丞相看错了吧？竟然把鹿看作马。"又询问左右大臣，左右大臣有的默不作声，有的说是马而阿谀赵高，也有人说是鹿。不久，赵高就在暗地里把说是鹿的人杀掉了。以后，群臣都很畏惧赵高。[4]

赵高以前总是说："关东地区的盗贼，不可能有什么作为的。"后来，项羽在巨鹿城下俘获了秦将王离等人，继续前进，章邯等人的军队屡次败退，而燕、赵、齐、楚、韩、魏都拥立了自己的君王，基本上都已经反叛了秦朝，率领着各自的军队向西进攻。

当时，沛公率领几万人已经攻克了武关，然后派人暗地里和赵高联络。赵高恐怕二世皇帝发怒，诛杀他，就以生病为由，推辞不见。二世皇帝派人责问赵高关于关东盗贼的事。赵高恐惧，就和他的女婿阎乐弟弟赵成商议说："皇上不听劝谏，弄成了这个样子，想把罪过都推给我们家族。我想另置皇帝，改立公子子婴。子婴为人仁慈厚道，百姓们都拥护他。"

于是命人作内应，谎称有大盗，命令阎乐召集官吏出动军队追击，率领官兵一千多人来到宫殿门口，把守卫绑起来，说："盗贼从这里进去了，为什么不拦住他？"守卫说："宫殿四周设有士卒守卫，滴水不漏，怎么可能有盗贼进入宫殿？"阎乐就斩杀了守卫，率兵直入宫殿，边走边射箭，宫中人等很害怕，有人逃跑有人反抗，反抗的人无一幸存，被杀的有好几十人。后来，阎乐进入宫殿，箭射到了皇上的帷幄上。二世皇帝愤怒，召令左右的侍者，左右侍臣都吓坏了，没有人敢挺身格斗。

当时，二世身旁有一个宦官，伺候二世而不敢离去，二世问他："你为什么不早点把国家形势告诉我？以至于落到这个地步！"宦官说："我不敢说，所以才能活到现在。如果我早就说了，那早就已经被杀掉了，怎么还能活到今日？"

正在这个时候，阎乐冲进来，指着二世，历数他的罪恶："足下生性骄横放肆，随意杀人，不遵天道，天下的人都背叛了足下，足下还是自己考虑该怎么办吧！"二世说："我是否见一见丞相？"阎乐说："不可以。"二世说："能不能给我一郡的地方，让我做一个王？"没有得到允许。二世又说："我情愿做一个万户侯。"仍没有得到允许。二世又说："我情愿和妻儿在一起做平民百姓，就像其他公子一样。"阎乐说："臣子接受丞相的命令，为了天下人来诛杀足下，足下虽然说了许多话，但这些话，臣子不敢回报。"于是命令他的土卒拥上前来。二世自杀。

阎乐回去向赵高报告，赵高马上召集所有的大臣、公子，向他们通报了诛杀二世的情况。他说："过去，秦是一个王国，始皇帝有能力君临天下，所以才称帝。如今不同了，六国自己又重新拥有了国土，秦所控制的地区变得小多了，所以不应该沿用空名而称帝。应该像以前那样称王，这样更为符合实际。"拥立公子子婴为秦王。按照平民百姓的礼仪埋葬了二世皇帝。又让子婴斋戒，到宗庙中去拜见祖先，然后好接受国王的印玺。

斋戒了五天之后，子婴跟两个儿子商议："丞相赵高杀害了二世皇帝，害怕群臣杀他，才假装伸张大义，扶立我。我听说，赵高已经与楚国订立了盟约，等到灭掉秦的宗室以后，他就在关中称王。他让我斋戒后去朝见宗庙，其实是想要借机来杀害我。我如果宣称有病不去，那么丞相一定亲自前来，他一来，我们就杀掉他！"赵高多次派人来请子婴，子婴都不去，赵高果真亲自来请，说："宗庙朝见这样大的事，王怎么能不去呢？"子婴就在斋宫中刺杀了赵高，然后诛杀了赵高家的三族人。

子婴做了四十六天秦王，沛公就攻破秦军，进入了武关，来到霸上，然后派人去招降子婴。子婴自己用绳子拴着脖颈，坐着马车，捧着天子的印玺信符，前来请降。沛公进入咸阳，封藏了宫室府库，退兵到霸上。

过了一个多月，诸侯军队赶到。项羽是各路诸侯的盟主，命令大家诛杀子婴和秦王室的各个公子，以及皇室所有的人。然后，就在咸阳大肆屠杀，烧毁秦国的宫室，俘获宫女，没收秦国的珍宝和钱财，由诸侯们瓜分。灭亡了秦国后，就把它的领土分割成三个王国，名叫雍王、塞王、翟王，号称三秦。项羽为西楚霸王，主持国政，分割天下，赐封诸侯王。秦朝最终被灭亡了。这以后五年，天下被汉家统一。

相关链接

〔1〕张楚：即恢复、张大楚国。陈胜、吴广自起兵以后，到达楚故都陈县。当年秦统一天下的时候，对楚国的战争是尤为激烈和残酷的。楚人国破家亡，对秦的怨恨和对故国的怀念沉积日久。有人甚至说：楚虽三户，可亡秦矣！陈胜、吴广树起"张楚"的旗号抗秦，是很有号召力的。

〔2〕五刑：古代五种残酷的刑罚，指墨（在脸上刻字涂墨）、劓（割掉鼻子）、剕（砍脚）、宫（阉割生殖器）、大辟（死刑）。

〔3〕巨鹿：位于现在的河北省邢台市境内。

〔4〕成语"指鹿为马"即出于此，意思是指着鹿，却说是马，形容故意颠倒是非、混淆黑白。

力拔山兮气盖世

项籍身高八尺有余，力能扛鼎，而且才气过人。秦始皇到会稽巡视，渡过浙江的时候，项梁和项籍一起去观看。项籍说："那个人，我可以取而代之。"

项籍[1]，字子羽。他开始创业的时候，才二十四岁。他的叔父名叫项梁，是楚国将军项燕的儿子。项氏家族世世代代担任楚国的将军，所以被封在项城县，因此姓项。

项籍少年时代，学习认字写字，学不好，于是放弃了；去学习剑术，又没有学成。项梁对他大发雷霆。项籍说："认字写字，只不过用来书写姓名而已，学好剑术，也只不过能对付一个人，根本就不值得去学。我要学能够打败万人的本领。"因此项梁就教项籍学习用兵打仗，项籍非常喜欢，可是，懂得其中的大意以后，又不肯学了。

项梁杀了人，就和项籍逃到吴中地区，躲避仇家的报复。吴中地区的贤士大夫都尊崇他。吴中地区每当有大的徭役和丧葬，经常是请项梁去主办。他运用兵法，部署宾客和青年人，所有事情都井井有条，吴中地区的人都推崇他的才能。

秦始皇到会稽巡视，渡过浙江的时候，项梁和项籍一起去观看。项籍说："那个人，我可以取而代之。"项梁捂住了他的嘴，说："不要胡说，会灭族的！"但是，从此项梁就知道项籍是个不凡的奇人。项籍身高八尺有余，力能扛鼎，而且才气过人，尽管吴中青年刚烈好斗，但都很畏惧项籍。

秦二世元年（公元前209年），陈涉等人在大泽乡起义。九月，会稽郡守殷通对项梁说："长江以西地区都造反了，看来，这是上天要灭亡秦国，是个好时机。我听说，领先行动，就可以控制别人，要是落后，就会被别人控制。我准备发兵抗秦，派您和桓楚做将军。"

当时，桓楚逃亡，躲藏起来。项梁说："桓楚逃亡在外，没有人知道他在哪里，只有项籍知道。"随后，项梁出来，命令项籍携带宝剑，在屋外候命。项梁再次进屋，与郡守坐在一起，然后说："请您召见项籍，命令他去把桓楚找来。"郡守同意，于是项梁就把项籍叫了进来。过了一会儿，项梁示意项籍："可以动手了！"项籍于是就拔出宝剑，斩下了郡守的头。

项梁拎着郡守的头，佩带着郡守的印符走出来。郡守的部下见状，一时大为惊慌，乱成一团，被项籍所杀伤的有近百人。大家都惊恐万分

霸王项籍

地伏在地上，没有一个人敢起来反抗。于是，项梁召集以前的朋友，告诉他们他也要起义，成就大业。随后，出动吴中地区的军队，率领他们去攻打郡内的属县，得到精兵八千。项梁任命吴中地区的豪杰去领导这支军队。其中有一个人没有被任用，就去责问项梁。项梁说："前些时候，某家丧葬时我派您去主办一件事，您没有办好，所以，我不能任用您。"众人听了，对项梁的知人善任都很佩服。这样，项梁就做了会稽郡守，项籍被任用为大将，率军攻打所辖各县。

广陵人召平当时正在替陈王攻打广陵，没有攻下，听说陈王战败逃走，而且秦国军队马上就要打过来，于是就渡过长江，假托奉陈王的命令，封项梁为楚王的上柱国。他说："江东平定以后，应该尽快向西攻秦。"项梁就率领着八千军队，渡过长江，向西进攻。听说陈婴已经打下了东阳，就派使臣前去，准备跟他联合，一同西进。

陈婴，本来是东阳令史，为人诚信，做事严谨，被尊为长者。东阳县的年轻人杀了县令，聚集了几千人，想推举一位首领，但没有合适的人选，于是就请陈婴担任这个职务。陈婴推辞，谦虚地说自己没有这个能力，结果被强行推为首领。县中随从起义的有二万人，少年们准备立陈婴为王，并用黑头巾包头，以此区别于其他军队。

陈婴的母亲告诫陈婴："自从我嫁到你们陈家以来，没听说过你的先辈中出过贵人。现在你突然之间就得到这样大的名分，不祥。你还不如立别人为王，归属于他，这样，事业成功的话，你仍然能够封侯，事业失败呢，你也易于逃亡，因为你不会被世人注意到。"陈婴想想有理，就坚决不称王。他对军官们说："项氏家族世世代代担任将军，是楚国名门。如今要创建大业，如果不是项氏领导，就不可能成功。我们依靠名门望族，一定会消灭秦国。"众人听从了他的意见，让军队听从项梁指挥。项梁渡过淮河，其他人也率领着各自军队前来归附。项梁的军队达到了六七万人，驻扎在下邳。

当时，秦嘉已经拥立景驹为楚王，驻军彭城以东，准备抵拒项梁。项梁对军中官吏们说："陈王首先起事，作战失败，现在不知道流落到了哪里。而秦嘉背叛陈王，扶立景驹，这真是大逆不道！"于是就出兵去攻打秦嘉。秦嘉战败逃走，项梁乘胜追击，交战了一天，秦嘉被杀，军队投降，景驹逃走，死在了梁地。项梁兼并了秦嘉的军队，驻军胡陵，准备率军西进，但是被秦国的章邯打败。

在这以前，项梁曾派项羽率领另外一路军队进攻襄城，襄城坚守，一时无法攻克。攻破以后，项羽把俘虏全都活埋。项梁听说陈王确实已经去世，就召集各位将领开会，商计大事。当时，沛公也已经从沛县起兵，也前来开会。

当时有位能人名叫范增，七十岁，平时在家闲居，擅长奇计。他前往薛县劝导项梁说："陈涉失败了，一点也不奇怪，都在情理之中。当初，秦国灭了六国，其中楚国根本没有得罪秦国，却也被吞灭了。自从楚怀王进入秦国而被扣留，至死没有返回，楚国人就开始怀念他，因此，楚南公说：'即使楚国只剩下三户人家，也一定会灭掉秦国。'如今陈胜首先起事，不去扶立楚王的后代，却偏偏要自立为王，所以他的势运不可能长久。现在您起自江东，楚国各地的将领都蜂拥而至，争先归附于您，原因就是您家世世代代都做过楚国大将，因为您能够扶立楚王的后代。"项梁觉得他的话有理，就在民间找到了楚怀王的孙子熊心，当时熊心非常落魄，正在为人牧羊，项梁扶立他为楚怀王[2]，以便顺从楚国的民望。陈婴得到了楚国五个县的封地，和怀王一同居住在都城。项梁自己号称武信君。

几个月以后，项梁领兵，和齐国的田荣等人，在东阿打垮了秦军。战胜之后，田荣立刻回到齐地，赶走了齐王假。齐王假逃亡到了楚国，他的国相田角逃亡到了赵国。田角的弟弟田间本来是齐国将领，住在赵国，不敢回国。田荣扶立田儋的儿子田市为齐王。项梁打败了东阿城的秦军以后，紧接着就去追击秦军，同时，多次派使者去敦促齐国出兵，想与齐军一同西进。田荣提出要求说："如果楚国愿意杀掉田假，赵国能杀死田角和田间，那么齐国就发兵。"项梁说："田假是我们盟国的国王，走投无路才来投奔我，我不忍心杀他。"赵国也没有杀死田角和田间，而是想利用他们来跟齐国作交易。于是齐国不肯发兵帮助楚国。

项梁和项羽多次打败秦军，因此楚军开始轻视秦国，出现了骄傲情绪。宋义劝谏项梁说："战斗胜利，将领们骄傲，士兵们也变得懒惰，这样的军队必然会失败。而秦兵一天天地增强，我替您感到害怕。"项梁听了，不以为然。

项梁派宋义出使齐国。宋义在途中遇见了齐国的使者高陵君，就问高陵君："您将要去会见项梁吗？"高陵君说："是啊。"宋义说："我敢断定，项梁的军队马上就要吃败仗了。您如果慢慢走，就可以避免被杀，如果走快了，就会赶上灾祸。"果然，秦国发动全国兵员，增加大将章邯的兵力，大举进攻楚军，在定陶打败了楚军，项梁战死。沛公和项羽撤离，转攻陈留，陈留坚守，久攻不下。沛公和项羽于是一同向东退兵。

章邯打败了项梁之后，认为楚军不值得再担忧，于是渡过黄河，去攻打赵国，打垮了赵军。然后又围攻巨鹿，把赵国的君主和大臣们都包围起来。

楚军在定陶被秦军攻破，楚怀王惊恐，就把项羽等人的军队合并起来，由他自己亲自指挥。任命吕臣担任司图，任命他的父亲吕青担任令尹。任命沛公为郡长，并封他为武安侯，统领砀郡军队。当初宋义所遇到的那位齐国使者高陵君来到楚军中，见到楚王后说："宋义曾经预言，说项梁的军队必然失败，过了几天，果真失败。军队还没有作战，就能预见结局，这个人可以称得上是懂得兵法的人。"楚王于是召见宋义，和他共商大计，非常投机，因此宋义被任命为上将军；项羽被封为鲁公，任命为次将军；范增被任命为末将军；三人一同率军出发，去救援赵国。此外其他各路军队，都由宋义指挥。

大军行进到安阳，停留了四十六日，没有前进。项羽说："我听说，秦军现在把赵王围困在了巨鹿，我们现在应该立刻率军渡过黄河，楚军在外围攻击秦军，赵军在城内配合，向外攻击，这样一定能够攻破秦军。"宋义说："不是这样。如今秦军攻打赵军，如果秦军战胜了，军队必定会疲惫不堪，我们可以趁着它的疲惫来攻打他们；如果秦军不胜，我们就可以声势浩大地率军西进，肯定可以消灭秦朝。因此，不如先让秦、赵两国互相厮杀削弱。要论身披坚固的铠甲，手持着锐利的武器上阵杀敌，我宋义不如你；但要论坐下来运筹谋划，你可不如我宋义。"

宋义在军中下令说："那些凶猛如虎、暴戾如羊、贪婪如狼、强悍有力，却不愿听从差遣的人，都要把他们杀掉。"然后，宋义派遣他的儿子宋襄到齐国去做国相，亲自送他到无盐地区，还饮酒大会宾客。当时天很冷，还下着大雨，官兵们忍饥受冻，都很不满。项羽说："在应该奋力进攻秦军的时候，却久留不行。今年遇到饥荒灾害，百姓贫困，士卒们吃的只有野菜和豆子，军中一点存粮也没有，可是宋义却大宴宾客,不率军渡过黄河,去依靠赵国的粮食,也不去和赵国合力攻打秦军,却借口说:'等秦军疲惫了再打。'以秦军的强大,要攻打刚刚建立的赵国,肯定会很快就能消灭赵国。赵国如果被灭,那么秦军就会强大,我们还有什么机会可以利用!况且,我国军队刚被打败,国王坐立不安,把国内所有的军队全都交给将军指挥,国家的安危,都系在他一个人身上。可是他呢,不抚恤士卒,只知道私情,他不是安定国家的贤臣!"

于是,项羽在早晨拜见宋义时,趁机杀了宋义,出来在军中发布命令说:"宋义和齐国人合谋,准备反叛楚国,楚王密令我杀了他。"当时,各位将军都畏惧项羽,没有人敢反对,都说:"首先扶立楚王的,是将军家族的人,如今将军又杀掉了叛乱之臣。"于是众共同拥举项羽代理上将军职务。派人追赶宋义的儿子,追到了齐国境内才追上,杀了他。又派桓楚向楚王报告。怀王因而任命项羽为上将军,军队都归项羽指挥。

项羽杀了宋义以后,威震楚国,名闻诸侯。他派遣当阳君、蒲将军率领两万士兵渡过漳水,去救援巨鹿,但首战失败。于是项羽就亲自率领全部人马,渡过漳河,上岸后,把所有渡船都沉入水底,把锅碗瓢盆等炊具都砸烂了,把住的房屋也全部烧毁,只随身携带三天的口粮,以此向士卒表明,必须要决死战斗,不许有一点退却之意。楚军到达巨鹿,多次激战,断了秦军的粮道,打垮了秦军,秦国将领杀的杀,抓的抓,只有大将涉间拒不投降,自焚而死。

当时,楚军在诸侯军队中最为强大。本来,在巨鹿城下准备援救赵国的诸侯军队很多,但是都不敢出兵。楚军出兵攻打秦军时,大家都在壁垒上观望。楚军战士勇猛善战,以一当十,呼声震天动地,诸侯们无不心怀恐惧。楚军攻破了秦军以后,项羽召见诸侯将领,他们进入辕门以后,都跪在地上用膝盖前行,谁也不敢仰视。从此,项羽成为了诸侯们的上将军,大家都屈服于他。

相关链接

〔1〕项籍:公元前232—前202年,名籍,字羽,一说字子羽,下相(今江苏宿迁)人,楚国名将项燕之后,和其叔叔项梁共同起兵抗秦,后与刘邦相争天下,垓下之围后,冲出包围而自刎于乌江之畔。

〔2〕楚怀王:?—公元前205年,楚国没落贵族。楚国灭亡以后,曾隐居乡下。项羽起兵以后,立他为精神领袖,用以号召天下。后来被尊为"义帝",死于项羽谋杀。

刘邦率军进入咸阳，准备称王关中。项羽破关而入，驻屯鸿门（今陕西西安临潼东北），欲进击刘邦。刘邦因兵力不敌，采纳张良建议，以财物疏通项羽叔父项伯，并亲至鸿门言和。项羽设宴招待。席间，项羽谋臣范增示意击杀刘邦，羽不应。范增召项庄舞剑，意图刺之，因项伯以身蔽护，未能得手。张良急召樊哙入席护卫。刘邦随即托词潜回汉营。

秦国大将章邯，与项羽相互对峙，没有交战，但秦军屡次退却。秦二世皇帝派人责问章邯。章邯惊恐万分，派司马欣到咸阳周旋。司马欣来到咸阳以后，在宫外滞留了三天，赵高拒不接见，不信任他。司马欣很害怕，只好打道回府，回归途中，不敢走他来时的路。赵高果然派人追赶他，但没有追上。

司马欣回到军中，向章邯报告说："赵高在朝中专权。如今我们与楚军交战，如果取胜，赵高肯定要嫉妒我们的功劳；如果不能取胜，就不能免于死罪。希望将军仔细考虑一下该怎么办。"

陈馀也给章邯写信说："白起[1]是秦国的大将，南征北战，活埋了赵括的军队。他为秦国攻克的城邑和占领的土地，不计其数，可是最终的结局，却是被赐死。蒙恬也是秦国的将军，在北方驱逐了戎人，开拓了榆中地区的数千里疆土，最终却被秦朝所杀。为什么呢？是因为他们功劳太多，秦国无法按照他们的功劳给予封地和赏赐，所以只好借用法律把他们杀掉。现在您担任秦国的将军，已经三年了，伤亡损失的官兵有好几十万，但是各地还是有更多的诸侯蜂拥而起。赵高一向善于阿谀奉承，隐瞒军情，现在事态紧急，他也害怕二世皇帝杀掉他，所以，就想找个理由杀掉将军您，用您来开脱他隐瞒不报的罪责。

"另外，将军您在朝外时间太长，跟朝内的人有不少分歧和矛盾，所以说，无论您是有功还是无功，都是死路一条。上天要灭亡秦国，无论是愚人还是智者都明白。现在将军您的处境不妙，在朝内没有机会直言进谏，在朝外已经成为亡国的将军。您现在孤立无援，却想要坚持下去，这难道不令人悲哀吗？将军您为什么不退兵与诸侯联合，一起去攻打秦国，分割一片土地而成为国王；这样做与自身被斩、妻儿被杀，哪种结果更好呢？"

章邯开始动摇，暗地里派人出使项羽军中，想要订立和约。项羽召集手下商议："我们的军粮少，我想接受章邯的和约。"大家都说："这样做最好。"于是项羽和章邯会晤。结盟以后，章邯见到项羽，流下了眼泪，诉说赵高专权害人的事情。项羽于是立章邯为雍王，任命司马欣为上将军，率领秦军做先头部队。

大军行进到新安。诸侯军中有一些军官和士卒，过去曾因服徭役或屯戍而途经秦中地区，秦中官兵对待他们大多非常苛刻虐待。现在秦军投降并被收编了，于是诸侯军中的官兵们就乘机使唤他们，凌辱秦军的官兵。秦军的许多官兵私下说："章将军欺骗我们向诸侯投降，现在如果能够入关破秦，当然很好；如果不能取胜，诸侯们就会胁迫我们退回关东，那么秦国人肯定会杀掉我们的父母妻儿。"诸侯的将领们听到了这些话，就报告给了项羽。项羽召见黥布、蒲将军商量说："秦军官兵人数还很多，他们心里不服。到达关中之后，如果这些投降来的秦军不听从指挥，肯定会坏了我们的大事，不如先把他们消灭掉。"晚上，楚军袭击秦营，把二十余万秦军活埋在了新安城南。

然后西行，攻取秦国的土地。函谷关有军队把守，没有能够进入。听说沛公刘邦已经攻破咸阳城，项羽大怒，马上派当阳君等人率军攻打函谷关。项羽进入关中，到达戏水西边。当时，沛公刘邦驻军霸上，还没来得及去见项羽。这时候，沛公的左司马曹无伤派人偷偷地对项羽说："沛公想在关中称王，让秦王子婴为相，秦国所有的珍宝都归他所有。"项羽听后，大怒说："明天一早，用酒食好好犒劳士兵，给我打败沛公的军队！"

当时，项羽拥有四十万军队，驻在新丰鸿门[2]；沛公拥有十万军队，驻在霸上。范增开导项羽说："沛公在山东的时候，贪财好色。现在入关以后，既没有敛财，也没有贪色，这说明他志向不小。我派人去看过他那边的云气，有龙虎气象，五彩斑斓，这是天子的祥瑞啊！必须尽快干掉他，千万不要错失良机！"

楚国的左尹项伯，是项羽的叔父，跟张良的关系很

好。张良这时候跟随着沛公，项伯于是在夜里赶到沛公军中，私下会见张良，把这件事告诉了张良，建议张良和他一同离去，免得和刘邦一同送死。张良说："我是代表韩王来送沛公的，如今沛公有难，我如果逃走，就是不仁不义，不能不告诉他。"于是张良就进入军帐，把项伯的话全都转告给了沛公，沛公听后，大惊失色，问道："这该如何是好？"

张良问："是谁替大王出主意，派兵把守函谷关的？"

刘邦说："有个小人劝我说：'把守住函谷关，不让诸侯进入关中，您就可以完全占有秦国的土地'，我一时糊涂，听信了他。"

张良问："大王想想，您的兵卒能敌得过项王的军队吗？"

沛公沉默良久，惭愧地说："确实不如。现在该怎么办呢？"

张良说："请让我前去告诉项伯，说沛公您绝对不敢背叛项王。"

沛公问："您怎么会和项伯有交情？"

张良说："秦朝的时候，项伯和我关系很好，他杀了人，是我救了他。"

沛公问："他和您谁年纪大？"

张良说："他大。"

沛公说："麻烦您替我把项伯叫进来，我要像对待兄长那样会见他。"

张良出来，邀请项伯进去见沛公。沛公捧着酒杯向项伯祝寿，又订立了儿女婚约。沛公说："我入关以后，对于秦室的财富，丝毫不敢动用，清查了吏民，封藏了库府，只等着项羽将军到来。所以要派军队把守函谷关，是为了防备盗贼和意外的事情发生。我日夜盼望着项羽将军，绝对不敢背德反叛。"

项伯相信了沛公的话，对他说："明天早上，一定要亲自前来，向项王认错。"

沛公说："是。"

于是项伯又连夜离去，回到军中，把沛公所说的话一句不差地报告给了项羽，然后说道："如果不是沛公先攻破关中，您又怎么可能进入关中呢？如今他立有大功，您却要攻打他，这是不仁义的，不如趁这个机会善待他。"项王同意了。

第二天一早，沛公就带着百余名随从来拜见项王。到了鸿门，沛公向项王赔罪说："我与将军您一同努力攻打秦军，您在河北我在河南，我没有想到我能够先入关。现在有小人挑拨离间，让我们产生了隔阂，所以我特来解释。"

项王说："那是沛公的左司马曹无伤说的。要不然，我项籍怎么可能产生这样的疑心？"随后就留沛公一同饮酒。项王、项伯面东而坐，范增面南而坐。沛公面北而坐，张良面向西侧陪侍。席间，范增多次给项王使眼色，三次举起身上所佩饰的玉玦，示意项王当机立断，杀死刘邦，可是项王默然不应。

范增起身，出去叫来项庄，对他说："君王为人心软，不忍下手，你进去敬酒祝寿，祝寿完毕，请求用剑起舞，趁机用剑杀死他。若不这样，将来我们所有人都要被他俘获。"项庄于是就进去敬酒祝寿。祝寿完毕，他说："君王和沛公饮酒，军中没有什么可以助兴，请允许我舞剑助兴。"项王说："好吧！"项庄拔剑起舞，于是项伯也拔剑起舞，用自己的身体掩护沛公，让项庄没有机会杀掉沛公。

情况紧急，张良离席，来到军门，见到了樊哙。樊哙问："事态如何？"张良说："非常紧急。现在项庄拔剑起舞，用意是在沛公身上。"樊哙说："看来真的很紧迫，请让我进去，我要跟沛公同生死。"说完，樊哙立刻带着宝剑，拿着盾牌闯入军门。卫士想拦住他，樊哙就干脆撞倒卫士，进入军门。他分开帷帐，瞪大眼睛注视项王，头发向上直立，眼眶都要瞪裂了。

项王按着宝剑，挺起身说："来客是什么人？"

张良答："这是为沛公驾车的御手樊哙。"

项王说："哦，壮士！赐他一杯酒。"就给了他一大杯酒。樊哙拜谢，站着饮了这杯酒。项王又说："赐给他一只猪肘。"就给了他一只生猪肘。樊哙把手中的盾牌平放在地上，把猪肘放在盾上，拔出宝剑边切边吃。

项王问："壮士，还能再饮酒吗？"

樊哙起身说："臣连死都不怕，还怕一杯酒吗！秦王有虎狼之心，杀人唯恐不能杀尽，处罚人唯恐不重，天下的人都背叛了他。怀王和诸侯约定说：'首先攻破秦军，攻入咸阳的人，应该被封为关中王。'现在沛公首先攻破进入咸阳，对于秦室的财富一点儿边都不敢接近，封藏了宫室，退兵驻扎到了霸上，专门等待大王。沛公之所以派人把守函谷关，是为了防备其他盗贼，防止意外事件的发生。沛公这样劳苦功高，却没有得到封侯的奖赏，而大王听信了小人的谗言，想诛杀有功的人。这样做是亡秦的继续，我相信，大王是不会采取这种做法的。"

项王无话可答，只是说："请坐。"樊哙于是随张良就座。坐了一会儿，沛公起身上厕所，顺便把樊哙叫了出来。

沛公出来之后不久，项王就派陈平去召回沛公。

沛公对手下说："现在我出来了，没有告辞，这怎么办？"

樊哙说："做大事，用不着顾及小节；讲求大礼，也不必在乎小的责难。现在人家正是快刀、砧板，我们是人家准备宰割的鱼肉，还告辞什么！"

于是，沛公就离去了，命令张良留下致谢。张良问："大王来时带了什么礼物没有？"沛公说："我带了一双白璧，想要奉献给项王，玉斗一双，准备送给亚父，但是正好赶上他们发怒，没敢奉献。您替我献给他们吧。"张良说："遵命。"

这时，项王驻军鸿门，沛公驻军霸上，相距四十里。沛公就没有坐车，骑马逃离，樊哙和夏侯婴、靳强、纪信等四人手持武器跟着徒步奔跑，抄小道行进。沛公对张良说："从这条道路到达我们军中，不过二十里。你估计我到了军中以后，再回军帐中告辞。"张良估计沛公已经回到军中，于是入帐辞谢，他说："沛公喝多了，不能亲自告辞。委派臣下给大王献上白璧一双，玉斗一双。"

项王问："沛公现在哪里？"

张良答："沛公听说大王有意责怪他，只好独自回去，已经到达军中了。"项王听后，接过了玉璧，把它放在座位上。范增接过玉斗，把它摔到地上，拔剑击破了它，说："唉！项伯这班无知的小子，不能和他们共谋大事。夺取项王天下的，一定是沛公。我们这些人都逃不掉。"

沛公回到军中，立即杀掉了曹无伤。

几天后，项羽率军屠戮咸阳，杀死了已经投降的秦王子婴，烧毁了秦宫室，大火烧了整整三个月都没有熄灭。还收集藏在宫中的财宝，把妇女掳掠到东方。有人劝导项王说："关中地区有山河阻塞四方，土地肥沃，您可以在这里建立都城，肯定能称霸天下。"项王看见秦的宫室都已经被大火烧得一片狼籍，又加上心里怀念故土，只想东归，于是说："富贵不归故乡，就像穿着锦绣衣裳在夜间行走一样，怎么可能让人看到我的荣华富贵呢？"那个劝说项王的人听了，就私下里嘲笑项王说："很多人说，楚国人就像是沐猴戴了人的帽子，装人，果真如此。"项王听说这话，就把那个人烹杀了。

项王派人向怀王报告入关降秦的情况。怀王答复："就按照先前的盟约办吧。"于是，项王就尊怀王为义帝。

　　项王想要自立为王，于是就先立手下将相为王。他对大家说："天下刚开始起兵反秦的时候，要借助诸侯的后代来灭秦。但是，是诸位将相和我项籍攻城略地，亲身披挂铠甲、手持兵器，在野外作战三年，才灭亡了秦朝，平定了天下。义帝虽然没有什么功劳，但是分给他一片土地让他做王，也是应该的。"各位将领们都很赞成，于是分割天下，立诸位将相为侯。

　　项王、范增担心沛公会占据天下。但是，他们已经通过鸿门宴讲和，不想落下负约的名声，担心诸侯们反叛他们，于是二人商议道："巴、蜀地区道路险阻，秦国被迁被贬的人都居住在蜀地，很难控制。"这样，他们就宣称巴、蜀地区也属于关中，立沛公为汉王，统治巴、蜀、汉中地区。而关中地区被一分为三，秦的降将被立为王，用来阻隔汉王。

　　就这样，章邯被立为雍王，统治咸阳以西地区。司马欣为塞王，统治咸阳以东到黄河的地区。董翳为翟王，统治上郡地区。魏王豹为西魏王，统治河东地区。赵相张耳为常山王，统治赵地。黥布为九江王。迁徙燕王为辽东王，臧荼为燕王。原齐国的将领田都曾随楚军共同救援赵国，接着又随从楚军进攻关中地区，因此立田都为齐王。其他有功之臣也各自得到了自己的爵位。项王自立为西楚霸王，统治九个郡，以彭城为都城。

相关链接

〔1〕白起：？—公元前258年，又叫公孙起，郿县（今陕西郿县东北）人，战国时期秦国名将，善于用兵，曾率兵攻打韩、魏、楚等国，长平之战大败赵军，坑杀赵兵四十多万，以武功封武安君，后被贬黜并赐死。

〔2〕鸿门：位于现在的陕西省临潼县东鸿门堡。

项羽听说汉王已经兼并了关中的所有地区，而且东方的齐国和赵国也起兵反叛，非常愤怒。于是，楚汉之争，愈演愈烈……

汉元年四月，诸侯各自到封国就位。

项王出关，前往封国，派人迁走义帝，借口说："古时候，帝王的土地方圆千里，而且一定要位于水流的上游。"于是就把义帝迁到了长沙郴县。他们不停地催促义帝赶快启程，义帝的大臣们稍稍有背叛的意图，项羽就密令把义帝和群臣杀死在大江之中。由于韩王没有军功，所以项王就把韩王带到彭城，先是废为诸侯，不久又杀了他。后来，臧荼又兼并了辽东王的领地。

田荣听说项羽把齐王贬为胶东王，而立齐将田都为齐王，大怒，不肯遣送齐王到胶东，而且以齐国的力量反叛项羽，迎击田都。田都战败，逃到楚国。齐王畏惧项王，于是就主动跑到胶东，接受封国。

田荣得知，怒不可遏，追上齐王，把他杀了。然后，田荣自立为齐王，向西进攻，杀掉了济北王田安，兼并了三齐的国土。田荣任命彭越为将军，让他在梁地反击项王。这时候，陈馀暗地里派人劝导田荣说："项羽身为天下的主宰，办事不公平。现在，他把贫瘠的土地全都分给了以前的诸侯王，而把好地都封给了他自己的文臣武将，还把原来的诸侯王从封地赶出去。赵王被不公正地对待，我认为这样做是不公道的。听说大王军队现在反抗楚军，我希望您能资助我陈馀一些军队，让我去进攻常山，恢复赵王原来的封地，我愿意拿我的国土作为齐国的屏障。"

齐王田荣答应了陈馀的请求，马上派军队去赵国。陈馀发动了几乎所有的军队，与齐国的军队合在一起，进攻常山，大败常山守军，常山的头领张耳逃归汉王。陈馀从代地迎回原来的赵王，返回赵地。赵王感激，立陈馀为代王。

这时候，汉军平定了三秦。

项羽听说汉王已经兼并了关中[1]所有的地区，而且东方的齐国和赵国也起兵反叛，非常愤怒。于是，他封郑昌为韩王，让韩国去抵抗汉军。又命令萧公角等人去攻打彭越，但是被彭越打败。汉王派张良去攻打韩国，还送了一封书信给项王："您封给汉王的土地，不是他应该得到的，他应该得到的是关中地区。如果您能履行先入关中即为关中王的前约，我就立即罢兵，不会再继续前进。"又把齐国和梁国共同反叛的书信也交给项王："齐国和赵国准备联合起来，一同消灭楚国。"项羽看了，非常生气，就去进攻齐国。他先是向九江王黥布征兵，黥布拿有病作为借口，不肯亲自前来，只派部将带了几千人前去。项王从此对黥布心怀怨恨。

汉王二年冬天，项羽向北进攻，打到城阳，田荣率军前来抵抗。田荣战败，逃到了平原，被平原人杀掉。于是楚军向北进军，烧毁了齐国的房屋，把整个齐国的城池夷为平地，把田荣的降兵全部活埋。楚军在齐国境内烧杀抢掠，毁坏了许多城邑，齐国人于是聚集起来反叛楚军。这个时候，田荣的弟弟田横召集了几万名齐国的散兵游勇，在城阳反抗楚国。项王因而停留在城阳，不停地与田横军交战，但久攻不下。

春天，汉王统率五路诸侯的军队共五十六万人，讨伐楚国。项王得知后，命令手下大将继续围攻齐国，他自己则率领三万精兵抗汉。四月，汉军攻入彭城，收取了楚国的财宝和美女，每日宴饮作乐。项王率军进攻，在彭城大破汉军。汉军溃逃，死伤十多万人。剩下的汉军士卒全都向南逃往山地，楚军又追杀到睢水河岸。汉军后退，被楚军逼到河边，大量士兵被杀，十多万汉军全都掉入睢水，以致堵塞了睢水，使河水无法流通。楚军把汉王包围了三层。

恰巧在这个时候，有大风从西北方向刮起，狂风刮断了树木、掀开了屋顶，飞沙走石，白天被刮得昏天黑地。大风正好迎面袭击楚军，楚军大乱，包围圈松散，汉王于是趁机带着几十名骑兵逃离了包围。汉王原打算经过沛县，带上家室向西逃跑。可是楚国已经先派人赶到沛县，去抓汉王的家人，家人只好四散逃亡，没机会与汉王相见。汉王在道路上遇到了自己的儿子和女儿，就把他们载入车中逃跑。楚国的骑兵在后面追杀汉王，汉王着急，就把儿子和女儿推落车下，汉王的手下滕公只好下车把他们二人揽起来，载入车中，像这样有好几次。

滕公说："虽然情况紧急，车马也跑不快，但是怎么能舍弃他们呢？"因为滕公的仁慈，所以他们姐弟二人才没有被楚军俘获。汉王等人寻找太公和吕后，但没有找到。其实，太公和吕后也在寻找汉王，反而遇到了楚军。楚军于是就把他们带回去，报告了项王，项王将他们扣留在军中。

当时，吕后的哥哥周吕侯替汉王带着军队驻扎在下邑，汉王从小道

前往投奔，渐渐地聚拢了他的士卒。然后，又赶到荥阳[2]，各路败军都在这里会合，萧何也发动了关中地区的民众到荥阳助战，连老人和小孩都来了。汉军兵威重新大振。

楚军从彭城出发，一路上乘胜追击汉军，和汉军在荥阳南面交战，结果汉军打败了楚军，楚军因此无法越过荥阳再向西进攻。

项王援救彭城，追击汉王，到了荥阳。田横压力减轻，于是收复了齐国土地，扶立田荣的儿子田广为齐王。汉王在彭城战败这件事，使诸侯又全都重新归顺了楚国，背叛汉王。汉军驻扎在荥阳，修筑了连接到黄河岸边的甬道，用以获取粮食。

汉王三年，项王屡次侵入甬道，抢夺汉军的粮食，汉军无奈，请求与楚国和解，愿意割取荥阳以西地区作为汉国的封土。项王准备同意这个和约，可是范增说："汉军现在很容易打败，现在如果不攻下荥阳，以后可是追悔莫及啊！"项王觉得有理，于是与范增立刻包围了荥阳。

汉王非常忧虑，就采用陈平的奇计，准备离间范增和项王的关系。

项王的使者前来，汉王置办了有猪、牛、羊等食物的丰盛筵席，端过来准备上菜的时候，看见了使者，就假装吃惊地说："我还以为是亚父的使者呢，怎么偏偏是项王的使者！"说完，就端走更换，拿来粗劣的饭菜给项王的使者食用。使者很委屈，回去后马上向项王报告，项王于是开始怀疑范增与汉王有交情，所以就逐渐剥夺了他的权力。范增大怒说："天下大局已定，您就自己治理天下吧！希望您让我这副老骨头继续活下去，让我回老家做平民吧！"项王答应了。范增马上启程，可是还没有到达彭城，就病死了。

汉军将领纪信自告奋勇地对汉王说："现在事态已经很严重了，请大王允许我假扮成您，去诓骗楚兵，大王可以趁机逃出去。"于是，在深夜里，汉王从荥阳东门放出了二千名披甲的女子，楚兵看到，就从四面八方围攻过来。这时候，纪信坐着汉王的黄屋车，不紧不慢地出城，边走边喊："城中没有粮食吃了，汉王请降。"楚军听到这句话，都高呼万岁。这个时候，汉王和几十名骑兵偷偷地从荥阳西门出城，逃走了。项王见到纪信，问道："汉王在哪儿？"纪信说："汉王已经出城了。你们再也抓不到他了！"项王气得要死，就把纪信烧死了。

汉王委派御史大夫周苛、枞公、魏豹三人留守荥阳。周苛和枞公商量说："魏豹投降过楚国，不可靠，不能和他一起守城。"于是他们就杀了魏豹。不久，楚军攻下了荥阳城，活捉了周苛。项王对周苛说："你要是归顺我，我就让你当将军，还封你三万户侯。"周苛大骂道："你不赶快归附投降汉王，还等什么？汉王马上就要把你们一网打尽了，你根本就不是汉王的对手！"项王大怒，就把周苛烹杀[3]了，然后又杀了枞公。

汉王出了荥阳城，逃到宛县、叶县，得到九江王黥布的支持，途中收集散兵游勇，重新回到成皋防守。

汉王四年，项王发兵围困成皋。汉王和滕公弃城逃跑，越过黄河，来到张耳、韩信的军中。楚军攻克了成皋，准备西进。汉王派军队在巩县拖住了楚军，使他们无法前进。这个时候，彭越率军渡过黄河，攻下了楚国的东阿，杀死楚将薛公。于是，项王亲自带兵攻击彭越。

汉王带着淮阴侯韩信的军队，准备渡过黄河向南进军。郑忠劝说汉王，于是汉王取消了原来的计划，而在黄河北岸修筑堡垒拒守。汉王派刘贾率军去协助彭越，焚烧了楚军的军粮物资。项王击破了刘贾，打跑了彭越。汉王趁机渡过黄河，重新攻下了成皋。

汉帝

项王平定了东海，又回转来向西征战，与汉军对峙了好几个月。

就在这个时候，彭越几次断绝了楚国的粮食，项王对此忧心忡忡。他做了一个非常高大的案板，把汉王的父亲太公放在上面，告诉汉王说："你如果不赶快投降，我就要把你的父亲煮了！"汉王回答说："我和你项羽曾经都是怀王的臣子，'相约结为兄弟'，那么，我的父亲也就是你的父亲，如果你一定要烹杀你的父亲，那么请你分给我一杯肉汤。"

项王大怒，想杀掉太公，项伯说："天下落在谁的手里，现在还不可知，不要随便杀人。况且，要夺取天下的人，是不会顾及家人的，即使杀了太公，也没有什么益处，只是增添了祸患。"项王想想有理，就听从了项伯的劝告。

相关链接

〔1〕关中：古人对函谷关以西地区的泛称，现在指我国陕西秦岭北麓渭河冲积平原一带。

〔2〕荥阳：地名，位于现在的河南省郑州市以西。

〔3〕烹杀：古代一种残酷的刑罚，即把水或油煮沸后把人投进去。

四面楚歌

项王有一位名叫虞姬的美人，很受项王的宠幸，到处跟随项王。项王还有一匹名叫骓的骏马，项王经常骑着它南征北战。现在项王处境不妙，就慷慨悲歌，作诗说："力拔山兮气盖世，时不利兮骓不逝。骓不逝兮可奈何，虞兮虞兮奈若何！"项王唱了好几遍，美人作诗应和说："汉兵已略地，四方楚歌声。大王意气尽，贱妾何聊生！"项王痛哭流涕，左右人等都跟着哭泣，谁也不敢仰视项王。

楚、汉相持了很长时间，还是无法决出胜负。[1] 壮年男子苦于行军打仗，老弱民众运送粮草，疲于奔命。项王觉得对不起国民，就对汉王说："这么多年来，全天下都在兴兵打仗，只是因为你我相争。我希望能和你单独挑战，一决雌雄，不要让全天下百姓无辜受苦。"汉王笑着推辞说："我宁愿斗智，就是不跟你比力气！"

项王命令壮士上阵挑战。汉军中有个人擅长骑射，名叫楼烦，楚军挑战多次，每次都被楼烦射杀。项王大怒，亲自披挂上阵，楼烦想要射杀项王，项王瞪大眼睛向他怒吼，楼烦被吓得要死，不敢正视，手也不听使唤，只好转身逃回营垒，不敢出来。汉王诧异，派人打听，才知道是项王。汉王大惊，于是就和项王离得很远地对话。汉王一条一条地列举项王的罪过。项王暴怒，要求决一死战。汉王不同意，项王就埋伏下射手射中了汉王。汉王受伤，逃进成皋城。

项王听说淮阴侯韩信已经打败了齐国和赵国，并且准备进攻楚国，就派龙且前去迎战。韩信与龙且大战，大破楚军，杀了龙且。随后，韩信自立为齐王。项王听说龙且被杀，有些惊慌，就派人前去劝降淮阴侯。淮阴侯不听。这时候，彭越又一次反击，攻下了梁地，断绝了楚军的粮道。项王对手下说："如果汉军前来挑战，千万不要出去与他们交战，只要不让他们向东进攻就可以了。我在十五天内一定可以杀掉彭越，稳定梁地的局势，然后我再回来与各位将军会合。"说完，项王就率军向东进军，去攻打陈留和外黄。

外黄城坚守不降，几天后挺不住了，迫不得已才投降。项王愤怒，命令城里所有十五岁以上的男子全都去城东集合，准备把他们活埋掉。外黄县令舍人有个小儿子，只有十三岁，前去劝止项王说："彭越强迫外黄归顺他，外黄人害怕，所以才听从，实际上是为了等待大王前来。大王来了，却又要活埋所有的壮丁，这样一来，百姓们怎么可能真心实意地归附您呢？如果您执意要这样做，那么从这里往东，梁国地区十余

马（西汉）　此马头、躯干、尾、四肢等九段装配而
成，昂首竖耳，作嘶鸣喷气状。

座城邑中的民众就都会畏惧大王，再也不会有人愿意投降您了。"项王
觉得有理，就赦免了那些准备活埋的外黄人。这件事传了出去，人们都
争着来归附项王。

汉军果然向楚军挑战，楚军据守，就是不出城应战。汉王于是派人
去大声辱骂楚军，骂了五六天。楚国大司马被激怒，率军渡水迎战。就
在楚军渡河渡到一半的时候，汉军向他们发起了进攻，楚军大败，汉军
于是趁机攻进城去，搜刮了楚国所有的金银财宝。楚国大司马曹咎、长
史董翳、塞王司马欣在岸上自杀身亡。项王听说了这件事，率兵回还。

当时，汉王的军队多，粮食足，而项王的军队疲惫，粮食少。汉王
占了优势，就派人去劝说项王，要求归还太公，项王不同意。汉王又派
侯公前去劝说项王，和汉王定约，中分天下，割让鸿沟以西的土地划归
汉，鸿沟以东的地区划归楚。项王同意了这个条件，马上放回了汉王的
父母妻子。汉军官兵听到停战的消息，都高呼万岁。于是，汉王封侯公
为平国君。但侯公躲了起来，不肯再见。汉王说："这个人是天下有名
的辩士，他住在哪里，就可以影响哪个国家的大政，所以我才封他为平
国君。"

项王接受了盟约以后，就率军回到东方去了。

汉王也准备罢兵回归，张良和陈平劝止说："您已经拥有了大半天
下，而且诸侯们又都归附汉国，形势一片大好啊！现在楚军疲惫不堪，
粮食已尽，这是灭亡楚国的天赐良机，应该趁此机会消灭楚国。如果放
了楚军，那可是'养虎为患'啊！"汉王听从了他们的意见。

汉王于是追击项羽，并且与淮阴侯韩信、建成侯彭越约定日期，一起攻打楚军。汉军到了，而韩信、彭越的军队没有前来会合。楚军反攻，大破汉军。汉王只好再度逃回营垒，深挖壕沟坚守。汉王问张良："诸侯们不遵守盟约，不来和我联合，怎么办才好？"张良回答说："楚军就要被消灭了，而韩信和彭越还没有得到分封，所以，不难理解他们为什么违约。您如果能和他们共分天下，那么他们马上就可以出兵。如果您不能和他们共分天下，那么天下的大势就难说了。您如果能把从陈县以东到海滨一带的土地，全都封给韩信；从睢阳以北一直到谷城的土地，都划分给彭越，而且让他们各自对楚军作战，那么楚国就很容易对付了。"

汉王同意，派使者去通报韩信和彭越说："如果两位愿意与我合力攻打楚国，那么楚国被灭亡以后，从陈县以东到海滨一带，都给齐王，从睢阳以北直到谷城的土地，都分给彭相国。"韩信和彭越很高兴，马上回报："现在就应该进兵攻打楚军。"于是，韩信从齐地出发，刘贾的军队也一同出兵，到了垓下。楚国的大司马周殷反叛楚国，随从刘贾、彭越的部队到垓下会合，进逼项王。

项王在垓下修筑壁垒，士兵很少，军粮已尽。汉军和诸侯的军队把他们团团包围起来，有好几重。晚上，楚军听到四面八方的汉军营中，都在唱楚地的民歌，项王非常惊奇："怎么可能呢？难道汉军把楚国都占领了？为什么会有这么多楚人呢！"项王忧虑万分，夜里在帐中饮酒。

项王有一位名叫虞姬的美人，很受项王的宠幸，到处跟随项王。项王还有一匹名叫骓的骏马，项王经常骑着它南征北战。现在项王处境不妙，就慷慨悲歌，作诗说："力拔山兮气盖世，时不利兮骓不逝。骓不逝兮可奈何，虞兮虞兮奈若何！"项王

唱了好几遍，美人作诗应和说："汉兵已略地，四方楚歌声。大王意气尽，贱妾何聊生！"项王痛哭流涕，左右人等都跟着哭泣，谁也不敢仰视项王。

情绪稳定之后，项王跨上战马，率领八百多名壮士组成的骑兵队伍，趁着夜色向南突围，飞奔逃走。天快亮的时候，汉军才发觉，汉王赶紧命令骑兵将领灌婴率领五千骑兵火速追击。

项王渡过淮河，跟随他的骑兵只剩下了百余人。

项王到达阴陵之后，迷了路，问一位田里的老翁，老翁骗他说："向左。"于是向左，陷入了大沼泽地中，被汉军追上了。项王又率军向东，到达东城，身边只剩下二十八个骑兵。而汉军追击的骑兵有几千人。

项王估计自己今天是凶多吉少，就对身边的骑兵说："我从起兵到现在，已经八年了，亲身经历过的战斗有七十多次，所有胆敢阻挡我的军队，都被我消灭了，所有胆敢进攻我的，也都被我征服了，从未打过败仗，于是称霸天下。可是如今，我却被困在这里，这是上天想要灭亡我，不是我作战不利。现在我们虽然难逃一死，但我希望为各位痛快决战，一定要连胜汉军三次，争取让诸位能够突出重围，斩杀敌将，砍断汉军的军旗，要让各位知道，是上天要灭亡我项羽，不是我作战的过失造成的。"说完，项王把他的骑兵分成四队，分别向四个方向突围。

汉军把他们包围了好几层。项王命令骑士向四方奔驰而下，约定冲到山的东边分三个地点会合。随后，项王大声呼喊着奔驰而下，汉军被杀得做鸟兽散。这个时候，赤泉侯杨喜是骑兵将领，来追击项王，项王瞪着眼睛向他怒吼，赤泉侯连人带马都受到了惊吓，狂奔出好几里。项王于是就同他的骑士汇聚成三处。汉军不知项王在哪里，就兵分三路，重新包围了楚军。项王在汉军中左冲右突，又杀死了汉军的一名都尉，还杀了近百名汉军兵卒，又把他的骑士重新聚集起来，仅仅损失了两名。项王得意地对骑士们说："你们觉得如何？"骑士们都由衷地叹服说："果真像大王说的那样。"

项王说想要向东渡过乌江。乌江亭长于是把船划靠到岸边，等候项王，并且开导项王说："江东地区虽小，但毕竟还有千里土地，民众也有几十万，算得上是个王国了。希望大王能够马上渡江。现在只有我有渡船，汉军来了之后，想过去也没有船。"

项王大笑说道："既然上天要灭我，我何必还要渡过江去？况且，我项籍曾带领江东八千名子弟兵渡江，现在没有一人能够生还，即使江东父老可怜我，拥立我为王，我又有什么脸面去见他们？即使他们不说什么，难道我项籍心里就不感到惭愧？"[2] 然后，又对亭长说："我知道您是一位长者，我骑这匹马已经有五年了，日行千里，所向无敌，您肯定不会忍心杀掉它，就把它赏赐给您吧！"

说完，项王命令骑士全都下马步行，手持刀剑与汉军交战。项王一个人杀死的汉军士卒就有好几百人，自己身上也受了十几处伤。汉军骑兵中的司马吕马童认出了他，就指着他对王翳说："这个人就是项王。"项王说："我听说汉王为了我的人头而出资千金，悬赏封为万户侯，我把这个好处送给你吧！"语毕，拔剑自刎。王翳割下了项羽的头，其余的汉军骑士见了，打成了一团，都来抢夺项王的尸身。五个人把所得的尸身合在一起，正好是项羽的全身。后来，汉王把悬赏的封地分成了五份：封吕马童为中水侯，王翳为杜衍侯，杨喜为赤泉侯，杨武为吴防侯，吕胜为涅阳侯。

项王死后，楚地全部归顺汉王，只有鲁地不降。汉王率领天下军队，准备去扫平鲁地。因为鲁地的人恪守礼义，誓死为君王守节，所以汉王就拿来项王的头，给鲁地人观看，鲁地百姓知道项王的确死了，才投降了汉王。

当初，楚怀王曾经封项籍为鲁公，等到项籍死后，鲁地又是最后投降，所以，就用鲁公的名义把项王葬在了那里。汉王为他发丧致哀，哭祭一番之后，怅然离去。

项氏宗族的人，汉王都没有诛杀。封项伯为射阳侯。桃侯、平皋侯、玄武侯，都是项氏的族人，汉王赐他们姓刘。

相关链接

[1] 项羽和刘邦的楚汉之争，从公元前206年八月一直持续到公元前202年十二月，战争规模相当庞大，给社会带来很大的破坏。

[2] 对于项羽不肯过江，我国宋代女词人李清照非常佩服，为此而写了一首著名的《乌江》诗："生当作人杰，死亦为鬼雄。至今思项羽，不肯过江东！"

高祖曾到咸阳服徭役，大开眼界，见到了秦始皇，他感慨万千："唉，大丈夫就应当像这样！"

高祖，是沛县人，姓刘，字季。他父亲名叫太公，母亲名叫刘媪。相传高祖出生前，刘媪曾在湖边堤岸上小睡，梦见与神交合。当时，雷鸣电闪，天色阴暗，太公担心妻子，就来找她，看见一条蛟龙卧在刘媪的身上，突然之间就不见了。过了不久，刘媪有了身孕，生下高祖。

高祖的相貌不凡，鼻梁很高，脸上有龙相，胡须很美，左腿上有七十二颗黑痣。他性情仁厚，能够爱人，喜好施舍，心胸豁达，宽宏大度，心志出众，不肯做平常人。成年以后，他曾经试着做官，当过泗水亭长[1]。他喜欢饮酒，爱好女色，经常在王媪和武负两家的酒店里赊酒喝。他醉倒以后，武负和王媪经常看见在他上面有龙隐现，感到很奇怪。原来，高祖每次买酒，或留在酒店中畅饮，他们都以高出几倍的价格卖给高祖。后来，他们见到高祖醉卧出现的怪象，到年底算账的时候，他们就经常折断赊账的竹简，不跟高祖索要所欠的酒钱。

高祖曾到咸阳服徭役，大开眼界，见到了秦始皇，他感慨万千："唉，大丈夫就应当像这样！"

单父人吕公，和沛县县令关系很好。他为了避开家乡的仇人，所以来拜访沛县县令，准备到沛县安家定居。沛县地区的豪杰和官吏们听说县令有贵客来临，都去祝贺。萧何当时是县令的属官，负责收受贺礼，他告诉各位宾客说："贺礼不足千钱的，请在堂下就坐。"高祖作为亭长，平时就看不起县中的官吏，于是就写了一张礼单，假称"贺钱一万"，实际上他一文钱都没带。他一进门，吕公见到他就非常惊奇，马上起身，到门口去迎接他。吕公喜欢替人相面[2]，看到高祖的相貌，觉得高祖值得敬重，就引他入坐。萧何不以为然地说："刘季没什么能耐，常说大话，能做成的事却很少。"可是高祖因为受到吕公的敬重，所以就坐在上座，无所谦让。酒宴喝到尽兴时，吕公给高祖使眼色，恳请他留下来。高祖喝完酒，留到了最后。吕公说："我从小就喜欢给人看相，看过不知道多少人，但还没发现谁能比得上你刘季的相貌，我希望你能够好好自爱。我有一个女儿，我愿意把她嫁给你，给你管理家务。"酒宴结束，吕媪对吕公发怒说："你平时一直认为我们的女儿不寻常，要把她嫁给

刘邦（公元前256－前195年）

字季，沛县（今属江苏）人，西汉开国皇帝，史称汉高祖，政治家、军事家，于公元前209年起兵反秦，公元前206年进入咸阳，推翻秦朝，后与项羽发生楚汉战争，公元前202年打败项羽，统一天下。

贵人为妻。沛令和你相交这么好，他来求婚你都没有把女儿给他，为什么现在糊涂地把女儿许给刘季呢？"吕公说："这种事，你们女人家是无法理解的。"最终还是把女儿嫁给了刘季。吕公的女儿就是后来的吕后，她生了孝惠帝和鲁元公主。

高祖做亭长的时候，有一次请假回家，处理农事。当时，吕后带着两个孩子在田里除草。有一位老头儿从田间路过，来讨水喝，吕后顺便还给了他一些饭吃。老头儿仔细端详了吕后的相貌，然后说："夫人是天下的贵人。"吕后很高兴，又让他替两个孩子相面，老头儿看着孝惠帝说："夫人之所以能成为贵人，正是因为这个男孩。"又给鲁元公主看相，也是贵人相。老头儿走后，高祖从旁边的田舍走过来，吕后就兴奋地对他说，有位路过的客人，为我们母子看相，认为我们都是大贵人。高祖问，这个人在哪里，吕后回答："还没走远。"高祖于是追上去，向老头儿询问面相。老头儿说："刚才我看过的夫人和小孩，面相都和你相似，你的相貌高贵之极，无法用语言表达。"高祖感激道："如果真的像您所预言的那样，我决不会忘记您的恩德。"很多年后，高祖成了高贵的天子，却怎么也找不到这位老人了。

高祖担任亭长的时候，喜欢用竹皮做成帽子戴。他时时戴着这种竹皮冠，即使后来显贵了也经常戴，后来，人们就把这种帽子称作"刘氏冠"。

高祖以亭长的身份遣送本县工匠去修筑郦山墓，工匠中有许多人在路上逃走了。高祖自己估计，等到了郦山，这些工匠也就全逃光了。到了丰西的大泽后，他们停下来喝酒，晚上，高祖把这些工匠全都放了，并且跟大家说："你们都走吧，我也要远走高飞。"工匠们很感激，有十多位壮汉愿意跟从高祖。高祖喝了酒，晚上在草泽中的小道上赶路，命令一个人在前面开道。在前面开道的人跑回来报告说："前面有一条大蛇挡在道路当中，我们得退回去。"高祖醉了，他说："往前走，有什么值得害怕的！"于是就自己跑到前面，拔出宝剑把大蛇砍为两段，小路也就通畅了。又走了几里，酒醉得厉害，就卧倒在地。后面的人来到有蛇的地方，看见有位老妇人在深夜中号哭，觉得奇怪，就问她是怎么回事，老妇人回答说："有人杀了我儿子，我在哭他。"来人又说："您儿子为什么被杀？"老妇人说："我的儿子，也就是白帝的儿子，变成了一条蛇，躺在道路中央，现在他被赤帝的儿子斩杀了，我太伤心了，所以痛哭。"来人听了，觉得老妇人是在胡说八道，准备打她，可是老妇人忽然间不见了。后来，他们到了高祖醉卧的地方，高祖刚刚酒醒，他们就把这件事告诉了高祖，高祖心中欢喜，自认为是赤帝的儿子。从此，那些跟从他的壮士对他越来越敬畏。

秦始皇经常说："东南地区有象征天子的云气。"于是，他就向东巡视，想压住这团云气。高祖怀疑始皇是冲他来的，就逃到了芒山、砀山一带的深山里，藏起来了。可是，吕后和别人来找高祖，总是能找到他。高祖很奇怪，问他们为什么能找到自己。吕后回答说："你住的地方，上面总是有云气环绕，我只要追随着云气寻找，就肯定能找到你。"高祖听后，心中暗喜。沛县地区的青年们听说了，更加愿意跟从他。

秦二世元年秋天，陈涉等人在蕲县起义，后来在陈地称王，号为"张楚"。许多郡县的人都杀死他们的官长，响应陈涉。沛县县令害怕了，也想在沛县反秦来响应陈涉。狱掾曹参和主吏萧何给县令出主意说："您是秦国的官吏，现在却想背叛秦国，要率领沛县子弟起义，恐怕沛县子弟们不会信任您，很难听从您的命令。希望您能召集那些逃亡在外的人，应该可以收罗几百人，让他们来驱使众人，众人不敢不听。"于是命令樊哙招纳刘季。当时，刘季的手下已经有近百人了。

樊哙带了刘季前来，沛县县令后悔了，担心刘季来了会有什么变

故，于是就关闭了城门据守，还准备杀掉萧何和曹参。萧何和曹参逃出城来，辅佐刘季。刘季于是写了一封书信，用箭射到城里，对沛县父老宣称说："秦朝统治了这么久，全天下人深受其苦。现在各位父老为什么还要替沛县令守城呢？诸侯们一同兴兵反秦，马上就要杀到沛县啦！如果沛县人现在能杀掉县令，从子弟当中选择值得扶立的人来拥立他，以此响应诸侯，那就可以保证全城的完整。如果不这样，恐怕各位以及后代都要遭受杀戮，就不可能有什么作为了。"

父老们于是率领子弟杀死了沛县县令，打开城门迎接刘季，准备选他做沛县县令。刘季推辞说："现在天下大乱，诸侯群起，各位如果选择首领不妥当，肯定会一败涂地。我不是推辞，实在是担心自己能力不够，无法保全沛县的父兄子弟们。这可是件大事，希望你们能重新推举，选个能够担当这项重任的人。"

萧何、曹参等人都是文官，而且他们胆小怕事，唯恐事业不成，以后会被秦国灭门九族[3]，所以他们全都推让刘季。各位父老也都说："平时我们都听说过有关刘季的一些奇迹，刘季肯定会显贵，另外，我们占卜过，没有谁比刘季更吉利。"在这种情况下，虽然刘季多次推让，但是众人中没有谁敢出任首领，刘季只好担任沛公。

刘季于是祭祀黄帝，又在沛县公庭中祭祀蚩尤，而且举行了把血涂在旗上祭祀旗鼓的典礼。旗帜都染成红色，因为当初刘季所杀的那条蛇是白帝的儿子，而杀死这条蛇的刘季是赤帝的儿子，所以才以赤色为贵。然后，沛公招集了萧何、曹参、樊哙等沛县子弟两三千人，去攻打胡陵、方与等地，退回后据守丰邑。

相关链接

〔1〕亭长：秦时，行政区划分从高到低依次是郡、县、乡、亭、里，亭在乡下，是很低的行政单位，亭的长官也就是亭长，属于基层地方官员。

〔2〕相面：一种通过观察人体的面部五官等部位来推测人的吉凶祸福、前途命运等的行为。

〔3〕九族：古代社会刑罚残酷，实行株连法，如果一个人犯了大罪，往往要株连到自己的亲族，这就是所谓的"灭族"。对于九族，历来有不同的认识，一说为父族四、母族三、妻族二，一说专指父族，为上自高祖下至玄孙的九代直系亲属。

高阳人郦食其求见沛公。沛公正坐在床边，命令两个女子给他洗脚。郦食其进来，没有行拜礼，只是随便作了一个揖，然后说："足下如果真的要消灭昏庸无道的的暴秦，就不应该坐着接见年长的人。"沛公听了，马上起身，穿好衣服，向他道歉，请他坐在上座。

　　秦二世二年（公元前208年），陈涉的将领周章率军西进，攻到戏水后退回。燕、赵、齐、魏等地的豪杰也都自立为王。项氏在吴地起兵。秦国一位名叫平的郡监率领秦军包围了丰邑，两天后，沛公率众出城，与平率领的军队交战，大败秦军。然后，沛公命令雍齿守卫丰邑，自己率军去别处征战。可是守卫丰邑的雍齿本来就不愿附属于沛公，所以魏国一来招降，他就立刻反叛沛公，替魏国据守丰邑。沛公回军攻打丰邑，没有攻克，军队退回到沛县。

　　沛公痛恨雍齿和丰邑子弟背叛自己，这时候，他听说东阳宁君和秦嘉扶立景驹为代理王，驻军留城，就带兵前往，联合他们，想让他们一起出兵去攻打丰邑。东阳宁君和沛公率军向西进攻，夺取砀郡，收编了败兵，得到五六千人。回师丰邑之后，听说项梁在薛地，就又带了一百多名随从骑兵去见项梁，项梁给了沛公五千士兵，还有将领十名。沛公回来后，率领所有军队一起进攻丰邑。

　　当时，项梁听说陈王肯定是死了，就扶立楚王的后代熊心为楚王。沛公和项羽等人多次打败秦军，项梁产生了骄傲情绪。宋义看不惯，提醒他说骄兵必败，项梁不听。不久，秦国增派章邯的军队，前来偷袭项梁，楚军战败，项梁战死。当时，沛公和项羽正在攻打陈留，听说项梁战死，就与吕将军一同撤军，吕臣驻军在彭城东边，项羽驻军在彭城西边，沛公驻军在砀县。

　　楚怀王看到项梁的军队被打败，很害怕，就把都城从盱台迁到了彭城，还把吕臣和项羽的军队合为一处，亲自统领他们。

　　赵国多次向楚军请求救援，楚怀王任命宋义为上将军，项羽为次将军，范增为末将军，率军救援赵国。同时，命令沛公向西进攻，争取打入关中地区。而且与各位将领订立盟约，先进入关中的就可以在这个地区封王。

　　当时，秦国的军队很强盛，经常乘胜追击败退逃跑的诸侯国军队。

因此，所有将领都认为，首先入关去攻打秦军，是件吃力不讨好的事。唯独项羽，因为痛恨秦军打败了项梁的军队，所以很是激愤，坚持要与沛公一同西进，攻入关中。

怀王的一些老将对怀王说："项羽为人急躁凶悍，好兴祸端。他曾经进攻襄城，攻下以后，全城没有一个人活下来，都被活埋了，他所经过的地方，没有一处不被毁灭得一干二净。另外，楚军曾经多次进兵，要夺取关中地区，比如陈王和项梁的西进，可是他们都失败了。不如改派一位宽厚仁义的长者，采用实行仁义的方式向西推进，向秦国的父老兄弟讲明道理。秦国的父老兄弟痛恨他们的君主，深受暴政之苦已经很多年了。所以，我们如果能派一位宽厚长者前往，那么用不着打仗就可以占领秦地。项羽暴躁凶悍，不能派他去。只有沛公是宽厚长者，应该派他去。"于是，最终没有允许项羽的请求，而派沛公西进。沛公收编被打散的士兵，消灭了秦两支军队。

沛公率军继续西进，遇到了彭越，于是就与彭越一起向秦军进攻，又从武侯那里得到了大约四千多人，都合并到一处。然后进攻昌邑，但没有攻下。又向西路过高阳。高阳人郦食其[1]开导守城门的官吏说："经过这里的将领很多，只有沛公算得上是位心胸宽大的长者。"于是他求见沛公。沛公正坐在床边，命令两个女子给他洗脚。郦食其进来，没有行拜礼，只是随便作了一个揖，然后说："足下如果真的要消灭昏庸无道的暴秦，就不应该坐着接见年长的人。"沛公听了，马上起身，穿好衣服，向他道歉，请他坐在上座。郦食其劝沛公尽快攻打陈留，以便得到秦朝积存在陈留的粮食。攻取陈留后，沛公封郦食其为广野君，任命郦商为将军，率领陈留的军队，与沛公一起进攻开封，但没有攻克。随后，率军向西与秦将杨熊

交战，彻底打垮了秦军。杨熊逃到了荥阳，泰二世把杨熊斩首示众。

沛公多次打败秦军。攻占南阳之后，南阳太守逃到宛城中坚守不战。沛公放过宛城，继续西进。张良[2]劝阻说："虽然您急着要攻入关中，但是秦军还很多，而且又凭借着险关拒守，所以攻打他们难度很大。如果现在我们不攻克宛城，那么宛城秦军就可能攻打我军后方，而强大的秦军主力又挡在前面，那就太危险了。"因此沛公就率军趁着夜幕从别的道路返回，在黎明时分，把宛城包围了三重。

南阳郡守想自杀，他的舍人陈恢说："现在还不是穷途末路的时候，离死还早呢！"然后，他越过城墙，来会见沛公，说："据说，您与将领订立盟约，谁先进入咸阳，就可以在关中称王。可是，宛城人民众多，积蓄的物品也很充足，官吏们认为投降一定会被杀，所以都誓死守城。如果您整日停留在这里攻城，那么士卒肯定伤亡严重；如果率军离开宛城，那么宛城的军队一定会尾随追击。为您着想，不如订立盟约而招降宛城，封赏它的郡守，让他留下来守住南阳，率领他的军队一同西进。那些还没有被占领的城邑，只要您一招降，就会争着打开城门，等待您的军队来临。这样您就可以畅通无阻地向咸阳行进！"

沛公感到陈恢说的有道理，就封宛城的南阳郡守为殷侯，封陈恢为千户侯。其后，在领兵西进的过程中，没有不主动归附的城邑。

起初，项羽和宋义向北援救赵国，等到项羽杀了宋义，成了上将军，黥布等各位将领就都归项羽指挥。他们打垮了秦将王离，降服了章邯，诸侯都跟从项羽。不久，赵高杀了秦二世，派人前来，想与沛公订立盟约，提议分割关中土地，各自称王。沛公认为这是阴谋，就采用张良的计策，派遣郦食其、陆贾前去劝降秦国的将领，用丰厚的利益引诱他们，同时，沛公攻打武关，打垮了守关的秦军。又与秦军在蓝田南面开战，摆设了许多旗帜来表示沛公军队众多，用以迷惑秦军；而且，因为沛公所经过的地方一律不准掳掠，所以秦国人都很欢迎沛公，秦军于是瓦解。又在蓝田北面和秦军交战，彻底打败了秦军。

汉王元年十月，沛公的军队比其他诸侯的军队先到霸上。秦王子婴[3]乘着白马素车，脖子上套着绳子，封存了皇帝的玺印符节，向沛公投降。将领中有人提出要诛杀秦王，沛公不同意："起初怀王派我入关，最主要的原因就是因为我能够宽容待人。何况人家已经屈服投降，再杀他，是不吉利。"于是就把秦王交给官吏们看守，接着进入咸阳。

沛公想住进秦国的宫室中休息，樊哙和张良全力劝阻，沛公才封藏了秦国的重宝财物，然后退回到霸上驻军。随后，沛公召来各县的父老豪杰们说：

"父老乡亲们受到暴秦的痛苦已经很久了，只要谁说一些和朝廷不一致的话，就会被定为诽谤罪而遭灭族，人们相互私语就要被杀掉示众。我和诸侯们订立了盟约，先入关的就在关中地区称王，所以我理应在关中称王。我和各位父老们订立盟约，只定下三条法律：杀人者处死，伤人和盗抢他人财物也要依法处置，秦朝法律全部废除，各级官吏都要像以前一样各司其职。我之所以前来灭秦，目的是为了替大家除去祸害，不是要对你们侵凌施暴，大家不用害怕！另外，我退兵驻在霸上，是为了等诸侯们到来，一起制定一个约法。"

随后，就派人跟着秦朝官吏到各县乡城邑巡行，把大势的变化告诉他们。秦国人非常高兴，争着拿牛羊酒食等物来慰劳沛公的官兵。沛公谦让，不接受这些礼物，说："现在仓库中有很多粮食，不缺少这些东西，大家不必破费。"人们听了，更加欢喜，唯恐沛公不在关中称王。有人给沛公出主意："秦国比全天下富有十倍，地理条件上又有强大优势。听说章邯已经投降了项羽，项羽封他为雍王，而且让他在关中称王。如果他们来到关中，恐怕沛公您就无法拥有关中地区啦！您应该马上派兵守住函谷关，不要让诸侯军队进入，还应该在关中地区征集一些士兵，尽量加强自己的军力，抗拒他们。"沛公认为有道理，就听从了。

十一月中旬，项羽率领诸侯的军队准备进入函谷关的时候，关门却关闭了。他听说沛公已经平定了关中，大怒，立即派黥布等人攻破了函谷关。

十二月中旬，项羽等人到达了戏地。沛公的左司马曹无伤听说项王大怒，准备攻打沛公，就派人对项羽说："沛公准备在关中称王，任命子婴为丞相，要占有秦国所有的珍宝。"他希望以此求得项羽的赏识，得到官爵。范增劝项羽尽快去攻打沛公，让士卒饱餐，准备第二天早上日出时分与沛公交战。当时，项羽有军队四十万，号称百万；而沛公只有十万士兵，号称二十万，力量远远不及项羽。项伯想要救张良一命，就连夜赶到霸上去见张良，后来，项伯回去，对项羽讲道理，项羽才打消了进攻沛公的想法。沛公带着一百多名骑兵，赶到鸿门，见到了项羽并

　　向他道歉，项羽说："这是你的左司马曹无伤对我说的，否则，我怎么会怀疑你呢！"沛公因为有樊哙和张良相助，所以摆脱了危难而回归军中。回来以后，立即杀掉了曹无伤。

　　项羽向西进军，焚烧了咸阳城内的秦宫室，所到之处，没有不遭到摧残和毁灭的。秦地人大失所望，但是因为害怕，又不敢不服项羽。

相关链接

〔1〕郦食其：？－公元前203年，秦朝陈留县（今河南开封东南）高阳乡人，嗜好饮酒，自称高阳酒徒。

〔2〕张良：？－公元前186年，字子房，秦末汉初著名军事家。张良本为韩国贵族，其先人曾五世为韩相，至秦灭韩，张良开始四处流浪，曾于博浪沙椎刺秦王，未遂。后从刘邦，为其统一和巩固天下立下了汗马功劳，和萧何、韩信并称为汉初三杰。

〔3〕子婴：？－公元前206年，姓嬴，名子婴，据说是秦二世的侄子，秦朝最后一个统治者，刘邦进入咸阳后投降。后被项羽所杀。

高祖回到关中，在沛宫中设宴，召来所有的老朋友纵情畅饮，并找来沛地的一百二十个儿童，教他们唱歌。酒喝到尽兴的时候，高祖亲自奏乐，并作诗歌唱道："大风起兮云飞扬，威加海内兮归故乡，安得猛士兮守四方！"

诸侯和将相们聚在一起，共同尊奉汉王为皇帝。

汉王说："皇帝的称号，只有贤德无比的人才能据有，贤德不够而只会空言虚语的人，是不配称帝的，我不敢担当这个称号。"群臣们说："大王从平民起家，除暴安良，平定四海，对有功之臣能分给土地封为王侯。大王如果不接受皇帝的尊号，那么功臣们就会怀疑大王的封赏。我们这些大臣想过了，就是死也希望您接受皇帝的尊号。"汉王推让再三，迫不得已，最后说："各位如果坚持认为我做皇帝有利，那么，为了国家大计，我就接受这个尊号吧！"于是汉王就做了皇帝。

天下全部平定之后，定都洛阳，各位诸侯都称臣于高祖。

高祖在洛阳南宫摆设酒宴，对大家说："请列侯和各位将领不要对朕[1]隐瞒，都要说实话。在各位看来，我之所以能取得天下，原因是什么？项氏之所以失去天下，原因又是什么？"高起和王陵回答说："陛下[2]为人傲慢，喜欢轻视戏弄别人，项羽为人仁厚，而且爱护别人。但是，陛下派人去攻城略地，能把他们所降服的地区封给他们，这说明，陛下能与天下人共享其利，拥有大的美德。而项羽呢？妒贤嫉能，谁立有功劳，就设法加害谁，谁有贤才，就猜疑谁，手下作战取胜，却得不到封赏，他自己得了土地，却不能给别人一点利益。因为这些，所以他必然失去天下。"

高祖说："看来，你们是只知其一，不知其二。要说运筹帷幄之中，决胜千里之外，我不如张良。要说镇守国家，安抚百姓，运送军粮，我不如萧何。要论统领百万大军，每战必胜，攻城必取，我不如韩信。这三位都是人中豪杰，而我却能够任用他们，就因为这个，所以我才能取得天下。项羽有一位范增，却被他抛弃了，所以项羽必然要被我擒获。"

高祖想把洛阳作为长期的都城。留侯张良劝说他到关中定都，高祖于是就在当日起驾，定都关中。

第六年，高祖每五天去拜见一次父亲太公，就像普通人家那样行父子相见的礼节。太公的仆人劝说太公说："天上没有两个太阳，地下也不应该有两个君王。现在的高祖皇帝，虽然是您的儿子，但他是君王；

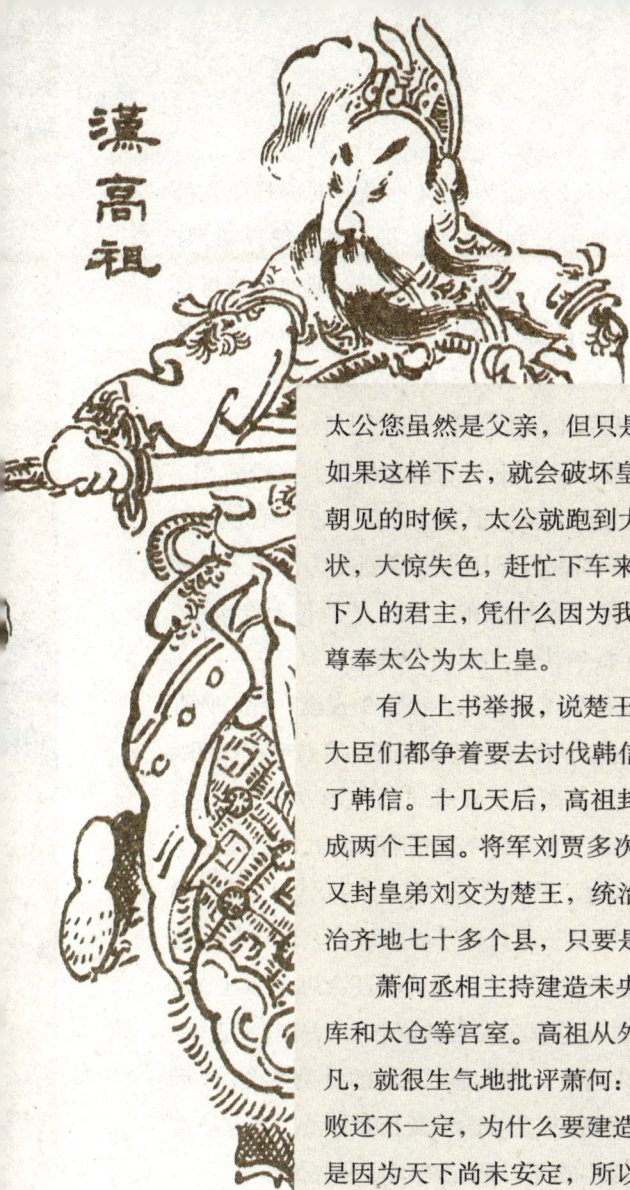

太公您虽然是父亲，但只是臣子。怎么能让君主拜见臣子呢！如果这样下去，就会破坏皇帝的尊贵和威严。"以后，高祖再来朝见的时候，太公就跑到大门口去迎接，倒退着走路。高祖见状，大惊失色，赶忙下车来搀扶太公。太公推辞说："皇帝是天下人的君主，凭什么因为我而乱了天下的法度呢！"高祖感动，尊奉太公为太上皇。

有人上书举报，说楚王韩信准备谋反，皇上询问左右大臣，大臣们都争着要去讨伐韩信。后来，采用了陈平的计策，拘捕了韩信。十几天后，高祖封韩信为淮阴侯，把他原来的领土分成两个王国。将军刘贾多次立功，高祖封他为荆王，统治淮东。又封皇弟刘交为楚王，统治淮西地区。封皇子刘肥为齐王，统治齐地七十多个县，只要是讲齐地方言的百姓，都归属齐国。

萧何丞相主持建造未央宫[3]，建有东阙、北阙、前殿、武库和太仓等宫室。高祖从外地平定叛乱回来，见到宫殿壮丽非凡，就很生气地批评萧何："天下战火纷飞，打了这么多年，成败还不一定，为什么要建造这样豪华的宫室？"萧何回答："就是因为天下尚未安定，所以才应该趁此时机建造宫室。天子君临天下，四海为家，如果宫室不建得壮丽，就无法显示天子的尊贵和威严，况且，我们建得壮丽，后世再行修建时，就永远无法超过我们。"高祖听言，又转怒为喜了。

未央宫建成之后，高祖在这里召集诸侯群臣，举行盛大的朝会，在未央宫前殿摆酒设宴。高祖手捧玉杯，起身给太上皇祝酒，问道："想当初，您总是认为我没有一技之长，没有能力经营家业，比不上哥哥刘仲。现在，我所成就的产业，跟刘仲相比，谁多谁少？"群臣们听后，高呼万岁，大笑取乐。

八月，赵相国陈豨在代地造反。皇上亲自前去征伐他们。来到邯郸之后，皇上松了一口气说："陈豨不向南据守邯郸，却

95

借漳水进行阻挡，看来他不可能有什么作为。"又听说陈的部将原先都是商人，就拿出很多黄金去引诱陈的部将，陈的部将于是纷纷投降。陈的部将侯敞带着一万多人流窜到各地，汉朝派军攻击，把他们打得落花流水。太尉周勃平定了代地。陈的部将赵利据守东垣，高祖率军攻打，当时没有攻下来。一个多月后，有对方士卒辱骂高祖，高祖被激怒。等到东垣城投降之后，高祖找出了骂自己的那些士卒，杀了他们，而没有跟着骂的就没有治罪。然后，立皇子刘恒为代王，定都晋阳。

春天，淮阴侯韩信在关中造反，被灭了三族。夏天，梁王彭越两次谋反，也被灭了三族。立皇子刘恢为梁王，皇子刘友为淮阳王。秋天，淮南王黥布反叛，高祖亲征，讨伐黥布，立皇子刘长为淮南王。后来，黥布战败逃走，高祖就命令其他将领追击黥布。

高祖回到关中，路过沛县，停留了几天。在沛宫中设宴，召来所有的老朋友纵情畅饮，并找来沛地的一百二十个儿童，教他们唱歌。酒喝到尽兴的时候，高祖亲自奏乐，自己作诗歌唱道："大风起兮云飞扬，威加海内兮归故乡，安得猛士兮守四方！"命令那些唱歌的儿童们练习这支歌。高祖在儿童们的合唱中起舞，思绪万千，洒下行行热泪。高祖动情地对沛地的朋友们说："在外的游子，只要一想到故乡，就会感到悲伤。我虽然现在定都关中，但是将来死后，我的魂魄还会思念沛地。再说，朕是以沛公的职位起事的，从这里出发去诛杀暴秦，拥有了天下，因此，我要把沛地作为我的汤沐邑[4]，免除沛县百姓的赋税徭役，以后世世代代都不必交税服役。"沛县的父老乡亲以及长辈妇女，还有故交旧友们聚在一起，每日痛饮，极尽欢乐，回忆陈年往事取笑作乐。

十几天后，高祖准备离去，沛县的父老乡亲衷心挽留高祖。高祖推辞说："我带的人太多了，各位承担不起我们的消费。"于是离去。沛县人恋恋不舍，把所有的东西都拿了出来，追上去进献。高祖又停了下来，在城外搭起帐篷，跟他们饮酒三日。沛县的父老们叩首请求高祖说："沛县能有幸免除赋税徭役，我们感激不尽。但是丰邑还没有免除赋税徭役，请陛下也可怜可怜他们吧！"高祖回答："丰邑是我生长的地方，我怎么可能忘掉它呢？只是因为他们曾经反叛我，所以才不予免除。"沛地父老们坚持恳请，丰邑才也免除了赋税徭役，一切与沛县相同。随后，高祖又封沛侯刘濞为吴王。

汉军攻击黥布军队，大败黥布，在鄱阳杀了他。另外，樊哙率军平定了代地，在当城斩杀了陈豨。高祖赦免了那些被他所劫持而随从他们谋反的官民，不追究他们的罪责。

投降汉军的人说，陈豨谋反的时候，燕王卢绾曾经派人与陈豨一起谋划。皇上听了，马上派人去请卢绾，卢绾借口生病，不肯前来。于是就派樊哙和周勃率军去攻打卢绾。赦免燕国那些参与谋反的官民，立皇子刘建为燕王。

高祖在攻打黥布的时候，曾经受伤，在行军的途中，伤口感染，病得很厉害。吕后请来一位医生。医生入宫进见，高祖问他自己的病情如何。医生回答："您的病能治好，别担心。"高祖辱骂医生说："我本来是一个平民，提着三尺宝剑打下了天下，这难道不是天命吗？我的命既然是由上天决定，那么即使是扁鹊来临，又怎么能影响我的命运呢！"于是就拒绝让他治病，赏了他五十斤黄金了事。

事后，吕后问高祖："陛下百年之后，如果萧相国也不在了，那让谁接替他做相国呢？"皇上回答："曹参可以。"吕后又问曹参以后怎么办，皇帝说："王陵可以，不过，王陵过于耿直，应该让陈平协助他。陈平智谋有余，但是他却难以单独胜任。周勃为人稳重仁厚，但是缺乏文化素养；看来，能让刘家天下得到安定的人，肯定是周勃，可以让他担任太尉。"吕后又问以后的事，皇上说："这以后的事，就不必去想了。"

卢绾带了几千名骑士，驻扎在塞下，等候最恰当的时机，想等皇上病愈以后亲自去谢罪。

四月，高祖在长乐宫逝世。过了四天，还没有发丧。吕后和审食其商量说："那些将军们曾经跟皇帝一样，本来都是平民，现在他们做了皇帝的臣子，心里面常常快快不乐。现在高祖死了，又要让他们去侍奉年少的君王，看来，如果不把他们全都杀掉灭族，天下肯定不会安定无事。"有人知道了这件事，就告诉了将军郦商。郦商马上去拜见审食其，说："听说皇帝已经崩逝，过了四天还不发布丧事，而且准备诛杀各位将军。如果真是这样，那全天下可就乱了。现在的形势，陈平、灌婴率领十万军队守卫荥阳，樊哙、周勃率领二十万军队平定了燕、代。如果他们听说皇帝驾崩，各个将领都要被杀，那么他们肯定会联合起来，调转方向来进攻关中。那样的话，大臣在朝内叛乱，诸侯军队在外面造反，汉家天下马上就会灭亡。"审食其听了，立即进宫，向吕后转述。不久，发丧高祖，大赦天下。

○ 品画鉴宝　汉殿论功图（明）刘俊／绘

卢绾听说高祖已经去世，就逃到匈奴去了。

安葬高祖之后，太子刘盈被立为皇帝。群臣们都说："高祖从低微的平民起步，却能拨乱反正，平定天下，成了汉朝的太祖，功业最高。"于是，尊奉他为高皇帝。太子承袭皇帝的称号，就是孝惠帝。然后，下令在各个郡国都建立高祖庙，每年按照时令举行祭祀。五年过去了，孝惠帝想到了高祖生前在沛县的悲欢离合，就把沛宫作为高祖的原庙。高祖曾经教导歌唱相和的那一百二十个儿童，都命令他们在原庙吹奏乐歌，以后如果有缺员，就马上补足。

高祖有八个儿子：长子是齐悼惠王刘肥；次子孝惠帝，是吕后的儿子；三子是赵隐王刘如意；四子是代王刘恒，后来被立为孝文帝；五子是梁王刘恢，吕太后的时候被迁徙为赵共王；六子是淮阳王刘友，吕太后的时候被贬为赵幽王；七子是淮南厉王刘长；八子是燕王刘建。

相关链接

〔1〕朕：古代皇帝自称为朕，其他人不能用，起于秦始皇。之前为第一人称，相当于"我"，每个人都可以用。

〔2〕陛下：古人对帝王称陛下，对太子、亲王等称殿下，对官员及有地位的人称阁下，对平辈或朋友称足下。

〔3〕未央宫：在西汉长安城的西南部，因在长乐宫以西，故又称西宫，为汉高祖七年（公元前200年）在秦章台基础上所建，规模庞大，周长八千多米。

〔4〕汤沐邑：周朝天子给前来朝见的诸侯在王畿内提供的封地，供其住宿、沐浴、斋戒等使用，后来用以指帝王、皇后等收取赋税的私邑。

98

吕后性格刚毅，辅佐高祖平定了天下。高祖逝世于长乐宫，从此，吕家人开始在朝廷掌权，行使皇帝大权，处理大政。

吕太后[1]，是高祖还没有发达时候的妻子，她生了孝惠帝刘盈，女儿鲁元公主。高祖做了汉王之后，又娶了戚姬[2]，特别宠幸她，她生了赵隐王刘如意。孝惠帝为人仁厚，但性格柔弱，高祖总说他的性格"不像我"，总想要废掉太子，改立戚姬的儿子如意，认为"如意的性格才像我"。

戚姬得到高祖的宠幸，经常随从皇上去关东。她日日夜夜地在高祖面前啼哭，劝说高祖让她的儿子取代太子。吕后年纪大了，总是留守关中，跟皇上见面的机会越来越少，关系也就越来越疏远。如意被立为赵王以后，曾经有好多次差一点就替代刘盈成为太子。好在大臣们不同意，再加上张良的计谋，太子才没有被废掉。

吕后性格刚毅，辅佐高祖平定了天下，高祖诛杀大臣的事情，也多是由吕后帮忙筹划。吕后有两个哥哥，都做了将军。大哥周吕侯死在了战场上，高祖于是封他的儿子吕台为郦侯，吕产为交侯。吕后的二哥吕释之，被封为建成侯。

高祖逝世于长乐宫，太子刘盈即位为皇帝。当时，高祖有八个儿子：长子刘肥，是惠帝的哥哥，他们是异母兄弟，刘肥被封为齐王；其余几位都是惠帝的弟弟，戚姬的儿子如意被封为赵王，薄夫人的儿子刘恒被封为代王，其他姬妾所生的儿子里面，刘恢被封为梁王，刘友被封为淮阳王，刘长被封为淮南王，刘建被封为燕王。高祖的弟弟刘交被封为楚王，高祖哥哥的儿子刘濞被封为吴王。不姓刘而被封王的，只有吴臣，被封为长沙王。

吕后最痛恨戚夫人和她儿子赵王，高祖一死，就下令把戚夫人囚禁在永巷宫，并派人去叫赵王。使者去了好几次，赵王的丞相建平侯周昌答复使者说："赵王年幼，所以高帝（即高祖）把赵王托付给我。我听说太后怨恨戚夫人，想要把赵王召去一同诛杀，所以我不敢送赵王前去。况且，赵王现在正在生病，不能奉命。"吕后大怒，派人召来赵王的丞相。赵王的丞相被征召到长安之后，吕后就派人再去召赵王，赵王不知有诈，就往京城赶。孝惠帝心地善良，知道太后要杀赵王，就亲自去迎接赵王，跟他一起进宫，亲自守护着赵王，与他一起起居饮食。太后想要杀害赵王，却没有机会。

惠帝元年（公元前194年）十二月，皇帝出宫打猎。赵王年幼，不能早起一起去。太后听说他一个人独自在家，就派人拿着毒酒给他喝。惠帝回来之后，赵王已经死了。于是，吕后就封淮阳王刘友为赵王。然后，太后砍断了戚夫人的手脚，挖去了她的双眼，熏聋她的耳朵，灌她喝下哑药，把她关在猪圈里面，称她为"人猪"。过了几天，吕后召唤惠帝去观看人猪。惠帝看见那个人不人鬼不鬼的东西，问是什么，才知道是戚夫人，于是大哭，病倒了，整整一年多都无法起床。稍微好转之后，惠帝派人对太后说："这样的事，不是人能干出来的，我是太后生的儿子，我再也无法治理天下了！"从此，惠帝成天饮酒淫乐，不理政事，把身体弄得很差。

楚元王、齐悼惠王来朝见。惠帝和齐王在吕后面前喝酒，惠帝觉得齐王是兄长，所以就让他坐在上座，一切都遵照家人的礼节。太后见了，很生气，就命人斟了两杯毒酒，摆在齐王面前，然后命令齐王站起来，向她祝福。齐王起身敬酒，惠帝也跟着起身，拿过酒杯准备和齐王一同祝酒。太后这才觉得不妙，急忙起身，碰洒了惠帝的酒。齐王感到蹊跷，不敢再饮，假装酒醉离去。

后来，齐王一打听，才知道是毒酒，很是后怕，知道自己无法逃离长安了，非常忧虑。齐国的内史开导他说："太后只生了惠帝和鲁元公主。现在大王您的封地有七十多座城邑，而公主呢，却只有几座城邑作为食邑。如果您愿意拿出一个郡献给太后，作为公主的汤沐邑，太后肯定会高兴，那您就不用担忧了。"齐王于是就把城阳郡奉献给太后，并尊称公主为王太后。吕后欢天喜地，就不再追究齐王的过失，放他回封国去了。

几年后，惠帝逝世。太后只是干哭，却流不出眼泪。留侯张良的儿子张辟彊担任侍中，只有十五岁，对丞相陈平说："太后只有一个儿子，就是惠帝，现在惠帝逝世了，她虽然哭了，但不显得悲痛，您了解其中的奥秘吗？"丞相问："是啊，为什么呢？"张辟彊回答说："皇帝的儿子都还没有成年，太后害怕你们这些大臣将军们做乱。您现在应该主动请求太后，建议任命吕台、吕产、吕禄为将军，统领南北各地军队，并且让吕家人都入朝掌权，这样，太后就会心安，你们也就可以摆脱灾难了。"丞相听了，就按照张辟彊的计策行事。太后果真非常高兴，放松下来，这样哭惠帝才非常哀痛。从此，吕家人开始在朝廷掌权。

元年，朝廷所有的号令全部都出自吕太后。太后行使皇帝大权，处理大政，准备立那些吕家子弟为王，向右丞相王陵咨询。王陵说："高帝在时，曾经斩杀白马订下盟誓说：'不是刘家子弟而称王的，天下人都可以攻打他。'现在您要封吕家人为王，恐怕是违背了高祖的盟约。"太后听了，很不高兴，就又问左丞相陈平和绛侯周勃。

周勃等人回答说："高帝平定天下，封自家子弟为王；现在太后您行使皇帝大权，治理天下，封自己吕家的人为王，是理所当然的事情。"太后非常高兴。退朝以后，王陵责备陈平和周勃说："想当初，我们和高帝歃血为盟[3]，你们两位难道不在场吗？现在高帝不在了，太后想封吕氏子弟为王，你们却纵容太后的私欲，迎合她的意愿，违背了盟约，你们将来还有什么脸面到地下去见高帝？"陈平和绛侯反驳说："像今天这样当面抗拒，在朝廷上据理力争，我们不如您；但是要说保全社稷，安定刘氏基业，您可不如我们。"王陵听了，无话可说。

太后想要罢免王陵，就封他做皇帝的太傅，剥夺了他的相权。王陵于是就借口生病，免职回家。吕后马上任命左丞相陈平为右丞相，任命辟阳侯审食其为左丞相。左丞相不处理政务，只监管宫中事务，就像郎中令一样。这样，审食其就能很方便地接近太后，获得宠幸，因而经常有权决策政务，公卿大臣们都得通过他来对国家事务作出决定。

太后决心要封吕氏为王，就先封惠帝后宫妃嫔的儿子刘强为淮阳王，刘不疑为常山王，刘山为襄城侯等等。然后，太后向大臣们暗示，大臣们就主动请求封郦侯吕台为吕王，太后立刻同意了大臣们的请求。随

○品画鉴宝 兽足熏炉（西汉）此炉有兽蹂朱雀形三高足，颇为生动。造型精巧工稳。

后，又封吕禄为胡陵侯。吕台去世，谥封为肃王，他的太子吕嘉即位为王。后来，又封吕要为临光侯，吕他为前侯，吕更始为赘其侯，吕忿为吕城侯，等等。

宣平侯的女儿在做惠帝皇后的时候，没能生育儿子，于是只好假装怀了孕，然后把后宫妃子所生的儿子抢过来，冒充自己的儿子，并且杀了他的生母。不久，这个冒充的生子被立为了太子。孝惠帝逝世之后，太子成了皇帝。小皇帝慢慢长大了，听说自己的生母已被杀死，皇后不是自己真正的母亲，于是就抱怨说："皇后怎么这么残忍，怎么能杀害我的生母，又把我抢过去充当她的儿子？我现在还没成年，等我成年以后，一定要报复她。"太后听了，非常担心，怕他作乱，于是就把他囚禁在永巷，对外假称皇帝重病，不能见任何一位大臣。

太后招来各位大臣说："凡是拥有天下、治理万民的人，都应该像上天一样覆盖万民，像大地一样容纳他们。君主很乐观地安定百姓，那么百姓就会欣欣然来侍奉君主，上下交融，天下才能太平。当今皇帝病了这么久，一直没有好转，其结果是越来越糊涂，无法担当皇帝的重大责任，所以，绝对不能把天下交付给他，应该换人取代他。"群臣们听了，都磕头说："皇太后为天下百姓着想，在治国安邦方面也很有见地，我们群臣愿意尊奉您的旨意。"于是，皇帝被废除，不久就被太后杀害了。后来，太后立常山王刘义为皇帝，改名为刘弘。但没有改称元年，因为这些年来一直在行使皇帝权力的都是太后一个人。

七年正月，太后把赵王刘友召回京城。刘友不喜欢太后把吕氏的女子作为他的王后，却喜爱其他的姬妾，那个做王后的吕氏女子嫉妒心起，愤然离去，跑到太后面前说赵王的坏话，诬告他，说赵王曾经说过："姓吕的人怎么可以封王呢！太后死后，我一定要消灭他们。"

太后闻言大怒，马上就召赵王来京。赵王到达长安之后，被安置在王府而不予接见，还派卫兵包围王府，不让他走，还不给他饭吃。他的大臣有人偷偷给他东西吃，就被抓起来，判了罪。赵王饥饿难耐，作歌唱道："吕氏当权持政啊，刘氏江山岌岌可危！胁迫王侯啊，硬塞给我嫔妃！我的妃子由于嫉妒啊，诬告我有罪！进谗言的女人祸国殃民啊，君王为什么还不省悟！做了国王却被饿死啊，有谁来为我流泪！吕家人灭绝天理啊，我要请求上天来报仇！"赵王在囚禁中死去，吕后用平民的丧礼把他埋葬在长安，紧挨着平民百姓的坟墓。

乙丑日，有日食出现，白天昏暗如黑夜。太后痛恨这种天象，心中不悦，对左右侍者说："都是因为我呀！"

二月，梁王刘恢被改封为赵王，吕产改封为梁王。梁国改名为吕国，吕国改名为济川国。刘泽是大将军，太后怕她死后刘泽将军会危害吕氏，就封他为琅邪王，来安抚他。

梁王刘恢被降格为赵王以后，心里不高兴。太后把吕产的女儿嫁给他做王后，实际上是让她在赵国把持权柄，偷偷监视赵王。于是，赵王再也不能任意行动。赵王喜欢一位姬妾，王后就派人毒死了她，赵王悲痛万分，自杀了。太后听说了这件事，觉得赵王太依恋妇人，舍弃了宗庙 [4] 礼法，所以就剥夺了他后代继承王位的权利。然后，封吕禄为赵王。

九月，燕灵王刘建去世，留下了一个儿子，太后派人去杀了他，燕灵王断绝了后代，封国被废除了。

后来，吕后举行除灾祈福的祭礼，回来的途中，看到一个像苍犬一样的怪物，钻入自己的腋下，然后就不见了。让人占卜，说是赵王如意的鬼魂在作怪。从此以后，吕后患下腋疾，经常感到很疼痛。

七月中旬，吕后病情加重，就任命赵王吕禄为上将军，统率北军；吕王吕产统率南军。吕后告诫吕产、吕禄说："高帝平定天下之后，曾经跟各位大臣订立盟约：'不是刘氏子弟却被封王的，全天下人都可以去攻打他。'现在吕家人被封为王，大臣们都愤愤不平。一旦我去世，皇帝年少无知，那么大臣们肯定会叛乱。你们一定要掌握住军队，守卫好皇宫，凡事都要谨慎小心，不要轻意为我送丧，千万不要被他人控制。"不久，吕后逝世，遗诏赏赐诸侯王每人黄金一千斤，其他百官都按照品级赏赐黄金。并大赦天下。又任命吕产为相国，封吕禄的女儿为皇后。

相关链接

〔1〕吕后：公元前241－前180年，名雉，字娥姁，单父县（今山东单县）人，刘邦之妻，刘邦称帝，立为皇后，刘邦死后，惠帝年少，吕后消灭异己力量，大权在握，成为中国皇后专政第一人。

〔2〕戚姬：？－公元前194年，定陶（今山东定陶）人，刘邦的宠妃，擅长歌舞，又称戚夫人。

〔3〕歃血为盟：指发下誓言订立盟约。歃血：古人宣誓订盟时，把牲畜的血涂在嘴唇上，表示诚心诚意。

〔4〕宗庙：古代帝王或诸侯设置祖先灵位并进行祭拜的地方。

吕家天下的破灭

太尉周勃带将印进入军门，对全军说："要替吕氏效忠的，请袒露右胸；愿意替刘氏效忠的，袒露左胸！"军中士卒全都袒露左胸，表示愿意替刘氏效忠。

吕后被安葬以后，左丞相审食其担任皇帝的太傅。

朱虚侯刘章强壮有力，而且有英勇气概，东牟侯刘兴居是他的弟弟，两人都是齐哀王的弟弟，住在长安。当时，那些姓吕的人准备作乱，但是由于害怕高帝时候的大臣，如绛侯周勃、灌婴等人，所以一直不敢轻举妄动。朱虚侯刘章的妻子，是吕禄的女儿，无意中得知了他们的阴谋，恐怕事败受到牵连，就暗中把这件事告诉了他的哥哥齐哀王，建议齐王发兵，诛杀那些吕家人，然后自立为帝。朱虚侯也准备和大臣们在朝中作内应，配合齐王。齐王想要发兵，他的国相不听从他的命令，齐王因此杀了他的国相，然后发动军队向东进攻，诈取了琅邪王的军队，率领着两国军队向西进发。

齐哀王对各位诸侯说："高皇帝平定天下之后，封自家子弟为王，悼惠王被封在齐国。悼惠王去世之后，孝惠帝派留侯张良来，立我为齐王。孝惠帝逝世后，高皇后（即吕后）处理国政，她年纪太大，有些糊涂，所以听任那些吕家人发号施令，还擅自废除少帝，另立他人，并且接二连三地杀害了三任赵王，把梁、赵、燕等封国从刘氏手中夺走，把他们的土地都封给了那些吕家人，齐国也被一分为四。忠臣们进言劝谏，皇上糊涂，就是不听。现在高后逝世，皇帝还小，不能治理天下，本来应该依靠各位大臣和诸侯。但是，那些吕家人掌握着庞大的军队，强迫大家屈服，假冒诏令号令天下，刘氏宗庙社稷因此而危在旦夕。寡人迫不得已，于是率军入朝，来诛杀那些不该称王的人。"

汉朝廷听说了，相国吕产等人就派灌婴去迎击齐王。但灌婴考虑这不合道义。于是派使者通知齐王以及各位诸侯，表示愿意与他们联合，静待吕氏发动变乱，然后一起去讨伐他们。

吕禄、吕产想要在关中发动叛乱，但是，在朝内他们畏惧绛侯周勃、朱虚侯刘章等人，在朝外又担心齐、楚的军队，而且觉得灌婴会反叛他们，所以想要等灌婴的军队跟齐国交战以后，再发动叛乱。主意总是拿不定，处在犹豫不决当中。

惠帝　　漢高祖　　呂后

太尉绛侯周勃没有军权。曲周侯郦商年老有病，他的儿子郦寄和吕禄私交很好。绛侯周勃于是和丞相陈平谋划，派人去劫持了郦商，胁迫他的儿子郦寄去欺骗吕禄说："高皇帝和吕后共同平定了天下，刘家人被封了九位国王，吕家人被封了三位，这些都是大臣们商议决定的，而且都已经通告诸侯，诸侯们都认为没什么不妥。现在太后去世，皇帝年幼，而您佩戴着赵王大印，却不马上前往封国去镇守藩地，而是仍然做上将军，带着军队留驻长安，这样下去，肯定会被大臣诸侯们猜疑。为了避免猜疑，您为何不归还将军的印信，把军权交给太尉？所以，请求梁王尽快归还相国印信，跟大臣们订立盟约，前往封国，这样一来，齐国军队只能撤回，大臣们也就安心啦！那么您就可以高枕无忧地统治千里王国，这可是千秋万代的基业啊！"吕禄觉得他的计策不错，准备奉还将军印信，把军队交给太尉。他派人向吕产以及吕家的其他长辈通报这事，有人认为这样做对，有人说这样做不对，犹豫不定。

郎中令贾寿从齐国出使回来，把灌婴和齐、楚结盟，准备诛杀吕家人的事，详详细细地告诉了吕产，催促吕产尽快进宫。平阳侯曹窋得知了他们的谈话，马上急驰通知丞相和太尉。太尉想闯入北军，但被拦在门外。襄平侯纪通主管皇帝的符节印信，于是太尉就让他拿着皇帝的符节，假传圣旨，说要让太尉进入北军。同时，太尉又命令郦寄去劝导吕禄说："皇帝派太尉去统领北军，想让您回封国去，希望您能立即归还将印，辞职回家。如果不这样做，那么可就大祸临头了。"吕禄认为郦寄不会欺骗自己，就把军权交给了太尉。太尉马上佩带将印进入军门，对全军说："替吕氏效忠的，请袒露右胸；愿意效忠刘氏的，袒露左胸！"军中士卒全都袒露左胸，表示愿意替刘氏效忠。就这样，太尉统率了北军。

吕产不知道吕禄已经离开北军，所以按照原计划进入未央宫，准备作乱。朱虚侯攻击吕产，当时狂风大作，吕产的随从官吏大乱，没有人敢抵抗。吕产逃跑，在郎中府的吏厕中被杀。

朱虚侯杀死吕产以后，想要夺取皇帝的符节印信，皇帝的谒者不肯交给他，朱虚侯于是就与谒者一起乘车，带着皇帝的节信飞奔，斩杀了长乐宫卫尉吕更始。回来后，又飞驰进入北军，向太尉报告。太尉起身，向朱虚侯行礼祝贺说："我担心的只有吕产，现在他已经被杀掉，天下总算可以安定了。"然后，派人把吕家人全都抓起来，无论老幼，一律处死。

朝廷中的各位大臣聚在一起，共同商议说："少帝和梁王、淮阳王、常山王，都不是惠帝真正的儿子。吕后使用欺诈手段，把别人的儿子抢来假冒，杀了他们的生母，在后宫中把他们养大，让惠帝认他们为儿子，立他们为继承人，封为诸侯王，借以增加吕家势力。现在，吕家势力都被消灭了，但是吕家所立的人，还没有受到处置，如果他们长大成人而掌握政权，那么我们这些人可就危险了。不如从各个封王中选出一位最贤明的，立他为皇帝。"有人说："从血统上说，齐悼惠王是高皇帝的嫡长子[1]；现在他的嫡子就是齐王，从血统上说，他就是高皇帝的嫡长孙，应该扶立他为皇帝。"也有大臣说："吕氏不是皇族，他们作恶多端，几乎毁了国家。如今齐王的母家姓驷，家族中有个驷钧，是个恶人。如果扶立齐王，差不多是重新造出一个吕家叛乱。"大家又想要立淮南王刘长，可是刘长年少，他母家的人也不好。

最后，大家决定："代王是高帝的儿子，是年纪最长的一位宗室王，而且，他为人仁慈而宽厚，值得信赖。另外，太后娘家薄氏也善良恭敬。再说，拥立长子，本来就符合礼法，代王又以仁慈孝顺闻名天下，立他为帝最合适。"商定之后，大家就暗地里派人去召代王，代王派人前来辞谢。使者再次去迎请，然后代王抵达长安，住在代王驻京的府邸。大臣们都去拜见，把天子的玺印呈献给代王，共同尊立他为天子。代王多次谦让，但群臣坚持请求，代王就答应了。

东牟侯刘兴居说："消灭吕氏的时候，我没有立功，请允许我去清理皇宫。"就和滕公等人进入皇宫，对少帝说："您不是刘氏后代，不应当做皇帝。"说完，就挥手示意在少帝左右持戟护卫的卫兵，让他们放下兵器离去。然后，滕公用车载着少帝出了皇宫。少帝先是被安置在少府。随后，两人就恭请天子车驾，到代王府去迎请代王。代王在当天傍晚进入未央宫，开始执政。当夜，主管部门分别诛杀了梁王、淮阳王、常山王以及少帝。

代王即位为天子，在位二十三年，死后谥号为孝文皇帝[2]。

相关链接

[1] 嫡长子：正妻所生的长子。在古代，嫡长子在兄弟中具有很高的地位，是正统的家业继承人。

[2] 孝文皇帝：即汉文帝刘恒，公元前202－前157年，高祖刘邦之子，惠帝刘盈之弟，初封代王，都晋阳，公元前180年吕氏势力被灭以后，被拥立为皇帝，谥号孝文皇帝。

穷兵黩武劳民伤财

汉朝到了汉武帝之后，连年与匈奴打仗，战争不断，加上大肆修筑北方城池，耗资巨大，使得国库越来越空虚，广大民众深受劳苦。

从这以后，汉朝每年都要率领几万骑兵出关，去打击匈奴，直到车骑将军卫青[1]夺回了被匈奴强占的地区为止。同时，汉朝还开辟通西南夷的道路，参加劳动的有好几万人，从千里以外挑着担子去运送粮食，出发时十多钟(一钟六石四斗)的粮食，运到时只能剩下一石。于是，就散发钱币在附近地区收集粮食。就这样干了许多年，往西南夷的道路还是没有修通。蛮夷部族趁机多次发动进攻，当地官府就发兵杀敌。因为消费巨大，所以，即使巴蜀地区的租赋收入全部都拿出来，也不够用来支付这些费用。于是就招募百姓到南夷地区去屯田耕种，收获的粮食必须要交给当地官府。又发动十多万人修筑城池保卫北方边疆，车运水运都非常遥远，太行山以东广大地区的民众，都深受劳苦。整个工程耗费了几十亿甚至上百亿的巨资，国库越来越空虚了。于是，百姓中能交奴婢的，可以终身免除劳役；做官的如果交奴婢出来，就可以提高等级；能交纳羊群的可以做官；所有这些，都是从这时候开始的。

四年后，汉朝派大将军卫青率领六位将军，军卒十多万人，去攻打匈奴的右贤王，杀敌无数，俘虏了一万多人。第二年，卫青率领六位将军再次出关攻击匈奴，获得敌人首级和俘虏九千多人，赏赐士兵的黄金共有二十多万斤，俘虏来的几万人也都得到了优厚赏赐，衣食全靠汉朝廷提供。汉朝军队的战士、马匹死亡的有十多万，兵器、盔甲的费用，水陆运输的耗费还不算在内。于是，国库消耗光了，赋税收入也中断，所有财物还不够用来维持战士的需要。主管官员建议说："请设置一种赏官，可以称作'武功爵'。每级卖十七万，总共可以卖三十多万金。那些买武功爵第五级'官首'以上的，可以试用为候补官吏，以后可以优先录用；买第七级武功爵'千夫'的，可以相当于过去爵位制度的'五大夫'级别；可以卖出的最高爵位是'乐卿'。用这种方式，可以奖励从军立功的人。"实际上，当时从军有功的人早就已经被授予超级爵位了，功大的封侯或卿大夫，功小的也当了郎官之类。从此，做官的途径越来越多，而且杂乱无章，官职因而也就荒废了。

公孙弘用《春秋》的义理约束臣僚下属，取得了丞相职位；张汤运用苛刻的法律条文处理案件，当了廷尉；从此之后，根据多种罪名进行的追根刨底的案子就多起来了。有一年，淮南、衡山、江都王阴谋造反，走漏了风声，公卿们便开始寻找名目穷究这个案子，挖出全部同伙，受牵连被处死的达到好几万人。主管官吏越来越严苛，法令也越来越详细。

当时，公孙弘身为汉朝宰相，盖着粗布被子，只食用简单的饭菜，想成为天下人学习的榜样。但是，对扭转奢侈的风俗并没有起到任何作用，整个社会越来越致力于追逐功利了。

又一年，骠骑将军霍去病⑵再次出塞去抗击匈奴，获得四万首级。这年秋天，匈奴浑邪王带领几万人来投降，汉朝很高兴，出动两万辆车去迎接他们。回到首都长安以后，所有有功的将士都受到奖赏。这一年，耗资总共一百多亿。

过去的十多年里，黄河不断决口，沿河一带郡县修筑堤坝堵塞河水。修好之后不久，就又冲坏了，耗费的钱财没法计算。后来，又修通汾水和黄河的渠道用来灌溉田地，调用了几万人；开凿从长安到华阴的直渠，这个工程用了几万人；北方也修水渠，动用了几万人；各项工程都是动辄二三年，但都没成功。各项耗费，都达十多亿。

天子为了讨伐匈奴，大力倡导养马，带到长安来饲养的马有几万匹。后来，关中的马卒不够用，就只好征调外地的百姓。同时，投降过来的匈奴人都靠政府供给衣食，政府越来越吃力，天子就减少自己的膳食费用，解下自己车驾上的马，还拿出皇宫的储蓄来供养他们。

第二年，崤山以东地区遭受水灾。百姓没有饭吃，于是天子派人掏空国库的粮食，用来赈济灾民。还不够用，就征募豪门富户的粮食，借给灾民。还是不能解救水灾饥民，于是就把灾民迁移到函谷关以西地区，或者迁到朔方以南的新秦中地区。整整七十多万人口，衣服食物都要靠政府供给。在头几年里，政府借给他们生产工具，让他们去耕种土地，还派人去分区编组，管理他们，各级官吏一批接着一批，往来不断。这种耗费也要用亿来计算，简直无法计量。这样一来，国库就完全空虚了。

但是，富裕的奸商和巨商，趁机囤积钱粮，奴役贫穷百姓，转运几百辆车的粮食买进卖出，抓住时机发国难财，连受皇上封赏的诸侯也要低头服软，倚仗他们供应钱粮。他们炼铜铸钱、烧水煮盐，有些人积累了万金家财，但是却不肯帮助国家。于是，天子与公卿大臣们商议，改用新钱，重造货币，同时打击巧取豪夺的商人。

　　自从孝文帝改造四铢钱以来，到这时已经有四十多年了，政府靠着多铜的矿山造钱，民间也偷着造钱，钱多得无法计算。钱越多越贬值，东西越少越贵。当时，皇上游猎的宫苑里面，养了很多白鹿。主管官员建议说："古代有一种皮钱，诸侯在皇帝献礼时使用。金属有三个等级，黄金是上等，白银是中等，红铜是下等。现在的半两钱，法定的重量是四铢，但有些奸商偷着打磨钱背，取铜屑再造钱，这样，钱就越来越轻，越来越薄，东西也越来越贵了。再说，铜币麻烦，不实用。"于是，就用白鹿皮一尺见方，四边绣上水草图案，做成皮币，价值四十万。规定王侯宗室给天子进贡的时候，必须要用这种皮币垫着璧玉献上，然后礼仪才可以举行。

　　又把银锡合在一起，铸成"白金"。人们认为，天上飞的，没有什么能比得上龙，地上跑的，没有什么比得上马，人间使用的东西，没有什么比得上龟，所以，白金被分为三等：第一等重八两，圆形，上面的图案是龙，名叫"白选"，每枚价值三千钱；第二等重量稍轻，方形，上面的图案是马，价值五百钱；第三等又小一些，椭圆形，上面的图案是龟，价值三百钱。随后，下令官府销毁以前的半两钱，改铸成三铢钱，面值和实际重量相等。又立下严格规定，只要是偷造金钱的，都是死罪。但是，官吏和百姓中偷铸白金的人还是很多，数也数不过来。

相关链接

〔1〕卫青：？—公元前106年，字仲卿，河东平阳（今山西临汾西南）人，西汉大
　　　将军，曾多次带兵大败匈奴。
〔2〕霍去病：公元前140—前117年，西汉名将，河东平阳（今山西临汾西南）人，
　　　卫青之甥，西汉著名将领，骁勇善战，亦多次大败匈奴，但不幸英年早逝。

由于抑制了天下物价，所以叫作"平准"。天子认为这样很不错，允许实行"平准法"。

在盐铁经营方面，汉朝任命东郭咸阳、孔仅为大农丞，主管盐铁事务；桑弘羊善于计算，被任命为侍中。东郭咸阳是齐地最大的盐商，孔仅是南阳最大的炼铁商，都善于生财，有千金家财。桑弘羊，是商人的儿子，凭着非凡的心计，仅仅十三岁就做到了侍中。

法律越来越严苛，官吏中许多人被免职。多次发动战争，百姓大多数人都出钱买到五大夫爵位，以便免除劳役，所以，能征调的士卒越来越少。于是让千夫、五大夫爵位的人来为政府工作，不愿意的拿出马匹来顶替；过去的官吏都被免职，让他们去上林苑[1]里伐木除草，修建昆明池。

第二年，大将军卫青、骠骑将军霍去病率大军出塞，攻打匈奴，获得匈奴首级和俘虏八九万，赏赐有功的官兵总共五十万金，汉朝军队光是战马就死了十多万匹，水陆运输和战车盔甲的费用还不算在内。国家财政匮乏至极，军队里的将士经常拿不到俸禄钱。

主管货币的官员说三铢钱太轻，容易被奸商伪造，于是请求下令改铸五铢钱，钱的外沿有一道边，使人无法磨取铜屑再重新造钱。

主管盐铁的孔仅和东郭咸阳建议说："山海，是大地贮藏万物的宝库，应该供皇帝私用，皇上可以用它来补贴赋税收入。希望皇上允许百姓自己出费用，借用公家的器具煮盐，粮食和煮盐的盆可以由公家提

○ 品画鉴宝
轺车（东汉）此为墓主人所乘坐的轺车。

供。不劳而获的商人和贵族，总是想擅自垄断山海出产的东西，奴役利用平民百姓，因此，他们总是想方设法阻止官营盐铁，到处胡说八道，毫无道理的话多得听都听不过来。必须制止他们，如果谁还胆敢私自铸造铁器或者煮盐，要严惩他们，没收他们的器具物品。那些不出产铁的郡县，可以设置铁官炼废铁，日常事务归所在的县管理。"皇上同意，派孔仅、东郭咸阳乘着驿车，视察全国的盐业和铁业，设置专门机构，任用那些过去因为经营盐铁而富起来的人当官。官场仕途于是就更加复杂了，不经过选举就当官的商人多起来了。

商人趁着货币改铸的机会，囤积货物，谋求暴利。公卿于是建议皇上："皇上您减少了自己膳食标准，节省各项费用，拿出自己的积蓄来赈济天下百姓，并且放宽放贷利率和赋税等级，真是够仁义的！但是百姓呢，却并不全都从事生产，经商做买卖的人一天比一天多。过去，商人纳税都有比例等差，现在也应该按照过去的规定征他们的税。从事赊贷买卖的，囤积各种货物待时而卖的，和经商谋利的人，即使没有在市场上登记入册，也应该根据他们的货物征税。手工行业，铸造业，也应该按照营业额来征税。另外，经商做买卖的人，车也要纳税；有船五丈以上的，也要纳税。隐瞒财产，或者申报不详实的，一经发现，罚守边一年，没收全部资产。有能告发的，可以拿出被告财产的一半奖给他作为奖赏。商人和他的家人亲属，都不许购买田产，以免伤害农民利益。谁敢违犯这个法令，就没收他的田产和僮仆。"

天子又想到了卜式[2]的建议，就召来卜式，任命他为中郎，赐爵左庶长[3]，赏良田十顷，颁布通告天下，让大家都知道这事。卜式是河南人，本来以种田、畜牧为业。父母死后，卜式和弟弟分了家，只要了一百多头羊，其余田地住宅财物等全都给了弟弟。分家之后，卜式进山放羊，放了十多年，羊群达到了一千多头，重新置办了田地住宅。他弟弟败光了分得的家产，卜式就又分给了弟弟一些。这时候，汉朝多次出击匈奴，卜式上书给天子，希望能拿出自己家产的一半给国家资助边防。

天子派使者问卜式："你想当官吗？"卜式回答说："我从小放羊，没学过当官，不想当官。"使者又问："是不是你家有什么冤案，你想要申诉什么吗？"卜式回答说："不，我和别人没有纠纷。我家乡的人，谁贫穷，我就借贷给他，谁心地不善，我就教导他，在我住的地方，大家都愿意听从我的话，我卜式怎么会有冤屈呢？没什么要申诉的。"使者又问："既然如此，您这样做是为什么呢？"卜式回答："天子讨伐匈奴，贤能的人，都应该在边疆尽忠效死，有钱的人，都应该捐献钱粮来支援国家，如果大家都这样做，那么匈奴就可以消灭了。"使者回到朝廷，把卜式的话原原本本地讲给天子听。天子又把这些话对丞相公孙弘讲了。

公孙弘说："这不合乎人之常情。他肯定是不守本分、想越轨的人，不能把他作为教化的榜样，否则会扰乱正常的法度，希望陛下不要批准他。"皇上于是没有接受卜式的请求。

卜式回到家乡，继续耕种田地，放牧牛羊。一年后，汉朝军队多次出征，浑邪王等匈奴人来投降，钱粮消耗太大，国库彻底空了。第二年，灾民大规模迁移，全靠政府供给，供应不上。卜式拿出二十万钱，交给河南太守，让他作为移民的费用。河南太守向朝廷报告资助贫民的富人名单，天子看到卜式的名字，想起了他："这不是从前要捐献一半家产资助边防的那个人吗？"于是就赏赐卜式四百人戍边的费用钱（每人三百钱）。卜式把这些钱又全部交给了政府。

当时，富豪们都忙于隐瞒藏匿财产，只有卜式一再捐献钱财帮助国家。天子于是相信，卜式的确是个忠厚有德的长者，因此就把他作为榜样，来诱导百姓。

起初，卜式不愿意做官。皇上说："我养了一些羊在上林苑，你去放牧它们吧！"卜式这才上任，做了郎官，穿着麻布衣服和草鞋放羊。一年以后，羊都长得很肥壮，繁殖得又多。皇上路过，看见了他放的羊，就高兴地夸奖他。卜式说："牧羊不简单，其实，治理百姓与牧羊很相像。就是要让他按时起居，按时劳作，按时休息；出现了坏种就把他淘汰出去，不要让他带坏了一大群。"

皇上听了，觉得卜式是个奇人，就任命他做缑氏县令，想考验考验他。结果，缑氏县的民众都感到他很有能力。又调任成皋县令，管理那里的水运，也是成绩非凡。于是就任命他做齐王的太傅。

孔仅倡导天下铸造铁器，三年后升任为大农令，列于九卿。而桑弘羊做了大农丞，主管各种统计事务。

自从造白金五铢钱以后，五年过去了，官吏百姓中因为私下偷铸金钱，被判为死罪的，有几十万人。没有被发现的，更是无法计算。自首的罪犯有一百多万人，然而这个数目还不到罪犯实际人数的一半。可

是，所有这些被发现和自首的人，基本都得到了赦免。于是，所有人都开始无忧无虑地私铸金钱。犯罪的人多，官吏不可能把他们全部逮捕杀头，于是派人到各郡国查办，检举揭发那些兼并他人财产的，以及太守、国相中非法获利的人。当时，御史大夫张汤正处在兴隆显贵时期，职掌大权；义纵、尹齐、王温舒等人因为执法残酷严厉，被升为九卿。

大农官颜异被杀掉了。当初，颜异任济南亭长，因为廉洁正直，逐渐升到了九卿的地位。后来，皇上和张汤制造出白鹿皮货币，征求颜异的意见。颜异说："现在诸侯王朝见天子，献礼都用黑色的玉璧，价值只不过几千钱；但是玉璧下面垫着的皮币反而价值四十万，主要的和次要的有些不相称。"天子听了，有点不高兴。张汤和颜异有矛盾，所以，等到有人因为其他问题告发颜异时，张汤就利用职务之便，报复颜异。颜异曾跟客人谈话，客人说，某一法令中有些不便利的地方，颜异没有回答，只是稍微动了动嘴唇。张汤便上奏天子说，颜异身为重臣，发现法令有不妥当的地方，不在朝廷上讲出来，却在心里诽谤，应当判处死刑。从这以后，便有了叫作"腹诽（心里诽谤）"的刑法条文。公卿大夫们为了避祸，于是开始谄媚阿谀，讨取皇帝的欢心。

天子已经颁布税收条款，并且尊崇卜式，可是百姓还是不能分出财产帮助政府。于是，告发商人隐瞒财产的税收案就越来越盛行。

各地郡国大多数不依法铸钱，钱的重量往往很轻，公卿请求下令铸造赤侧钱，一文赤侧钱相当于五文其他铜钱，缴纳赋税的机构，除了赤侧钱，其他钱都不收。于是白金的价格就便宜起来，百姓也不重视，政府用法令强制百姓使用，也无济于事。一年多以后，白金终于废除，不再通行了。

两年后，赤侧钱也贬值了，不久也作废不用了。于是全面禁止各地郡国，不许它们铸造钱币，只允许上林苑所属的三官铸造钱币。因为当时在全国流通的钱太多了，所以中央就颁布命令，禁止流通三官以外所造的钱，各地郡国先前铸造的钱币，全部作废，并且销毁，把那些铜交给上林苑的三官。这样，百姓中铸造钱币的越来越少了，只有真正善于铸钱的工匠和大奸商才能偷着制钱。

卜式后来做了相国，他颁布了处理隐瞒财产的法令，于是中等财产以上的人家基本上全都遭到告发。杜周审理此类案件，判案准确，很少能翻案。于是，政府收缴来的钱财物资要用亿来计算，奴婢要用千万来计算。这样，中等以上的商人差不多全都破产了。政府因为有了盐铁和税收，越来越富足了。

当初，大农主管的盐铁官太多，于是就设置了水衡都尉，让他主管盐铁事务；后来，税收的案子增多，没收的财产迅速增多，上林的钱财物品就多起来了，于是就下令水衡都尉去主管上林。上林装满之后，要扩充规模。这时候，南越要和汉朝进行水战，于是汉朝就扩建昆明池，修造楼船，高达十多丈，船上插满各种旗帜，十分壮观。天子很兴奋，就又建造了柏梁台，高达几十丈。从此以后，宫殿房室的修建一天比一天华丽。

水衡、少府、大农、太仆都分别设置农官，常常让他们组织人到刚没收来的田土上去耕种。没收来的奴婢，则分派到皇家园苑中去养狗、马、飞禽走兽，或者分给各地官署使用。各种官署越来越杂，越来越多，罪徒奴婢也越来越多，每年经由黄河水运来的粮食达四百万石，但还是不够吃。

崤山以东遭受黄河水害，几年都没有收成，人吃人的现象开始出现。天子怜悯他们，下诏说："江南一带，可以火烧野草种田，水灌田地耕作，挨饿的百姓可以迁移到江淮一带就地取食谋生，想留在那里的人，可以住在那里。"派使者护送贫民迁移，并运来巴蜀的粮食赈济灾民。

第二年，天子巡行天下，视察各个郡国。向东渡过黄河，河东太守没预料到天子会来，没来得及办好接待事务，自杀了；天子又巡行西方，越过了陇山，陇西太守因为天子来得突然，没让天子的随从及时吃上饭，陇西太守也自杀了。皇上随后北出萧关，带着几万骑兵，到新秦中打猎，检阅了边防军队以后回京。在新秦中，有的地方千里之内都没有设置哨卡，于是皇上杀了当地太守以下的官吏，并且下令百姓，允许他们在边境地区各县养畜放牧。还减免税收，用这种方法充实新秦中。

一年，南越反叛，西羌侵犯边境。于是天子动用南方的楼船军队二十多万人，去打击南越；同时，发动几万骑兵打击西羌，又派几万人渡过黄河修建令居城。在边境安置了负责侦察警戒的士卒，一共有六十万人，一边驻守一边种田。中原地区修筑道路和运输军粮的，远的三千里，近的一千多里，全都靠大农供给。边境武器不够用，就拿出国家武库中的兵器用来满足需要。战车和骑兵所用的马不够，国家钱少，买不起那么多马，于是就制定法令，规定从封君以下一直到三百石以上的官吏，都必须按照等级向乡亭缴纳母马，各地乡亭都要畜养母马，政府每年都按照马匹繁殖的情况来考察乡亭的成绩。

相国卜式上书天子说："主上有忧虑，就是臣子的耻辱。现在南越反叛，我愿意带着儿子和齐地善于驾船的人，到南越去同它决一死战。"皇上感动，下诏说："卜式亲身种田放牧，不以此谋取私利，只要有剩余财物，就捐给国家。现在天下不幸有了危难，卜式父子自愿去决一死战，虽然现在还没去参战，但是内心的忠义已经表现出来。赐他为关内侯，赏黄金六十斤，良田十顷。"通告全国，可是全国一个响应的都没有。当时的诸侯多得数以百计，但谁也不愿意参军去攻打西羌和南越。九月，诸侯朝见时，少府检查诸侯进贡的金子成色，因为进贡的分量不足，失去爵位的有一百多人。于是任命卜式为御史大夫。

卜式上任，发现国内多数人认为政府制作盐铁不合适，铁器质量不好，百姓深受其苦，而且卖的价格又贵，甚至还有的强令百姓买卖。因为船要上税，所以用船运货的就少了，物价变得越来越昂贵。卜式上书反映了这种情况，皇上因此就不再喜欢卜式了。

汉朝连续两年出兵，打败了西羌，灭亡了南越，在那里设置了十七个新郡，并且根据那里原来的风俗治理，不征收赋税。南阳、汉中以南各郡，都要根据各自的地理位置，就近供给新郡官吏士卒的俸禄、粮食、货币、物资，以及驿传所用的车马和被服器具等等。但新郡总是有些小叛乱，杀害了不少政府官吏，汉朝发动南方的官兵去平叛，每两年就得去一万多人，全部费用都由大农承担。大农调整盐铁收入和税收，勉强能供应这笔费用。然而军队所经过的各县，只能根据需要供给一点点，勉强够用而已，无法做到按照常规税法办事。

元封元年（公元前 110 年），卜式被贬官，做太子太傅。桑弘羊主管大农事务，全权取代孔仅，管理全国盐铁。桑弘羊看到，因为诸多官府各自买卖，争权夺利，弄得物价飞涨，而各地送交的赋税物资，有的还不够用来补偿运输的费用。于是，桑弘羊奏请设置大农部丞几十人，分别主管各地郡国的大农事务。在京城则设置平准机构，统一管理全国各地运来的物资。大农所属的各官署控制着全天下的货物，价格贵就卖，价格贱就买。这样，富商大买卖人就再也没有机会牟取暴利了。于是就敦促他们回去务农，物价也不再浮动上涨了。由于抑制了天下物价，所以叫作"平准"。天子认为这样很不错，允许实行"平准法"。

桑弘羊又奏请皇上，让官吏可以通过捐献粮食补官，犯罪的人可以交纳粮食来赎罪。下令百姓，能缴纳粮食到甘泉宫的，可以免除终身赋税徭役。命令下达后，仅仅一年，太仓、甘泉宫的粮仓就装满了。边境有了多余的粮谷和各种物资。老百姓的赋税负担减轻，天下重新富饶起来。于是天子赐桑弘羊为左庶长，赏黄金二百斤。

相关链接

〔1〕上林苑：汉武帝建元二年（公元前138年）修建的一座集狩猎、游乐等为一体的多功能大型宫苑。

〔2〕卜式：生卒年代不详，西汉河南郡（今河南境内）人，汉武帝时大臣，乐善好施，慷慨大义。

〔3〕左庶长：爵名，战国秦置，为二十等爵第十级，庶长意为众列之长，秦时多以军功得之。

以号之为为季用身人是季昌贤之之仲吴太
之句奔文王历，断乃太历，，兄子雍伯
人吴荆王季果避奔以太而也而皆
。蛮从立荆示蛮仲昌王周太
曰荆，太而从历不，雍，欲圣季季太伯
之蛮自伯昌是可文二於立子历历王弟

世家 *燕雀安知鸿鹄之志哉？*

《史记》既是中国古代纪传体史书的开山之作，也是此类文体的经典之作，"世家"是其中一个重要的组成部分，为《史记》五体之一。《史记》中共有"世家"三十篇，其内容记载了自西周至西汉初各主要诸侯国的兴衰历史。

"世家"的叙事方法，大体与"本纪"相同，即以编年体记载列国诸侯之事。因为"王侯开国，子孙世袭"，也就是诸侯爵位封邑世代相传，故名"世家"。

司马迁创立"世家"体例的目的是从维护国家统一的立场出发，把各诸侯国看作辅佐中央政权的地方政治力量，希望他们能"忠信行道"，来维护中央集权的统一。

但司马迁并不局限于仅用"世家"记载开国传家的诸侯，他把孔子和陈涉也列入"世家"。孔子虽非王侯，但却是传承三代文化的宗主，更何况汉武帝时儒学独尊，孔子是儒学的创始人，将之列入"世家"也反映了思想领域的现实情况。陈涉不但是首先起义亡秦的领导者，且是三代以来以平民起兵而反暴政的第一人。司马迁将之列入"世家"，表明了司马迁还原真实历史现实的态度及其进步的历史观。

三十"世家"还原了历史的真实面貌，对读者更深一层地了解和认识中国古代社会政治、文化的特质及渊源，具有无可替代的作用。

- 太公望吕尚者，东海上人。……本姓姜氏，从其封姓，故曰吕尚。
- 周公旦者，周武王弟也。自文王在时，旦为子孝，笃仁，异于群子。及武王即位，旦常辅翼武王，用事居多。
- 召公奭与周同姓，姓姬氏。周武王之灭纣，封召公于北燕。
- 卫康叔名封，周武王同母少弟也。其次尚有冉季，冉季最少。
- 微子开者，殷帝乙之首子而帝纣之庶兄也。
- 越王勾践，其先禹之苗裔，而夏后帝少康之庶子也。
- 魏之先，毕公高之后也。毕公高与周同姓。武王之伐纣，而高封于毕，于是为毕姓。
- 孔子生鲁昌平乡陬邑。……鲁襄公二十二年而孔子生。生而首上圩顶，故因名曰丘云。字仲尼，姓孔氏。
- 陈胜者，阳城人也，字涉。吴广者，阳夏人也，字叔。
- 楚元王刘交者，高祖之同母少弟也，字游。
- 荆王刘贾者，诸刘，不知其何属初起时。汉王元年，还定三秦，刘贾为将军，定塞地，从东击项籍。
- 留侯张良者，其先韩人也。
- 梁孝王武者，孝文皇帝子也，而与孝景帝同母。

吴王馀祭去世，弟弟馀昧继位。馀昧去世之前，想传位给弟弟季札。季札辞让一番，然后逃走了。

吴太伯，还有太伯的弟弟仲雍，都是周太王[1]的儿子，季历的哥哥。季历贤能，儿子昌也很有德行，所以太王想立季历为王，以便将来传位给昌。为了不影响太王的计划，太伯、仲雍二人就逃到了荆蛮地区，在身上刺了花纹，剪短了头发，表示不会去继承王位，来避让季历。季历果然继位为王，他的儿子昌也得以继位成为周文王。当时，太伯住在荆蛮地区，自称句吴。荆蛮人认为他有德行，主动归附他的有一千多家，拥立他为吴太伯。

太伯去世，弟弟仲雍继位，就是吴仲雍。好多代过去了，寿梦继位。寿梦在位时期，吴国开始逐渐强大，自称为吴王。二十五年，吴王寿梦去世。寿梦留下了四个儿子，长子名叫诸樊，次子名叫馀祭，三子名叫馀昧，四子名叫季札。其中季札最贤能，寿梦想让他继位，但季札谦让推辞，于是只好立长子诸樊，处理日常政务，掌握国家权力。

诸樊元年，诸樊服丧期满，于是就脱去丧服，让位给季札。季札辞让说："曹宣公死的时候，诸侯和曹国人都认为曹君杀害了太子，夺取王位，是不道义的；于是准备拥立子臧为王，可是子臧逃离了曹国，以便让曹君能够继续在位，君子们称赞子臧'严守节操'。你是合法的继承人，谁敢冒犯你呢！当国君，并不是我的志向。我季札虽然没有什么才能，但是愿意像子臧那样严守节操。"吴国人坚决要求拥立季札，季札无奈，就离开了王宫，去乡下种田，吴国人见了，也就不再勉强他继位了。

吴王诸樊去世，遗言要传位给弟弟馀祭。他想把王位依次传下去，一定要传给季札才算完，以了却父王寿梦的心愿；他赞美季札让位的节操，希望兄弟们能够依次相传，最后把君位传给季札。季札被封在延陵，号称延陵季子。

吴王派季札出使鲁国，听了各种音乐，感触很多。离开鲁国之后，又去出使齐国。他劝晏平仲说："您应该尽快把封地和政权都交出来。没有了封地和政权，才能避开祸患。齐国的政权肯定会归属于某一个人，在没有确定归属之前，肯定是灾祸不断，难以终止。"晏子于是把封地和政权都交了出来，因此在后来的政治斗争中避免了祸难。

季札又离开齐国，出使郑国。见到了子产，就像老朋友重逢一样亲切。他对子产说："郑国当权者荒淫无度、贪婪而奢侈，他们的灾难就要到来了，最后政权必然要归于您。您掌握了政权之后，一定要谨慎地以礼治国。不这样，郑国肯定会被毁掉。"

又离开郑国，到了卫国。季札对蘧瑗、史狗、公子荆、公叔发、公子朝说："卫国是君子的天下，不会有任何祸患的。"

季札又前往晋国，正准备休息的时候，听到了钟声，说："真是奇怪啊！我听说，背叛别人，不修德行，肯定要遭杀身之祸。可是孙文子呢，得罪了君王，竟然还敢住在这里；恐惧还来不及，竟然还有心思敲钟奏乐？孙文子住在这里，就像燕子在幕布上筑巢一样危险啊！君王的尸体还没有入土，这时候怎么可以敲钟奏乐呢？"说完，季札就马上起身离开了。孙文子听说了季札的话，终生再也没有听过音乐。

到达晋国之后，季札对赵文子、韩宣子、魏献子说："晋国的国政，将来恐怕要集权到你们三家吧？"离开晋国之前，又对叔向说："你好好努力吧！晋国虽然国君荒淫奢侈，但是却有许多良臣，大夫们也都很富有，最后的政权会归属于三家。您为人正直坦率，一定要注意别让自己遭到什么祸难。"

季札开始出使的时候，在北上途中曾经拜访过徐君。徐君特别喜欢季札的宝剑，却不好意思说出来。季札心里知道他的想法，但因为要带着宝剑出使中原各国，所以就没把宝剑献给他。出使完毕，返回时来到徐国，可是徐君已经去世了，季札于是就解下自己的宝剑，把它挂在了徐君墓旁的树上，然后离去。随从说："徐君已经死了，何必还把宝剑挂在这里呢？"季札说："你这么说就不对了。当初，我心里已经把宝剑暗许给他，难道能因为他死了，就违背当初的心意吗？"

吴王馀祭去世，弟弟馀昧继位。馀昧去世之前，想传位给弟弟季札。季札辞让一番逃走了。吴国人说："先王留下了遗嘱，哥哥去世，弟弟就立为王，一定要把王位传给季子。现在季子辞让逃走了，那么馀昧就是最后一个继位的君王。他去世了，应该由他的儿子接替王位。"于是就把馀昧的儿子僚立为吴王。

吴王僚二年，公子光[2]去攻打楚国，吃了败仗，把先王的乘船丢掉了。公子光很害怕，重新回军偷袭楚军，夺回了先王的乘船，才敢回来。

五年，楚国外逃的大臣伍子胥[3]前来投奔吴国，公子光对他以礼相待。

公子光是吴王诸樊的儿子。他一直认为："我的父辈有兄弟四人，王位本应传给季子。季子不愿接受国政，所以我的父亲最先继位。如果以后不传给季子，那么继承王位的应当是我。"于是他就暗中招纳贤能人士，想找机会刺杀吴王僚。

八年，吴国派公子光攻打楚国，打败了楚军。乘胜北伐，又打败了陈国、蔡国的军队。

九年，公子光再次攻打楚国，占领了居巢、钟离。此前，楚国边邑的少女与吴国边邑的妇女因为采桑叶而发生了争执，两家相互仇杀，两国边邑的长官听说这件事后，都很生气，打了起来，结果楚国吞并了吴国的边邑。吴王大怒，派兵攻打楚国，占领了这两个城邑才撤兵。

伍子胥刚刚投奔吴国时，劝说吴王僚，说攻打楚国可以获得很多利益。公子光暗地里说："伍子胥的父亲和兄长都被楚王杀掉了，他现在只是想借机公报私仇而已。跟楚国打仗，对吴国没什么好处。"伍子胥感觉到公子光别有企图，就找到勇士专诸，把他引荐给公子光。公子光很高兴，于是就开始很恭敬地对待伍子胥。

十二年冬天，楚平王去世。

十三年春天，吴国趁楚国办丧事的机会，去攻打楚国，派公子烛庸、盖馀出兵。同时，派季札到晋国，观察其他诸侯国的反应。楚国发兵，断了吴兵的退路，吴兵无法退回。这时候，公子光说："这么好的机会，可不能丢失啊！"他告诉专诸说："这时不动手要等到何时？我是真正的王储，应该继位，我想趁这个机会取得王位。即使季子回国，也不会废掉我！"专诸说："刺杀王僚，现在可行。现在国内，只有他的老母幼子，他的两个公子都率兵攻打楚国去了，而且已经被楚兵断了后路。现在的吴国，外面已经被楚军围困，国内没有忠诚臣子，对我们肯定是无可奈何。"

公子光深以为然。于是在地下室里埋伏了士兵，邀请吴王僚前来宴饮。吴王僚在路上安排了士兵，从王宫一直到公子光的家，外门、台阶、内门、坐位，到处都布满了他的亲兵，所有人都手持两刃短刀，严阵以待。公子光假

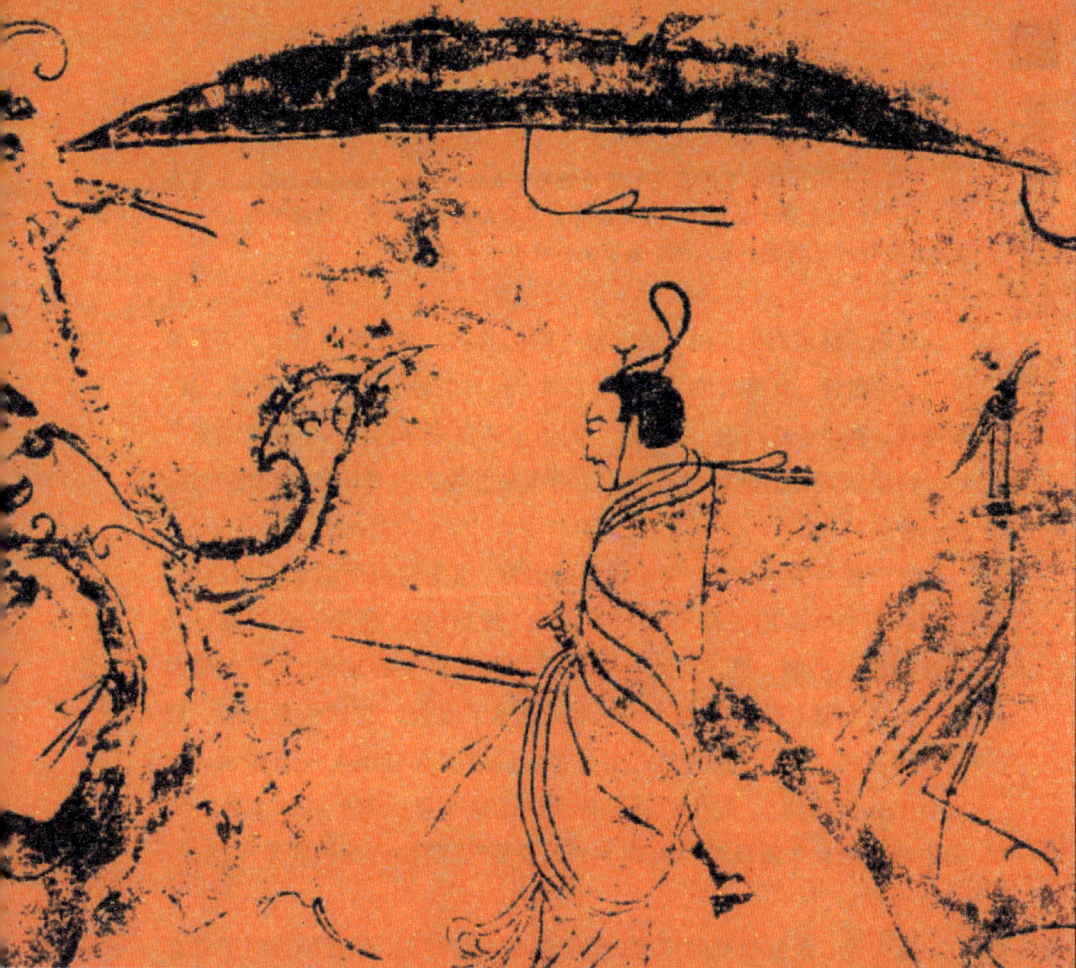

装脚疼，来到地下室，让专诸把匕首藏在煮熟的鱼肚子里去上菜。鱼一端上来，专诸就抽出匕首刺向吴王僚，杀掉了他。这样，公子光终于取得了王位，就是吴王阖闾。阖闾任命专诸的儿子为卿。

相关链接

〔1〕周太王：周朝先祖。宽厚仁慈，多有部落归附，被周室尊为基业之始者。太王生姬亶，亶生太伯、仲雍、季历，季历生姬昌，是为周文王；寿梦生诸樊、馀祭、馀昧、季札；诸樊生公子光，馀昧生僚；光杀僚而自立，是为吴王阖闾；阖闾生夫差，夫差亡吴于越王勾践。

〔2〕公子光：？－公元前496年，吴王诸樊之子，姓姬，名光，春秋末期吴国国君，于公元前514年杀死吴王僚而即位，称吴王阖闾（或阖庐），部分史料认为他为"春秋五霸"之一。

〔3〕伍子胥：？－公元前484年，名员，字子胥，因曾封于申地，故又称申胥，其先伍举，父伍奢，兄伍尚，初事楚国，因遭陷害而奔吴，事阖闾，为大夫，春秋末期吴国著名将领、军事谋略家。

姜太公钓鱼

周西伯出外打猎，果然在渭水北面遇见了太公，交谈一番之后，西伯非常高兴，说："我的先君太公曾经说过'会有圣人来到周家，周家会因此而兴盛'。先生您就是他所说的这个圣人吧？我家太公盼望先生很久啦！"

吕尚，是东海人。祖先曾经做过四岳的官，辅佐夏禹治水，立下了大功。在虞舜、夏禹时期，被封在吕地，也有的被封在申地，姓姜。夏、商两代，在申、吕两地，有的地方封给了旁支子孙，有的子孙变成了平民，吕尚就是他们的后代子孙。吕尚本来姓姜，后来以他的封地为姓，所以称作吕尚。

吕尚曾经穷困潦倒，年纪很老的时候，因为钓鱼而结识了周西伯。当时，西伯准备出去打猎，卜了一卦，卦辞说："所要收获到的，既不是龙也不是螭，既不是虎也不是罴，而是霸王的辅佐。"于是周西伯就出发打猎，果然在渭水[1]北面遇见了太公，交谈一番之后，西伯非常高兴，说："我的先君太公曾经说过'会有圣人来到周家，周家会因此而兴盛'。先生您就是他所说的这个圣人吧？我家太公盼望先生很久啦！"所以就称吕尚为"太公望"，西伯请他一同坐车回去，封他为军师。

有人说，太公望见闻广博，曾经侍奉过商纣王，但是因为纣王暴虐无道，所以太公就离开了他，去周游列国，劝说各位诸侯，但是很多年都没有遇到知己的君王，最后，终于遇到了周西伯。也有人说，吕尚本来是个隐士，在海滨隐居。周西伯被纣王囚禁时，散宜生、闳夭知道吕尚有能力，所以招请他出来帮忙。吕尚说："我早就听说西伯贤明，而且还能慈善地赡养老人。为什么不去帮他呢？"三人于是合谋，替西伯

姜太公
即姜子牙，姜姓，名望（一说名尚），字子牙，号飞熊，其先人封于吕，故为吕氏，称吕望、吕尚，半生寒微，暮年之时得到周文王重用，遂辅佐其征伐天下，文王死，继而辅助武王，为军事统帅，尊为"尚父"，武王克商后封于齐，是西周开国元勋，伟大的军事家、政治家。

到处搜寻美女和宝物，进献给纣王，用来赎买西伯。西伯终于被释放，回到了故国。以上种种关于吕尚归周的说法，虽然各不相同，但都说他是周文王、周武王的军师。

周西伯从囚禁中脱身归来之后，就暗中与吕尚修行德政，为推翻商朝作准备。吕尚想出了很多用兵的权谋和奇妙的计策，所以，后世在谈论起兵策以及周代的秘密权术的时候，都认为太公是最初的开创者。周西伯施政公平，还和平地解决了虞芮两国的争端，诗人感叹，称西伯是受了天命的文王。西伯又讨伐崇国、密须、犬夷，大规模地兴建丰邑。当时，全天下三分之二的诸侯都归顺了周朝，功劳大半应归于太公的计谋。

文王逝世之后，武王继位。第九年，武王想发扬文王的事业，准备去讨伐商纣王，先要试探诸侯是否响应。部队出发之前，被尊为"师尚父"的吕尚左手持黄钺，右手持白旄，隆重誓师[2]。还没到达盟津，诸侯不约而同前来会集的已经达到了八百个。诸侯们都说："可以讨伐纣王了。"武王却说："时机还不成熟。"于是回师。

两年后，纣王杀死了自己的王子比干，还囚禁了箕子。武王准备讨伐纣王，可是占卜显示的卦象，说是不吉利，还说暴风雨快要来了。公卿大臣都很害怕，劝止武王。但是太公的态度很坚决，极力劝说武王起兵，武王听从，出师讨伐。十一年正月，在牧野誓师，攻打商纣王。纣王军队溃败逃散。纣王逃回了朝歌，登上鹿台，在那里被武王的追兵斩杀。次日，武王站在土地神社前，公卿大臣们捧着清水，卫康叔在地上铺了彩席，师尚父牵着祭祀用的牲畜，史佚诵读策文，向神祇禀告武王伐纣的缘由经过。随后，散发了鹿台的存钱，发放了巨桥的存粮，用来赈济贫民。另外，又扩大了比干的坟地，增培了墓土，释放被囚禁起来的箕子。又把象征天子大权的九鼎迁往别处，整顿周朝的政治，与天下万民共同开创新纪元。以上这些，大多是由师尚父谋划的。

武王平定了商朝，称王于天下，把师尚父封在了齐国的营丘[3]。吕尚东行去封国，路上停下来住宿，走得很慢。旅舍里有人说："我听说，时机难得，容易流失。客人住宿在这里，不紧不慢，神态安然，实在不像是要到封国就职的人。"太公听了这话，马上起来穿衣，连夜启程，天亮到达封国。正好遇上莱侯率军前来攻打，与太公争夺营丘。营丘跟莱国接壤，莱人是夷族，趁着商纣的失败和混乱，而周朝刚刚建立，还没来得及安抚远方各族，所以就来和太公抢夺国土。

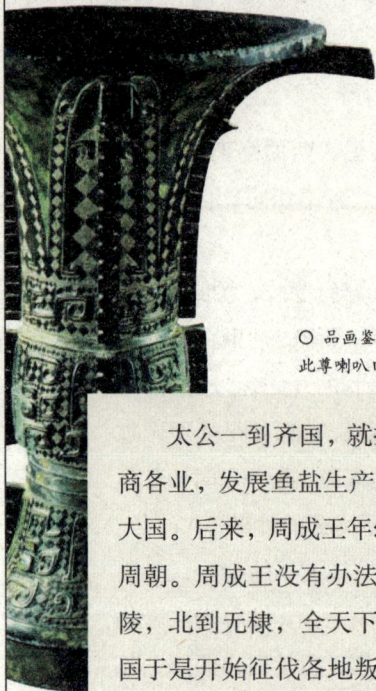

○ 品画鉴宝　御尊（商）

此尊喇叭口，高圈足，状如觚形，纹饰华丽精美，是难得一见的艺术珍品。

　　太公一到齐国，就按照当地的习俗，简化了各种礼仪，沟通了农工商各业，发展鱼盐生产，很快就安抚了当地人民，不久，齐国就成为了大国。后来，周成王年幼即位，管叔、蔡叔想趁机作乱，淮夷也背叛了周朝。周成王没有办法，就对太公说："东到大海，西到黄河，南到穆陵，北到无棣，全天下的诸侯和各地长官，你都有权力出兵讨伐。"齐国于是开始征伐各地叛臣，力量大增，成了大国，建都在营丘。

　　太公去世时，大约有一百多岁。儿子即位。就这样，过了几代，哀公继位。哀公的时候，纪侯在周王面前诽谤他，周王相信了那些话，于是杀了哀公，而立他弟弟静，就是胡公。胡公把都城迁到了薄姑，这件事发生在周夷王时期。

　　哀公的同母小弟跟胡公有仇，就率领营丘人杀死了胡公，夺取了君位，这就是献公。

　　献公去世，儿子武公继位。武公九年，周厉王逃亡出境。十年，周王室内乱，大臣代行政事，号称"共和"。二十四年，周宣王即位。

　　二十六年，武公去世，儿子厉公无忌继位。厉公残暴，昏庸无道，于是胡公的儿子趁机重回齐国，齐国人想拥立胡公的儿子为王，于是就跟他一起攻打厉公。在战斗之中，胡公的儿子被打死。齐国人于是就把厉公的儿子立为国君，这就是文公。文公一即位，就处死了参与攻杀厉公的七十个人。

　　文公在位十二年去世，儿子成公继位。成公在位九年去世，儿子庄公继位。

相关链接

〔1〕渭水：源自今甘肃渭源，流经关中平原，东出潼关而汇入黄河。
〔2〕誓师：军队出征前举行的一种仪式，一般为将帅发表讲话，目的是宣讲出征的意义，强调军队的纪律，激发士兵的斗志。
〔3〕营丘：在今山东临淄一带。

桓公登位以后，兴兵攻打鲁国，打算杀掉管仲。鲍叔牙劝止说："君王您如果要治理齐国，靠我叔牙和高侯就差不多了。可是如果您还打算称霸天下，那非管仲辅佐不可。管仲在哪个国家，哪个国家就强盛，这个人杀不得啊！"

几代以后，襄公即位。襄公还是太子的时候，曾经与另外一个宗室后代公孙无知争斗，等到即位之后，襄公就降低了公孙无知应该享有的等级，公孙无知于是怀恨在心。

四年，鲁桓公携夫人到齐国办事。齐襄公过去曾经与鲁夫人关系暧昧。鲁夫人，是襄公的妹妹，嫁给了鲁桓公为妻。鲁桓公这次携夫人来齐，襄公又和鲁夫人通奸。鲁桓公察觉到了，怒斥夫人，夫人告诉了齐襄公。齐襄公于是招来鲁桓公宴饮，灌醉了鲁桓公，然后派力士彭生把他抱上车，趁机杀死了鲁桓公，桓公下车时就已经没气了。鲁国人知道了这件事，就严厉谴责襄公，襄公于是杀死彭生，向鲁国表示道歉。

襄公派连称等人去戍守葵丘，约定瓜熟时节必须前往，等到来年瓜熟时节，再派人去接替他们。没想到，他们在葵丘戍守了一年，瓜熟时节到了，襄公并不派人去接替他们。有人替他们向襄公请求替换，襄公就是不准许。他们非常愤怒，就找到公孙无知，一起谋划叛乱。连称有个堂妹，是襄公的妃子，但是不受宠爱，连称于是就让她偷偷打探，看什么时候谋杀襄公最合适，向她许诺说："事成之后，你可以成为无知的夫人。"

冬天十二月，襄公在沛丘射猎。碰到了一头野猪，随从说野猪是"彭生"。襄公大怒，拔箭想要射杀野猪，野猪突然站起来号叫。襄公惊恐万分，从车上摔了下来，跌伤了脚，把鞋也弄丢了。回宫之后，他鞭打了管鞋的官三百下。管鞋的官很憋气，怏怏地走出王宫。公孙无知、连称等人知道襄公受了伤，于是就率人来袭击襄公，在宫门口正巧碰上管鞋的官，后者说："注意别惊动了宫中的人员，惊动他们可就不容易进去了。"无知不相信他能协助自己，很怀疑，管鞋的官于是露出身上的鞭痕，无知这才相信了他。

无知等在宫外，叫管鞋的官先进去。那个官一进王宫，立即就把襄公拉到门后，藏起来了。过了很久，无知等人怕有变故，就直接闯进宫中。管鞋的官带领宫中卫士以及襄公的幸臣，全力攻打无知等人，但没

管仲（？—公元前645年）
字仲，名夷吾，又名敬仲，颍上（今安徽颍上）人，春秋时期齐国大夫，辅助齐桓公成就了霸业，被称为"春秋第一相"。

有取胜，全都被杀掉了。无知进宫之后，怎么也找不到襄公。有人看到门后露出来一只脚，推开门一看，原来是襄公，就把他杀掉了。无知于是就立自己为齐君。

齐桓公元年春天，齐君无知去雍林游玩。雍林人跟无知有旧仇，趁他前往游玩，杀掉了他，然后通告齐国的大臣们说："无知杀害襄公，自立为国君，我已经把他杀了。希望各位大夫另立公子中可以继位的人，我一定从命。"

当初，襄公灌醉了鲁桓公，然后杀死了他。而且，襄公还与桓公的夫人通奸，不讲道义，还胡乱诛杀臣民，沉湎女色，多次欺侮国家重臣，他的弟弟们怕受到牵连，都逃亡到了国外。二弟纠逃到了鲁国。纠的母亲是鲁国的公主，管仲、召忽辅佐他。三弟小白[1]逃到了莒国，鲍叔牙[2]辅佐他。雍林人杀死无知后，准备要拥立新君。于是有人暗中到了莒国，召小白回国。

鲁国人听说无知已死，也派兵护送公子纠回国，并派管仲另外率兵去阻拦小白回国，射中了小白腰带上的钩子。小白装死，管仲信以为真，马上派人回鲁国报喜。鲁国松了一口气，于是护送公子纠的部队就慢了下来，走了六天才到齐国。这时小白已经捷足先登，成了国君，就是桓公。

桓公被射中腰带钩，装死骗了管仲，随后马上乘坐罩了帐幕的车子飞奔，加上有人作内应，所以能够抢先回国登位，并发兵阻挡鲁国护送公子纠的部队。秋天，和鲁国交战，鲁国败退，但是被齐军截断了后路。齐君写信给鲁君说："公子纠是我的兄弟，我不忍心亲自去杀他，就请鲁国把他杀了吧！召忽、管仲是我的仇人，请把他们两人送回来，让我剁成肉酱，以解心头大恨。不然，我就派兵去攻打鲁国。"鲁国人惧怕齐国，就杀了公子纠。召忽自杀身亡，管仲甘作阶下囚，被送回了齐国。

桓公登位以后，兴兵攻打鲁国，打算杀掉管仲。鲍叔牙劝止说："我很幸运，能跟随您，您现在终于继承了君位。您现在已经尊贵无比了，我没有能力让您更加尊贵。君王您如果要治理齐国，靠我叔牙和高侯就差不多了。可是如果您还打算称霸天下，那非管仲辅佐不可。管仲在哪个国家，哪个国家就强盛，这个人杀不得啊！"桓公听从了鲍叔牙的劝告，于是就假装要召回管仲剁成肉酱，报仇雪恨，实际上是想重用他。管仲明白桓公的意思，所以就请求遣送回国。鲍叔牙亲自去迎接管仲，一到堂阜就解除了管仲的脚镣手铐，沐浴更衣之后去拜见桓公。桓公用隆重的礼仪接见管仲，任命他为大夫，主持国家政务。

管仲和鲍叔牙、隰朋、高侯一起，全力整顿齐国政治，推行以五家为基层单位的军事组织，发展商业，提高鱼盐生产，赈济贫民，选拔任用各种贤能之士。齐国欣欣向荣，全民鼓舞。

二年，齐国消灭了郯国，郯君逃亡到莒国。原先，桓公流亡的时候，曾经路经郯国，郯君对他无礼，所以现在来讨伐它。

五年，讨伐鲁国，鲁国军队战败。鲁庄公请求割让遂邑讲和，桓公同意，与鲁国在柯地签约。鲁君刚要签约，这时候曹沫手持匕首在坛上劫持了桓公说："马上把你们侵占的鲁国领土还给我们！"桓公迫不得已，只好答应。随后，曹沫丢掉匕首，面朝北站在臣子的位置上。桓公反悔，不想退还鲁国土地，还想杀死曹沫。管仲说："被劫持时许诺，而现在却要违背诺言，还想杀他。这样的话，虽然您出了一口气，但是在诸侯面前失去了信用，以后会失掉天下的援助，不能这样做。"于是就把曹沫三次战败所丧失的土地全都归还给了鲁国。各位诸侯听说了这件事，都觉得齐国可信，都愿意归附它。

七年，诸侯和齐桓公在甄地会盟，从此，齐桓公开始称霸。

相关链接

〔1〕小白：即齐桓公，？—公元前643年，姜姓，名小白，春秋时期齐国国君，公元前685年—前643年在位，为"春秋五霸"之首。

〔2〕鲍叔牙：？—公元前644年，春秋时期齐国大夫，官至宰相，以知人善交而闻名。相传为夏禹后人，杞国（春秋中期在山东新泰）公子敬叔之子。

舍己为人的周公旦

武王逝世的时候，成王年幼，还在襁褓之中。周公担心天下知道武王逝世而叛乱，就自己登上王位，暂替成王行使王权，主持国政。

周公旦，是周武王的弟弟。文王在世的时候，旦作为儿子，恭敬孝顺、忠厚仁慈，胜过别的儿子。武王即位以后，旦经常辅佐保护武王，处理了大量政事。武王九年，向东打到盟津，周公随行。十一年，讨伐商纣王，打到牧野，周公辅佐武王。攻破商都，占领了商朝的王宫。杀死商纣王以后，周公手持大斧，召公手持小斧，一左一右保护武王，杀牲畜祭祀社神，并向上天以及商朝百姓禀告纣王的罪恶。随后，释放了在囚禁中的箕子。封纣王的儿子武庚禄父为君，派管叔、蔡叔辅佐他，以便延续商朝香火 [1]。然后又遍赏功臣、同姓和亲戚。周公被封到曲阜，号为鲁公。但是周公并没有到封地去，而是留在京师辅佐武王。

武王灭商两年后，天下还是没有安定下来。又碰上武王生病，总也不见好转，群臣们都很忧虑。太公、召公去文王庙占卜吉凶。周公说："还是不要烦扰我们的先王啦！不要让他们太担忧！"于是就用自己的生命作担保，设立三坛，然后向北站着，胸前挂着璧，手里拿着圭，向太王、王季、文王祈祷。史官替他宣读祷告词：

"你们的长孙武王，积劳成疾。三王在上，如果你们能够帮忙，就让我来顶替武王的身体吧！我机灵强干，多才多艺，善于侍奉鬼神；武王不像我这样多才多艺，不懂怎样去侍奉鬼神。他刚刚成为天子，保佑四方，能够活在世上安定你们的后代子孙，天下百姓没有不敬仰他的。请不要耽误了上天赐给周家的宝贵使命！现在我听命于天，你们如果答应我的请求，我就把这些璧和圭带回去，等候你们的吩咐；如果不答应，我就把璧和圭收藏起来。"周公让史官把祈祷文念给太王、王季、文王，要代替武王去死，于是就到三王灵位前占卜。占卜的人都预言说吉利，打开占卜书一看，果真吉利。

周公非常高兴，马上打开装卜兆书的管子，里面的卜辞也说吉利。周公于是进宫向武王道贺说："您没什么大问题。我刚刚领受了三王的命令，他们让你为周家作长久的打算，让你好好考虑天子的职责是什么。"随后，周公回家，把策书收藏在金属匣子里，密封好，告诫看守人不准张扬。第二天，武王的病就彻底好了。

武王逝世的时候，成王年幼，还在襁褓之中。周公担心天下知道武王逝世而叛乱，就自己登上王位，暂替成王行使王权，主持国政。管叔和弟弟们见了，纷纷散布流言说："周公心怀叵测，肯定要危害成王。"周公知道了，就向太公望和召公奭解释说："我之所以不避嫌疑，代替成王治理国家，实在是怕天下人背叛周朝，无法向先王太王、王季、文王交待。三王为天下忧劳那么多年，到现在才算成功。武王去世早，成王太小，为了完成周朝大业，所以我不得不这样做。"就这样，周公辅佐成王治国，而派儿子伯禽代替自己去鲁国接受封地。伯禽出发前，周公告诫说："我是文王的儿子，武王的弟弟，成王的叔父，在整个天下，我的地位也算不低了。然而我非常忧虑，待人非常谦卑，害怕失掉天下的贤人。你到鲁国之后，可千万不要因为是国君就看不起人！"

管叔、蔡叔、武庚等果然反叛。周公便奉成王的命令，出兵东征，杀掉了管叔，处死了武庚，流放了蔡叔。收伏殷代遗民，把康叔封在卫地，把微子封在宋地，叫他们接续殷商的香火，安抚东方蛮族，两年后，安定了东方各地。诸侯都来朝拜周室，尊奉周王为宗主。

成王七年二月，成王在镐京步行朝见武王庙，然后到达丰京，派太保召公到洛邑考察风水。三月，周公来到洛邑，规划建筑成周，占卜选择建都地点，最后把洛邑定为国都。

这时候，成王已经长大，能处理政事了。周公于是就把国家大权归还给成王，成王开始亲自临朝执政。周公代替成王主持国政期间，背靠屏风，面南背北接受诸侯朝见。七年过去了，周公把执政大权归还给了成王，回到了臣子的位置上，非常恭敬谨慎，一副小心翼翼唯恐犯错的样子。

周公旦

姓姬名旦（又称叔旦），文王之子，采邑在周，爵位至公，故称周公。初辅佐武王平定天下，至成王继位，因年少而周公摄政，征伐叛乱，制礼作乐，教化四方，为伟大的军事家、政治家。

成王还年幼的时候，曾经生病。周公把指甲剪掉，丢到河里，对河神祈祷说："成王年幼，还不懂事，违反神命的人是我，不是他。"然后把这份祈祷原文藏在内府，不久，成王病愈。后来，成王主持国政，有人诬告周公不忠，周公于是逃到楚地避难。成王打开内府档案，见到了周公向神祈祷的原文，感动得失声痛哭，立即派人去迎回了周公。

周公回到朝中，担心成王年轻气盛，会荒淫放荡，于是作了《多士》和《毋逸》两篇文章。

《毋逸》篇说："做父母的，艰难创业，吃的苦无法形容，而子孙们往往骄纵奢侈，把父母创业的辛苦置于脑后，致使家业衰败，做儿子的不能不引以为戒！所以，从前的殷王中宗，恭顺严谨地敬重天命，自己严守法度，并以法治国，兢兢业业，从来不敢荒废国事，也不敢贪图安逸。正因为这样，所以中宗执政长达七十五年。到了高宗，因为他曾经长期生活在民间，跟百姓一起生活和劳作，所以即王位后，全天下的百姓都很拥戴他，他也不敢荒废国事、贪图安逸，而是努力地安定殷家，做到让百姓和贵族都没有怨言，所以高宗执政达五十五年。到了祖甲，他觉得超越兄长做王违背道义，所以就长期逃亡在民间，于是深知百姓的喜怒哀乐，因此能保护百姓并施恩于民，所以祖甲执政长达三十三年。"

《多士》篇说："从商汤开始，直到帝乙，殷代没有不虔诚地祭祀鬼神、讲求德政的，那么多帝王，没有一个敢于违背天命的。可是到了纣王，骄奢淫逸，置上天和百姓的愿望于不顾。纣王的百姓们都不约而同地认为他该死。……而文王勤于国政，每天一直要工作到太阳偏西，还抽不出时间吃午饭，所以当政五十年。"

周公用这些话劝诫成王。

成王居住在丰京，天下安定。不过，周朝的官制和各级组织还没有制度化，于是周公作了《周官》，明确了各级官吏的职责范围。又作了《立政》，用来便利百姓。

周公患病，在弥留之际，留言说："请把我葬在成周，不要让我离开成王。"周公死去，成王很谦让，把周公葬在毕邑，埋葬在文王旁边，表示不把周公当作自己的臣子看待。

周公去世的时候，尚未秋收，突然暴风雨乍起，庄稼全部被吹倒，大树也被连根拔起。周朝上下一片恐慌。成王与大夫们穿上朝服，打开金属套着的密封匣子，这才看到了周公祈祷说愿意代替武王死的简书。太公、召公和成王询问当年跟随周公的官员，官员回答说："是有这件事，但周公生前有命令，不许说。"

成王手捧祈祷书哭泣，说："周公生前，为王室呕心沥血，当时我年幼无知。现在上天显示了威严，表彰周公的大恩大德，我应该郊祭迎接天神，从国家的礼仪来考虑，也应该这样做。"随后，成王到郊外祭天，天空马上放晴，大风反过来刮，庄稼全都重新站立起来。太公、召公命令百姓，凡是被刮倒的大树，都必须扶起来培土。当年，全天下都获得了大丰收。成王感激上天，特许鲁国郊祭上天，还可以立庙祭文王。鲁国之所以能享用天子的礼乐，[2] 原因就在于褒奖周公的大德。

相关链接

〔1〕香火：古人在祭祀祖先时，都要烧香礼拜，所以用延续香火代指不绝嗣。

〔2〕古代天子、诸侯、大夫等分别享用什么样的礼乐，根据尊贵程度都有严格的等级划分，但在诸侯国中，唯独周公的封地鲁国能够享用和周天子一样的礼乐。

庄公有三个弟弟，长弟叫庆父，次弟叫叔牙，三弟叫季友。先前庆父和哀姜通奸，想立哀姜妹妹的儿子公子开为君。等到庄公去世，季友立公子斑为君。十月，庆父派养马人荦杀死了公子斑。季友逃到陈国。庆父终于立公子开为君，这就是湣公。

周公去世之前，儿子伯禽[1]已经受封为鲁公。他最初受封到鲁国，过了三年，才向周公报告治理鲁国的情况。周公问："为什么这么慢才来汇报？"伯禽回答说："改变那里的习俗，修整那里的礼仪，要三年才行，所以迟了。"当时，太公受封到齐国，仅仅用了五个月，就回来向周公报告了治理齐国的情况。周公问："怎么这样快呢？"太公说："我简化了君臣之间的烦琐礼仪，尽量依照当地的习俗办事。"周公很满意。不久，伯禽前来报告在鲁国的治理情况，周公就叹息说："唉，鲁国后世的继承人，看来以后要侍奉齐国了！处理政事不简化不平易，老百姓不可能会亲近；如果政令平易近人，老百姓必然归顺。"伯禽做了鲁国国君之后，管叔、蔡叔等人起来反叛，淮夷、徐戎也兴兵叛乱。伯禽率军讨伐他们，讨平了徐戎，安定了鲁国。

伯禽去世之后，过了几代，武公继位。

武公九年春天，武公和长子括、少子戏去朝见周宣王[2]。宣王对戏的印象很好，就想立戏为鲁国太子。周室大臣樊仲山父劝宣王说："废长子立少子，这是违背礼制；违背了礼制，就必然要触犯王的命令；如果谁触犯王的命令，就应该立刻诛杀他。所以，发布命令不能违背礼制。如果命令发出，得不到执行，那么政权的威信就无法确立。如果强制百姓去执行违背礼制的命令，那么百姓肯定会背叛国君。下级要服从上级，年少的要服从年长的，这才符合礼制。现在天子立诸侯的继承人，却偏偏要立少子，这是教百姓去违背礼制！如果鲁国服从了君命，那么以后诸侯就会纷纷效法，那么王以后再发布命令，就会无法得到贯彻；如果鲁国不服从君命，那就不得不惩罚它，那就等于是自己惩罚自己的命令！惩罚它不合适，不惩罚它也不合适，请大王还是慎重考虑考虑，然后再作决定。"宣王不听劝谏，还是坚持立戏为鲁国太子。武公去世之后，戏继位，就是懿公。

懿公九年，懿公哥哥括的儿子伯御联合了鲁国人，杀掉了懿公，然后立伯御为国君。伯御在位十一年后，周宣王前来讨伐鲁国，杀了鲁国国君伯御，然后在鲁国公子中挑选能够领导诸侯的人，让他当鲁君。樊穆仲说："鲁懿公的弟弟，为人稳重，待人恭谨，能敬奉天道鬼神；处理各项事务，或者执行刑罚，都能遵循先王的遗训和成规；只要是别人指出的错误，绝不再犯，凡是考察过的，绝不违反。"宣王说："不错，这样的人一定能治理好他的百姓。"于是就立鲁懿公的弟弟为鲁君，这就是孝公。从此以后，诸侯越来越不愿意服从周王的命令。

过了几代，到了惠公时期。惠公的原配夫人没有儿子，而他的贱妾生了儿子息。息长大成人后，惠公给他娶了宋女。宋女到了鲁国，惠公见她美丽非凡，就夺为己妻，生下儿子允，惠公高兴，就把宋女提升为夫人，把允立为太子。惠公去世之后，因为允还年幼，所以鲁国人让息代理国政，但没有明说他是即位。息就是隐公。

公子挥向隐公谄媚说："既然百姓都拥护你，你干脆就正式即位！我可以为你杀死太子允，你让我当相国。"隐公说："我们要听从先君的命令。我是因为允还年幼，所以才代理君权，主持国政。现在允已经大了，我正在营建居室，准备养老，不久就会把政权交还给允。"挥自讨没趣，又害怕自己的话会被太子允知道，招来杀身之祸，于是就反过来对太子允诋毁隐公："隐公正在准备正式登位，马上就要除掉你，你应当想想怎么对付。请让我替你杀了隐公吧！"太子允答应了。挥派人杀死隐公，拥立太子允为君，这就是桓公。

桓公三年，派挥到齐国迎接齐女为夫人。三年后，夫人生了个儿子，生日与桓公相同，所以起名叫作同。同长大后，被立为太子。

十六年，桓公和诸侯会盟，讨伐郑国，护送郑厉公回国。

十八年春天，桓公携夫人一起去齐国。桓公夫人与齐襄公通奸，桓公怒斥夫人，夫人向齐襄公诉苦。齐襄公宴请桓公，灌醉了桓公，然后派彭生把桓公抱上车，乘机把桓公杀死在车上。鲁国人很生气，向齐国要求说："我们的国君尊重你们，所以远道去，进行友好访问。礼仪尽到了，而人却有去无回，连责罪谁都不知道。希望你们能交出彭生，这样才能在诸侯之间消除这种丑闻。"齐国人于是就杀了彭生，来讨鲁国人的原谅。鲁国没了国君，就立太子同为君，称为庄公。庄公的母亲留在了齐国，不敢再回鲁国。八年，齐国公子纠前来投奔鲁国。九年，鲁国想把他送回齐国即位。但齐国公子小白捷足先登，成为齐桓公，然后

发兵攻打鲁国，鲁国形势危急，就杀了公子纠向齐桓公谢罪。齐桓公通知鲁国，让他们把管仲活着送回齐国。鲁国大臣施伯告诫庄公说："齐国得到管仲，并不是想杀他，而是想用他，一旦他被重用，就是鲁国的祸患。还是杀了他好，然后把他的尸体送给齐国。"庄公不听，还是把管仲抓了起来，送给了齐国。齐桓公任命管仲为相国。十三年，鲁庄公带着曹沫跟齐桓公会盟，曹沫用刀劫持了齐桓公，要求归还被齐国侵占的鲁国土地。随即订立盟约，然后曹沫放了齐桓公。桓公脱身，马上就要背弃盟约，大臣管仲谏止，于是如约归还了土地。十五年，齐桓公开始称霸。

当初，庄公曾到党氏家，见到了党氏的女儿孟任，慢慢地爱上了她，发誓要娶她为夫人。孟任感动，割破手臂与庄公盟誓。孟任生了儿子斑。斑长大后，喜爱梁氏的女儿，前去看望她。养马人荦从墙外和梁氏女戏耍。斑发怒，鞭打荦。庄公听说后，说："荦很有力气，应该就此杀掉他，不可以鞭打后还留着他。"可是斑没有来得及杀掉荦，庄公恰好生

138

病，于是这件事就放下了。庄公有三个弟弟，长弟叫庆父，次弟叫叔牙，三弟叫季友。庄公娶齐国女子为夫人，叫哀姜。哀姜没有儿子。哀姜的妹妹叫叔姜，生了儿子开。庄公没有嫡子，宠爱孟任，想立她的儿子斑为太子。庄公病重时，向二弟叔牙询问继承人的事。叔牙说："父死子继，兄终弟及，是鲁国的常规。庆父还在，可以继位，你有什么忧虑呢？"庄公害怕叔牙立庆父，所以又问季友。季友说："请让我拼死拥立斑为国君。"庄公说："刚才叔牙要立庆父，怎么办？"季友便用庄公的名义，强迫叔牙喝毒酒，并说："喝了此酒，还有后代为你祭祀；否则，你死了而且会没有后代。"叔牙于是喝毒酒而死。庄公去世，季友终于立公子斑为鲁君，一如庄公所愿。

先前庆父和哀姜通奸，想立哀姜妹妹的儿子公子开为君。等到庄公去世，季友立公子斑为君。十月，庆父派养马人荦杀死了公子斑。季友逃到陈国。庆父立公子开为君，这就是湣公。

湣公二年，庆父和哀姜通奸日益频繁。哀姜和庆父共谋，想杀掉湣公立庆父为君。庆父派人袭杀了湣公。季友听到后，从陈国和湣公的弟弟申到达邾国，请求鲁国把他们接回国。鲁国人想杀庆父。庆父恐慌，逃到莒国。于是季友拥戴公子申回到鲁国，立他为国君。哀姜恐惧，逃到邾国。季友贿赂莒国，要求引渡庆父，庆父被遣送回国，季友派人去杀庆父，庆父请求让他出国流亡，季友不答应，让大夫奚斯哭着前去答复庆父。

庆父听到奚斯的哭声，就自杀了。齐桓公听说哀姜和庆父通奸而危害鲁国的安宁，就从邾国把她召回杀死，把尸体送给鲁国示众。

季友的母亲是陈国人，所以他逃亡在陈国，陈国因此帮助季友和公子申回到鲁国。季友将出生时，父亲鲁桓公让人占卜，卜辞说："是男孩，他的名字叫'友'，将来会站在两社之间，成为王室的辅佐。季友亡去，鲁国就不可能昌盛。"等到他降生，手掌上有个"友"字，就用"友"作他的名，号为成季。他的后代称为季氏，庆父的后代称为孟氏。

相关链接

〔1〕伯禽：亦称禽父，姬姓，周公旦的儿子，鲁国第一代君王，公元前1043年－998年在位。

〔2〕周宣王：姓姬，名静，厉王之子，为周朝第十一位君主，公元前827－前781年在位，执政期间曾使西周出现过短暂的中兴。

颛顼的后代

周武王灭了殷纣王之后，寻找舜的后代，找到了妫满，封他在陈地，来延续舜帝的香火，这就是胡公。

陈国的胡公满，是舜帝的后代。很久很久以前，舜还只是个平民百姓的时候，尧帝把两个女儿嫁给了他，让他们住在妫地，因此，他的后代子孙就用地名作姓氏，姓妫。舜去世后，把天下传给了夏禹。舜的儿子商均被封为诸侯，建立了侯国。到了夏朝的时候，商均的封国时断时续。周武王灭了殷纣王后，寻找舜的后代，找到了妫满，把他封在陈地，来延续舜帝的香火，这就是胡公。

胡公去世，儿子申公继位。

很多代过去了，到了桓公时期。桓公执政三十八年，去世。

桓公有个弟弟叫作佗，母亲是蔡国人。蔡国人为了帮助佗，就协助他杀了桓公的太子，立佗为君，就是厉公。桓公病重的时候，就开始内乱，国人四处奔逃，国家混乱不堪，所以讣告发了两次。

厉公二年，儿子敬仲完刚刚出生。当时，恰好周太史路过陈国，陈厉公就请他用《周易》为儿子算卦，得到的卦是从"观"变成"否"[1]："这是将要据有国家的吉兆啊！看来，他以后将会替代陈氏来统治国家。如果不在陈国，那就是在其他国家。如果不是他自己做王，那就是他的子孙后代做王。如果是在其他国家，那么肯定是姓姜。姜姓，是太岳的后代。任何事物都不能同时两强，可能要等陈国灭亡了，他才会强盛起来。"厉公娶了一位蔡国女子为妻，蔡女跟蔡国人淫乱，厉公也多次到蔡国去跟别的女人淫乱。厉公曾经杀了桓公的太子，太子有三个弟弟，大的叫作跃，中间的叫作林，小的叫作杵臼，三人合谋，让蔡国人用美女引诱厉公来到蔡国，然后跟蔡国人一起杀死了厉公，然后拥立跃为国君，就是利公。利公在位五个月就去世了，弟弟林继位，就是庄公。庄公在位七年，去世后，小弟杵臼继位，就是宣公。

宣公十七年，周惠王娶陈国女子为王后。

四年后，宣公后娶的宠妃生了个儿子，名叫款，宣公想立款为太子，于是就杀掉了太子御寇。厉公的儿子完向来跟太子御寇关系很好，现在太子御寇被杀，完害怕祸及自身，就逃往齐国。齐桓公想任命陈完为卿，完推辞说："我只不过是个流亡的臣子，侥幸得以免除劳役，这已经是

○ 品画鉴宝　人头銎钺（西周）　此钺配一古朴人头，造型别致，设计巧妙。

您的恩典啦，我实在不敢再奢望高位。"桓公于是就任命他为工正官。齐国的懿仲想把女儿嫁给陈完，但拿不定主意，就去占卜，卜辞说："凤凰比翼双飞，和鸣之声铿锵有力！妫姓的后代，将在姜姓的国家里发展壮大。五世以后，将会繁荣昌盛，地位相当于正卿。八世以后，就无人能比了。"

三十七年，齐桓公讨伐蔡国，打败了蔡军，随后向南攻打楚国，一直打到了召陵；回师时，路过陈国。陈国大夫辕涛涂很不喜欢桓公路过陈国，就欺骗齐兵，让他们走东边的道路。东边的道路很艰险，桓公气坏了，一怒之下，把辕涛涂抓了起来。

陈灵公元年，楚庄王登位。六年，楚国攻打陈国。十年，陈国向楚国讲和。灵公和他的大夫孔宁、仪行父都跟夏姬通奸，甚至还穿着她的内衣在朝廷上炫耀逗乐。泄冶实在看不惯，劝谏说："如果君主和大臣都淫乱好色，不加节制，那么让百姓去效法谁呢？"灵公把这话转告给孔宁和仪行父，二人听了，主张杀掉泄冶，灵公默许，于是就杀死了泄冶。

十五年，灵公和孔宁、仪行父在夏家饮酒作乐，灵公跟孔宁、仪行父开玩笑说："徵舒长得真像你们啊！"二人回敬说："也像你！"徵舒在旁边听了，非常生气，于是就在马房门口埋伏了射手，等灵公喝完酒出来，就射杀了灵公。孔宁、仪行父知道大事不好，都逃到了楚国，灵公的太子午逃到了晋国。徵舒立自己为陈侯。

徵舒，本来是陈国的大夫。夏姬是御叔的妻子，是徵舒的母亲。

成公元年冬天，楚庄王借口夏徵舒杀害灵公，率领诸侯前来讨伐陈国。他们宽慰陈国人说："别害怕，我只是来杀夏徵舒的，是来帮助陈国的！"杀了夏徵舒之后，他们占领了陈国，把它改成了县。群臣都来祝贺。

141

当时，申叔时刚从齐国出使回来，只有他一人不表示祝贺。庄王问他怎么了，申叔时回答："俗话说，牵牛践踏人家的田地，是过错，但是如果田主因此就要把牛夺走，那就更不合适。踩踏田地当然有罪，可田主夺走他的牛，不也太过分了吗？现在你因为夏徵舒杀了国君，所以才向诸侯征集军队，打着正义的旗号去攻打他；可是你随后又强占了陈国，贪图陈国的土地，这样下去，今后怎么向天下人发号施令呢？所以，我不祝贺！"庄王说："讲得好！"于是就从晋国迎回了灵公的太子午，立为国君，让他治理陈国，这就是成公。后来，孔子阅读史书，看到庄王恢复陈国的时候，感叹说："贤明啊，楚庄王！宁可舍掉一个千乘大国，而重视大臣的一番良言。"

楚庄王在位八年后去世。过了一些年，陈国背叛了与楚国订立的盟约。楚共王于是出兵陈国。同年，成公去世，儿子哀公继位。楚国因为陈国办丧事，撤军回国。

哀公三年，楚军重来围攻陈国，可是不久，又撤除了围攻。

二十八年，楚国公子围杀害了国君，登上王位，这就是灵王。

陈哀公的妻子，都是郑国人。长姬生了太子师，少姬生了儿子偃。哀公还有两个宠妾，长妾生了儿子留，少妾生了儿子胜。哀公喜欢留，就把留托付给自己的弟弟司徒招。哀公病重的时候，司徒招杀死了太子，立留为太子。哀公大怒，想杀掉招，招发兵围困哀公，哀公自缢身死。最后，招立留为陈国国君。然后，派使者前往楚国报丧。楚灵王听说陈国内乱，觉得是个好机会，就杀了陈国使臣，派公子弃疾去

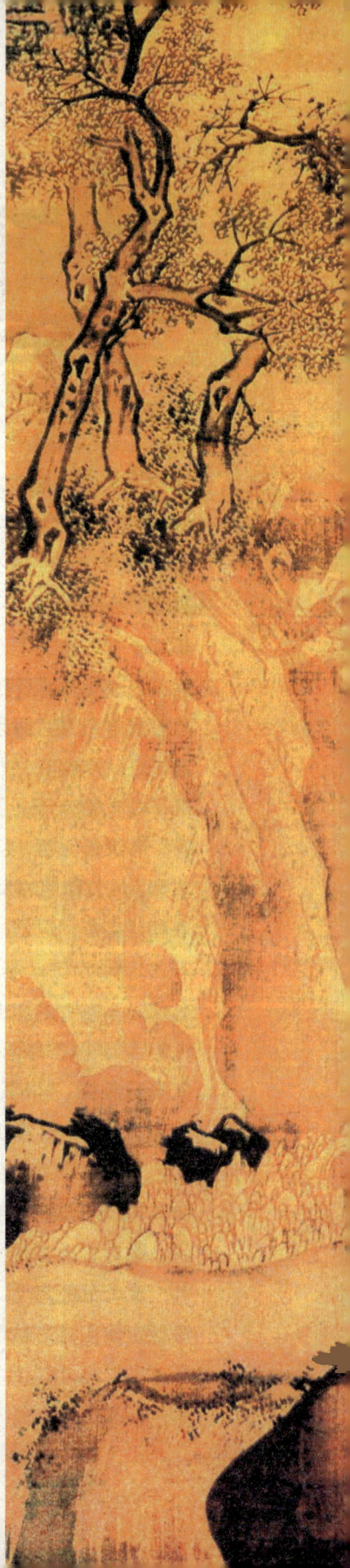

攻打陈国，陈君留见大事不好，就逃到郑国。九月，楚国围攻陈国，两个月后灭了陈国。楚灵王任命公子弃疾做陈公。

招杀太子的时候，太子的儿子吴逃到了晋国。晋平公向自己的太史咨询："陈国是不是要灭亡了？"太史回答："陈国是颛顼[2]的后代，从远古的时候起，一直传到瞽瞍，从来都没有谁违抗天命，都是以完美的德行统治国家。到了胡公时期，周朝赐给他姓氏，让他祭祀帝舜。既然他们是盛德帝王的后代，那么肯定可以传继百世。舜的后代不会已到末世，也许他会在齐国兴起。"

楚灵王灭陈国五年以后，楚公子弃疾杀掉了灵王，自登王位，这就是平王。平王即位之初，想争取诸侯的支持，就找到原陈国太子的儿子吴，立他为陈侯，这就是惠公。惠公即位之后，向前追溯，把哀公去世的那年作为元年，当时，君位已经空缺五年了。

惠公十五年，吴王僚讨伐陈国，占领了胡、沈二地。二十八年，吴王阖闾和伍子胥攻打楚国，攻入郢都。同年，惠公去世，儿子怀公继位。

怀公元年，吴国打进楚国，然后召见陈侯。陈侯想去，大夫劝止说："吴王最近万事顺心，想拉拢你。可是，现在楚王虽然逃亡在外，但是陈国毕竟跟他有旧交，不能背叛他。"怀公于是称病，婉言谢绝了吴王。三年后，吴王再次召见怀公。怀公害怕了，只好前往吴国去答谢。吴王对怀公上次谢绝召见的事很不高兴，所以这次就扣留了他。最后，怀公死在了吴国。陈国人拥立怀公的儿子越，就是湣公。

湣公六年，孔子来到陈国。吴王夫差攻打陈国，夺走了三座城邑。十三年，吴王再次前来讨伐，陈国向楚国求援，楚昭王派兵救援，吴军撤退。

十六年，吴王夫差攻打齐国，打败了齐军，然后派人召见陈侯。陈侯害怕自身难保，跑到吴国去了。没过多久，楚国又来讨伐陈国。二十四年，楚惠王登位，率兵杀死了陈浩公，占有了陈国，陈国灭亡。

相关链接

[1] 古人用《周易》算卦，要先通过蓍草的参变得出一个六爻卦象，称为本卦，再根据本卦里面的变爻得出一个新的六爻卦象，称为之卦。占断时，根据一定的原则有时用本卦卦辞占，有时用之卦卦辞占，有时则两卦相互参照而占。

[2] 颛顼：号高阳氏，居于帝五（今河南濮阳一带），相传是黄帝的孙子，为远古时代五帝之一。

禹的子孙

> 周武王灭商以后，到处寻找禹的后代，找到了东楼公，封他在杞地，供奉夏后氏的香火。

杞国[1]的东楼公，是夏禹的后代。殷代时，禹的后代子孙有时受封，有时绝国。周武王灭商以后，到处寻找禹的后代，找到了东楼公[2]封他在杞地，供奉夏后氏的香火。

东楼公生了西楼公，西楼公生了题公，题公生了谋娶公，谋娶公生了武公。

武公在位四十七年，去世后由儿子靖公继位。

几代过去，到了湣公时期。湣公十五年，楚惠王灭掉了陈国。一年后，湣公的弟弟杀了湣公夺得君位，是为哀公。

哀公在位十年去世，儿子敕继位，这就是出公。出公在位十二年，然后由儿子简公继位。简公即位一年后，被楚国灭掉。杞国比陈国灭亡的时间晚了三十四年。

杞国太微小了，它的事迹没有什么值得记述的。

相关链接

[1] 杞国：国君为姒姓，传说是禹的后裔，国祚时断时续，作为诸侯国从商代一直延续到战国初年，都城屡次迁移，曾在今河南开封杞县一带定都，公元前445年为楚国所灭。

[2] 东楼公：又称东娄公，相传为大禹的后代，西周初年杞国开国君主，具体姓名及生卒年代不详。

周公奉成王的命令兴师讨伐殷国，攻杀武庚禄父、管叔，流放了蔡叔，把武庚禄父的殷代余民封给康叔，叫作卫国，居住在黄河、淇水一带旧商朝的废墟上。

○ 品画鉴宝 兽面龙纹大鼎（西周）

周公代政

卫国康叔名叫封，是周武王的同母小弟。康叔下边还有冉季。

周武王灭了殷纣王以后，把殷代的遗民封给纣王的儿子武庚禄父，他的地位和诸侯相等，以便供奉他祖先的祭祀，世世代代永不断绝。因为武庚尚未彻底归顺，周武王恐怕他怀有异心，所以，就让弟弟管叔、蔡叔辅佐武庚禄父，来安抚他的百姓。武王逝世后，成王年幼，周公旦代替成王治理，主持国家的政治。

管叔、蔡叔怀疑周公，就联合武庚禄父发动叛乱，想攻打成周[1]。周公奉成王的命令兴师讨伐殷国，攻杀武庚禄父、管叔，流放了蔡叔，把武庚禄父的殷代遗民封给康叔，叫作卫国，居住在黄河、淇水一带旧商朝的废墟上。

周公旦担心康叔年纪小不能肩负大任，于是告诫康叔说："一定要寻访殷地的贤人君子和德高望重的老年人，向他们了解殷代兴起的原因、灭亡的缘由，要致力于爱护百姓。"告诉他纣所以灭亡是因为沉溺于酒，好酒贪杯造成过失，导致宠信妇人，所以纣的灭亡是从饮酒开始的。

又写了《梓材》，揭示君子施政可以效法的准则。这些文告被称为《康诰[2]》《酒诰》《梓材》，用来教育康叔。康叔到达封国，根据周公的教导，来安抚他的百姓，百姓非常喜悦。

成王长大后，亲自处理政治。周公推举康叔为周朝的司寇，成王赐给卫国很多宝器、祭器，以表彰康叔的功德。

　　康叔去世后，儿子康伯继位。几代过去，顷侯继位。顷侯用重金贿赂周夷王，夷王于是策命卫国为侯爵。顷侯在位十二年去世。

　　武公时期，修复康叔时的政令，百姓和睦安宁。四十二年，犬戎杀死周幽王，武公率兵前往帮助周室平定戎乱，功劳很大，周平王任命武公为公爵。五十五年，武公去世，儿子庄公扬继位。

相关链接

〔1〕成周：又称洛邑，西周时为东都，东周时迁都于此，故城址在今河南省洛阳市。

〔2〕诰：一种古文体，多为帝王封赠诸侯或任命官员时的告诫文书。

庄公有个宠妾生了儿子州吁。州吁长大后，喜好兵事，庄公因此任命他为将领。有大臣劝谏说："州吁喜欢打仗，要是让他做将领，肯定以后会兴起祸端。"

庄公最初娶了齐国女子为夫人，长得很漂亮，但没有生儿子。又娶了陈国女子为夫人，生了个儿子，但不久就夭折了。陈夫人的妹妹也得到了庄公的宠幸，生下了儿子完。完的母亲死得早，庄公就让齐国的夫人抚养他，还立他为太子。另外，庄公还有其他宠妾，有个宠妾生了儿子州吁。州吁长大后，喜好兵事，庄公因此任命他为将领。有大臣劝谏说："州吁喜欢打仗，要是让他做将领，以后会兴起祸端。"庄公不听。

庄公去世后，太子完继位，就是桓公。

桓公二年，弟弟州吁蛮横霸道，生活奢侈放肆，所以桓公罢免了他的将职，并准备追究他。州吁于是外逃出国。十三年，郑伯的弟弟段进攻自己的哥哥，没能取胜，也逃亡在外，州吁跟他同命相怜，二人结成好友。十六年，州吁收罗了一些卫国的逃犯，一起去攻击桓公，杀掉了他，然后，州吁自立为卫国国君。登位后，为了帮助郑伯的弟弟段，州吁打算出兵讨伐郑国，于是请求宋国、陈国、蔡国配合他，跟他一起行动，三国答应了州吁。

州吁刚刚登位，喜好打仗，还杀了桓公，所以卫国人都不喜欢他。大臣们假装服从州吁，把他骗到了郊外，杀死了州吁。然后，大臣们从邢国迎回桓公的弟弟晋，立他为君，就是宣公。

宣公最宠爱夫人夷姜，夷姜生了儿子，就把他立为太子，让右公子教导他。右公子替太子娶了一个齐国女子，还没等成亲，宣公看见了这个将要成为儿媳的齐国女子，觉得她实在是太漂亮了，非常喜欢，就自己娶过来，然后替太子另娶了别的女子。宣公得到齐国女子后，生了子寿、子朔两个儿子，派左公子教导他们。

太子的母亲去世后，宣公的正夫人和儿子朔一起用谗言陷害太子。宣公几年前夺了太子的妻子，心里一直防范太子，总想废掉他。现在听到诋毁太子的谗言，就势大发脾气，派太子出使齐国，并暗中命令盗贼在国界拦截太子，杀掉他。太子临行前，宣公送给他一面带有白旄[1]标志的旗子，随后，宣公偷偷告诉在边界上待命的盗贼，只要看见手持白旄的人，就立刻杀掉他。

子朔的哥哥子寿，是太子的异母弟弟，知道子朔陷害太子，而且宣公要谋害太子，于是就劝止太子说："有人在边界等着杀你，只要一看见你的白旄旗，就会杀死你。太子可千万不要去啊！"太子回答说："违抗父命，贪生怕死，不能这样做。"还是坚持启程。子寿见太子不听劝告，就偷拿了他的白旄旗，抢先赶到了边界。边界上的盗贼见有手持白旄旗的人到来，立即射杀了他。寿刚刚断气，太子赶到，对盗贼大喊道："该杀的是我呀！你们怎么胡乱杀人！"盗贼于是又杀掉了太子，然后去向宣公汇报。宣公得知后，立子朔为太子。

宣公去世后，太子朔继位，就是惠公。

左、右公子对子朔的继位感到愤愤不平。四年后，两人起兵，攻打惠公，拥立太子的弟弟黔牟为国君，惠公逃到了齐国。

卫君黔牟在位八年后，齐襄公率领各路诸侯，奉承周王的命令，一起来讨伐卫国，并把惠公护送回国，杀了左、右公子。卫君黔牟逃亡到周，惠公复位。

惠公对周室接纳黔牟很不满，就跟燕国联合起来，攻打周室。周惠王[2]逃到了温地，于是卫国和燕国拥立惠王的弟弟颓为周王。

卫惠公去世之后，儿子懿公赤继位。

懿公喜欢养鹤，生活上奢侈荒淫。九年后，翟人前来进攻，懿公想发兵抵抗，士兵们听说要打仗，都纷纷叛离。大臣们也很气愤，说："国君喜欢养鹤，就让鹤去抗击翟人吧！"卫国无人抵抗，翟人很顺利地攻占了卫都，杀掉了懿公。

当初，懿公登位的时候，百姓和大臣都不愿意。而且，懿公的父亲惠公朔取得君位，靠的是谗杀太子，然后传位给懿公，所以，百姓和大臣们一直都想推翻他。现在，惠公的后代终于下台了，于是大家就立黔牟弟弟的儿子为国君，这就是戴公。

戴公上台不久，就去世了。齐桓公见卫国变乱频

频，就率领诸侯讨伐翟人，趁机替卫国修筑楚丘，并拥立戴公的弟弟为卫君，这就是文公。文公曾经因为内乱逃到了齐国，齐国人把他送回了卫国。

文公登位后，减轻了赋税，公平断案，还亲自参加劳作，与百姓们同甘共苦，以此收揽卫国民心。

十六年，晋国公子重耳路经卫国，文公没有以礼相待。二十五年，文公去世，儿子成公继位。

成公三年，晋国向卫国借道，去援救宋国，成公没有答应。晋国只好改从南河渡过，前去搭救宋国。晋国又向卫国借调军队，卫国大夫准备答应，可是成公不肯。于是，大夫发兵攻打成公，成公出国逃亡。晋文公重耳趁机率兵来攻打卫国，把卫国的一些土地划给了宋国，以此报复当初成公对自己的无礼，还有不救援宋国。

卫成公逃到了陈国。两年后，成公请求周室护送自己回国，并与晋文公会面。晋国派人来毒杀卫成公，成公得知了内情，就贿赂周室负责下毒的人，让毒性淡一些，得以不死。不久以后，周室替他请求晋文公原谅，终于护送他回到了卫国。成公一回到卫国，就杀了大夫，卫君瑕逃亡出国。

七年，晋文公去世。十二年，成公拜见晋襄公。三十五年，成公去世，儿子穆公继位。穆公去世后，儿子定公继位。定公在位十二年，去世后，儿子献公继位。

献公十三年，献公让曹乐师教宫妾弹琴，宫妾不好好学，曹乐师很生气，就鞭打了她。妾倚仗献公的宠爱，就在献公面前用恶毒的坏话诋毁曹乐师，献公信以为真，就狠狠地鞭打了曹乐师三百下。过了五年，有一次，献公邀请孙文子和宁惠子一起吃饭，二人如约前往，在指定地点恭恭敬敬地等候献公。等了很久，天黑了，献公还是没有召他们吃饭，却说要去苑囿射雁。二人只好跟他到苑囿去，献公若无其事，连射服也不脱，就跟他们谈话。二人心里生气。这时候，曾经被献公鞭打的曹乐师从中点火，刺激孙文子。孙文子果然大怒，跟宁惠子一起攻打献公，把献公赶到了齐国，齐国把卫献公安置在了聚邑。

随后，孙文子、宁惠子拥立定公的弟弟秋为卫君，这就是殇公。殇公登位后，封孙文子在宿邑。

十二年，宁喜跟孙文子争宠，互相争斗，殇公站在宁喜一边，让他

攻打孙文子。孙文子逃到了晋国，请求晋国护送原来的卫献公回国。晋国早就想得到卫国的土地，于是诱骗卫国订立了盟约。签约之后，召见卫殇公，趁机逮捕了他和宁喜，并护送卫献公回国。献公在外流亡了十二年后，终于重新回国。

献公一回国，马上就杀掉了宁喜。

三年后，吴国的延陵季子出访，路过卫国，肯定地说："卫国的君子太多了，这个国家决不会有什么大的变故。"经过宿邑的时候，孙文子为他奏乐，他皱眉说："乐曲不快乐，声音太悲伤太凄凉。看来，卫国要出乱子了。"当年，献公去世，儿子襄公继位。

九年，襄公去世，灵公即位。

相关链接

〔1〕白旄：古代用牦牛的白色尾毛为装饰做成的旗子，用以象征对军队的领导权等。

〔2〕周惠王：？－公元前652年，姓姬，名阆，周庄王之子，东周时期第五代国王，公元前676－前652年在位。

孔悝等人拥立太子蒯聩为卫君，就是庄公。蒯聩是出公的父亲，长期在国外避难，一直怨恨大夫们谁都不去接他回国。现在他终于回国即位了，想杀光大臣泄愤，很生气地对大臣们说："我在国外住了很多年，你们都听说过吧？"

太子蒯聩[1] 跟灵公的夫人南子关系很不好，想杀死南子，就在一次上朝时，让手下动手，可是手下没有动手。蒯聩不停地向他使眼色，被夫人察觉到了，非常恐惧，大声喊到："太子要杀我！"灵公于是大怒，太子蒯聩知道大事不好，立刻逃到宋国，不久之后又跑到晋国投靠赵氏。

四十二年春天，灵公怨恨太子蒯聩逃亡国外，就对小儿子郢说："我准备立你为太子。"郢回答道："我无才无德，恐怕会耽误国家，君父还是另选他人吧！"夏天，灵公去世，夫人准备立郢为太子，命令说："这是灵公的命令！"郢拒绝说："太子蒯聩虽然逃亡了，但是他的儿子辄还在国内，我不敢当太子。"卫国于是就立辄为君，就是出公。

六月，赵简子准备护送蒯聩回卫国。卫国人得知后，出兵阻击蒯聩。蒯聩无法回卫国即位，只好退回宿邑自保。

当初，孔文子娶了太子蒯聩的姐姐，生下了儿子悝。孔家的仆人浑良夫长得很英俊，孔文子去世后，孔悝的母亲就和浑良夫通奸。当时，太子蒯聩住在宿邑，孔悝的母亲派浑良夫去看望太子。太子对浑良夫承诺说："如果你能想办法帮我回国即位，我肯定会重重报答，允许你乘坐大夫的车子，并且免你三种死罪，把穿紫色、袒裘、带剑从死罪中除去。"不仅如此，太子还答应把孔悝的母亲嫁给他。浑良夫很高兴，就带着太子蒯聩回了卫国，先是藏在孔家的外园里。天黑后，两人穿上妇女的衣服，用头巾蒙了脸，坐在车上，让宦官赶车，到孔家去。

孔家家臣栾宁盘问他们，宦官就撒谎说是姻亲家的妾，得以进入孔院，住到孔悝母亲的住处。吃过饭后，孔悝的母亲手持长矛赶到孔悝住处，太子蒯聩带了五个甲兵，用车载了一头公猪跟随。孔悝的母亲把孔悝逼到墙角，强迫他发誓配合自己，然后劫持他登上高台，召集卫国群臣。当时，栾宁正准备喝酒，下酒的肉还没烤熟，突然有人跑来说发生了叛乱，于是立刻派人通知孔家邑宰仲田。随后，由大夫护驾，驾着马车，一路边喝酒边烤肉，把出公辄送到了鲁国。

孔悝等人拥立太子蒯聩为卫君，就是庄公。庄公蒯聩，是出公的父亲，长期在国外避难，一直怨恨大夫们谁都不去接他回国。现在庄公终于回国即位了，想杀光大臣泄愤，很生气地对大臣们说："我在国外住了很多年，你们都听说过吧？"群臣听了，觉得自己危在旦夕，就联合起来，准备作乱。庄公一见，只好服软。

三年后，庄公登上城墙，遥望戎州，问左右大臣："戎虏为什么要建这座城呢？"戎州的戎人听了，很害怕，就向赵简子求援，赵简子于是出兵攻打卫国。十一月，庄公再次出逃，公子斑师被卫国人拥立为君。齐国出兵打败了卫国，抓走了斑师，改立公子起为卫君。

卫君起元年，大臣反叛，起逃到了齐国。卫出公辄从齐国返回，再次即位。出公复位后，立刻重重赏赐随他流亡的手下。出公在位十一年，去世之后，他的叔父黔打败了出公的儿子，夺得了君位，就是悼公。

悼公在位五年，去世后由儿子敬公继位。敬公在位十九年去世，儿子昭公继位。当时，晋国的韩、赵、魏三家非常强盛，相比之下，卫国就像个小侯，从属于赵氏。

成侯十六年，卫国被贬低爵号，称为侯。嗣君五年，再次贬爵号，称为君，地盘只剩下了濮阳[2]。怀君三十一年，到魏国去朝拜，魏国囚禁并杀掉了怀君，随后改立嗣君的弟弟，就是元君。元君是魏国的女婿，所以魏国拥立他。

元君十四年，秦国占领了魏国的东部地区，把卫君迁到了野王县。

君角九年，秦统一了天下，嬴政登位，成为始皇帝。二十一年，秦二世废掉了君角的爵号，贬为庶人，卫国从此断绝了香火。

相关链接

[1] 蒯聩：生卒年代不可考，姬姓，名蒯聩，卫灵公子，因杀害南子不成而被迫流亡，先之宋，又之晋，公元前480年回国即位，是为卫庄公，公元前478年晋攻卫，庄公再次被迫流亡。

[2] 濮阳：古称帝丘，今河南濮阳，因位于濮水之阳而得名。

　　周武王攻打纣王，灭了殷朝。微子带着殷朝的祭器来面见周武王，自己袒露了臂膀，向后捆绑了自己的双手，让左边的随从牵着羊，右边的随从拿着茅，跪行来求告周武王。周武王感慨微子的忠诚，就亲自替他解开绳子，恢复了他原来的爵位。

　　微子启，是殷朝帝乙的长子，纣王的哥哥。纣登位之后，荒淫无道，政治混乱，微子多次进谏，纣王不听。大臣祖伊看到周西伯推行德政，害怕大祸降临，就去劝谏纣王。纣王却说："我一降生，不就有王命在天吗？西伯能把我怎么样！"

　　微子看到这种情况，估计纣王至死也不会听从劝告，就想以死解除烦恼，或者离开纣王。犹豫不决，就去问太师、少师，很苦恼地说："殷朝政治不清明，无法真正治理四方百姓。我们的祖先建立了功业，可是纣王沉湎于酒色，听信妇人的谗言，败坏了商汤的盛德。殷朝王室宗亲，现在无论是大是小，都喜欢干抢劫、偷盗等违法乱纪的事，政府官员们也争相仿效。违法乱纪、人心险恶，所以他们根本就无法维持自己的爵禄，也无法教导百姓；百姓们也像他们一样，竞相兴起争斗，互为仇敌。现在殷朝的国典制度已经损失得差不多了！殷朝离灭亡不远了！"接着又问："太师、少师，你们说，我是应该远走高飞呢，还是留下来保卫国家免遭灭亡？如果你们不指点我，我陷入不仁不义的泥坑，那可怎么办呢？"

　　太师这样回答微子："王子，上天降重灾给殷朝，而纣王竟然毫不畏惧上天的惩罚，也不听从长老们的劝告。现在的殷朝，连小民百姓都敢亵渎神灵！如果我们真的能使这样一个混乱的国家得到治理，让天下太平，那么即使自己死了，也没什么遗恨的。但是，如果殉死之后，国家还是得不到治理，那倒不如离去。"微子听了，就出国逃亡。

　　纣王有个亲戚，叫作箕子。纣王刚开始用象牙作筷子时，箕子叹息道："现在想到用象牙作筷子，那以后肯定会制作玉杯；如果要制作玉杯，必然会想得到远方各地的珍奇异宝，供自己使用。这样下去，在车马宫室等各个方面，就会越来越豪华奢侈，就再也无法振作了。"纣王果然越来越荒淫奢侈，耽于逸乐，箕子进言劝谏，他也不听。有人劝箕子说："现在你该离开纣王了，即使留下来，也帮不了他！"箕子无奈地说："唉，做臣子的，如果因为谏争不听，就要离去，会更加增大君王的过失，自己却取悦于民心。我不忍心这样做啊！"于是就披头散发，装疯卖傻去当奴隶，从此不再过问政治。有时候，借弹琴来抒发心中悲愤，后世把他流传下来的琴曲记载下来，称作《箕子操》。

王子比干[1]，也是纣王的亲戚。他看到箕子诚心谏争，但无法得到采纳，只好去当奴隶，就感叹地说："君王有过失，如果大臣不拼死谏争，那么百姓就要遭殃了！"于是他找到纣王，直言进谏。纣王大怒道："据说，圣人的心有七个孔，果真有那么多吗？"随后，就命人杀死比干，剖开他的胸腔，挖出心脏来验证。

微 子
姓子，名启（汉时避帝讳而改开），殷帝乙之子，纣王庶兄，商时封于微（今山西潞城），屡谏纣王，不听而逃亡，周时成王封之于宋（今河南商丘），为宋开国君主。

微子说："父子之间，有骨肉亲情；君臣之间，凭道义结合。所以，如果父亲有了过错，子女三次谏争之后，仍然不听，那么就可以随之号哭；做臣子的，如果三次进谏，君王都不听从，那么从道义上说，臣子就可以离去了。"于是太师、少师劝微子离去，微子也离开了。

周武王攻打纣王，灭了殷朝。微子带着殷朝的祭器面见周武王，自己祖露臂膀，向后捆绑自己的双手，让左边的随从牵着羊，右边的随从拿着茅，跪行来求告周武王。周武王感慨微子的忠诚，就亲自替他解开绳子，恢复了他原来的爵位。

随后，周武王去访问箕子。一见到箕子，武王就说："唉！上天安定百姓，让大家和睦相处，但是默不作声，我弄不清楚，上天安定百姓靠的是什么样的常法伦理。您知道吗？"

箕子回答说：

"从前，鲧堵塞洪水，打乱了五行的次序，天帝大怒，不让他知道治理国家的大法，常法伦理从此败坏，鲧因此被处死。禹继承了父亲的治水大业。取得了成功。上天于是赐给他九种大法，从此，常法伦理有了次序。

"大法有九种。第一叫五行，第二叫五事，第三叫八政，第四叫五纪，第五叫皇极，第六叫三德，第七叫稽疑，第八叫庶征，第九叫劝导用五福，劝诫用六极。

"五行：一是水，二是火，三是木，四是金，五是土。水的本性是滋养万物，向下沉；火的本性是燃烧，向上升；木的本性可曲可直；金属的本性可以延伸变形；土壤可以种植五谷。水是咸味，火是苦味；木是酸味；金是辣味；土是甜味。

"五事：一是仪表，二是言语，三是观察，四是倾听，五是思考。仪表神态要庄严恭敬，言语要正确，值得遵从，观察事物要清楚透彻，倾听意见要明辨是非，思考问题要全面。仪表端庄，心就严肃；言语正确，就值得遵从，国家就可以得到治理；观察事物清楚透彻，就可以辨别真伪；倾听意见，就能辨别是非，处理事务就会恰当；思考问题全面，就会通达。

"八政：一是抓农业生产，二是抓商业流通，三是祭祀鬼神，四是掌管土木营建，五是掌管教育，六是搞好治安，七是搞好诸侯朝见的礼仪，八是掌握军队。

"五纪：一是年，二是月，三是日，四是星辰，五是历法。

"最高准则：君主应该建立准则，施恩给百姓，这样百姓才会拥护这些准则，君主于是就能要求百姓贯彻这些准则。凡是属于你的百姓，如果有谋略、有操守，那么你就要牢牢地记住他，以备录用。凡是正直的人，你就应当赐给他们爵禄，让他们富贵。如果你不给他们为国效力的机会，他们就可能走上犯罪的道路。

"在解决疑难问题的时候，要选择任用精通占卜的人，并建立相关机构，让他们担任官职。

对一件事，如果三个人占卜，就以两个兆纹相同的为准。如果你遇到疑难问题，首先要独自思考，不行就跟大臣商量，跟百姓商量，如果还是不行，就用占卜决定。如果你赞成，占卜也赞成，大臣赞成，百姓赞成，那就是大同，那么你肯定会强健，子孙也会兴旺、吉利。如果你赞成，占卜赞成，大臣反对，百姓也反对，也算吉利。如果大臣赞成，占卜赞成，你反对，百姓也反对，这也算吉利。如果百姓赞成，占卜赞成，你反对，大臣也反对，还勉强算是可行。如果只有你自己赞成，其他各项反对，那么在境内办事吉利，到境外办事凶险。如果所有方面都反对，那么还是什么都不做才好，只要有所举动就必然凶险。

"在天象方面，下雨，天晴，暖和，寒冷，刮风，都应该合乎时令。如果五种气象都齐全，并且按照它们该有的次序发生，那么各种植物就都会茂盛。如果某一种气象太多，就会发生灾难。某一种气象太少，也会发生灾难。如果君王敬天敬地，雨水就会按时滋养万物；如果君王政治清廉，阳光就会按时普照大地；如果君王明智，气候就会温暖适当；如果君王有谋略，就会寒冷适度；如果君王圣明，就会风调雨顺。如果

君王行为不检点，甚至有恶行，那么天象也会变得险恶。如果年、月、日的时令都正常，那么百谷就会丰收，政治就会清明，贤人就会得到重用，国家就会太平无事。如果时令颠倒错乱，就会颗粒无收，国家就会混乱，贤人就会被压抑。

"五种幸福的事是什么呢？一是长寿，二是富有，三是健康，四是有美德，五是善终。

"六种灾祸：一是夭折，二是多病，三是忧愁，四是贫穷，五是丑陋，六是懦弱。"

武王听了，觉得豁然开朗，于是就把箕子封在朝鲜，不把他当臣子看待。

后来，箕子朝见周王，路过殷都的废墟，看到宫室毁坏，杂草丛生，内心感到非常伤感，想放声大哭，但又有所顾及，于是作了《麦秀之诗》，借诗歌来抒发内心深处的伤感："麦芒尖尖啊，禾黍绿油油！谁让那个狡诈的孩子，不跟我亲近！"狡诈孩子，指殷纣王。殷朝的遗民听到这首诗，无不为之垂泪。

武王逝世后，成王尚且年幼，所以周公代政。管叔、蔡叔怀疑周公有私心，就联合武庚一起叛乱，攻打成王和周公。周公杀掉了管叔，流放了蔡叔。然后，命令微子启取代武庚供奉殷朝祖先，让他在宋地建国。微子本来就仁义能干，代替了武庚之后，很受殷代遗民的爱戴。

箕子
姓子，名胥余，殷室贵族，商时封于箕（今山西太谷），武王克商后，不愿做周顺民，因而封于朝鲜。

相关链接

〔1〕比干：公元前1092－前1029年，姓子，名干，曾封于比，故曰比干，为纣王叔父，死于谏诤，周武王克商后为其封墓，并赐姓"林"，林姓即由此而始。人们将比干和微子、箕子共称为"殷商三仁"。

穆公去世，他哥哥宣公的儿子与夷即位，就是殇公。君子们听说这件事之后，都说："宋宣公可算是知人善任啦！传位给他弟弟，成全了道义，最后自己儿子还能重新享有君位。"

微子启去世之前，扶立了自己的弟弟衍，这就是微仲。

转眼到了宣公时代。宣公病重，想把君位让给弟弟和，说："如果父亲死了，那么儿子即位，哥哥死了，那么弟弟即位，这是天下的通义，我要立和为国君。"弟弟推让多次，最后接受了帝位，这就是穆公。

穆公病重，召来大司马孔父，留下遗嘱说："先君宣公没有把君位传给太子与夷，却传给了我，我一直念念不忘。等我死后，你们一定要立与夷为国君。"孔父道："可是，群臣都希望能立公子冯。"穆公说："不能立他！我不能辜负宣公。"于是，穆公把公子冯派到郑国去住。八月，穆公去世，他哥哥宣公的儿子与夷即位，就是殇公。君子们听说这件事之后，都说："宋宣公可算是知人善任啦！传位给他弟弟，成全了道义，最后自己儿子还能重新享有君位。"

殇公元年，卫国公子州吁杀了自己的国君，自己登位，为了获得诸侯的承认，派使者跟宋国说："公子冯要是在郑国，肯定有一天会作乱，我国愿意帮你们一起讨伐他。"宋君答应了，与卫国一起攻打郑国，一直打到郑国的东门。

第二年，郑国前来讨伐宋国，来报复东门之战。从此以后，诸侯们多次前来讨伐宋国。

九年，大司马孔父的漂亮妻子外出游玩，半路上碰见了太宰华督，华督喜欢她的美貌，就直勾勾地盯着她看。看了之后还觉得不过瘾，想霸占她，于是就派人到处扬言说："殇公即位，还不到十年，却打了十一次仗，百姓痛苦不堪，这都是孔父造成的，我要杀掉他来安定百姓。"过了一年，华督果然杀掉了孔父，夺取了他的妻子。殇公大怒，华督就又杀掉了殇公，从郑国迎回穆公的儿子冯，立为国君，就是庄公。

庄公元年，华督当了丞相。十九年，庄公去世，儿子泯公继位。

泯公七年，齐桓公即位。九年，宋国水灾，鲁国派臧文仲前来慰问。泯公自责道："唉，都是因为我不会侍奉鬼神，政治上也不够清明，所以才发生水灾。"臧文仲听了这些谦虚的话，非常赞赏。实际上，这些话都是公子鱼教泯公的。

十年夏天，宋国攻打鲁国，鲁国活捉了宋国的南宫万。在宋国的强烈请求下，鲁国放回了南宫万。一年后，泯公和南宫万一起出去打猎，因为下棋发生争执，泯公恼羞成怒，侮辱南宫万说："如果不是我把你当回事，把你从鲁国要回来，那么你今天不过是鲁国的俘虏。"南宫万听了，非常生气，就抓起棋盘，砸死了泯公。大夫仇牧闻讯，带兵攻打南宫万，南宫万反抗，杀掉了仇牧。南宫万一不做二不休，干脆又杀了太宰华督，改立公子游为国君。诸位公子纷纷逃到萧邑，公子御说逃到了亳邑。南宫万的弟弟南宫牛率兵去围攻亳邑。冬天，萧邑的大夫和宋国的各位公子联合起来，一起攻杀南宫万，并杀掉了宋君游，迎立泯公的弟弟御说，这就是桓公。南宫万战败逃亡，到了陈国。宋国拿出重金，贿赂陈国。陈国心动，派妇女用醇酒灌醉了南宫万，用皮革把他包裹起来，交给宋国。宋国把南宫万剁成了肉酱。

桓公二年，各位诸侯联合讨伐宋国，一直打到了国都郊外。三年，齐桓公开始称霸。二十三年，宋桓公从齐国迎来一位卫公子，立他为卫君，就是卫文公。文公的妹妹是宋桓公的夫人。三十年，桓公病重，太子兹甫不准备继位，而是推荐他的庶兄目夷为继位人。桓公虽然觉得太子的想法并不违背道义，但还是没有同意。三十一年春天，桓公去世，太子兹甫继位，就是襄公 [1]。襄公登台之后，马上任命他的庶兄目夷为丞相。当时，桓公尚未安葬，正赶上齐桓公在葵丘会合诸侯，所以襄公就赶去赴会。

八年，齐桓公去世，宋襄公想召集各位诸侯会盟。十二年春天，宋襄公跟齐、楚两国在鹿上会盟，请求由楚国出面，邀请更多的诸侯前来会盟，楚国答应了。目夷进谏襄公说："小国与大国争当盟主，后患无穷啊！"襄公不听。秋天，诸侯邀请宋襄公会盟。目夷预言说："大祸临头啦！君王您的欲望太过分了，大国怎么可能容忍你这样干！"果然，楚国扣押了宋襄公，并且起兵讨伐宋国。冬天，诸侯又在亳地会盟，楚国迫于压力，释放了宋襄公。可是子鱼说："看来，大祸暂时告一段落，还不算完。"十三年夏天，宋国攻打郑国。子鱼说："大祸就在这里。"秋天，楚国前来攻打宋国，以便援救郑国。宋襄公准备跟楚军开战，子鱼进谏劝止，反对开战，但襄公不听。冬天，宋襄公跟楚成王在泓水拉开阵势，准备交战。当时，楚军还没全部渡河，目夷建议说："楚国人多，我们人少，应该趁他们没有全部过河，抢先发动攻击。"襄公不听。

楚军全部过河之后，正在安排阵势，目夷对襄公说："现在该进攻了！"襄公还是不听，坚持说："等他们排好阵势再打。"楚军终于排好了阵势，宋军于是发动进攻，结果一败涂地，襄公大腿受伤，很严重。宋国人都埋怨襄公，襄公却理直气壮地说："君子不乘人之危，不能攻打没有排好阵势的敌人！"子鱼听了，暗地里说："用兵打仗，就是要取胜，为什么偏偏要墨守庸人的陈词滥调呢！如果非要像你说的那样，那就直接去楚国当奴隶算了，还何必跟他们打仗呢！"

楚成王救了郑国，郑君非常感谢，就盛情款待。楚成王居功自傲，大吃了一番，还娶了郑君的两个女儿才回国。叔瞻忿忿地说："楚成王如此无礼，肯定不得好死！接受礼宴，还顺便带走公主，这样的人不可能成就霸业。"

这一年，晋公子重耳经过宋国，当时襄公刚刚被楚军打伤，正想得到晋国的援助，所以就恭恭敬敬地厚待重耳，还送给他二十乘[2]马。

十四年夏天，襄公因为受伤，病发去世，儿子成公继位。

成公元年，晋文公登位。因为宋襄公对晋文公有恩惠，所以，宋国背叛了和楚国签订的盟约，亲近晋国。四年，楚成王攻打宋国，宋国向晋国求救。晋文公出兵援救，楚军见状撤军。九年，晋文公去世。十一年，楚太子商臣杀了自己的父亲，夺得王位。十六年，秦穆公去世。

十七年，成公去世。成公的弟弟御杀了太子和大司马公孙固夺得君位。宋国人群起反对并且杀掉了君御，拥立成公的少子杵臼，就是昭公。

昭公暴虐无道，大家都不拥戴他。昭公的弟弟鲍革有才能，又能礼贤下士，深得民心。当初，襄公的夫人曾经想勾引公子鲍，遭到了公子鲍的拒绝，夫人为了讨好他，就帮他在国内大施恩惠，并借大夫华元的关系，推荐他当了右师。有一次，昭公出去打猎，襄公夫人密令卫伯杀掉了昭公杵臼。于是鲍革即位，就是文公。

文公元年，晋国率领诸侯军队前来讨伐宋国，责问宋国为什么要杀害昭公。但是听说文公已经正式即位，就撤军回国了。第二年，昭公的儿子联合武公、穆公、戴公、庄公、桓公家族的后代一起起兵叛乱，全部被文公杀掉。

四年，楚国唆使郑国去讨伐宋国。宋国任命华元为统帅，出兵抵抗。结果宋军战败，华元被俘。华元在与郑军交战之前，杀羊犒劳士兵，他的车夫没喝着羊汤，心怀怨恨，所以在打仗的时候，就赶着华元的指挥车冲进了郑军阵地，以致宋军战败，华元被俘。宋国拿出了兵车一百乘、良马四百匹，要赎回华元。可是，兵车、良马还没交付完毕，华元就逃回了宋国。

十六年，楚国使臣路过宋国，宋国不忘前仇，把楚国使臣抓了起来。楚庄王于是借机来围攻宋国，围了五个多月，仍然不想解围。宋国城内情况危急，一点粮食都没有了，华元无奈，便趁夜偷偷去见楚将子反，请求子反帮忙求情。子反把华元的话转告给了楚庄王，庄王问："城里形势真的很糟糕？"子反回答："唉，劈人骨头煮饭，交换子女杀着吃！"楚军于心不忍，就解围退兵了。

二十二年，文公去世，儿子共公继位。

华元跟楚将子重关系密切，跟晋将栾书的关系也不错。所以，在共公九年，华元跟楚、晋两国都签订了盟约。十三年，共公去世。当时，华元的官职是右师，鱼石的官职是左师。司马唐山杀了太子肥，又想杀华元，于是华元逃往晋国。鱼石阻止他投奔晋国，所以华元到了黄河边后又返了回来，杀了唐山。随后，两人拥立共公的少子成，就是平公。

平公三年，楚共王占领了宋国的彭城，把它封给了宋国的左师鱼石。一年后，各国诸侯联合在一起杀掉了鱼石，把彭城重新归还给宋国。

四十四年，平公去世，儿子元公佐继位。

元公十年，元公不守信用，使用欺诈手段杀死了诸位公子。大夫华氏、向氏反对这种暴行，于是起兵叛乱。恰好在这个时候，楚平王的太子建前来投奔，见到宋国内乱，只好又离开宋国，逃往郑国。

十五年，鲁昭公在国外流亡，宋元公为了帮助鲁昭公回国，四处奔走，病死在路上。死后，儿子景公继位。

景公十六年，鲁国的阳虎前来投靠，住了不久又离开了。二十五年，孔子路过宋国，宋国的司马跟孔子有仇，想杀掉孔子，孔子只好扮作平民逃离。三十年，曹国背叛了与宋国的盟约，同时还背叛了与晋国的盟约，宋国出兵讨伐曹国，晋国见状大喜，坐视不救。不久，宋国占领了曹国。曹国灭亡。

三十七年，火星占据了心宿区，而心宿区正属于宋国的分野[3]。这种天象让景公很担忧。掌管星象的子韦提议到："可以把灾祸转加到丞相身上。"景公不干："丞相，好比是我的胳膊和大腿。丢不得啊！"子韦又建议："那么，可以转移给百姓。"景公又不同意："国君依靠的就是老百姓，百姓没了，国君怎么办？"子韦又说："那就转移到年成上吧！"景公说："年成不好，百姓就会贫困，那我依靠谁当国君？"子韦感动，说："上天全知全能，肯定能得知人间小事。你有对得起国君这个地位的三句名言，火星不应该再占据宋国的分野了。"再观察，果然发现火星移出了三度。

六十四年，景公去世。宋公子杀了太子，夺得了君位，就是昭公。当初，景公曾经杀死了昭公的父亲，昭公一直怀恨在心，所以才杀掉太子夺取君位。

几代过去，到了君偃统治宋国的时代。

君偃十一年，自立为王。向东打败了齐国，夺得了五座城邑；向南打败楚国，占领了三百里土地，还向西打败魏国。这样以来，宋国成了齐、楚、魏三国的敌人。

君偃喜欢玩，做了个皮袋，里面装了血，高高悬挂起来，再用箭射击，取个名称叫作"射天"。他贪酒好色，昏庸无道。群臣哪个敢进谏，他就射死谁。诸侯们都说："看来宋国又出了个纣王，不攻打是不行啦！"于是齐湣王带着魏国和楚国一起来讨伐宋国，杀掉了君偃，灭掉了宋国。然后，三国共同瓜分了宋国的土地。

相关链接

〔1〕宋襄公：？－公元前637年，姓子，名兹甫，宋桓公次子，宋国第二十任君主，公元前650－前637年在位，部分史料认为其为"春秋五霸"之一。

〔2〕乘：古代战车，一辆车由四匹马驾驶。

〔3〕分野：古代占星家将天上的星空区域与地上的国邦区域相互对应，称作分野，目的是为了用天上星象变化预测人世间的吉凶祸福，是一种客观唯心主义世界观。

骊姬害太子

献公私下里对骊姬说:"我准备废掉太子,让奚齐取而代之。"骊姬哭着说:"太子的确立,各位诸侯都已经知道了。你怎么能因为我的缘故而废嫡子立庶子呢?如果你非要这样做,妾就自杀!"骊姬假意称赞太子,暗中却叫人谗毁太子,想立自己的儿子奚齐为太子。

献公五年,晋国讨伐骊戎[1],俘虏了骊姬和她的妹妹,两个人都受到献公的宠爱。

八年,有人劝谏献公说:"原来晋国的那一大群公子,人数很多,如果不杀了他们,后患无穷。"于是就派人去诛杀诸位公子,可是,有的公子已经逃亡到虢国[2]。虢国因为诸位公子的缘故,几次来讨伐晋国,但没有打胜。十年,晋国想去攻打虢国,有人说:"先等等,等它发生内乱再说。"

十二年,骊姬生了儿子奚齐。献公喜欢奚齐,就想要废掉太子,于是就找理由说:"曲沃是我祖先宗庙的所在地,蒲邑挨着秦国,屈邑靠近翟族,如果不派各位儿子到那里去镇守,很容易出事。"随后就派太子申生去驻守曲沃,让公子重耳去驻守蒲邑,公子夷吾去驻守屈邑。而献公则带着骊姬的儿子奚齐,驻守在首都绛城。晋国人看出了门道,知道太子要被废掉。

太子申生的母亲是齐桓公的女儿,名字叫作齐姜,死得早;除了申生,她还有个女儿,做了秦穆公的夫人。重耳的母亲,是翟族狐氏的女子。夷吾的母亲,是重耳母亲的妹妹。献公一共有八个儿子,太子申生、重耳和夷吾都很贤能,很得父亲赏识。可是,自从献公得到骊姬后,这三个儿子就被疏远了。

十六年,晋献公建立了二军。献公自己率领上军,太子申生率领下军,赵夙驾车,毕万护卫,一起消灭了霍、魏、耿三个小国。回师后,献公给太子修建了曲沃城,把耿地赏赐给赵夙,把魏地赏赐给毕万,还任命他们为大夫。有人劝太子说:"您可千万不能要这个位子!把先君的都城分给你,还让你做卿,现在就把禄位提到了人臣的最高点,那你以后怎么继位!您不如赶快逃走,不要等大罪降临。做个吴太伯一样的人,不也不错吗,还落得个好名声。"太子没有听从。

卜偃说:"毕万的后代肯定会强大起来。万,是满数;魏,是大名

164

号。还把魏地赐给毕万，等于是让上天开通了他的福祉。天子有兆民，诸侯有万民，现在给他取了个大名，又有个满数，他肯定能拥有民众。"毕万去占卜，询问自己在晋国当官的吉凶，结果是"屯卦"变成"比卦"。辛廖解释卦兆说："吉利。屯卦表示坚固，比卦意味着深入，还有什么比这更吉利的呢！你的后代肯定能繁荣昌盛。"

十七年，晋献公派太子申生去讨伐东山国。大臣里克进谏献公说："太子的职责，是供奉宗庙祭祀，早晚侍奉君王的饮食。君王出行，太子就该留守；如果有专人留守，那么太子就随从君王出行，随从叫作抚军，留守叫作监国，这是古代的制度。如果要统率军队，就必须要能决断，有权力对军队发号施令，这是国君和正卿的职责，不适合太子。统率军队的关键，就是有决定权，如果太子凡事都要向国君请示，那就显得没有威严；而如果独断专行，那就是不孝。所以，太子不能统率军队。您让太子带兵，是个错误的安排；再说，太子没有领兵的威严，怎么能打胜仗呢？"献公说："我有好几个儿子，该立谁为太子呢？"里克没有回答，退了出来。

里克见到太子，太子着急地问："我是不是要被废掉？"里克回答说："太子自己勉励自己吧！让你统率军队，怕的是你不能完成任务，为什么要废掉你呢？况且，做儿子的，怕的应该是不孝，不应该总是担心自己不能立为国君。只要你严格要求自己，不责怪他人，就可以避免灾难。"太子于是率军出发，献公亲自给他穿上了左右异色的偏衣。里克借口生病，没跟太子出征。太子只好自己带兵去打东山国。

十九年，献公说："从前我的先君庄伯、武公平定晋国叛乱的时候，虢国总是帮助晋国反抗我们，还有心窝藏晋国的逃亡公子，对我们国家影响恶劣。如果不讨伐虢国，肯定会给我们的后代子孙留下隐患。"于是就派荀息出使虞国，献上了屈地出产的名马，向虞国借道。虞君答应了，晋国于是就发兵讨伐虢国，占领了虢国的下阳。

献公私下里对骊姬说："我准备废掉太子，让奚齐取而代之。"骊姬哭着说："太子的确立，各位诸侯都已经知道了。再说，太子多次率军打仗，百姓都愿意归附他，你怎么能因为我的缘故而废嫡子立庶子呢？如果你非要这样做，妾就自杀！"骊姬假意称赞太子，暗中却叫人谗毁太子，想立自己的儿子奚齐为太子。

二十一年，骊姬骗太子说："君王做梦，梦见了齐姜，你赶快到曲沃齐姜庙去祭祀，然后把祭肉带回来，送给君王。"太子闻言，马上跑到曲沃去祭祀他的母亲齐姜，然后把祭肉带回来给献公。当时献公在外打猎，所以太子就把祭肉放在了宫里。骊姬趁机在祭肉里放了毒药。两天后，献公打猎归来，厨师把祭肉送给献公，献公正准备吃，骊姬从旁百般制止说："祭肉远道而来，应该先试试再吃。"把祭肉放在地上，地面隆起；给狗吃，狗立刻死去；给小宦官吃，小宦官马上倒地身亡。骊

姬哭泣道："太子怎么这么残忍！怎么忍心这样做！连自己的亲生父亲都想杀死，何况其他人呢？再说，君王年纪已经老了，活不了多久，可他，竟然等不及，要马上杀死你！"接着又对献公说："太子之所以这样做，肯定是因为我和奚齐。我们母子俩愿意躲到别的国家去，或者干脆自杀算了，免得白白地被太子残杀。当初君王想废掉太子，我还觉得不妥，现在我才发现自己完全错了。"太子听说这件事后，立刻逃到新城保命。献公大怒，杀了太子的师傅。有人劝太子说："放毒药的是骊姬，您为什么不去说明真相呢？"太子回答说："我父王年纪大了，如果没有骊姬，就会睡不安、吃不下。如果我解释清楚，父王肯定会对骊姬感到伤心，所以我不能这样做。"有人给太子出主意说："那就逃到别的国家去吧！"太子回答："唉，带着这种恶名出逃，谁还敢收留我？自杀算了。"十二月，太子申生在新城自杀。

这个时候，重耳、夷吾来拜见献公。有人通知骊姬："两位公子前来，是因为怨恨你进谗言害死太子。"骊姬很害怕，于是又谗毁两位公子说："太子申生往祭肉里放毒，两位公子都知道，但不愿意告诉你。"两位公子听说了，都很害怕，重耳逃往蒲邑，夷吾逃往屈邑，各据城邑防守。从前，献公派人替两位公子修建蒲城和屈城的城墙，总也修不完。夷吾很不高兴，就向献公反映，献公怒责大臣，大臣谢罪说："边境城邑没什么盗寇，建城墙有什么用呢？"说完，就辞职离开了，还唱道："一个国家，三个主人翁，我究竟听谁的呀！"最后，献公派其他人修完了城墙。太子申生死后，两位公子都出了事，于是就跑回来据守城邑。

两位公子不辞而别，献公很气愤，认为他们真的有谋反意图，就出兵讨伐蒲邑。蒲邑宦官督促重耳自杀谢罪，但重耳不愿意，越墙而逃，宦官穷追不舍，还抽刀砍断了他的衣袖。后来，重耳逃到了翟国。献公派人讨伐屈邑，屈邑坚守，攻不下来。

相关链接

〔1〕骊戎：古戎人的一支，国君姓姬，活动地域在今陕西临潼一带，春秋时期为晋国所灭。

〔2〕虢国：武王克商后，封文王的两个弟弟为虢国诸侯：一个在雍地（今属陕西、甘肃），称西虢，一个在制地（今河南荥阳），称东虢。西虢曾东迁至今河南三门峡一带，公元前655年为晋所灭；东迁后在原地留有一个小虢，公元前687年为秦所灭。东虢于公元前767年为郑所灭。

晋

秦

之

争

秦穆公、晋惠公在韩原交战。晋惠公的马很重，蹄子陷在泥里，怎么也拔不出来，眼看着秦兵就追上来了。惠公着急，召呼庆郑赶车。庆郑生气地说："不按照占卜的去做，活该！"然后就离去了。

晋国为了讨伐虢国，再次向虞国[1]借道。

虞国的大夫宫之奇劝虞公说："不能借道给晋国，否则他们以后肯定会灭亡我们虞国。"

虞君说："晋国跟我是同姓，应该不会讨伐我。"

宫之奇说："太伯、虞仲，都是大王的儿子，太伯逃走，所以没有继承君位。虢仲、虢叔，都是王季的儿子，也都是文王的大臣，他们功勋卓著，在朝廷的府库里记载得清清楚楚。虢国是功臣的国家，可是晋国偏偏要灭亡它，这样的晋国，怎么可能爱惜虞国呢？况且，我们虞国跟晋国的关系，能比桓叔、庄伯的亲族更密切吗？桓叔、庄伯的家族究竟犯了什么罪？可是献公把他们全都灭掉了。虞国和虢国，就好像嘴唇和牙齿的关系，唇亡齿寒啊！"

虞公还是不听，答应了晋国。宫之奇于是带领自己的家族离开了虞国。这年冬天，晋国灭了虢国，虢公逃亡到了周京。晋军撤军回国时，顺便袭击虞国，俘虏了虞公，还有大夫井伯和百里奚，献公把他们作为女儿的陪嫁人，当时他的女儿正要嫁给秦穆公。荀息牵回了以前贿赂虞公用的名马，又奉还给献公，献公笑着说："马还是我的马，就是年龄比送出去的时候大了点！"

二十三年，献公派兵讨伐屈邑，屈邑失守。夷吾想逃往翟国，冀芮说："去不得！重耳已经在那里了，如果你再去，晋国一定出兵攻打翟国，翟国害怕晋国，必然要把你献出来免灾，你不如逃到梁国去。梁国紧挨着秦国，秦国强大，晋国会有顾忌。等以后我们的君王死了，你可以请秦国帮你回国。"于是夷吾逃往梁国。二十五年，晋国出兵攻打翟国，翟国由于重耳的缘故，也在啮桑攻打晋国，晋兵一时无法取胜，只好撤军离去。

当时，晋国强大，西边拥有河西，与秦国接壤，北边跟翟国接壤，东边直到河内地区。

二十六年夏天，齐桓公在葵丘会合诸侯。当时晋献公恰好生病，所

骊妃　晋献公　晋文公

以去迟了，还没到达葵丘，遇上了周王室的宰孔。宰孔对他说："齐桓公越来越骄横傲慢，不致力于修行德政，却总是到处侵略，诸侯们都深感不平。您还是不去的好，他不敢把晋国怎么样。"献公的确有病，所以就打道回府了。

献公的病越来越重，就对荀息说："我想让奚齐继承我的位置。他现在还小，诸位大臣可能不会服从，弄不好会发生内乱，你愿意拥立他吗？"荀息说："我会尽力。"于是献公就把奚齐托付给了荀息。荀息当时担任丞相，主持国家大政。

秋天，献公去世。里克、邳郑想迎接重耳回国继位，就让三个公子的手下作乱，还警告荀息说："三个公子都要起事，外面有秦国的帮助，国内有晋国人帮忙，你怎么应付？"荀息坚决地说："不管怎么样，我都不能辜负先君。"过了几天，里克在守丧的地方杀掉了奚齐，当时，献公还没有埋葬。荀息悲愤至极，想自杀，有人劝告说，既然奚齐死了，那还可以拥立奚齐的弟弟悼子，荀息想想也对，就拥立悼子为晋国国君，埋葬了献公。可是，一个月后，里克在朝中又杀掉了悼子，荀息无奈，只好自杀。

里克等人杀了奚齐和悼子后，派人到翟国去迎接公子重耳，想立他为君。重耳谢绝说："我辜负了父亲，逃亡在外，现在父亲死了，我没有尽到做儿子的礼仪，没有机会去守丧送葬，还怎敢回国即位！各位还是改立别的公子吧！"使者回来把这些话告诉了里克，里克于是就派使者到梁国，去迎接夷吾。夷吾想回去，大臣说："现在国内还有可以继位的公子，可是里克等人却非要到国外来找人，实在是让人怀疑。您如果不借助秦国的力量，贸然回国，恐怕会很危险。"于是夷吾就用厚礼贿赂秦国，承诺说："如果我能回国即位，那么我愿意把晋国黄河西岸的土地划出来，割给秦国。"又给里克写信说："如果我真的能即位，那我可以把汾阳城封给你。"就这样，秦穆公发兵护送夷吾回国。这时候，齐桓公听说晋国内乱，也率领诸侯赶往晋国。秦国军队和夷吾到了晋国，齐桓公就派人与秦军会合，一起送夷吾回国，立他为晋国国君，就是惠公。

惠公夷吾登位后，派邳郑去答谢秦国说："当初，我夷吾把黄河西岸的土地许给了秦国，现在我回国即位了，大臣们却说：'土地是先君的土地，您在外流亡了那么多年，凭什么擅自许给秦国呢？'我虽然据理力争，但还是得不到大臣们的理解和支持，所以只好向秦国道歉。"另外，也没有如约封给里克汾阳城，反而夺了他的权。

惠公担心在外流亡的重耳，又害怕里克发动政变，就赐里克自杀，对他说："要是没有你里克，我就不可能即位。但是，你毕竟杀了两个国君和一个大夫，我作为你的国君，是不是左右为难？"里克回答："要是我不杀别人，你怎么可能兴起？想杀我，怎么不找个好听一点的借口？竟然说出这种理由！我知道你的意思了。"于是拔剑自杀。当时，邳郑正在出使秦国，答谢秦王，还没回来，所以没有遇难。

晋惠公遵照礼仪改葬太子申生。秋天，狐突到曲沃办事，遇见了申生的灵魂，申生告诉狐突说："夷吾不讲道理，我准备请求天帝，让秦国吞并晋国，以后秦国会祭祀我的。"狐突回答："我听说，神不能享用自己宗族以外的祭祀，如果你真的要那样做，你的祭祀岂不是要从此断绝？你得认真考虑考虑，不要轻举妄动。"申生说："你说的有道理，我准备重新请求天帝。十天以后，新城西侧将有个巫师出现，他会显现我的灵魂。到时候你要去看我。"狐突答应后，申生就不见了。十天后，狐突按期前往，又见到申生，申生告诉他说："天帝答应要惩罚罪人，他会在韩原[2]战败。"后来，这件事流传到了民间，民间童谣说："太子申生改葬了，再过十几年，晋国也不会昌盛，要昌盛，必须等到他哥哥的时候。"

邳郑正在秦国出使的时候，听说里克被杀，就对秦穆公说："晋君确实不肯把河西让给秦国。但是，如果秦国能拿出重金，去贿赂晋国的大臣，跟他们合谋，赶走晋君，再护送重耳回国，那么这事肯定能成功。"秦穆公觉得邳郑说得有理，就派人跟他一起回晋国报告，用重金贿赂晋国的三个重臣。三人商量说："这么多财宝金钱，话说得这么甜蜜，一定是邳郑把我们出卖给秦国了。"于是三人杀了邳郑，连带杀掉了里克和邳郑的手下七舆大夫。邳郑的儿子邳豹逃走，投奔秦国，请求秦国攻打晋国，秦穆公没有答应。

惠公即位后，违背了割给秦国土地的诺言，取消了封赏里克城邑的承诺，相反还夺了他的大权，不久之后又诛杀了七舆大夫，所以晋国人都不愿归附他。

二年，周室派召公拜访惠公，惠公傲慢无礼。

四年，晋国发生严重的饥荒，向秦国求购粮食。秦穆公向百里奚征求意见，百里奚说："天灾饥荒，是每个国家都难以避免的事，所以，国家之间互相救济，是谁都应该遵循的正道，卖给它吧！"邳郑的儿子邳豹则说："趁机讨伐它！"秦穆公说："它的国君有错，可是百姓没罪啊！"于是就卖给了晋国很多粮食。

一年后，秦国也发生了严重的饥荒，于是向晋国请求购买粮食。晋君跟群臣们商量怎么办。大臣庆郑说："君王您是靠秦国即位的，可是即位不久，您就违背了割地的诺言。去年，我们陷入饥荒，秦国把粮食卖给了我们。现在他们也闹饥荒，请求购买我们的粮食，当然应该卖给它，难道这还有什么疑问吗？商量什么呀！"可是大臣虢射有另外一种说法："去年，上天把我们晋国赐给了秦国，可是秦国不知道珍惜这个机会，反而卖给我们粮食。今年上天又把秦国赐给晋国了，我们怎么可以违背天意呢？还是应该趁机讨伐它！"惠公采纳了虢射的主张，不但不卖粮食给秦国，反而发兵去攻打。秦国非常愤怒，也出兵攻打晋国。

秦穆公亲自率军，打到了晋国国内。晋惠公慌了，问庆郑："秦国军队已经深入国境啦，这可如何是好呀？"庆郑愤愤地回答说："想当初，秦国护送君王您回国即位，可是您违背了誓言；我们晋国闹饥荒，秦国送粮来救助我们；可是秦国闹饥荒，我们却以怨报德，竟然趁秦国的饥荒出兵讨伐。现在他们深入国境，这不是理所当然的吗！"晋君无奈，亲自出兵迎战，想找个为自己赶车与护卫的人，但想来想去不知道谁合适，就去占卜，结果是庆郑最合适。可是惠公心里觉得别扭，说："庆郑一点都不听话，不用他。"于是就让步阳赶车，家仆做护卫，出兵前行。

九月，秦穆公、晋惠公在韩原交战。晋惠公的马很重，蹄子陷在泥里，怎么也拔不出来，眼看着秦兵就追上来了。惠公着急，招呼庆郑赶车。庆郑生气地说："不按照占卜的去做，能不失败吗！"然后就离去了。惠公改用梁繇靡赶车，让虢射护卫，包围了秦穆公。穆公的手下冒死打败晋军，晋军溃散，秦穆公逃走。很快，秦军反扑，俘虏了晋惠公，押回秦国。

秦国准备杀死晋惠公，用他来祭祀上帝。晋惠公的姐姐是秦穆公的夫人，她听说弟弟要被祭天，就穿上丧服，来到丈夫面前痛哭流涕。秦穆公心疼夫人，于是就跟晋惠公订立了盟约，答应放他回国。晋惠公派吕省等人先行回国，转告晋国人说："我这次虽然能够活着回去，但已经没有脸面重见社稷了，你们可以选个吉日，让子圉继位。"晋国人闻言，都哭了。秦穆公问吕省："依你看，晋国今后能安宁和睦吗？"吕省回答："不会安宁和睦的。百姓都害怕失去国君，害怕引起内乱，都说：'一定要报仇，宁肯服侍戎狄，也不能屈服于秦国。'而有些人则真正爱护惠公，知道对不起秦国，所以他们说：'一定要找机会报答秦国的恩德。'因为有这样不同的两种主张，所以不会和睦，难以安宁。"秦穆公听后，就给晋惠公更换了住处，并馈赠牛、羊、猪各七头，作为礼食。十一月，放晋惠公回国。惠公回国后，马上杀掉了庆郑，调整国政，并与大臣谋划说："重耳现在流亡在外，很多诸侯都想送他回国，以此谋利。"于是惠公派人，准备到翟国去杀死重耳。重耳听到了这个消息，逃往齐国。

八年，晋国派太子圉到秦国做人质。当初，惠公曾经在梁国流亡，梁伯把自己的女儿嫁给他，生了一男一女。梁伯占卜他们的前途，说男孩将要做别人的臣仆，女孩将要给人做妾，所以就给男孩取名叫作圉，女孩取名叫作妾。

十年，秦国灭了梁国。梁伯喜欢土木建筑，总是修筑城墙壕沟，弄得百姓疲惫不堪，怨声载道，于是百姓们多次互相惊扰，总是造谣说："不好啦，

秦国人打过来啦！"弄得大家惶恐不安，于是秦国乘机灭了梁国。

十三年，晋惠公生病。晋惠公在国内有好几个儿子。太子圉说，"我母亲家在梁国，如今梁国已经被秦国灭掉，秦国肯定看不起我，不可能帮我；在国内呢，更是没人愿意援助我。如果国君病重不起，大夫们肯定会轻视我，改立其他公子。"于是就跟妻子商量，准备一起逃回晋国。秦女说："你是晋国的太子，被困在这里。秦国之所以让我来伺候你，是为了稳定你的心。你现在要走，我不便跟随，但也不敢泄露出去。"太子圉于是逃回了晋国。第二年，惠公去世，太子圉继位，就是怀公。

太子圉逃回晋国后，秦国非常生气，就找到了公子重耳，准备护送他回国争夺王位。太子圉继位后，害怕秦国来攻打，就通告所有跟随重耳流亡的人，限令他们回国，如果预期不归，就杀掉他的全家。大臣狐突有两个儿子，一个叫作狐毛，一个叫作狐偃，都在秦国跟随重耳，现在晋君下令，但是狐突还是不肯召儿子们回国。怀公大怒，把狐突抓了起来。狐突辩解道："臣的儿子侍奉重耳，已经很多年了，现在让他们扔下主人不管，就是教他们反叛啊，我实在是没有什么理由说服他们。"怀公于是就杀了狐突。

秦穆公出兵护送重耳回国，派人做内应，在高梁杀了怀公。重耳即位，就是晋文公。

相关链接

[1] 虞国：周朝姬姓诸侯国之一，武王灭商后，封太伯仲雍的后代虞仲为诸侯，封地在今山西平陆、夏县一带，公元前655年为晋所灭。

[2] 韩原：在今陕西韩城西南。

晋公子重耳

随从晋文公重耳流亡的小臣壶叔问文公："君王您三次行赏，都没有我的份，请问我犯了什么错？"文公回答："凡是用仁义来引导我，用道德来规范我的，都应该受到上等赏赐。凡是用善行来辅佐我，使我成就大业的，都应该受到次等赏赐。凡是冲锋陷阵，建立汗马功劳的，都应该受再次等的赏赐。如果只能靠力气侍奉我，却无法补救我的过失，那么只能受到更次等的赏赐。所以，三次赏赐以后，才能轮到你。"

晋文公重耳，是晋献公的儿子。他从小就善于结交朋友，十七岁时，就已经有了五位贤人：赵衰；狐偃咎犯，是文公的舅舅；贾佗；先轸；魏武子。献公还是太子的时候，重耳就已经成人了。献公即位时，重耳二十一岁。献公十三年，骊姬挑拨父子关系，重耳被贬到蒲邑去守边，防备秦国。献公二十一年，献公杀死了太子申生，骊姬再次谗毁重耳，重耳很害怕，没有向献公告辞，就逃往蒲城驻守。献公二十二年，献公派宦官前往蒲城，刺杀重耳。重耳跳墙逃跑，宦官紧追不舍，砍断了他的衣袖。重耳就这样逃到了狄国，狄国是他母亲的祖国。当时，重耳已经四十三岁了，由上面所说的五位贤士随从，另外随从的，还有几十个人。

狄国攻打咎如，抓到了两位美女。长女嫁给了重耳，次女嫁给赵衰，生下了赵盾。重耳在狄国住了五年之后，晋献公去世，大臣里克杀了奚齐、悼子，派人来迎接重耳，想立他为晋君。重耳害怕招来杀身之祸，所以断然谢绝，不敢回国即位。不久，晋国迎立了他的弟弟夷吾，这就是惠公。惠公七年，担心重耳是个隐患，就派宦官和刺客来消灭重耳。重耳得知这个消息，就跟赵衰等人商量说："我逃到狄国，并不是觉得狄国有能力帮我继位，只不过因为它离晋国最近，所以暂且来这里歇脚。现在，歇了这么久，应该迁到大国去。齐桓公爱做善事，有志于称霸，所以推行王道，收留各地逃亡的诸侯。据说，现在管仲和隰朋已经去世，齐桓公正想找个贤人来辅佐自己，我们为什么不去投靠他呢？"于是就启程，前往齐国。临行前，重耳对他妻子说："等我啊，如果我二十五年还不回来，你就改嫁。"妻子说："二十五年后，恐怕连我坟上的柏树都长大成材啦！不过，我还是愿意等你。"重耳于是离开了生活十二年的狄国。

经过卫国的时候，卫文公对他们很不礼貌，于是愤然离去。经过五鹿，饥饿难当，向乡下百姓乞讨食物，乡下百姓把土块放在器皿里送给他。重耳大怒。赵衰劝说道："土块，预示着你将要拥有土地，你应该跪拜接受它才对！"

到了齐国，齐桓公以厚礼相待，把宗室的女儿嫁给重耳，还送他骏马二十乘。重耳对这种生活很满意。两年过去了，齐桓公去世，竖刀等人发动内乱，齐孝公即位，诸侯多次率军前来攻打齐国。重耳在齐国住了五年，因为宠爱齐女，没有回国即位的意思。赵衰、咎犯很失望，就在桑树底下谋划回国大计。齐女的侍者当时正在桑树上，偷听到了他们的话，就转告给她的主人。主人杀了侍者，然后劝重耳赶快离开齐国。重耳说："人生一世，为的就是平安快乐，有什么事情比这还重要！我就是要老死在齐国，绝不离去。"齐女说："你贵为一国公子，穷途末路才来到这里，那么多贤士把身家性命寄托在你身上。可是你呢，不赶快回国，报答劳苦的贤臣，却留恋女色，我为你羞愧。况且，不谋求回国，何时才能成功？"但重耳还是不听。于是齐女和赵衰等人谋划，灌醉了重耳，用车拉着他离开了齐国。走了很远之后，重耳酒醒，大怒，举刀要杀咎犯。咎犯说："如果杀了我，就能成全你，那我狐偃咎犯就心满意足啦！"重耳怒道："如果大事不成，我就吃舅舅你的肉。"咎犯说："如果大事不成，我的肉就会有腥臊味，怎么能吃呢！"重耳无奈，只好罢休。于是继续前行。

经过曹国，曹共公无礼，想看重耳连在一起的肋骨。曹国大夫釐负羁说："晋国公子贤德有才，又是同姓，走投无路才经过我国，为什么不以礼相待呢？"共公不听劝告。釐负羁偷偷给重耳送去食物，还在食物下放了块璧玉。重耳接受了食物，退还了璧玉。

离开曹国，又经过宋国。当时，宋襄公刚刚对楚国用兵，受挫负伤，听说重耳贤能，就用接待国君的礼节来迎接重耳。宋国的司马公孙固和咎犯关系很好，说："宋是小国，最近被楚国伤得不轻，没有足够的力量护送你们回国，你们还是到大国去吧！"

于是又路过郑国，郑文公不以礼相待。郑叔瞻劝谏他说："晋国公子贤能无比，他的那些随从，个个都是做丞相的材料。再说，我们又是同姓，郑国的祖先是周厉王，晋国的祖先是周武王。我们应该善待他才对。"郑君回答说："诸侯国流亡在外的公子，经过这里的不知道有多少个，怎么可能全部以礼相待呢？"叔瞻说："如果您实在不能以礼相待，那倒不如把他杀了，以免他将来成为我们的大患。"郑君还是不听。

到了楚国，楚成王[1]用接待诸侯的礼节接待重耳，重耳推辞，不敢

领受。赵衰说："你流亡在外十多年，连小国都不把你当回事，何况是大国呢？楚国是大国，如果他们一定要以礼相待，你就不要推让了，看来这是上天要你崛起。"于是，重耳就用客礼会见成王，非常谦恭。成王问："如果你回国即位，想用什么来报答我呢？"重耳回答："珍禽异兽，玉器丝绸，对您来说，都是多余，我实在不知道拿什么来报答您。"成王坚持问："话是这么说，但是，你总该用什么来报答我吧？"重耳最后回答说："如果非要报答的话，万一以后与君王您在平原湖泽地带兵戎相见，我愿意避让君王九十里。"[2] 楚将子玉听了，大怒道："我们君王厚待晋国公子，礼仪如此隆重，可是重耳却出言不逊，应该杀了他！"成王劝止说："晋国公子贤能，而且在外面困了这么久，随从他的人，个个都是治国的栋梁之才，这是上天的安排啊！杀不得。再说，他不这么说，你让他怎么说？"

重耳在楚国住了好几个月。当时，晋国太子圉刚刚从秦国逃走，秦国很生气，听说重耳在楚国，就召他到秦国去。楚成王说："楚国离你们晋国太遥远了，中间要路过好几个国家。而秦国跟晋国接壤，秦国国君也贤明，你去吧！"随后，楚成王送了重耳很多礼物财宝，让重耳去了秦国。

秦穆公把宗室的五个女儿嫁给他，其中包括原来公子圉的妻子。重耳不想接受，司空季子说："连他公子圉的国家，你都要收归己有，何况是他的妻子呀！再说，接受了就可以跟秦国结亲，你求他送你回国也方便，你又何必拘泥于这种小的礼节呢？可不要忘了你所受的大耻辱呀！"重耳觉得有道理，于是就接受下来。秦穆公十分高兴，请重耳宴饮。赵衰在旁边朗读《黍苗》诗，秦穆公边听边说："不用读了，我知道你们想赶快回国。"赵衰和重耳闻言，马上离开座位，再拜说："孤臣仰仗君王，就像百谷盼望及时雨一样。"

当时是晋惠公十四年秋天。惠公九月去世后，太子圉继位。十一月，安葬了惠公。十二月，晋国大夫栾枝等人听说重耳在秦国，都偷偷来劝重耳回国，说愿意做内应的人很多。秦穆公于是就出兵护送重耳回国。晋国听说秦兵来了，就出兵抵抗。但是，晋军官兵都知道是公子重耳要回来了，很高兴，并不真的想抵抗。真正不欢迎重耳的，只有惠公的旧臣吕甥、邵芮等人。就这样，重耳在外流亡了十九年后，终于回到了晋国，这时他已经六十二岁了。晋国人欣赏他的德行，都愿意归附于他。

晋文公元年春天，秦兵护送重耳到了黄河岸边。咎犯说："我跟随君王您东奔西走，犯下的过错实在太多了，我自己心里都知道，何况君王您呢？您会记得我的那些过失的，所以我请求离去。"重耳劝道："我重耳回国之后，如果有不跟您同心同德的地方，那么请河神惩罚我！"说完，就把玉璧投到河里，来和咎犯盟誓。大臣介子推在旁边看了，暗笑着说："上天开恩，所以公子兴盛。可是咎犯呢，把公子的兴盛当成了自己的功劳，跟君王讨价还价，真可耻呀！我不愿和他共事。"于是悄悄隐蔽起来，走掉了。

二月，重耳即位为晋君，这就是文公。群臣都到曲沃朝见。怀公圉逃到了高梁，不久，文公派人杀死了怀公。怀公以前的大臣吕省等人一直反对文公，现在文公即位了，他们害怕被杀，就计划焚烧宫廷，杀死文公。这时候，从前曾经想杀害文公的宦官得知了他们的阴谋，想通知文公，以便解脱以前的罪过，所以去求见文公。文公拒绝接见，还派人责备道："在蒲城的时候，你砍断我的衣袖。后来，我跟着狄君打猎，你替惠公来追杀我。惠公让你三天之内追上我，你一天就赶到了，你为什么那么快呢？你好好反思吧！"宦官求饶说："我是刑余[3]之人，不敢以二心侍奉主人，所以得罪了您。您现在已经即位，难道您能肯定以后没有像蒲城、翟国那样的事了吗？想当初，管仲曾经射中了桓公的带钩，但是桓公还是让管仲辅佐自己，结果称霸诸侯。现在我有事报告，而君王竟然拒绝接见，这样下去，您可就要大祸临头啦！"于是文公接见了他，得知了吕省等人的阴谋。文公本想立即传唤吕省等人，但鉴于他们手下太多，而自己刚刚回国，怕人出卖自己，于是就暗中换了衣服出行，在王城会见了秦穆公，国都内的人都不知道。

三月，吕省等人果然反叛，焚烧了宫室，却怎么也找不到文公，只有文公的卫士奋力抵抗，吕省等人觉得大事不妙，想率兵逃走。这时候，秦穆公引诱他们，在黄河边上杀死了他们，晋国恢复了平静，文公这才返回。夏天，文公派人到秦国迎接夫人，秦国嫁给文公的妻子终于成了夫人。秦国赠送了三千士兵，作为文公的卫队，用以防备叛乱。

文公整顿政治，对百姓广施恩惠。犒劳随他流亡的功臣，功劳大的封给城邑，功劳小的封给爵位。隐居起来的介子推不求俸禄，所以也就没有给他俸禄。但是介子推却很不高兴，介子推的母亲劝介子推说："你为什么不也去要求赏赐呢，你用死来怨恨谁呢？"介子推说："如果明知错误，却还去仿效他们，那么罪过就更大！既然已经说出了怨恨的话，就绝不会再享受他的俸禄。"后来，介子推和母亲一起隐居起来，母子二人到死再没有出现。

介子推的随从可怜他，于是在宫门上悬挂了一张条幅，上写："龙要上天，五条蛇辅佐。龙已上天，四条蛇各得其所；一条蛇独受冷落，不是它的过错。"文公出宫，看见了条幅，叹气道："这肯定是介子推！我这几天一直在忧虑王室的事，还没来得及考虑他的功劳呢。"派人去找他，但已经走远了。找遍他可能去的地方，都没有找到，后来，听说他进了绵上山中。于是，文公把绵上山周围的土地都封给他，作为封地，取名为介山，并说，要"以此记载我的过失，表彰善人"。

随从重耳流亡的小臣壶叔说："君王您三次行赏，都没有我的份，请问我犯了什么错？"文公回答："凡是用仁义来引导我，用道德来规范我的，都应该受到上等赏赐。凡是用善行来辅佐我，使我成就大业的，都应该受到次等赏赐。凡是冲锋陷阵，建立汗马功劳的，都应该受再次等的赏赐。如果只能靠力气侍奉我，却无法补救我的过失，那么只能受到更次等的赏赐。所以，三次赏赐以后，才能轮到你。"晋国人听到文公的话，都感到很欣慰。

相关链接
[1] 楚成王：？－公元前628年，姓芈，名頵，又名恽，楚文王之子，春秋时期楚国国君，公元前672－前628年在位。
[2] 重耳流亡到楚国，楚成王对他很好，就问他以后怎么报答，重耳说将来如果两国交战，愿意将本国军队后退三舍（古代一舍为三十里）。后来楚晋发生战争，晋军故意通过后退引诱楚军深入，结果一举击败了楚军。这就是成语"退避三舍"的来历。
[3] 刑余：古代做宦官的都是阉割了生殖器的男子，故他们自称"刑余之人"。

晋军焚烧楚军阵地，大火连烧了很多天。文公见状，只是不停地摇头叹息，左右随从问道："战胜了楚军，君王还忧虑什么呢？"文公说："战胜敌人而能心情安定的，只有圣人。我不是圣人，怎么能高兴起来？"

文公二年春天，秦军驻扎在黄河岸边，准备送周襄王[1]回周京。赵衰对文公说："要想称霸诸侯，没有比送周王回京更重要的了。我们晋国跟周室同姓，如果我们不抢先护送周王回京，落在了秦国的后边，那就没有资格向诸侯发号施令。尊崇周王，是我们晋国称霸的资本。"晋国于是马上发兵，护送周襄王回京。不久，又帮助周襄王杀了反叛襄王的弟弟带。周襄王感激，把河内的阳樊地区赏给了晋国。

四年，楚成王带领诸侯攻打宋国，宋国的公孙固到晋国求援。先轸说："报答当初赠马的恩惠，建立霸业，就看今天了。"狐偃说："楚国最近跟曹国结盟，又与卫国通婚，如果我们攻打曹国和卫国，楚国肯定会去救援，那么宋国就可以解围。"于是晋国建立三军，前往讨伐。冬天十二月，晋军首先攻克崤山以东地区，把原邑封给了赵衰。

第二年，晋文公准备讨伐曹国，向卫国借道，卫国不许。于是就先袭击曹国，然后攻打卫国，攻占了卫国的五鹿地区。卫侯请求和解，晋国人不答应；卫侯又想跟楚国结盟，可是卫国民众不愿意，还把卫侯赶走，以此博取晋侯的欢心。卫侯逃到了襄牛，让公子买戍守卫国。楚国出兵来援救卫国，可是没有取胜。

晋侯又发兵去围攻曹国，攻入了曹国都城，数落曹君不听从釐负羁的话。文公下令晋军，谁也不许骚扰釐负羁宗族的住地，以此报答当年的恩德。这个时候，楚军围攻宋国，宋国再次向晋国告急。晋文公想去援救，但这样的话，就必须得攻打楚国，而楚国曾经有恩于文公，所以文公并不想跟楚国开战；但又不能放下宋国不管，因为宋国也曾有恩于文公。文公左右为难。先轸出主意说："把曹伯抓起来，把曹国和卫国的土地分给宋国，这样一来，楚国急于救援曹卫两国，必定会解除对宋国的包围。"文公采纳，楚成王果然撤军回国。

楚将子玉对楚王说："君王您对晋侯不错，他知道楚国肯定不会放下曹国、卫国不管，肯定要去援救，所以故意讨伐曹卫两国，这是轻视君王您呀！"楚王说："晋侯流亡在外十九年，过了很久的苦日子。

尝尽了人间的艰难险阻，能够返回国家，能调动他的民众，这是上天的意思啊，不可抵挡。"子玉坚持请求，让楚王派给他一些军队，去试着攻击晋国。楚王无奈，只好拨给他少量军队。子玉得到军队，马上派宛春去告诉晋侯："请您让卫侯恢复君位，再保住曹国。如果你们能做到，那楚国就不再围攻宋国。"咎犯说："子玉太无礼了，不要答应他。"先轸说："让老百姓安安定定地过日子，是合乎情理和礼仪的行为。楚国现在发话，准备要安定三个国家，而我们却要灭亡它们，这是我们无礼。如果不答应楚国的要求，就等于是放弃了宋国。不如先私下答应恢复曹国、卫国，引诱他们，再扣留宛春来激怒楚国，等打起来以后再想好办法。"

晋侯于是把宛春囚禁在卫国，私下答应可以恢复曹国、卫国。曹国和卫国闻言，立刻宣告跟楚国断绝关系。楚将子玉大怒，率军攻打晋军，文公率领晋军后退。晋军官吏问文公："还没交战，为什么要后退？"文公回答："以前我在楚国流亡的时候，曾经答应要退让九十里，这种话能白说吗？"楚军也想撤退，但子玉不肯。

四月，宋公、齐将、秦将和晋侯全部进驻城濮，与楚军对阵，楚军战败，子玉收集残兵败将而去。

当初，郑国曾经帮助楚国，现在楚国战败逃走了，郑国很害怕，就派人来请求跟晋国结盟。晋侯答应了，跟郑伯签订了盟约。

五月，晋侯把楚军战俘进献给了周王，有披甲的驷马一百乘，步兵一千人。周王派王子虎宣布赐晋侯为霸主，还赐给他大车，红色弓一副，红色箭一百支，黑色弓十副，黑色箭一千支，黑黍香酒一坛，大量玉器以及三百名勇士。晋侯推辞几次，然后叩头接受了礼物。周王作了《晋文侯命》："你听从道义，使诸侯和睦，显扬了文王、武王的功业。文王、武王能够修养美德，感动了上天，使道德在百姓中广泛传播，所以上天把帝王的职位交给文王、武王，恩泽流传于子孙。你要关怀我，帮我继承祖上的大业，永保王位。"

从此，晋文公称霸。

晋军焚烧楚军阵地，大火连烧了很多天。文公见状，只是不停地摇头叹息，左右随从问道："战胜了楚军，君王还忧虑什么呢？"文公说："战胜敌人而能心情安定的，只有圣人。我不是圣人，总是提心吊胆。再说，楚将子玉还在，我怎么能高兴起来？"当时，子玉已经战败，刚刚

晋文公

返回楚国，楚成王责备子玉，子玉被迫自杀。晋文公闻讯，说："我们从外面往里面打，楚王在里面诛杀大臣，这可是里应外合呀！"喜悦之情溢于言表。

六月，晋侯渡过黄河回国。回国后，立刻赏赐功臣，狐偃得头功。有人觉得不妥："城濮之战是先轸出的主意，先轸应该得头功。"文公说："城濮之战，狐偃劝我不要失信。而先轸则说：'用兵打仗，就是为了取胜'，我靠他的话获得了胜利，然而，这种话只能有利于一时，无利于一世。狐偃的话才有利于千秋万世的大业，怎么能以一时的利益凌驾于万世功业之上呢？所以，我要给狐偃记头功。"

冬天，晋文公与诸侯会盟，想率领诸侯去朝见周王。又担心力量不够，怕诸侯反叛，于是派人让周襄王到河阳[2]出巡。然后，就率领诸侯在践土朝见周王。

当时，曹伯派人劝晋侯说："想当初，齐桓公称霸的时候，会合诸侯，扶植异姓国家；如今君王您称霸了，也会合诸侯，却灭亡同姓国家；曹国，是叔振铎的子孙；而晋国，是唐叔的后代。要灭亡兄弟国家，是违反礼仪的。"晋侯觉得有道理，就恢复了曹伯的封地。

七年，晋文公、秦穆公一起去围攻郑国。理由是，郑国在文公流亡路过时没有以礼相待，并且在城濮之战时帮助楚国。实际上，围攻郑国的一个主要目的，是想得到叔瞻。叔瞻听到这个消息后，就拔剑自杀了。郑国把叔瞻的尸首献给晋君。可是晋君又说："我们得抓到郑君才甘心。"郑君很害怕，于是暗中派人对秦穆公说："灭亡郑国，肯定会增强晋国，这对晋国来说不错，但是对秦国来说，却没有任何好处。君王您为什么不放弃进攻，交个朋友呢？"秦穆公想想有道理，撤走了军队。晋国于是也撤退了军队。

九年冬天，晋文公去世，儿子襄公继位。

同年，郑伯也去世。郑国有人把国家出卖给了秦国，秦穆公出兵前去偷袭郑国。襄公元年春天，秦军路过周的京城，傲慢无礼，得罪了很多人。不久，秦军走到了滑国。当时，郑国商人弦高正准备去周京做生意，恰好遇上他们，就用十二头牛犒劳秦军。秦军得知偷袭的消息已经走漏，惊慌失措，灭掉了滑国之后返回。

晋国的先轸说："秦穆公不听蹇叔的良言，违背了民众的心意，我们可以趁机攻打他。"栾枝不同意："我们还没有报答秦国对先君的恩德呢！现在攻打它，不合适。"先轸反驳道："秦国欺负我们的新君孤弱，肆无忌惮地讨伐我们的同姓国家，还有什么恩德可报？"于是出兵攻打秦军。四月，在殽山大败秦军，俘虏了秦军的三个将领孟明视、西乞秋、白乙丙。

文公的夫人是秦国人，想搭救秦国的三员大将，就对襄公撒谎说："秦国很怨恨这三个人，早想得到他们，杀了解恨。"襄公信以为真，就把三个将领遣送回国。先轸听到这个消息，对襄公说："你闯了大祸啦！"急忙去追赶秦将，可是秦将正在渡黄河，已经在船上了，见先轸前来，叩头道谢，但没有再返回。

三年以后，秦国果然派孟明视率军讨伐晋国，报复被打败的仇恨，攻占了晋国的汪邑。

四年，秦穆公调动军队，大举讨伐晋国，渡过黄河，攻占了王官。晋军吓坏了，不敢出战，据城坚守。一年后，晋军反扑，攻打秦国，夺得了新城，报复王官之战。

相关链接

[1] 周襄王：？—公元前619年，姓姬，名郑，惠王之子，春秋时期东周君主，公元前651—前619年在位，期间正是诸侯纷争日益激烈的时候，一些有实力的诸侯常常侵凌天子。

[2] 河阳：在今河南孟县一带。晋文公因为对自己的力量不自信，不敢带诸侯前去洛阳，因此以"出巡"为借口让天子前去河阳接受朝见。

烈公死去，孝公继位。孝公去世，静公即位。二年，魏武侯、韩哀侯、赵敬侯灭亡了晋国，然后把它的土地瓜分成三块。静公被贬为平民，晋国的香火从此断绝。

赵衰等老臣去世后，赵盾代替赵衰执政。

七年，襄公去世。太子夷皋年纪还小，晋国人怕再次内乱，所以想立年长的为国君。赵盾说："那么应该立襄公的弟弟雍。他性格善良，而且年长，先君又喜爱他。另外，他原来和秦国的关系很好。立善良的人，国家就稳固；侍奉年长的人，国家就和顺；侍奉先君欣赏的人，就是孝顺；结交旧好，国家就安宁。"贾季不同意，说："还是他弟弟乐更合适。他母亲辰嬴曾经受到两位国君的宠爱，要是拥立她的儿子，百姓一定会愿意亲附。"赵盾生气地说："辰嬴地位卑贱，按照顺序排，她只能排到第十位，她的儿子能有什么威望！况且，受到两位国君宠幸，这是淫乱；作为先君的儿子，却不能投靠大国，只好出居小国，这是孤立。母亲淫乱，儿子孤立，根本就毫无威望。怎么能立他！"赵盾言之成理，意见得到遵从，就派士会到秦国去迎接公子雍。同时，贾季也派人到陈国召回公子乐。赵盾于是罢了贾季的官，罪名是他曾杀死太傅阳处父。十一月，贾季逃奔翟国。

灵公元年四月，秦康公说："从前文公回国，没有护卫，所以发生了吕省等人的叛乱。"于是就给了公子雍很多卫兵，准备送公子雍回国即位。

太子的母亲缪嬴抱着太子，夜以继日地到朝廷上痛哭流涕，说："先君有什么错？他的继承人犯了什么错？不让嫡子即位，却到国外去找君王，想把太子置于何地？"从朝廷出来，又抱着太子跑到赵盾家里，叩头道："先君死前，捧着这个孩子托付给你，嘱咐道：'如果你能把这个孩子培养成材，我就万分感谢你；如果不成材，我就会怨恨你。'如今先君刚刚去世，他的话还在耳边回响，而你却抛弃了他的托付，到底是为什么？"赵盾和大臣们都很顾忌缪嬴，怕给自己带来乱子，所以就背叛了公子雍，拥立太子夷皋，就是灵公。随后，马上派兵去抵抗秦国护送公子雍的军队。赵盾亲自为将，阻击秦军，在令狐打败了秦军。先蔑和随会等人逃到了秦国。秋天，灵公即位。

○ 品画鉴宝

镶嵌兽纹盥缶（春秋）此器出土时盛有花椒，可能是瓿形器的一种变异形式。

灵公四年，晋国讨伐秦国，夺取了少梁。六年，秦康公攻打晋国，占领了羁马。晋侯大怒，派赵盾、赵穿等人迎击秦军，在河曲大战，赵盾立下了汗马功劳。

七年，晋国的六卿担心在秦国的随会，怕他会给晋国制造麻烦，于是让魏寿馀假装背叛晋国，投降秦国。秦国派随会跟魏寿馀会面，魏寿馀趁机抓住随会，带回晋国。

八年，周顷王去世，大臣们互相争斗，没有向诸侯报丧。晋国派赵盾率兵平定周室内乱，拥立匡王。

十四年，灵公已经成年，生活上极度骄奢淫逸，大肆搜刮民脂民膏，用来兴建宫室、雕梁画柱，还喜欢站在楼台上用弹弓[1]射人，观看百姓躲避弹丸取乐。厨师炖的熊掌不够烂，灵公大发雷霆，杀死厨师，让妇女抬着他的尸体丢掉。妇女抬着尸体，经过朝廷，赵盾和随会看到了，二人随即前去进谏。随会先谏，灵公不听。但是灵公又害怕他们，就派勇士去刺杀赵盾。赵盾家的门敞开着，里面的陈设非常简朴。勇士退了出来，叹息说："或者杀死忠臣，或者违背君王的命令，都是罪过。"于是碰树撞死了。

当初，赵盾常常到首山打猎。有一次，看见桑树下有一饿汉。赵盾给他食物，他只吃了一半。赵盾问他原因，他回答说："我在外三年了，不知道母亲是不是还活着，想留给母亲。"赵盾赞赏他的孝心，就又给了他一些饭和肉。不久之后，这个人做了晋灵公的厨师，赵盾不知道。九月，晋灵公请赵盾饮酒，埋伏士卒，准备攻杀赵盾。灵公的厨师知道这件事，担心赵盾喝醉了不能起身，于是上前进言："君王设宴赏赐大臣，只要干杯三次，礼节就已经尽到了。"其实是想让赵盾尽快离开，赶在事发以前，不至于遇难。

赵盾已经走了，但灵公的伏兵还没会合起来。于是灵公放出一条巨大的恶狗，去咬赵盾，厨师替赵盾断后，杀掉了恶狗。不久，灵公指挥伏兵赶出去追杀赵盾，厨师迎击灵公的伏兵，伏兵无法前行，赵盾终于脱险。赵盾问厨师为什么救他，厨师回答说："我是桑树下的饿汉。"赵盾于是询问他的姓名，他没有说。

赵盾于是逃亡，但没有离开晋国。赵盾的同族弟弟将军赵穿在桃园突袭灵公，杀了他，然后迎回了赵盾。赵盾一向地位尊贵，深得民心，灵公则不同，年少无知，奢侈无度，百姓都不愿意归附，所以杀他比较容易。就这样，赵盾恢复了原职。晋国的太史董狐记载这件事，写道："赵盾杀了国君"，在朝廷上给大家传看。赵盾辩解说："杀灵公的是赵穿，不是我。"太史正色道："你是正卿，逃亡没有走出国境，回来却不诛杀叛臣，不是你是谁？"孔子听说这件事，评论到："董狐，是古代的好史官，记事不隐瞒罪责。赵盾，是个好大夫，可惜要承受恶名。可惜啊，如果当时他逃出国境，就可以免除杀害国君的罪名了。"

赵盾派赵穿到周的京城去，迎回了襄公的弟弟黑臀，立为晋君，就是成公。成公，是文公的小儿子，他的母亲是周朝宗室的女儿。

成公元年，赵氏被封为公族大夫。三年，郑伯即位，率领郑国归附晋国，背叛了楚国。楚王大怒，出兵攻打郑国，晋国发兵前去援救。

七年，成公跟楚庄王争霸，会集诸侯。陈国害怕楚国，不敢赴会。晋国借机出兵讨伐陈国，同时也援救郑国，与楚军交战，打败了楚军。同年，成公去世，儿子景公继位。

三年，楚庄王出兵围攻郑国，郑国向晋国告急。晋国派荀林父统率中军，随会统率上军，赵朔统率下军，并派郤克、栾书、先縠、韩厥、巩朔等人辅佐，一起去援救郑国。六月，三军到达黄河，听说郑国已经向楚军投降，郑君和楚庄王签订盟约，楚军已经退走。荀林父想领兵回国，先縠说："我们的目的是来援救郑国。不能半路回去，以免将帅离心。"于是渡过黄河。当时，楚国已经迫使郑国投降，但还没有撤军，而是来到黄河饮马以显示威名；恰好晋军渡过黄河，于是双方打了起来。郑国刚刚归附了楚国，害怕楚国，于是，反而帮助楚军攻打晋军。晋军战败，逃到黄河，官兵们争夺渡船逃命，很多人在争抢中被砍掉了手指。晋国将领智䓨被楚军俘获。回国后，荀林父请罪说："我作为督军主将，没领导好军队，遭至大败，应受惩罚，请求死罪。"景公想答应他，随会劝止说："从前，文公与楚军在城濮交战，楚成王回国后杀死了大将子玉，文公高兴坏了。现在，楚军打败了我军，我军如果又诛杀大将，那是帮助楚国杀仇敌啊！杀不得。"于是就赦免了荀林父。

四年，先縠因为首先建议出兵，而使晋军在黄河打了败仗，害怕被杀，就逃到了翟国，并与翟国一起谋划，准备前来攻打晋国。晋国发觉，就灭了先縠的宗族。先縠，是先轸的儿子。

五年，讨伐郑国，因为它曾经帮助楚国，攻打晋国。当时，楚庄王兵力强盛，在黄河边大败晋军。

六年，楚国攻打宋国，宋国向晋国求援，晋国本想出兵援救，但伯宗出主意说："楚国，上天正照顾它，不要阻挡。"于是派解扬诈称要援救宋国。郑国人抓住了解扬，送给了楚军，楚军重金贿赂解扬，让他到宋国去说反话，说服宋国马上投降。解扬假装应允，最终却没有做。楚军想杀他解恨，有人劝谏，解扬才得以释放回国。

八年，派郤克出使齐国。齐顷公的母亲从楼上观看，讥笑他。发笑的原因，是因为郤克是驼背，而鲁国的使者是瘸子，卫国的使者一只眼，所以齐国也派了个残疾人来待客。郤克非常生气，回国在黄河边上发誓说："不向齐国报仇雪耻，就让河神杀了我！"回到晋国后，郤克向晋君请求，想讨伐齐国。景公问明原因，说："你个人的怨仇，怎么能让整个国家来替你解决呢？"没有答应他。

九年，楚庄王去世。晋国攻打齐国，齐国把太子强送到晋国做人质，晋国于是罢兵。

十一年春天，齐国攻打鲁国，占领了隆邑。鲁国向卫国求援，卫国和鲁国都比较弱小，只好都向晋国求援。晋国于是就派郤克、栾书、韩厥率领兵车八百乘，跟鲁国和卫国合在一处，共同迎战齐国。夏天，与齐顷公交战，打伤并围困了顷公。顷公跟自己的卫士交换了位置，借口下车去喝水，得以脱身逃走。齐军大败，溃不成军，晋军追击败军，一直追到了齐国的都城。齐顷公捧着国宝，请求讲和，晋国不答应。郤克说："必须要萧桐叔子来做人质。"齐国使臣说："萧桐叔子是顷公的母亲，顷公的母亲就像是晋君的母亲，凭什么让她做人质？你们太不道义了，我们宁可再次决战。"晋国不得已，只好答应与齐国讲和，然后撤军离去。

十二年冬天，齐顷公到晋国来，想让晋景公称王，景公推辞，没有接受。这时候，晋国开始建立六军，韩厥、巩朔、赵穿、荀骓、赵括、赵旃都被封为卿。

十三年，鲁成公来朝拜晋君，晋君对他很不礼貌，鲁成公非常生气，离开之后，立刻就背叛了晋国。

十六年，楚将子反由于跟巫臣有仇，就找了个借口诛灭了他的宗族。巫臣悲愤之极，写信给子反说："我一定要让你疲于奔命！"随后，巫臣请求出使吴国，让他儿子做吴国的宾客，教吴军乘车打仗的技巧。吴国跟晋国的交往开始密切，相约一起讨伐楚国。

十七年，晋君诛杀赵同、赵括，并且消灭了他们的宗族。韩厥提意见说："赵衰、赵盾的功劳，怎么可以忘记？为什么要断绝他们的祭祀？"于是，晋君就又找到赵氏的庶子赵武，重新给他封邑。

十九年夏天，景公生病，立太子寿曼为君，这就是厉公。过了一个多月，景公去世。

厉公即位之初，想与诸侯和好，于是与秦桓公会盟。回国后，秦国背叛了盟约，与翟国一起谋划，要攻打晋国。三年，厉公派吕相谴责秦国，并与诸侯相约，讨伐秦国，在麻隧打败了秦军，俘虏了它的将领成差。

五年，有人谗毁伯宗，于是厉公杀了伯宗。伯宗因为能够直言进谏，所以才遭杀身之祸，从此以后，国人不再亲附厉公。

六年春天，郑国背叛了晋国，跟楚国结盟。晋君很生气，发兵讨伐郑国。厉公亲自率军，渡过了黄河，到了鄢陵 [2]。楚国听说晋国攻打郑国，就发兵救援郑国。厉公见楚军赶到，就想撤退。郤至说："发兵诛讨叛逆，如果看见强敌就逃跑，那么以后就没办法对诸侯发号施令啦！"于是就与楚军交战。晋军射中了楚共王的眼睛，楚军被打败。楚国的大将子反收拾残兵，安抚整顿，还想再战。这时候，楚共王召见子反，可是子反喝醉了，不能去拜见共王。共王生气，大骂子反，子反自杀。楚共王只好率军回国。从此，晋国威震诸侯，于是就打算号令天下，争做霸主。

厉公有很多宠妾，战胜回国后，就想免掉所有大臣的职务，让各个宠妾的兄弟们取而代之。有个宠妾的哥哥名叫胥童,跟郤至有仇。恰好在这个时候,栾书抱怨郤至,说郤至不采纳他的计谋,竟然也打败了楚军;胥童听说了,就偷偷地向楚王谢罪。楚王于是就派人来骗厉公说:"鄢陵这一战,实际是郤至让楚国来的。他想作乱,接公子周回国继位,偏偏盟国没到,所以没有成功。"厉公把这话告诉了栾书,栾书说:"这种事是可能的啊!你可以派人到周京暗访一下。"厉公于是派郤至到周京,栾书又安排公子周去会见郤至,郤至不知道被人出卖。厉公暗中考察,以为郤至真的反叛,非常怨恨,恨不得立刻杀了他。

八年,厉公出外打猎,跟姬妾饮酒作乐,郤至杀猪进献,却被宦官孟张夺去,郤至于是射杀了孟张。厉公发怒,想杀三郤,但还没有赴诸行动。郤锜想先杀厉公,说:"我虽然也许会死,但厉公也好不了,至少也要受伤。"郤至说:"忠信的人,不反叛君王;智慧的人,不危害百姓;勇敢的人,不发动叛乱。失掉这三项修养,谁愿意随从我?我死了算啦!"

二月,厉公派胥童率兵偷袭三郤。胥童趁机在朝廷上劫持了栾书、中行偃,还对厉公说:"不杀他们两个,你的后患无穷。"厉公说:"一天早上杀掉三卿,我不忍心。"胥童回答说:"可是别人忍心谋害你啊!"厉公不听,反而向栾书等道歉,并说明只是惩治郤氏而已,然后,栾书、中行偃官复原职,两人叩头拜谢。后来,厉公到匠骊氏家游玩,栾书、中行偃率领手下乘机逮捕了厉公,囚禁起来,还杀死胥童,派人到周京迎接公子周回国,立为晋君,这就是悼公。

悼公元年正月,栾书、中行偃杀掉了厉公,用一辆车运出去,埋了。智䓨迎接公子周回来,到绛城,杀鸡和大夫订立盟约拥立他。不久,悼公正式即位。

悼公周,祖父名捷,是晋襄公的小儿子,没能继位,号称桓叔。周即位时,年龄是十四岁。悼公说:"祖父、父亲都没有能即君位,避难到周京,客死在那里。我自己也没有想到能当国君。如今大夫们不忘文公、襄公的恩德,拥立桓叔的后代,都是有幸依赖宗庙和大夫们的威灵,所以我才得以承奉晋国的宗庙祭祀,怎敢不兢兢业业呢?大夫们也应该辅佐我!"于是赶走了不称职的七个大臣,重修祖宗旧业,施恩于百姓,抚恤并重用当初追随文公的功臣的后代。秋天,讨伐郑国,郑军败退。

三年,晋国会合诸侯。悼公向群臣询问,谁可以重用。祁傒推举解狐。解狐,是祁傒的仇人。悼公再问,祁傒就推举他的儿子祁午。君子说:"祁傒真可说是不偏不私了!推举外人不避弃仇敌,推举内亲不埋没儿子。"

在会集诸侯时,悼公的弟弟杨干扰乱了军阵,魏绛处死了杨干的御仆,作为对杨干的惩罚。悼公听说弟弟被惩罚,大怒,想处治魏绛。有人劝说悼公,悼公才消了气,认识到了魏绛的贤能,让他主持政务,还派他去安抚戎族,使戎族大为顺服。十一年,悼公说:"自从我任用魏绛以来,已经连续九次会合诸侯,并且安抚了戎、翟两族,这些都是魏子出的力啊!"于是赏赐给他乐队,魏绛推让多次,最后不得已才接受下来。

十四年,晋君派六卿率领诸侯军队讨伐秦国,渡过了泾水[3],大败秦军。

十五年,悼公向师旷询问治国的道理,师旷答:"仁义,是最大的根本。"冬天,悼公去世,儿子平公继位。

平公元年,攻打齐国,与齐灵公在靡下交战,打败了齐军。晋军乘胜追击,包围了齐国的都城,放火烧毁了外城的全部房屋,杀光了外城的百姓。随后,又向东打到胶水,向南打到了沂水,齐军据城防守,晋国只好带领军队返回。

六年,晋国的栾逞因为犯了罪,所以逃亡到了齐国。八年,齐庄公偷偷派栾逞赶回曲沃,并派军跟随。齐军到了太行山,栾逞在曲沃城内造反,偷袭绛城。绛城毫无戒备,晋平公觉得大势已去,想自杀,大臣范献子劝阻了平公,率领自己的家兵迎战栾逞,栾逞败退,逃回了曲沃。曲沃人围攻并且杀死了栾逞,还灭了整个栾氏家族。齐庄公听说栾逞战败死去,就调军回国,顺便夺取了晋国的朝歌才离去。

十年,齐国的崔杼杀了齐庄公。晋国趁齐

189

国内乱，发兵攻打齐国，在高唐打败了齐国军队，报复太行山那次战役。

十四年，吴国的延陵季子出使晋国，与赵文子、韩宣子、魏献子交谈，并说："晋国的政治，以后肯定是要取决于这三家了。"

十九年，齐国派晏婴来到晋国，跟叔向交谈。叔向说："晋国现在已经到了末世了。君王大肆增加赋税，建筑楼台池塘，忘掉了国家大政，政治大权被几个大臣把持，这样的国家怎么可能长治久安呢？"晏婴认为他说得很有道理。

二十六年，平公去世，儿子昭公继位。昭公在位六年去世。当时，六卿强大，晋国公室更加衰弱。

顷公六年，周景王去世，各个王子争夺王位，大开杀戒。晋国六卿平定了周王室的内乱，拥立敬王。

九年，鲁国季氏驱逐国君昭公，昭公跑到了晋国，住在晋国的乾侯。十一年，卫国、宋国派人来请求晋国，希望晋国能护送鲁昭公回国。季平子暗中贿赂范献子，范献子接受了贿赂，于是劝说晋君，结果没有护送鲁君回国。

十二年，晋国宗族祁傒的孙子与叔向的儿子，在晋君面前相互诋毁。六卿正好想削弱晋室，于是就借用刑法，灭了他们的家族，并把他们的土地分成十个县，让自己的儿子们去做大夫。晋国公室更加衰弱，六卿更加强大。

十四年，顷公去世，儿子定公继位。

定公十一年，鲁国的阳虎投奔晋国，赵鞅简子收留了他。

十五年，赵鞅让邯郸大夫午把卫国进贡的五百户还给他，大夫午答应了，可是不久又改变了主意，赵鞅不悦，想杀掉午。午跟中行寅和范吉射是亲戚，就联合他们来攻打赵鞅，赵鞅退守晋阳。晋定公也发兵围攻晋阳。荀栎、韩不信、魏侈跟范吉射、中行寅有仇，就调兵讨伐二人。二人反叛，晋君攻打他们，打败了二人。二人退到朝歌，据城坚守。韩不信、魏侈代表赵鞅向晋君谢罪，晋君于是赦免赵鞅，恢复了他的官职。

二十二年，晋国打败了范吉射、中行寅，二人逃往齐国。

三十年，定公和吴王夫差在黄池相会，争当盟主，后来，吴国当了盟主。

三十七年，定公去世，儿子出公继位。

出公十七年，知伯和赵、韩、魏三家瓜分了范吉射和中行寅的土地，据为己有。出公大怒，请求齐国、鲁国，想依靠他们讨伐四卿。四卿害怕，反而攻打出公。出公逃亡，死在路上。于是知伯就把昭公的曾孙骄立为晋君，就是哀公。

知伯是哀公的父辈。知伯本想彻底吞并晋国，但暂时还不敢，所以就拥立了哀公，实际上，晋国的大政完全由知伯决定，晋哀公根本无法限制他。当时，知伯占有范吉射、中行寅的土地，成了晋国最强大的大臣。

哀公四年，赵襄子、韩康子、魏桓子联合起来，一起杀死知伯，吞并了他的土地。

十八年，哀公去世，儿子幽公继位。幽公胆小，不顾自己国家的强大，反而去朝拜韩、赵、魏的君王。不久，晋国只剩下了绛城和曲沃，其余土地全都归韩、赵、魏三家所有。

十八年，幽公出去淫乱，夜里偷偷出城，被盗贼杀掉了。魏文侯平定了晋国内乱，拥立幽公的儿子，就是烈公。

烈公十九年，周威烈王[4] 赐封赵国、韩国、魏国，升他们为诸侯。

二十七年，烈公死去，孝公继位。孝公去世，静公即位。二年，魏武侯、韩哀侯、赵敬侯灭亡了晋国，然后把它的土地瓜分成三块。静公被贬为平民，晋国的香火从此断绝。

相关链接

〔1〕弹弓：一种利用弹性原理制成的可以发射弹丸的工具，杀伤力很小，多做娱乐玩具使用。

〔2〕鄢陵：地名，今河南许昌境内。

〔3〕泾水：发源于六盘山马尾巴梁，在陕西高陵汇入渭河，是六盘山山脉中最大的一条河。

〔4〕周威烈王：？－公元前402年，姓姬，名午，考王之子，公元前425－前402年在位，曾册封韩、赵、魏三国，承认了他们的诸侯地位，标志着春秋时代的结束和战国时代的开始。

黄帝的子孙

楚国越来越强大，欺凌长江、汉水流域的小国，小国都害怕它。十一年，齐桓公称霸，楚国也准备称霸。

楚国的祖先，是高阳氏颛顼帝。高阳，是黄帝的孙子，昌意的儿子。高阳生了儿子称，称生了儿子卷章，卷章生了儿子重黎。重黎做高辛氏誉帝的火正，政绩突出，誉帝于是就赐给他一个名号，叫作祝融。共工叛乱，誉帝派重黎去平定叛乱，但重黎没有彻底消灭乱贼。誉帝不满，杀了重黎，让他弟弟吴回做重黎的继承人，仍然做火正，还是称祝融。

吴回生了个儿子，叫作陆终。陆终有六个儿子，长子名叫昆吾，次子名叫参胡，三子名叫彭祖，四子名叫会人，五子名叫曹姓，六子名叫季连，季连姓芈，是楚国的祖先。昆吾氏，在夏朝的时候，曾经做到了侯爵，在桀的时候被商汤灭亡。彭祖氏，在殷朝时候曾经是侯爵，灭亡于殷朝末年。季连生了儿子附沮，附沮生了儿子穴熊。从这以后，家世日见衰微，后代们有的居住在中原地区，有的跑到了蛮夷地区，无法记载他们的世系。

到了周文王的时候，季连有个后代子孙，名字叫作鬻熊。鬻熊像儿子侍奉父亲一样侍奉文王。可惜他死得早。他有个儿子叫作熊丽。熊丽生了儿子熊狂，熊狂生了儿子熊绎。

熊绎生活在周成王时期。成王封赏文王、武王功臣的后代，把熊绎封在了楚蛮地区，给他子男爵位和田地，赐姓芈，住在丹阳[1]。

两代过去，熊绎的重孙熊胜，让弟弟熊杨继承祖业。熊杨有个儿子，叫作熊渠，熊渠生了三个儿子。

当时是周夷正的时代，王室衰微，有些诸侯不朝见周王，而是互相攻伐。熊渠深得长江、汉水地区百姓的拥戴，于是自立门户，出兵攻打庸国、杨粤，一直打到鄂地。熊渠认为："我们是蛮夷，用不着采用中原各国的名称和谥号。"于是就封他的三个儿子为王，都住在长江沿岸的楚蛮地区。后来，周厉王登位，由于厉王残暴之极，熊渠害怕厉王前来攻打楚国，于是就撤去了王号。

熊渠的继承人本来是熊毋康，但熊毋康死得早，所以，熊渠去世后，儿子熊挚红继位。熊挚红去世之后，他弟弟熊延杀死了他的继承人，登上了君位。熊延死后，儿子熊勇即位。

熊勇六年，周京有人叛乱，厉王逃往彘地。熊勇在位十年去世，弟弟熊严继位。

熊严在位十年。熊严留下四个儿子，长子叫伯霜，次子叫仲雪，三子叫叔堪，少子叫季徇。熊严去世后，长子伯霜继位，就是熊霜。

熊霜在位六年，去世之后，三个弟弟争位。结果，仲雪战败身死；叔堪逃到濮地避难；小弟季徇得胜，继承了王位，这就是熊徇。熊徇在位二十二年，儿子熊咢继位。熊咢之后，是熊仪继位，就是若敖。

几代过去，到了武王时期。

武王三十五年，楚国发兵攻打随国。随君说："我没得罪你，凭什么攻打我？"楚王回答说："我不是真的想打你，而是想让你帮忙。我是蛮夷国家，不受重视。现在中原各路诸侯都背叛天子，互相攻打，大开杀戒。我拥有精兵强将，想参与中原地区的政事。希望你能帮忙，请求周王室提高我的名号。"随国人答应了，马上前往周室，请求赐给楚国尊号，可是周王室不答应。楚国的熊通大怒："我们的祖先鬻熊，是文王的老师。成王欣赏我们的先公，给了他子男爵位，封赏了土地，让他住在楚地。现在所有的蛮夷都已经被我们降服，可是王室还是不愿意提高我们的爵位，那我可就自己提高尊号了！"于是自立为武王，然后和随国结盟。当时，楚国开始在濮地拓荒，据为已有。

五十一年，周王召见随侯，责备他没有经过自己同意，就擅自拥戴楚君为王。楚王在远方听说随侯去拜见周王，误认为随侯背叛了自己，大怒，于是兴兵讨伐随国。没过几天，楚武王病死在了军中，只好罢兵。儿子文王继位，迁都郢城。

文王二年，讨伐申国，经过邓国，邓国人要逮捕楚王，可是邓侯不答应。六年，楚国讨伐蔡国，俘虏了蔡哀侯，带回了楚国，不久之后又放了他。

楚国越来越强大，欺凌长江、汉水流域的小国，小国都害怕它。十一年，齐桓公称霸，楚国也准备称霸。

十二年，楚国讨伐邓国，灭了它。十三年，文王去世，儿子杜敖即位。杜敖想杀掉弟弟熊恽，熊恽逃到随国，与随国联合，杀了杜敖夺取君位，这就是成王。

成王即位之初，对百姓遍施恩德，努力与各路诸侯恢复友好关系。还派人向周天子进贡，周天子赐祭肉给楚国，并说："好好镇守南方，平定夷越的叛乱，但不要侵犯中原各国。"于是楚国就向南方扩展，不久之后楚国就拥有了纵横千里的广大土地。

十六年，齐桓公率兵侵略楚国，打到陉山。楚成王派将军屈完率军抵抗，跟齐桓公签订盟约。齐桓公谴责楚国没有按规定向周王交纳赋税，楚成王认错，答应日后补交，齐桓公于是罢兵离去。

十八年，成王率军讨伐许国，许君赤裸上身前来谢罪，就释放了他。

三十三年，宋襄公想会合诸侯，充当盟主，就召见楚王。楚王说："召见我，我正好可以去袭击他，羞辱他。"于是带兵赶到盂地，抓住了宋襄公，狠狠地侮辱了一番，然后放他回国。

三十四年，楚成王攻打宋国，大胜，还射伤了宋襄公，宋襄公因为箭伤生病，死了。

三十五年，晋公子重耳路过楚国，楚成王用对待诸侯的礼节款待他，赐给丰厚的礼物，还送他到秦国去。

三十九年，鲁僖公前来请求出兵，准备去攻打齐国。楚王派申侯带兵前往讨伐齐国，占领了谷城，把齐桓公的儿子雍安置在那里。齐桓公的七个儿子都逃亡来到楚国，楚王把他们都任命为上大夫。

不久，楚国又攻打宋国，宋国向晋国求援，晋国出兵，前来援救，楚成王于是罢兵离去。楚国将军子玉主张与晋国交战，成王不同意，说："重耳流亡在外这么多年，最终还是得以回到晋国，这是上天的旨意，不要违反天意。"子玉坚决请战，于是成王就给了他少量的军队，去与晋军交战。子玉在城濮战败，成王很生气，杀了子玉。

成王想要立商臣为太子，与令尹子上商量。子上说："君王现在还年轻，又有很多宠妾，一旦改立，肯定会出乱子。楚国立太子，常常是立年少的。再说，商臣两眼像毒蜂，声音如豺狼，一看就知道是个残忍的人，千万不要立他为太子。"成王不听，还是立了商臣。

后来，成王又想立公子职，要废掉太子商臣。商臣听说了风声，还没证实，就告诉了他的辅相潘崇，问潘崇："怎样才能探听到确切的消息呢？"潘崇回答说："你可以宴请成王的宠姬江芈，故意显出不恭敬的样子。她一生气，就什么都说了。"

商臣遵照潘崇的话，宴请江芈。江芈果然发怒说："君王想杀你，立职为太子，确实很应该啊！"

商臣证明了消息之后，告诉潘崇说："看来真的有那么回事！"

潘崇问："你能侍奉职吗？"

商臣说："不能。"

潘崇问："你愿意离开楚国吗？"

商臣说："不愿意。"

潘崇又问："你有决心做大事吗？"

商臣说："有决心。"

于是，冬天十月，商臣调动宫廷的卫兵，围攻成王，要置成王于死地。成王正在吃饭，请求吃了熊掌再死，商臣没有答应。成王于是自缢身亡，商臣取而代之，这就是穆王。

穆王即位后，把他做太子时的宫室赏赐给潘崇，任命他为太师，掌管国家大事。穆王三年，灭了江国。四年，灭了六国和蓼国。八年，攻打陈国。十二年，穆王去世，儿子楚庄王 [2] 继位。

○ 品画鉴宝
几何纹方鉴（春秋）　此鉴方体，腹鼓，平底，方圈足。
腹饰编织纹，器体很小，实用的可能性不大。

相关链接

[1] 丹阳：今江苏丹阳。古代该地有大量"赤杨树"，故名。后来"杨"演变成了"阳"。

[2] 楚庄王：？—公元前591年，姓芈，名旅，又称熊侣，春秋时期楚国君主，公元前613—前591年在位，为"春秋五霸"之一。

平王夺位

弃疾派人驾船，在江里高喊："灵王回来啦！"国都里的人都惊恐万状。弃疾又派人告诉新王比和令尹子皙说："灵王到了！司马也要到了！你们还是早作打算吧，不要自取羞辱。"新王比和令尹子皙绝望到了极点，自杀了。过了两天，弃疾即位为楚王，改名为熊居，就是平王。

十二年春天，楚灵王在乾溪享乐，乐而忘返。为了享乐，只好加重徭役，弄得国人痛苦不堪。

当初，灵王在申地跟诸侯会师的时候，曾经侮辱过越国大夫常寿过，还杀死了蔡国大夫观起。后来，观起的儿子观从逃到了吴国，劝吴王攻打楚国，还挑拨越国大夫常寿过叛乱，唆使他去为吴国充当间谍。观从的意思是，让吴国和越国的军队帮助自己一起去袭击蔡国。同时，观从还派人假传公子弃疾的命令，把公子比从晋国召到蔡国，然后让他去会见弃疾，在邓邑订立盟约。事情办好之后，观从进了郢都，杀掉了灵王的太子禄，立公子比为楚王，任命公子弃疾为司马。清除了王宫之后，观从随军赶到乾溪，向楚国官兵宣布说："国家已经有新王了。先回国的，可以保留爵位、封邑、田地和房屋，回去晚了，一律流放他乡。"楚军官兵闻言，立刻四散，离开灵王往国内赶。

灵王听说太子禄被杀，惊吓之中，摔到了车下，站起来说："别人疼爱儿子，也像我这样吗？"侍从说："比您还厉害。"灵王又说："我杀人家的儿子，杀的太多了，怎么能没有这样的报应呢？实在是我自己不好啊！"右尹安慰道："请君王别太灰心，先在郢郊等等，看国人怎么处置吧！"灵王说："众怒不可以触犯。我犯了众怒，不会得到他们的原谅，不会有好结果。"右尹说："那么暂且占据大县，然后再找机会向诸侯求救。"灵王说："大家都背叛了我，我怎么可能占据大县？"右尹说："那么，暂且投奔诸侯，然后听从大国的调解。"灵王说："算了，还是不要去自取其辱吧！"

灵王想进据鄢邑。右尹估计灵王不会采纳他的意见，害怕一起送死，所以也离开灵王逃走了。

灵王成了孤家寡人，独自一人在山里徘徊，山野百姓没有人敢收留灵王。灵王正举步不定的时候，遇到了从前的手下仆从，于是灵王对他说："替我找点吃的，我已经三天没吃饭了。"仆从说："新王下了命令，谁敢给你或你的随从提供食物，就罪及三族。再说，这里也找不到食物。"灵王无奈，就饿着肚子，枕在仆从的大腿上睡着了。

仆从用土块代替大腿，脱身逃走了。灵王醒来不见仆从，想站起来，但是已经饿得站不起来了。当时，芋邑长官申无宇的儿子申亥说："我父亲曾经两次违反了国王的命令，国王不杀，没有比这更大的恩德了！"于是他四处寻找灵王，找到了已经饿昏的灵王，便把他接回到家里。不久，灵王死在了申亥的家里，申亥让两个女儿陪葬，埋葬了他们。

当时，楚国虽然已经拥立公子比为国王，但一直没有确定灵王已经死去，都害怕灵王会再回来。所以，观从对新王公子比说："要是不杀掉公子弃疾，你虽然得到了国家，还是免不了出乱子。"新王说"我不忍心。"观从说："可是人家会忍心杀你！"新王不听，观从无奈，只好离去。弃疾回到京城后，国都里的人每晚都睡不着觉，担惊受怕，经常惶恐地说："灵王回城了！"

一天晚上，弃疾派人驾船，在江里高喊："灵王回来啦！"国都里的人更加惊恐万状。弃疾又派人告诉新王比和令尹子皙说："灵王到了！司马也要到了！大家都准备要杀掉你们。你们还是早作打算吧，不要自取羞辱。"新王比和令尹子皙绝望到了极点，自杀了。过了两天，弃疾即位为楚王，改名为熊居，就是楚平王[1]。

平王使用欺诈手段，杀了国王夺得了王位，担心国人和诸侯会背叛他，就对百姓广施恩惠。恢复了陈、蔡两国的土地，立他们的后代为国君，就像从前一样，还归还了侵占来的郑国土地。在国内，他安慰抚恤百姓，整顿政令教化。这时候，吴国趁楚国混乱，抓走了楚国的五位将领。平王对观从说："想担任什么官职，随你选！"观从想当卜尹，就当上了卜尹。

当初，共王宠爱的儿子有五个人，却没有嫡子可以继位，于是只好遥祭群神，请求神灵决断，决定让谁继位。共王和巴姬在祖庙内埋藏了一块璧玉，然后召唤五位公子斋戒后进入祖庙。康王跨璧而过，灵王把胳膊放在上边；公子比、公子皙都离璧很远；平王年幼，被抱进去，一拜再拜都压在璧上。所以，康王因为年长即位，而到了他的儿子，便失掉了王位；公子围就是灵王，最后被人杀害；公子比做了十几天国王，公子皙一天都没有登位，却也被杀掉了。这四人都没有后代。公子弃疾最后即位，成为平王，接续了楚国的香火。所有这一切，都跟神符所显示的一模一样。

当初，公子比从晋国回来的时候，韩宣子曾经问叔向："依你看，公子比会成功吗？"叔向回答："绝对不会成功。"宣子问："楚国人和公子比都厌恶楚王，都要求立新君，你为什么说他不能成功呢？"

叔向回答：

"既然没有人和他相好，那么谁肯跟他共仇呢？夺取国家不容易，至少有五个难处：

"第一难，是有高贵的地位，却没有贤人辅佐；第二难，虽然有贤人辅佐，却没有重要的力量支持；第三难，虽然有重要力量的支持，却没有通盘的谋划；第四难，虽然有通盘的谋划，却没有百姓的拥护；第五难，虽然有百姓拥护，而自己却没有德行。

"公子比在晋国已经住了十三年了，无论是在晋国，还是在楚国，跟随他的人里面都不曾有过什么通才学者，可以说是没有人才；亲族死的死、叛的叛，可以说是没有支持力量；没有可乘之机，却轻举妄动，可以说是没有通盘谋划；一生在国外偷生，可以说是没有百姓拥护；流亡在外那么多年，楚人却一点都不爱戴他，可以肯定是没有德行。楚王残暴，毫无顾忌，公子比不但面临五大难题，还要面临这样一个国王，而且想谋杀他，怎么可能成功？

"所以，据我分析，能够得到楚国的，应该是公子弃疾。公子弃疾治理陈国、蔡国，方城以外都愿意主动归附。苛刻邪恶的事，他从来不做；他的辖区里面，盗贼销声匿迹，百姓平安和乐；他从不因为私欲而违背民心，百姓对他一点怨言都没有。不但国内的百姓信任他，连祖先的神灵也让他当国君，芈姓出乱事，向来都是年纪最小的即位，这是楚国的常例。公子比的官职，不过是右尹；再尊贵，也不过是个庶子而已；另外，依据神符的预言，也不可能即位，无论如何，他都不可能即位！"

宣子问："可是，当初的齐桓公和晋文公不也是这样吗？"

叔向回答："齐桓公，是卫姬的儿子，得到君王的宠爱。又有鲍叔牙、宾须无、隰朋的辅佐，还有卫国等外国援助，有高氏和国氏做内应。而齐桓公自己，从善如流，广施恩泽。他能得到齐国，是应该的！以前我们的文公，是狐季姬的儿子，得到献公的宠爱，而自己也好学不倦，努力提高自己。十七岁时，就拥有五名贤士，既有子余、子犯为心腹，又有贾佗等人为左膀右臂；既有齐、宋、秦、楚四国做外援，又有栾、郤、狐、先四氏做内应。虽然流亡在外十九年，但是发奋图强的意志一直没有动摇。而当时的惠公、怀公背弃百姓，所以百姓都争着归附文公。所以，文公得到晋国，一点都不奇怪。而公子比呢，完全不同，对百姓毫无恩惠，又没有外国的援助；离开晋国，晋国没人送；回到楚国，楚国没人迎。他怎么可能到楚国呢？"

公子比果然不得善终，得以继位的是公子弃疾，与叔向所预言的一模一样。

平王二年，派费无忌前往秦国，替太子建娶妻。秦女非常漂亮，进入楚国，还没有到达都城的时候，费无忌先赶了回去，怂恿平王道："秦女长得太美啦，你应该自己娶过去，再给太子另找一个。"平王听了他的话，自己娶了秦女，生了个儿子，取名叫作熊珍。另外给太子娶了别的妻子。当时，伍奢⁽²⁾做太子的太傅，费无忌做太子的少傅。太子不喜欢费无忌，费无忌于是就常常向平王进谗言，诋毁太子建。太子建当时十五岁，他母亲是蔡国女子，不被平王宠爱。渐渐地，平王越来越疏远太子建。

六年，平王派太子建住到城父，去戍守边疆。太子一走，费无忌就日日夜夜地在平王面前造太子建的谣："自从我把秦女献给君王，太子就开始怨恨我，对你也不可能毫无怨恨。所以，君王你应该防着他。再说，现在太子住在城父，手握兵权，外结诸侯，时时都想打回都城。所以，更得防着他。"平王于是召来太子建的太傅伍奢，严词责备他。伍奢知道是费无忌陷害太子，就愤愤地说："君王您怎么能听信小臣的谗言，却疏远亲骨肉呢？太子冤枉啊！"费无忌则对平王说："现在越来越危险了，如果现在还不处理他们，恐怕后悔都来不及了。"于是平王就把伍奢抓了起来，命令司马奋扬召回太子建，想杀死他。太子建听到风声，立刻逃到了宋国。

费无忌出谋划策说："伍奢有两个儿子，不杀死他们，日后必然是楚国的祸患。何不假装要赦免他们的父亲，召他们回来，这样他们一定会来。"

平王于是派人告诉伍奢："如果你能招回两个儿子，就可以活命，否则你就死定了！"

伍奢回答："伍尚会来，但伍胥不会来。"

平王问："为什么？"

伍奢说："伍尚的性格，正直无比，孝顺而且仁爱，敢为节义而死。

如果他听说回来就可以赦免父亲，那肯定会来，不会顾及自己的死活。而伍胥不同，他为人机智，勇敢而有谋略，如果他知道回来就是死路一条，肯定不来。以后，会成为楚国大患的，一定是这个孩子。"

于是平王派人对他们说："只要你们能回来，我肯定会赦免你们父亲的死罪。"

伍尚对伍胥说："听说可以赦免父亲，却不回去，这是不孝；如果父亲被害，却没人报仇，那是无谋；估量自己的能力，然后按照能力来承担事端，这才是明智。你逃走吧，我去送死。"伍尚于是回到了都城。伍胥弯弓搭箭，出来面见使臣，愤怒地说："父亲有罪，为什么召他的儿子？"拉弓就射，使臣大惊，转身逃走。伍胥随后逃到了吴国。伍奢听到这个消息，感叹道："唉，伍胥逃走，楚国可真的是危险啦！"不久，楚国杀掉了伍奢和伍尚。

十年，楚国太子建的母亲住在居巢，暗通吴国。吴国派公子光攻打楚国，打败了陈蔡两国军队，带着太子建的母亲一起离去。楚国惶恐万分，加固了郢城。

吴国边邑卑梁与楚国边邑钟离的两个小孩争夺桑叶，弄得两家打了起来，钟离人群起，杀光了卑梁人一家。卑梁的大夫大怒，马上派兵攻打钟离。楚王知道了，也很生气，就派出大军占领了卑梁。吴王闻听这个消息，大怒，派公子光出兵攻打楚国，攻占了钟离、居巢两地。楚国惶恐，再次加固郢城。

十三年，平王去世。将军子常认为："太子珍年少无知，立不得。再说，他母亲是前太子建应该娶的，本不该属于平王。"于是就要拥立令尹子西。子西，是平王的庶弟，为人仁义慈善。子西推辞王位说："国家是有常规法度的，如果随便改立君王，肯定会出乱子，随便谈论改立，就会招来祸端。"最后，还是拥立了太子珍，就是昭王。

相关链接

〔1〕楚平王：？—公元前516年，名弃疾，又名熊居，春秋时期楚国君主，公元前528—前516年在位。

〔2〕伍奢：？—公元前522年，乾溪（今安徽阜阳）人，伍子胥之父，春秋时期楚国大夫，以敢于谏诤而著称。

吴军伐楚

楚昭王四年，吴国有三位公子前来投奔，楚王封给他们土地，让他们抵抗吴国。然而，第二年，吴军却攻占了楚国的六邑和潜邑……

楚国百姓都不喜欢费无忌，因为他造谣生事，使太子建逃亡，还杀死了伍奢父子。伍子胥等人逃到了吴国，所以吴国军队才得以多次侵扰楚国。因为这些原因，所以楚国百姓非常憎恨费无忌。昭王即位后，令尹子常杀了费无忌，以此来取悦国人，让老百姓皆大欢喜。

昭王四年，吴国有三位公子前来投奔，楚王封给他们土地，让他们抵抗吴国。第二年，吴军攻占了楚国的六邑和潜邑。

七年，楚国派令尹子常去攻打吴国，但是在豫章 [1] 大败。

十年冬天，吴王阖闾带着伍子胥，与唐国和蔡国联合在一起，来攻打楚国，楚军大败。吴军攻入郢城，挖开平王的墓鞭尸 [2]，以泄伍子胥的仇恨。吴军前来攻打的时候，楚王派子常率军迎击，双方在汉水交战，子常战败，逃到郑国。楚军溃散逃跑，吴军乘胜追杀，一直打到郢城。昭王弃城逃跑，吴军攻占了郢城。

昭王逃到了云梦，云梦的百姓不知道他是国王，射伤了他。昭王带伤逃到郧国，郧公的弟弟怀说："当初，平王杀了我们的父亲，现在我们杀他的儿子，不也是情理之中的事情吗？"郧公制止，但还是担心他会杀了昭王，就带着昭王一起跑到了随国。吴王听说昭王到了随国，立即发兵攻打随国，还劝导随国百姓说："周朝的子孙，只要是封在长江、汉水一带的，都是被楚国所灭。你们为什么还要包庇楚王？"

昭王的随从子綦把昭王藏了起来，然后自己假扮成昭王，对随国百姓说："我就是楚王，你们把我送给吴军吧！"随国人拿不定主意，就去占卜，看看把昭王送给吴军合适不合适，结果是不吉利。于是他们回复吴王说："昭王已经逃走，不在随国了。"吴王请求进入随国搜索，随国坚决不答应，吴王无奈，只好率兵离去。

昭王逃出郢城，派申包胥到秦国求援。秦国派出战车五百乘，前来救援，楚国也收集残兵，与秦军联合，共同反击吴军。十一年，在稷地打败吴军。吴王的弟弟夫概看到吴王的军队战败，伤亡惨重，就逃回国内，自立为吴王。吴王阖闾听到这个消息，立刻率军离开楚国，回去攻打夫概。夫概战败，逃到楚国，楚王把他封在堂溪，号称堂溪氏。不久，昭王重新回到郢城。

十二年，吴国再次讨伐楚国，攻占了番邑。楚国非常恐慌，离开郢城向北迁都。

二十一年，吴王阖闾攻打越国。越王勾践射伤了吴王，不久之后，吴王病发去世。从此，吴国怨恨越国，集中精力对付越国，不再向西讨伐楚国。

二十七年春天，吴国攻打陈国，楚昭王前去救援陈国，驻军在城父。十月，昭王在军中生病，恰逢天空有异象出现，一片红云像鸟一样，围着太阳飞。昭王询问周太史，太史说："这表示楚王您有灾，但是可以转移到将相们身上。"将相们听到这话，就主动建议昭王，让他去祈求神灵，都说愿意用自身来代替昭王受灾。昭王说："将相，就好比我的胳膊和大腿，即使真的能把灾祸转移到胳膊和大腿上，难道就算除掉了灾祸吗？"没有接受将相们的请求。占卜生病的原因，得知是河神作怪，大夫们于是请求昭王，让他向河神祈祷。昭王说："自从我们先王受封以来，祭祀从来不过长江和汉水，黄河神我们不可能得罪过。"于是阻止各位大夫，不准他们向黄河祈祷。孔子当时在陈国，听说了这些话，感慨说："楚昭王通晓大义，所以没有失掉国家，这是天意啊！"昭王的病情越来越严

重，于是召集各位公子和大夫们说："我实在是才能有限，所以一再让楚国军队蒙受侮辱，非常惭愧。现在得以安享天年，寿终正寝，是我的幸运啊！"随后，就让位给自己的弟弟公子申，公子申推辞，不肯接受。又让位给二弟公子结，公子结也没有接受。又让位给三弟公子间，公子间推让五次，最后答应了。几天后，昭王病死军中。公子间说："昭王病得最严重时，没有顾念私情，不把位置传给儿子，而是让位给臣子，让我非常感动。我之所以答应昭王，是为了尊重他的好意。现在他去世了，我怎么能随便接受王位呢！"于是跟子西、子綦共同商量，暗中迎接昭王和越国女子生的儿子章，拥立为王，这就是惠王。

惠王二年，子西从吴国请回已故平王太子建的儿子，任命他为巢邑大夫，号称白公。白公爱好用兵之道，而且能礼贤下士，搜罗了不少人才，想替他父亲报仇。六年，白公向令尹子西请求发兵，准备攻打郑国。当初，白公的父亲太子建逃亡到郑国，郑国杀了他，所以白公怨恨郑国，想攻打郑国。子西答应了，但没有发兵。

八年，晋国攻打郑国，郑国向楚国求援，楚王派子西前去援救。子西救郑以后，接受了贿赂，然后离去了。白公怒不可遏，就带领敢死队在朝廷上袭杀了令尹子西和子綦，还趁机劫持了惠王，囚禁在高府，想杀他。惠王的随从屈固找了个机会，背着惠王逃走了。白公于是自立为王。一个多月后，叶公来救楚王，楚惠王的手下和叶公一起，进攻白公，杀了他。惠王于是复位。同年，灭了陈国，设置为县。

十三年，吴王夫差强大，欺压齐国和晋国，还派兵攻打楚国。十六年，越国灭了吴国。四十二年，楚国消灭了蔡国。四十四年，楚国消灭了杞国，与秦国讲和。当时，越国虽然已经灭了吴国，但没有精力治理江淮以北地区，楚国于是趁机东犯，把版图扩展到了泗水一带。

相关链接

〔1〕豫章：地名，即今江西南昌。
〔2〕鞭尸：刨出死人的尸体进行鞭打，在古代是对死人的最大侮辱，为一种泄恨报仇的行为。

○ 品画鉴宝　吴王夫差矛（春秋）

韩、赵、魏三晋再次攻打楚国，在大梁、榆关打败了楚军。为了缓解国家的压力，楚国用重金贿赂秦国，与它讲和。

楚悼王二年，韩、赵、魏三晋讨伐楚国，可是到了乘丘，却又回去了。四年，楚国讨伐周。九年，讨伐韩国，夺得负黍。十一年，韩、赵、魏三晋再次攻打楚国，在大梁、榆关打败了楚军。楚国用重金贿赂秦国，与它讲和。

楚宣王时期，秦国开始重新强盛。同时，韩、赵、魏三晋也越来越强大，魏惠王、齐威王尤其突出。三十年，秦国把卫鞅封在商地，又开始向南侵犯楚国。

楚威王七年，齐国孟尝君的父亲田婴欺骗楚国，于是楚威王发兵攻打齐国，在徐州打败了齐军，要求齐国必须驱逐田婴，田婴非常害怕。这时候，张丑假装站在楚王一边，建议楚王说："君王您之所以能打败齐国，是因为齐国的田盼子不被重用。田盼子对齐国有功，百姓都愿意为他效力。田婴不喜欢田盼子，而任用申纪。申纪呢，大臣不肯归附他，百姓也不肯为他效力，所以君王您才能战胜齐国。现在君王您要驱逐田婴，而田婴一旦被驱逐，那么田盼子一定会被重用。他会重新整顿齐国的军队，与君王您交战，这样会对君王不利啊！"楚王信以为真，就不再坚持驱逐田婴。

十一年，威王去世，儿子怀王继位。魏国听说楚国有丧事，就乘机发兵，讨伐楚国，夺取了陉山。

怀王元年，张仪 [1] 开始出任秦惠王的丞相。四年，秦惠王开始称霸。

六年，楚国攻打魏国，在襄陵打败了魏军，夺得八座城邑。随后，又调兵攻打齐国，齐王看到楚军压境，很忧虑。恰巧，当时陈轸替秦国出使齐国，齐王问陈轸："怎么办好？"陈轸说："君王不必忧虑，请允许我说服楚国，让它罢兵。"说完，陈轸前往楚军，会见楚军首领昭阳。

陈轸说："我很想听一听楚国的军功法，对于打败敌军、杀死敌将的人，用什么来奖励他呢？"昭阳说："官做到上柱国，并封受很高的爵位。"陈轸说："还有比这更高的吗？"昭阳说："还可以做到令尹。"

陈轸说："如今你已经是令尹了，这是一个国家里面最高的官职。请允许我打个比方。有个人送给他的门客们一杯酒，门客们商议说：'这么多人饮这一杯酒，不可能都喝到，请各位在地上画一条蛇，谁先画成，谁就独饮这杯酒。'有一个人先画完，说：'我最先画成！'他端着酒杯站起来，看到大家都没有画完，于是又说：'我还能给蛇添上足。'等到他画完蛇足，后画成蛇的人夺过酒杯，一饮而尽，说：'蛇本来没有足，可是你偏偏要给它添足，那就不是蛇了。'你担任楚国的令尹，攻打魏国，打败魏军，杀死魏将，功劳没有比这更大的了，就好比戴了帽子之后，不能再加什么了。如今你又来攻打齐国，即使战胜了齐国，官爵也不可能比现在更高；如果攻齐不利，丧失了生命，丢掉了官爵，就会给楚国带来损失，这跟画蛇添足一样。不如把兵撤回，施德于齐国，这是保持功业的好办法。"昭阳想一想有道理，就领兵回去了。

不久之后，燕国、韩国开始称王。秦国派张仪与楚、齐、魏三国会面，并且结盟。

十一年，苏秦[2]合纵六国，一起去攻打秦国，楚怀王担任纵长。走到函谷关，秦国出兵迎击，六国军队初战不利，撤退回国了，齐国的军队撤在最后。十二年，齐王打败赵魏两国，秦国也出兵打败了韩国，与齐国争当霸主。

十六年，秦国想攻打齐国，但楚国和齐国合纵相亲，秦惠王对此忧心忡忡，最后想了个主意，对外声称罢免张仪的丞相职务，然后派他南去会见楚王。张仪来到楚国，对楚王说："我们秦王最钦佩的人，莫过于大王；我张仪最愿意服侍的，也莫过于大王。我们秦王最憎恨，莫过于齐王；我张仪最憎恨的，也莫过于齐王。但是，大王你和齐王关系很好，因此我们秦王不能侍奉大王你，我张仪也不能辅佐你。大王如果能和齐国绝交，那么现在就可以派使臣随我西去，收回以前秦国夺走的六百里商於地区，这样齐国就削弱了。如此一来，在北边可以削弱齐国，在西边可以跟秦国搞好关系，而且还可以得到商於，增加自己的财富。这是一举三得的妙策啊！"

怀王大喜，就把相印交给张仪，天天摆酒设宴陪他欢饮，还宣扬说："我又收回我的商於地区了。"群臣都来道贺，只有陈轸前来吊慰。怀王不高兴地问："你这是为什么？"陈轸回答："秦国现在之所以重视君王您，是因为君王您跟齐国有同盟关系。现在商於地区还没有得到，如果先跟齐国绝交，楚国就会立刻孤立无援。秦国怎么可能重视孤立无援的国家呢？它一定会轻视楚国。如果让秦国先交出土地，然后我们再跟齐国绝交，那么秦国的诡计就不会实现。反过来，如果我们先和齐国绝交，然后再向秦国索取土地，那么我们一定会被张仪欺骗。被张仪欺骗了，那么君王您肯定会怨恨他。怨恨他，就等于与西边的秦国发生争端。北边断绝与齐国的邦交，西边再让秦国有了挑战的理由，这样一来，韩、魏两国的军队一定会趁机来攻打楚国。所以我来吊慰。"楚王不听劝告，还是先跟齐国断绝了关系，然后派一位将军去秦国接受土地。

张仪回到秦国，假装喝醉了酒，从车上摔下来，然后就声称有病，整整三个月不出门，楚国自然就无法得到商於的土地。楚王奇怪，说："莫非张仪觉得，我跟齐国绝交还不够彻底？"于是就派勇士北上，专门去辱骂齐王。齐王大怒，折断了楚国的符节，跟秦国结盟。秦、齐两国建立盟友关系后，张仪立刻出来上朝，对楚国的将军说："你为什么不接受土地呢？从某地到某地，长宽六里。"楚国将军大怒说："我奉命接受的是六百里，从来没听说过六里！"随后立即回国，把受骗的情况报告给怀王。

怀王暴怒，准备兴兵讨伐秦国。陈轸说："现在攻打秦国，不是上策，不如拿出一个名城去贿赂秦国，引诱它跟我们一起去攻打齐国。我们现在已经丢掉了给秦国的土地，但是可以从齐国得到补偿，这样我们还不至于吃大亏。君王您已经跟齐国绝交了，现在去谴责秦国，这等于

○ 品画鉴宝
兽面纹龙流盉（春秋）此器造型独特，具少数民族风格，纹饰繁杂，铸工精细，技艺高超。

是协助秦齐两国的联合，并且要引来天下的众兵，国家肯定会受到伤害的！"楚王还是不听，坚决跟秦国绝交，然后发兵攻打秦国。

十七年春天，与秦军在丹阳会战，秦军大胜，斩杀楚军士兵八万，俘虏了将军逢侯丑等七十余人，夺取了汉中郡。楚怀王大怒，调动全国兵力，再次出击秦军，在蓝田交战，再次大败。韩、魏两国听说楚军受挫严重，就趁机南下，袭击楚国，一直打到邓地。楚怀王听说，只好回师守卫。

十八年，秦国派使臣出访楚国，又要与楚国和好，答应把汉中地区的一半退还给楚国。楚王余怒未消地说："我只要能得到张仪就行，能不能得到土地都无所谓。"张仪听到这话，就向秦王请求，说愿意前往楚国。秦王奇怪地问："楚王不抓住你，不可能甘心，你自投罗网，准备怎么办？"张仪回答说："我跟楚王的亲信靳尚关系很好，靳尚侍奉楚王的宠姬郑袖，郑袖说的话，楚王没有一句不听。我可以通过这种关系，让楚王不杀我。再说，我上次出使，背弃了归还楚国商於土地的诺言，现在秦、楚两国大战，结下了深仇大恨，如果我不亲自去向楚王谢罪，这种仇恨无法消除。退一步说，有大王你在，楚王应该不会贸然抓我。即使楚王真的抓了我，把我杀了，只要能对秦国有利，我也无怨无悔。"张仪于是出使楚国。

到了楚国，楚怀王拒不接见，还把他关了起来，想杀他。张仪暗中与靳尚取得了联系，于是靳尚替他请求怀王说："囚禁张仪，秦王肯定会发怒。天下各路诸侯如果看到楚国没有了秦国这个大朋友，肯定会轻视君王，这对我们楚国不利。"又对怀王的夫人郑袖说："秦王特别重视张仪，而怀王却准备杀他。现在秦国已经拿出了上庸六县的土地，准备用来贿赂楚国，还要赠送美女给怀王，并献出秦宫里面能歌善舞的人做侍女。怀王贪得土地，秦女也肯定会受到宠爱，夫人您就会被排斥失宠。夫人不如前去进言，说服怀王无条件释放张仪。"

郑袖真的替张仪进言，楚王于是释放了他。张仪被释放后，怀王还设宴款待张仪，张仪趁机劝说怀王，建议他背弃合纵盟约，与秦国联合，通婚往来。张仪离开楚国后，屈原从齐国出使回来，问怀王："为什么不杀掉张仪？"怀王突然也感到后悔，马上派人去追张仪，可惜已经来不及了。

二十年，齐王想当纵长，不喜欢楚国和秦国联合，于是就派使臣送信给楚王，说：

"现在秦惠王去世，秦武王继位，张仪去了魏国，樗里疾、公孙衍得到了武王的重用，而楚国侍奉秦国。樗里疾跟韩国关系很好，公孙衍和魏国感情不错；如果楚国一定要侍奉秦国，那么韩、魏两国就会担心，就一定会通过樗里疾、公孙衍二人和秦国联合；这样下去，燕、赵两国也会去侍奉秦国。如果四国都争着侍奉秦国，那么总有一天，楚国会变成秦国的郡县。

"大王为什么不跟我一起去联合韩、魏、燕、赵四国，跟他们一起合纵，以便尊崇周室，号令天下？如果那样，天下就没有敢不从命的，那么大王就会声名大震。那时候，大王如果愿意率领诸侯一起去讨伐秦国，一定可以打败秦国。大王可以夺取武关、巴蜀、汉中的土地，拥有吴越两国的财富，还可以独占长江、东海的利益，而韩魏两国，就会割让上党的土地给您，那么，楚国的西边就会接近函谷关，那样的话，楚国的国力就会比现在强大百万倍。

"况且，大王曾被张仪欺骗，丧失了汉中地区，楚国大军也曾在蓝田受到秦国的挫败，全天下没有人不替大王感到不平。可是，您现在却要率先侍奉秦王！希望大王好好地考虑一下，应该怎么做。"

楚王本来已经准备与秦国讲和，见了齐王的信，又有些犹豫不决，就交给群臣讨论。大臣有的坚持主张与秦国讲和，有的觉得还是齐王的意见有道理。昭雎说：

"大王即使真的能得到越国的土地，也不足以洗刷耻辱；必须夺回被秦国占领的土地，才能真正在诸侯面前洗刷耻辱，昂起头来。建议大王您跟齐韩两国加强交往，以便提高樗里疾的声望，这样，大王就可以得到韩、齐两国的支持，重新收回被秦国侵占的土地。秦国曾经打败韩国，而韩国却仍然在侍奉秦国，原因是韩国的祖坟在平阳，秦国的武遂距离平阳只有七十里，因此韩国特别害怕秦国，不得不顺从秦国。

"如果韩国不顺从，那么，秦国攻打三川，赵国攻打上党，楚国攻打河外，韩国就一定会灭亡。即使楚国出兵援救韩国，也无法保证韩国不灭亡；能够保存韩国的只有楚国。我认为韩国一定会愿意侍奉大王。齐国之所以相信韩国，是因为韩国的公子昧正在做齐国的丞相。大王可以借助齐、韩两国的力量，提高樗里疾的声望，樗里疾得到齐、韩两国的敬重，秦王就不敢废掉樗里疾；再加上楚国也敬重他，樗里疾必定会向秦王进言，再次退还侵占的楚国土地。"

怀王同意了昭雎的建议，最终没有跟秦国联合，而与齐国联合，亲善韩国。

二十四年，楚国背叛了齐国，和秦国联合。当时，秦昭王刚即位，拿出了很多财宝来贿赂楚王，还送了个美丽的女子给他。二十五年，怀王亲自赶到秦国，与昭王在黄棘会盟，签订盟约。秦国重新归还楚国的上庸。因为楚国背叛了合纵盟约而和秦国联合，所以齐、韩、魏三国共同来讨伐楚国。楚王派太子到秦国做人质，请求秦国援助。秦国派客卿通率军援救楚国，三国退兵。

二十七年，在秦国做人质的楚国太子与一个秦国大夫争斗，楚国太子杀死了那个大夫，逃亡回国。秦国有了讨伐楚国的借口，于是联合齐、韩、魏三国一起讨伐楚国，杀死了楚将唐昧，还攻占了楚国的重丘，大胜而归。二十九年，秦国再次攻打楚国，杀死楚军官兵两万多人，还杀了楚国大将景缺。楚怀王惊慌失措，马上派太子到齐国去做人质，请求讲和。

三十年，秦国再次出兵，攻打楚国，占领了楚国的八座城邑。秦昭王还送信给楚怀王说："当初，我和君王您结为兄弟，在黄棘会盟，君王送太子来做人质，双方关系非常融洽。可是您的太子不知好歹，欺凌并杀死我的大臣，连个错都不认，就逃走了。我实在是无法压抑自己的愤怒，不得已才出兵攻打。现在听说君王您竟然又把太子送到齐国去做人质，想与齐国讲和，我非常懊悔。我们秦国跟楚国接壤，有婚姻关系，而且，这种亲戚关系历史悠久，不是一般关系可以代替的。现在我们秦楚两国关系不好，已经无法号令诸侯，这对我们各自来说，都是个巨大的损伤。我希望能跟你在武关相会，当面签订条约结盟，这是我最大的愿望，希望能得到您的配合。"

楚怀王接到秦王的信，很忧虑，去吧，怕上当受骗，不去吧，又怕触怒秦王。昭雎说："大王千万去不得，只要派军队严防边境就行了。秦国的狠毒，就像虎狼一样，不可信任，它早有吞并诸侯的野心，对我们是虎视眈眈啊！"怀王的儿子子兰不同意昭雎的看法，而是劝怀王去："为什么要拒绝秦国的好意呢？"

怀王最后还是决定去会见秦昭王。昭王得知怀王要来，就派一位将军在武关设下伏兵，打着秦王的旗号。怀王一到，秦兵立即关闭武关，然后挟持他到了咸阳，在章台朝见秦王，就像蕃臣朝见君王一样，昭王根本就不以平等礼节来接待他。楚怀王恼羞成怒，后悔没有听昭雎的话，大骂秦王。秦王于是顺理成章地扣留了楚怀王，胁迫他必须割让巫和黔中的郡县，否则就不放他回去。楚怀王想先跟秦国签订盟约，而秦国却要求先得到土地。楚怀王愤怒地说："你欺骗我，又强迫我割让土地！不可能！"不再应许秦王。秦王于是把楚怀王囚禁起来。

楚国大臣听说了，都非常忧虑，相互商议道："现在我们楚国太危险了。君王被扣在秦国回不来，秦国以此要挟割地；而太子呢，也不在国内，而是在齐国做人质；假如齐、秦两国合谋，那我们可就亡国了。"于是就想拥立怀王在国内的儿子。

昭雎不同意："国王和太子都被诸侯扣留，如果我们在这个时候又违背国王的命令，私自拥立庶子，太不妥当。"最后，大家做了决定，先派人赶到齐国，谎称报丧。齐湣王对他的丞相说："正好，我们可以扣留楚国的太子，以此来索取楚国的淮北地区。"丞相说："不行。如果楚国另立新王，那么我们等于抱着无用的人质，而且会在全天下留个恶名。"有人反对道："不对。楚国如果立了新王，我们可以借机与新王交易说：'给我下东国，我就替你杀死太子；不然，我就和三国共同拥立太子。'这样，楚国的新王为了免除对自己地位的威胁，肯定答应我们，我们就可以得到下东国的土地。"

齐王最终采纳了丞相的建议，放回了楚国太子。太子横回到楚国，立刻成为国王，这就是顷襄王。楚国有了新王，马上通知秦国："依赖社稷神灵的保佑，我国有新王了。"

顷襄王元年，秦国要挟怀王，想要得到楚国的土地，楚国拥立新王，来对付秦国，秦昭王无法得逞，怒不可遏，出兵攻打楚国，大败楚军，杀了五万楚国官兵，攻占了十五座城邑，然后离去。

第二年，楚怀王找了个机会，逃出秦国，往楚国赶。秦国发觉了，派兵拦截通向楚国的道路。怀王就从小道跑到赵国，请求赵国护送自己回国。当时，赵国国王正在代地，他的儿子惠王刚刚即位，代行赵王的大权。惠王惧怕秦国，不敢接纳楚怀王。怀王无奈，又想逃到魏国，但秦军已经追到，就被抓回了秦国。从此，怀王一病不起。

顷襄王三年，怀王病死在秦国，秦国送回了尸体。楚国人都很可怜他，非常悲伤，就像自己的亲人死了一样。秦、楚两国绝交。诸侯国也从此不再相信秦国。

六年，秦国派白起讨伐韩国，大胜，斩杀韩军二十四万。然后，秦王写信给楚王说："你们楚国背叛了秦国，秦国的将军们准备率领各路诸侯去攻打楚国，决一胜负。你赶快整顿军队，我们痛痛快快地打一仗。"楚王见信，忧虑万分，考虑重新与秦国议和。几个月后，楚王派人到秦国去迎娶新媳妇，秦楚两国再次和好。

十一年，齐王、秦王各自称帝。不久，觉得太犯众怒，又取消了帝号，还是称王。

十四年，楚顷襄王和秦昭王在宛地相会，结为友好关系。十五年，楚国和秦、韩、赵、魏、燕等国联合，一起去讨伐齐国，攻占了淮北地区。

楚国有个人善于使用小弓细绳射箭，却能射中天上飞过的大雁。顷襄王听说，就把他召来询问。他回答说：

"小臣喜欢射小雁、小鸟，我的小弓箭只能射到这些，哪里值得向大王陈说呢？以楚国的强大，还有大王您的贤能，所要获得的东西可比我大得多了。对您来说，秦、魏、燕、赵等国，等于是小雁；齐、鲁、韩、卫等国，等于是小野鸭；邹、费、郯、邳等国，等于是小鸟。此外余下的小国就不值得一射了。

"看见这六只小鸟，依大王的意见，应该怎么猎取呢？大王为什么不以圣人之道为弓，用勇士做箭绳，抓住时机，拉弓射箭，猎取它们呢？这六只小鸟，可以射下来，然后再用袋子装回来。这种收获不是一只小鸟一只小雁的收获，这种乐趣也绝不是一朝一夕的快乐。

"大王可以在早上张弓射中魏国大梁的南部，射伤它的右臂，直接牵动韩国，这样，中原的道路就可以断绝，上蔡郡县就不攻自破了。回身可以再射围地的东部，砍断魏国的左肘；再向东攻击定陶，那么，魏国的东部就可以到手了。况且，魏国断了左右两臂，形势就会动荡不安；再出兵攻打郯国，大梁就垂手可得了。大王在兰台收拢箭绳，到黄河西岸饮马，平定魏都大梁，这是射出第一支箭的快乐。

"如果大王对射箭真有兴趣，那就拿出宝弓，换上新绳，到东海射击尖嘴的大鸟，回身修整长城作为防线，然后多箭齐发，那么长城以东、太山以北就到手了。西边和赵国接壤，北边直达燕国，齐、赵、燕三国就像鸟张开翅膀，那么，用不着什么合纵、什么盟约，多国联盟就自然而然地形成了。形成之后，大王您向北可以雄视辽东，向南可以眺望越国，这是发出第二支箭的快乐。

"至于泗水流域的十二诸侯，就不足挂齿了，一个早上就可以全部到手。现如今，秦国虽然打败了韩国，占领了一些城邑，但是不敢据守；讨伐了魏国，但是没有捞到什么好处；攻击赵国，其实吃了亏；实际上，现在秦、魏两国的实力和气势已经耗尽了。这个时候，如果楚国奋起，那么就可以收回原先失去的汉中、析、郦各地，还可以趁秦国疲倦的时候，统一山东、河内地区。然后，就可以安抚百姓，南面称王了。

"不过，您还没有奋起，就现状而言，可以说：秦国是一只大鸟，背靠大陆居住，面向东方，左臂控制着赵国西南部，右臂控制着楚国的鄢郢，胸前俯视着韩国、魏国，还有其他中原各国。它有非常优越的地理位置，如果它展翅飞翔，那么就可以纵横三千里，所向披靡。所以说，秦国是不可能被一朝擒住，或者一夜射杀的。"

本来，这番话是想激怒顷襄王的，但是顷襄王没有生气，反而又召见他详谈。于是他接着说："先王被秦国欺骗，客死在秦国，没有什么仇恨比这更大。如今，连一个普通百姓都有仇恨，而且能以自身渺小的力量，去报复万乘大国的君王，比如，伍子胥就是例子。而现今的楚国，土地纵横五千里，士卒要以百万计，实力雄厚，可以在战场上做出一番事业。但是事实上，这样一个楚国，竟然无所作为，处境困窘。大王您实在是不该这样啊！"

顷襄王深思良久。然后，派使臣到诸侯国，重新合纵，想联合讨伐秦国。秦国听到这个消息，急忙发兵，来攻打楚国。

楚王想与齐、韩两国联合，一起去讨伐秦国，趁机谋取周室。周王派武公对楚国丞相昭子说："楚、齐、韩三国想用武力夺取周室的土地，还想把周室的宝器运到南方去，送给楚王，表示尊崇。这样做好像不是很妥当。任何一个国家，如果它杀害天下人共有的君主，想去奴役这个统治天下好几代的周王，恐怕没有人会去亲近它；如果它依仗人多势众，去欺凌弱小的国家，那么小国也不会归附它。这样，它不可能获得威望和实惠。威望和实惠都得不到，就不应该去做。"

昭子说："如果有人说我们楚国想打周室的主意，那完全是无中生有。您不要听信谣言。不过，为什么就不可以打周室的主意呢？"武公回答说：

"从军事上讲，如果兵力不超过敌人的五倍，就不应该发动进攻；如果兵力不超过敌人的十倍，就不要妄想围城。周朝因为是大家的君主，所以，力量很大，相当于二十个晋国，这你是知道的。韩国曾经以二十万人之多，在晋国城下丢尽了脸面，精锐部队战死，大量的士兵受伤，可是晋国的城邑却一直都没有攻下来。你拿不出一百个韩国的兵力，却要打周室的主意，这是天下人都知道的。

"再说，如果你们和东西二周结下怨仇，得罪了邹国和鲁国等礼仪之邦，再加上和齐国断绝邦交，恶名将传遍天下。如果你们真的到了那个地步，可就太危险啦！再说，西周的土地，实际上完全被周室控制的，不过区区百里；瓜分它的土地，不能使你的国家更富庶；俘虏它的百姓，也不能使你的军队更强大。

"另外，好事的君王，还有好战的权臣，每次调兵遣将，都始终以周室为攻击目标。这是为什么呢？这是因为，他们看见祭器在周室，想得到祭器，于是才忘记了弑君的恶名。现在，韩国要把祭器搬到楚国，那么，天下人肯定会因为祭器在楚国而仇视楚国。打个比喻：老虎的肉腥臊难咽，不好吃，而且又有尖牙利爪防身，但是人们还是要捕杀它，那是因为老虎身上有珍贵的虎皮。假如说，草泽中的麋鹿都披一身虎皮，那么人们就不会再去打老虎，因为，猎取麋鹿要轻松容易得多。

"话又说回来，如果楚国得到祭器，必然引起别国的贪婪之心，那么楚国就遭殃了。《周书》说：'要想有所作为，切莫领导骚乱。'我可以肯定，只要周室的宝器南迁楚国，讨伐的大军就会接踵而至。"

楚国觉得有道理，就放弃了图谋周室的计划。

可是，秦国却屡次侵略楚国。楚顷襄王十九年，秦国攻打楚国，楚国战败，把上庸、汉北割让给了秦国。二十年，秦将白起占领了楚国的西陵。二十一年，白起又攻占了楚国的郢都，还烧毁了楚国先王的坟墓。楚军全线崩溃，逃到楚国东部的陈城坚守自保。二十二年，秦军再次占领楚国的巫郡和黔中郡。

二十三年，襄王收集散兵，约十余万人，向西进军，收复了被秦军攻占的十五座城邑，然后设置郡县，抵御秦军。二十七年，又与秦国讲和，派太子到秦国去做人质，还派左徒与太子一起到秦国，侍奉太子。

三十六年，顷襄王生病，垂危，太子为了即位，逃回楚国。秋天，顷襄王病死，太子继位，就是考烈王。考烈王任命左徒为令尹，把吴地封给他，号为春申君[3]。

考烈王元年，把好几个州县割让给秦国，以求和解。这时楚国更加衰弱。六年，秦军围攻赵国的邯郸[4]，赵国向楚国求援，楚王派将军景阳率军救赵，到达了新中后，秦军解围离去。十二年，秦昭王去世，楚王派春申君到秦国凭吊。十六年，秦庄襄王去世，赵政继位。二十二年，楚国跟其他诸侯联合，一起去讨伐秦国，结果被秦军打败。楚国为了安全，迁都寿春，命名为郢。

二十五年，考烈王去世，儿子幽王继位。幽王三年，秦、魏两国共同讨伐楚国。十年，幽王去世，同母弟弟继位，就是哀王。

哀王继位两个多月，就被庶兄负刍杀掉。然后，负刍成为楚国国王。负刍二年，秦国讨伐楚国，大败楚军，攻占了十座城邑。四年，秦将王翦在蕲地打败楚军，杀死楚国大将项燕。五年，秦将王翦、蒙武攻破了楚都，俘虏了楚王负刍，灭掉了楚国。

○ 品画鉴宝
管銎钺（春秋）　此器管状，圆銎稍长，钺刃圆弧，中间有圆形穿孔作装饰，亚腰。

相关链接

[1] 张仪：？—公元前310年，本为魏国贵族之后，善纵横之术，是战国时期著名的谋略家、外交家和纵横家。
[2] 苏秦：？—公元前284年，字季子，东周洛阳（今河南洛阳东）乘轩里人，出身贫寒，但少有大志，相传曾从鬼谷子学习，为战国时代与张仪齐名的谋略家、外交家和纵横家。
[3] 春申君：？—公元前238年，即黄歇，战国时期楚国贵族，博学多闻，礼贤下士，楚考烈王时为相，封春申君，是著名的战国四公子之一。
[4] 邯郸：今河北邯郸，战国时期赵国曾将都城从中牟迁于此地。

卧薪尝胆

越王勾践返回越国之后，在自己的座位旁边，悬挂了一颗苦胆，无论是坐着还是躺着，他都时常凝视苦胆。吃饭时还要尝尝胆汁，提醒自己说："你忘了在会稽遭受的耻辱了吗？"

越王勾践，祖先是夏禹的后代，夏后帝少康的庶子。少康把他的庶子封到会稽[1]，以便供奉夏禹的香火。他们到了会稽，就在身上刺了花纹，剪短了头发，开疆拓土，建立了城邑。二十多代过去了，传到了允常。允常在位时期，与吴王阖闾发生冲突，结下了怨仇，相互攻伐。允常去世之后，儿子勾践继位，这就是越王。

越王元年，吴王阖闾听说允常去世，就趁机发兵，讨伐越国。越王勾践派敢死之士向吴军挑战，队伍分成三批，依次冲到吴军阵前，然后呐喊着刎颈自杀。吴军非常惊讶，目不转睛地看越军敢死之士自杀。趁这个机会，越军袭击吴军，打败了吴军，并且射伤了吴王阖闾。阖闾在弥留之际，告诫儿子夫差说："一定不要忽视越国！"

三年，勾践听说吴王夫差日夜操练兵马，准备要报复越国。于是，越王想先发制人，抢在吴国出兵前，先去讨伐它。大臣范蠡[2]不同意，反对先出兵讨伐。可是越王勾践不听劝告，一意孤行，出动了军队。吴王听说越兵来了，立即调动全部精兵，全力迎击，在夫椒大败越军。越王勾践带领剩下的五千名残兵败将，退到会稽山上坚守。吴军乘胜追击，将他们团团围住。

越王勾践惭愧地对范蠡说："怪我当初没有听你的话，所以落到这个地步。该怎么解脱呢？"范蠡回答说："现在只有低声下气，忍辱负重，赠送厚礼给吴王夫差，请求讲和；如果他不答应讲和，就只好把自身作为抵押，去侍奉吴王。"勾践同意了，派大夫文种[3]到吴国去求和。

文种见吴王的时候，恭恭敬敬地跪地前行，磕头说："君王的亡国臣子勾践，派小臣文种，斗胆请求做您的臣仆，妻子也甘愿做您的侍妾。"吴王准备答应。可是吴王的大臣伍子胥对吴王说："上天把越国赐给吴国，这是个灭亡越国的绝好机会，不能与它和解。不要答应他。"

文种回国后，把结果告诉了勾践。勾践怒目圆睁，准备杀掉妻子，焚毁所有宝物，与吴军决一死战。文种制止勾践说："别急，还不到这个地步！吴国太宰伯嚭贪财图利，我们可以用利益引诱他，请您派人偷

偷地去贿赂他。"于是，勾践准备了美女、金银财宝，派文种献给太宰伯嚭，伯嚭接受后，就带着文种去见吴王。

文种见到吴王，磕头说："希望大王您能赦免勾践的罪过，勾践愿意把他全部的金银财宝都献给吴国。如果您不能赦免他，那么，勾践就会杀尽他的妻妾子女，焚毁全部金银财宝，率领剩下的五千人马和吴军决一死战，那么吴军必定要付出相当的代价。"伯嚭趁机在旁边劝吴王说："越王已经自愿做您的臣子，如果您能赦免他，这对我们吴国是有百利而无一害呀！"吴王准备答应他。这时候，伍子胥又进谏说："如果现在不消灭越国，以后您肯定会追悔莫及。勾践是明君，文种、范蠡是良臣，如果让他们返回越国，将会后患无穷。"吴王不听，最后还是赦免了越王，然后撤军回国。

勾践被围困在会稽时，曾经伤感地叹息道："难道我要在这个地方了结我的一生吗？"文种安慰他说："当初，商汤被拘禁在夏台，周文王被囚禁在羑里，晋文公重耳逃亡到翟国，齐桓公小白逃亡到莒国，可是，他们最终或者称王，或者称霸，都成就了事业。由此看来，说不定祸患可以转化成好运呢！"

吴王赦免了越王后，越王勾践返回了越国。回国后，勾践在自己的座位旁边，悬挂了一颗苦胆，无论在坐着的时候还是躺着的时候，他都时常凝视苦胆。吃饭时还要尝尝胆汁，提醒自己说："你忘了在会稽遭受的耻辱吗？"在生活上，他勤俭耐劳，亲自耕种劳作，夫人亲自纺织，日常饮食不吃肉，穿衣不穿有色彩的华丽衣服，谦虚恭敬地对待贤人，厚礼接待宾客，救济穷困的百姓，悼慰死者，与百姓同甘共苦。

勾践想让范蠡主持国家的政务，范蠡回答说："在用兵打仗方面，文种不如我；可是要说治理国家，安抚百姓，我不如文种。"于是，勾践就把整个国家的大政委托给文种，派范蠡与柘稽去吴国，留在吴国做人质。两年后，吴王放松了警惕，把范蠡放了回来。

○品画鉴宝 越王石矛（春秋）

勾践从会稽回国以后，整整七年的时间里，一直在全心尽力地安抚他的士卒和百姓，想有朝一日报复吴国。大夫逢同进谏道："我们的国家刚刚遭遇败绩，现在刚刚恢复了殷实富裕的生活。这个时候，如果我们修整军备，吴王肯定会害怕，那么对我们来说，灾难就会降临。凶猛的鸟，在袭击目标时，一定要故意隐藏它的凶相，我们也应该这样。现在，吴国的军队打败了齐国和晋国，又与楚国和越国结下了深仇大恨，所以，虽然在表面上看，它的名声高于天下各国，实际上却与天下人都结下了仇恨。吴国没有德行，却有战功，他们肯定会骄横狂妄。为越国打算，我们应该努力结交齐国，亲近楚国，依附晋国，并且厚待吴国。吴国很贪婪，以后肯定会轻易地发动战争，侵略别国。我们联络这些势力，让齐、晋、楚三国出兵讨伐吴国，然后，越国趁它疲惫的时候突袭，完全可以打败它。"勾践非常欣慰地说："好！就这么做。"

　　两年后，吴王果真准备去讨伐齐国。

　　伍子胥进谏说："不能去攻打齐国。我听说，越王勾践这几年，食不甘味、寝食难安，与百姓同甘共苦。这个人不死，肯定会成为我们吴国的祸患。越国存在，就是我们吴国的心腹大患。而齐国对于吴国来说，只不过是像疥癣似的小毛病，不足挂齿。希望大王能放弃攻打齐国的计划，先去消灭越国。"

　　吴王不听，还是出兵讨伐齐国，在艾陵打败了齐军，俘虏了齐国两位重臣。凯旋而归之后，吴王特别高兴，就很得意地责备伍子胥。伍子胥说："大王别高兴得太早了！"

吴王闻言大怒，大骂伍子胥。伍子胥觉得委屈，想自杀，吴王知道他是个人才，制止了他。

越国的大夫文种听说这些事，就对越王说："依我看，吴王现在太自以为是。我们可以试着向他借粮，以便试探他对越国的态度。"于是文种就去吴国请求借粮，吴王想借，但伍子胥劝吴王不要借。最后，吴王还是把粮借给了越国，越王非常高兴。

伍子胥忧心忡忡地对吴王说："大王不听劝告，这样下去，用不了三年，吴国就会变成一片废墟！"太宰伯嚭听到这种话，觉得别扭，就多次跟伍子胥争论，不同意他对待越国的政策，辩解不过，就到吴王面前去进谗言，诽谤伍子胥说："伍子胥表面上忠厚仁义，其实骨子里是个残忍的人，你想啊，他连父亲和哥哥尚且不顾，怎么可能关心大王呢？以前，大王想讨伐齐国，伍子胥就极力劝阻，结果，不久之后，大王打胜了，他反而因此怨恨大王。大王如果不防备伍子胥，伍子胥肯定会作乱。"伯嚭说了这些还嫌不够，就偷偷找到了越国大夫逢同，一起谋划，千方百计地在吴王面前谗毁伍子胥。

刚开始，吴王不相信谗言，仍旧派伍子胥出使齐国。后来，听说伍子胥把自己的儿子托付给了齐国的鲍氏，吴王终于大怒："伍子胥果真是在欺骗我！"等到伍子胥完成任务回国，吴王就派人赐给伍子胥一把剑，让他自杀。伍子胥狂笑说："我伍子胥辅佐你父亲称霸，现在又立你为王。当初你要把吴国的一半分给我，我没有接受。可是，现在你反而听信谗言，要杀掉我！唉，你一个人根本没有能力支撑这个国家！"

说完之后，伍子胥告诉使者说："等我死后，一定要取出我的眼睛，放在吴国都城的东门，我要看看越国的军队是怎么进城的！"然后，伍子胥自杀。随后，吴王起用伯嚭主持国政。

三年过去了，勾践召来范蠡，问到："吴王已经杀了伍子胥，大臣们都只会阿谀奉承。现在可以进攻吴国了吗？"范蠡回答说："还不行，再等等。"

到了第二年春天，吴王北上，与诸侯会盟。吴国的精兵都随吴王北上了，只剩下老弱残兵和太子留守都城。勾践又问范蠡，范蠡答："可以了。"于是勾践调动善战的水兵二千人，训练有素的步兵四万人，君王的卫兵六千人，军官一千人，大举讨伐吴国。吴国军队大败，吴国太子战败身亡。吴国派人出城，北上向吴王告急。

当时，吴王正在和诸侯会盟，害怕天下诸侯知道吴国失败的消息，就严守秘密，没有声张。会盟完毕，吴王就派人带着厚礼与越国讲和。越王估计自己也无法吞并吴国，就与吴国讲和了。

四年以后，越国再次讨伐吴国。当时，吴国的军队和百姓都已经疲惫不堪，精锐部队都死在了与齐国和晋国的战争中。结果，越军大败吴军，然后，没有撤军，而是留了下来，包围吴军长达三年，直到吴军彻底失去了还击的能力。吴王被围困在姑苏山上，对战况无能为力。

于是，吴王派公孙雄赤裸着上身，跪地前行，向越王求和说："孤立无援的臣子夫差，冒昧地向您吐露心里话。从前，我曾经在会稽得罪过您；如今，我对您唯命是从，不敢违背您的任何命令。如果能与君王您讲和，如果我能回归国都，那么我今生今世都感激您的恩德。如果君王您要诛杀孤臣，孤臣也没有什么可说的。我的心意是，希望您能像当年会稽山一样，赦免孤臣的罪过。"

勾践听了，不忍心杀掉他，想答应夫差。范蠡说："会稽的事，是上天把越国赐给吴国，吴国没有抓住这个机会。如今上天把吴国赐给越国，越国难道可以违背天意吗？况且，君王您这么多年来，很早就起来上朝，很晚才休息，不就是为了灭掉吴国吗？谋划伐吴国二十二年，今天却要放弃它，怎么能这样做？何况，上天赐予你的东西，你不接受，必然会受到上天的惩罚。难道君王您忘了会稽山上的厄运吗？"勾践说："我听你的，不过，我还是不忍心这样对待他的使臣。"

范蠡于是击鼓进兵，说："越王已经把政事委托给其他人办理了。吴国的使臣赶快离去，不然就不得不得罪你了。"吴国的使臣知道大势已去，哭泣着回去了。勾践觉得夫差可怜，就派人对夫差说："我可以把你安置到甬东，做个一百户人家的君王。"吴王夫差辞谢说："我已经老了，不能侍奉君王！"然后就自杀了。自杀时捂着脸说："我真的是没脸去见伍子胥呀！"越王安葬了吴王，然后，杀死了太宰伯嚭。

勾践灭了吴国之后，率军北渡淮河，与齐国和晋国的诸侯在徐州会盟，并向周王进贡。周元王派人赐给勾践祭肉，赐他为伯爵。然后，勾践离开徐州，渡过淮河南下，把淮河流域的土地让给了楚国，把吴国侵占宋国的土地归还宋国，又送给鲁国土地纵横一百里。当时，越军横行于长江、淮河以东，天下各路诸侯都前来祝贺，勾践开始号称霸王。

这个时候，范蠡离开了越国，从齐国给大夫文种寄信说："飞鸟尽，良弓藏；狡兔死，走狗烹。越王脖子很长，嘴尖得像鸟嘴一样，这种人，

只能跟他共患难，无法和他共享乐，你为什么还不离去呢？"文种见信后，假装生病，不再上朝。有人于是向越王进谗言，说文种准备谋反。越王赐给文种宝剑，说："你教我讨伐吴国，告诉了我七种计策，我只用了其中的三种，就消灭了吴国。还有四种在你那里，请你到死去的先王那里，去试试那些计策吧。"文种只好自杀了。

勾践去世后，很快过了五代，到了越王无疆的时代。

越王无疆的时候，兴师北伐齐国，向西攻打楚国，并与中原诸侯争雄。越国讨伐齐国，齐威王派人对越王说："越国如果不去讨伐楚国，大则不能称王，小则不能称霸。我估计，你们越国之所以不去讨伐楚国，是因为得不到魏国和韩国的援助。可是，韩、魏两国是不可能帮您去攻打楚国的。因为它们两国势力弱小，如果攻打楚国，它们的军队会覆灭，国家会更危险。也正因为这样，所以韩、魏两国才追随越国。可是，您为什么非得等待韩、魏两国的帮助，然后才出兵攻击楚国呢？"

越王说："我们需要韩、魏两国做的，并不是要让他们出兵与楚国打仗，更不需要它们去攻城。我们希望它们做的，只是想让它们能防守好自己的土地，牵制楚国，使楚国无法毫无顾忌地打我们越国的主意，无法集中力量对付我们越国。另外，我们与韩、魏搞好关系，也是为了不让它们被齐、秦两国所利用。"

齐国的使臣说："我知道了。大王您希望韩、魏两国做的，并不是让它们建立汗马功劳，也不是要与它们联兵结盟，只是希望用它们来分散楚国的兵力。可是，现在楚国的兵力已经分散了，何必还要等待韩、魏两国帮助呢？"

越王问："怎么讲？"

齐国的使臣回答："楚国的三位大夫已经排开了他们的军队，向北围攻曲沃、於中，战线一直拉到了无假关，长达三千七百里。楚国的兵力分散到这个程度，还有可能比这更分散的吗？这个时候，您还不抓住机会去进攻楚国，从大处说，让您无法称王，从小处说，让您无法称霸。再说，雠邑、庞邑、长沙，是楚国的产粮地区，竟泽陵，是楚国的木材产区。如果越国出兵打通无假关，那么这四个城邑就不能再向楚国进献粮食和木材了。这是个大好机会，希望大王您转而进攻楚国。"

越王听信了使者的话，于是放弃攻齐，转而攻打楚国。楚威王出兵迎击，大败越军，杀死了越王无疆，夺得了原来吴国的全部土地，一直打到浙江岸边。从此以后，越国开始分崩离析，各族子弟争相自立，有的称王，有的称君，零零散散地分布在江南沿海一带，都臣服于楚国。

从此以后，直到第七代，都是这样。到了闽君摇的时期，摇帮助诸侯推翻了秦朝。汉高帝刘邦于是封摇为越王，让他供奉越国的祭祀，越国重新有了香火。东越，闽君，都是越国的后代。

相关链接

〔1〕会稽：地名，即今浙江绍兴。

〔2〕范蠡：公元前517－前448年，字少伯，宛（今河南南阳）人，春秋时期著名的军事家、政治家，人称陶朱公。

〔3〕文种：？－公元前467年，字会、少禽，又作子禽，郢（今湖北江陵）人，春秋时期楚国大臣。

范蠡侍奉越王勾践，洗雪了会稽之耻。最后，他偷偷地装上轻便家当和金银财宝，带着他的随从，乘船漂海而去，再也没有返回越国。

当初，范蠡侍奉越王勾践，全力以赴，不畏艰辛，帮助勾践深谋远虑二十多年，终于灭掉吴国，洗雪了会稽之耻。不但如此，还北渡淮河，胁迫齐晋，号令中原各国，尊崇周室，辅佐勾践称霸，范蠡自己则成为上将军。事成之后，返回越国，范蠡认为威名之下，很难安居乐业。而且，勾践的性格，可以与他共患难，很难与他同安乐，所以写信辞别勾践说："我听说，君主有忧，臣子就该分忧，君主受辱，臣子就该死难。从前，君王曾在会稽受辱，我之所以不死，是为了报仇雪耻。现在已经洗雪了耻辱，我该走了。"勾践说："你还是来和我分享越国吧！不然的话，就要惩罚你。"最后，范蠡偷偷地装上他的轻便家当和金银财宝，带着他的随从，乘船漂海而去，再也没有返回越国。勾践为了表彰范蠡，把会稽山作为他的封邑。

范蠡漂洋过海，到了齐国，更名改姓，自称叫作鸱夷子皮。他在海边生活，耕作，吃苦耐劳，努力生产，父子二人共同治理产业。没有多久，就积聚了几千万的财产。齐国人听说他贤能，就来请他做齐国的丞相。范蠡叹息道："当百姓能积聚千金，当官能做到丞相，这是普通百姓所能达到的顶点了。长久地享受荣华富贵，不吉祥。"

于是拒绝了齐国的相印，散发了全部家产，分给朋友和乡亲，自己只带了一些贵重的珍宝，偷偷离开，到陶地[1] 定居。他觉得陶地是天下的中心，道路畅通，做生意可以致富。在那里，他自称陶朱公。父子二人又开始耕种、畜牧，等待时机转卖货物。没过多久，就积聚了上亿的财产。天下人都很羡慕陶朱公。

朱公在陶地生下小儿子。小儿子成年的时候，朱公的二儿子因为杀人，被楚国抓了起来。朱公说："杀人偿命，欠债还钱，这是情理之中的事。不过，我听说，家有千金的子弟，不应该被处死在闹市上。"于是就准备让他的小儿子前往楚国，去探视二儿子。还装了黄金一千镒[2]，藏在褐色的器皿中，用一辆牛车载运。

小儿子要启程的时候，朱公的长子坚决请求让他去，朱公不答应。长子说："弟弟犯罪，父亲不让我去，却派小弟去，这说明我无能。"长子想不开，想自杀。他母亲劝朱公说："现在派小儿子去楚国，未必能救活二儿子。可是长子要自杀，要白白丧命了，这怎么行！"朱公不得已，只好改派长子去，并且替他写了一封信，让他交给自己从前的老朋友庄生，交待说："到楚国后，马上把千金送到庄生住处，一切都听他的，千万不要跟他争论。"长子走时，自己也带了几百镒黄金。

到了楚国，朱公的长子立刻去见庄生，发现他的房子背靠外城墙，要拨开满地的杂草才能进他的家门，居住条件非常差。然而他还是送上书信和千金，按照父亲吩咐的办理。庄生说："你该回去了，千万不要继续留在这里！即使你弟弟被放出来，也不要问为什么。"长子离开了庄生家，但是并没有按照庄生的话去做，而是偷偷地留在了楚国，把他自己携带的黄金送给了楚国当权的贵族。

庄生虽然居住在贫穷的小巷里，但是他的廉洁正直，闻名全国，从楚王以下，都像尊重老师一样尊重他。其实，朱公送给他的黄金，他并不准备接受，而是想等事情办成之后，再物归原主，以示信用。所以，黄金送来后，庄生告诫妻子说："这是朱公的黄金。如果我突然病死，来不及返还，那你一定要记住归还原主，千万不要动用。"虽然不动用黄金，但是庄生有自己的办法。不过，朱公的长子不了解庄生，以为黄金送给他不会起作用，所以才带了黄金去拜访权贵。

庄生找了个适当的时机，进宫拜见楚王，说："最近几天来，天上的某星移到了某位置，这种天象对楚国有害。"楚王向来相信庄生，急忙问道："那现在该怎么办？"庄生说："只有施行恩德，才能消除灾害。"楚王说："先生不用说了，我马上就推行恩德。"于是楚王派出使臣，把国库严密地封闭起来。楚国受贿的贵族知道了，立刻惊喜地告诉朱公的长子说："国王准备大赦全国了。你弟弟有救了！"

朱公的长子问："何以见得？"贵族回答说："国王每次实行大赦前，首先要封闭国库。昨天晚上，国王派人封闭了国库。"朱公的长子听了，心里想，楚国既然大赦，那么弟弟自然会被释放，可惜那一千金，白白送给了庄生，毫无作用，于是就又去见庄生。庄生惊讶地问："你怎么还没有走？"朱公的长子回答说："当初是为弟弟的事而来，现在听说国王要大赦，弟弟自然会被放出来，心里高兴，所以特来向先生告辞。"庄生知道他是想收回黄金，就说："你自己进屋，把黄金都拿走吧！"朱公的长子于是就自己进屋，取走了黄金，心底里暗自庆幸。

范蠡

庄生被小辈戏耍，心里不舒服，于是又进宫面见楚王说："我上次说的某星宿的事，大王说想修治德政来改变它。我今天在外边走，听路人都在议论纷纷，说陶地富人朱公的儿子杀了人，被囚禁在楚国，他家拿出很多钱，贿赂大王身边的人，所以大王并不是因为体恤楚国百姓而实行大赦，而是因为要找理由释放朱公的儿子。"楚王大怒说："我虽然没有什么大德大行，但怎么也不至于因为朱公的儿子而大赦啊！"于是就命令先杀掉朱公的儿子，然后才下达大赦的命令。朱公的长子只好带着弟弟的尸体回去了。

回到家里，他的母亲和陶邑人都很伤心，而朱公却独自发笑，说："我就知道他肯定会致弟弟于死地！他并不是不爱护自己的弟弟，只是他舍不得花钱。他小时候跟我一起生活，吃过苦，知道谋生艰难，所以过于重视金钱。至于他的小弟弟，生下来看到的是我家财万贯，乘坚车，驾良马，根本不知道钱财是如何来的，所以他才挥金如土，毫不吝惜。前些天，我之所以派小儿子去，就是因为他舍得花钱。而大儿子却做不到，所以害了他弟弟，这些都在我的预料之中，没有什么好悲伤的。我早就日日夜夜地等待着，等他把二儿子的尸首运回来。"

范蠡一生，总共迁移了三次。每定居一地，他都功成名就，闻名天下。最后老死在陶地，所以后世的人们都叫他陶朱公。

相关链接

〔1〕陶地：又称陶丘，在今山东定陶。
〔2〕镒：古代重量单位的一种，一镒合二十两（一说为二十四两）。

　　桓公听取了太史伯的意见，把自己封地的百姓迁到洛河以东，在那里建立了郑国。

　　郑桓公 [1] 友，是周厉王的小儿子，周宣王的庶弟。宣王二十二年，友被封到郑地，在那里统治了三十三年，很受百姓拥戴。到了周幽王的时候，友被任命为司徒，他仁慈地对待周室百姓，百姓对他都深怀感激。

　　当时，周幽王宠爱褒姒，荒淫无度，国家大政偏离正道，有些诸侯因此而背叛了幽王。于是，桓公向太史伯请教出路："王室太多变故，我怎么做才能逃脱厄运呢？"

　　太史伯回答说："只有洛河以东，黄河、济水的南边，可以安居乐业。"

　　桓公说："为什么这么说？"

　　太史伯回答："那片地区紧挨着虢国和邻国，虢邻两国的国君贪财好利，百姓都不爱戴他们。可是，百姓都爱戴你，你如果迁居到那里，那么虢邻两国的百姓都会抢着归顺你，变成你的百姓。两国国君怕你，也会主动献出土地。"

　　桓公问："我还是希望能到南边长江一带发展，你看怎么样？"

　　太史伯说："从前，祝融做高辛氏的火正，功劳很大。楚国就是祝融的后代。现在周朝已经衰落了，楚国必定会兴盛起来。而如果楚国兴起，那就肯定会与郑国的利益发生冲突。你不要到那里去。"

　　桓公又问："那么，西方怎么样？"

　　太史伯回答说："那里的百姓贪财好利，不适合长久居住。"

　　桓公说："周朝已经衰落了，哪个国家会兴盛起来呢？"

　　太史伯回答说："可能会是齐国、秦国、晋国、楚国吧！齐国，姓姜，是伯夷的后代，伯夷曾经帮助尧帝掌管礼仪。秦国，姓嬴，是伯翳的后代，伯翳曾经帮助舜帝驯服百兽。楚国的先人，也曾经有功于天下。周武王消灭了商纣王以后，成王把叔虞封在唐地，与衰落的周室并存，成为晋国，它也必定会兴盛起来。"

　　桓公听取了太史伯的意见，思考再三，然后向幽王提出请求，要求允许他把自己封地的百姓迁到洛河以东，虢、邻两国果然献出了一大片土地，于是桓公就在那里建立了郑国。

　　两年后，犬戎在骊山下杀死了周幽王，郑桓公作为周朝的司徒，也

外患内忧

被杀掉了。郑国人于是拥立他的儿子掘突,这就是武公。

武公十年,娶了申侯的女儿做夫人,叫作武姜。武姜生了太子寤生,因为难产,所以等到生下以后,她很不喜欢寤生。后来又生了小儿子叔段,叔段降生时很顺利,所以武姜喜爱他。二十七年,武公生病。武姜请求武公,想要立叔段为太子,武公没有答应。同年,武公去世,寤生继位,就是庄公。

庄公元年,把弟弟叔段封到了京邑,号称太叔。大臣祭仲说:"京邑比郑国的都城还要大,不应该封给你弟弟。"庄公说:"我母亲武姜想这样封,我不敢违背啊!"

叔段被封到了京邑后,整顿军备,操练兵马,跟他母亲武姜密谋,准备袭击郑国的都城。二十二年,叔段发兵袭击郑都,武姜在城内接应。庄公出兵迎战,叔段战败逃走。庄公乘胜追击,攻打到了京邑,京邑的百姓都背叛了叔段,叔段只好逃亡到鄢邑。鄢邑的士卒溃败,叔段只好逃到共国。

庄公怨恨母亲反叛,于是把武姜迁移到了颍城,发誓说:"不到黄泉,誓不相见!"过了一年多,庄公很思念母亲,后悔自己说了那样的话。当时,颍谷的考叔向庄公进献礼物,庄公赏赐他吃饭。考叔说:"我有老母健在,请你把这些食物赏赐给我母亲吧!"庄公于是想起了自己的母亲,很伤感地说:"我非常想念母亲,但又不想违背誓言,该怎么办好呢?"考叔说:"挖地挖到有泉水的地方,你们就可以在那里见面了。"庄公依照考叔的办法,见到了母亲。

二十四年,宋穆公去世,公子冯逃亡到了郑国。同一年,郑国侵犯了周室的地盘,收割了那里的庄稼。二十五年,卫国和宋国联合,借口郑国收留了宋国的公子冯,所以共同来讨伐郑国。二十七年,庄公去朝见周桓王,周桓王对他三年前抢割庄稼一事很不满,一直怨气未消,不以礼相待。二十九年,庄公怨恨周桓王不以礼相待,就拿出一个城邑,换取了鲁国的一片田地来种庄稼。三十七年,庄公不去朝见周桓王,周桓王于是率领陈、蔡、虢、卫四国军队，来讨伐郑国。庄公和大臣祭仲、高渠弥等人配合，率军抵抗，大败周王的联军。庄公的军官射中了周桓王的臂膀，还要继续追击，被郑庄公制止。庄公说："即使是冒犯一般的长辈，尚且要受到谴责，何况是冒犯天子呢？"于是不再追击。当天晚上，庄公还派祭仲前去慰问周桓王，探视伤情。

二十八年，北戎侵略齐国，齐国派人到郑国请求援助，郑国派太子忽率军前去救援。齐国国君感激，想把女儿嫁给忽，忽谢绝说："我们是小国，配不上齐国。"当时，祭仲与太子忽在一起，劝他娶齐国的公主，说："你父亲有很多宠妾，太子您如果得不到大国的援助，就将很难继位。因为，三位公子都可能成为未来的国君。"所谓三位公子，是指太子忽，忽的弟弟突，另外还有一个弟弟。

四十三年，郑庄公去世。庄公在世时，一直宠信祭仲，让他做上卿，还派他去迎娶邓国的美女，后来生了太子忽。所以，庄公去世后，祭仲就拥立太子忽继位，就是昭公。

庄公生前，还有一个宠妾，是宋国雍氏的女儿，生了厉公突，他们都很受宋国国君的宠爱。宋庄公听说祭仲已经拥立了太子忽，就派人以诱骗的办法召来祭仲，逮捕了他，威胁道："如果不立公子突，就杀了你。"同时，也逮捕了公子突，向公子突索要财物。祭仲为了保命，答应了宋国的要求，并与宋国订立了盟约。然后，祭仲带公子突回到郑国，立为郑君。昭公忽听说祭仲受到宋国的要挟，准备拥立他的弟弟突，于是逃往卫国。公子突回到郑国，成了郑君，就是厉公。

厉公时期，祭仲掌握了国家大权。厉公担心祭仲威胁自己的统治，就暗中派祭仲的女婿雍纠去杀掉祭仲。雍纠把这件事告诉了自己的妻子，也就是祭仲的女儿。祭仲的女儿得知这件事后，就去问她的母亲："父亲和丈夫，哪个更亲？"母亲回答说："父亲更亲，因为父亲只有一个，但是所有的男人都可以成为丈夫。"女儿于是就把厉公准备谋杀祭仲的事通知了祭仲，祭仲立刻杀了雍纠，并在集市上暴尸示众。厉公对祭仲无可奈何，只好暗地里怒骂雍纠："把这么秘密的事情告诉给妇人，死了活该！"夏天，厉公被祭仲赶出了国都，住到了边城栎邑。祭仲迎接昭公忽回国，代替厉公，重新即位。

诸侯听说厉公被赶出了国度，流亡边城，于是就出兵讨伐郑国，可是，还没有取得胜利就撤离了。宋国给厉公派去很多援兵，守卫栎邑，因为栎邑守兵很多，郑昭公也就不再攻打栎邑。

当初，在昭公还是太子时，父亲庄公就想让高渠弥担任上卿，可是太子忽讨厌高渠弥，不同意。庄公不听太子忽的劝阻，还是让高渠弥做了上卿。等到昭公继位以后，高渠弥怕昭公杀他，就趁着与昭公外出打猎的机会，在野外射死了昭公。昭公死了之后，祭仲和高渠弥都不敢迎接厉公回来复位，于是就改立昭公的小弟公子亹为君，这就是子亹。

子亹元年，齐襄公在首止与诸侯集会。子亹赴会，丞相高渠弥随行，祭仲托病不去。其实，祭仲没有什么病，他之所以不去，是因为子　与齐襄公有仇。当初，在齐襄公即位之前，子亹曾经和他斗殴，二人从此结下仇怨。所以，这次襄公会合诸侯，祭仲请求子亹不要去，而子亹则说："齐国强盛，而且我们的厉公占据着栎邑，如果我不去，齐国就会借机率领诸侯来攻打我们，送厉公复位。我还是去看看，即使受到羞辱也没什么大不了的，总不至于像你说的那样严重！"祭仲还是担心，怕齐襄公把他跟子亹一起杀了，所以称病不去。子亹到了首止，没有主动向齐襄公谢罪，齐襄公很生气，就埋伏军队，杀了子亹。高渠弥逃回国，回来和祭仲商议。然后，两人从陈国召回子亹的弟弟公子婴，立为郑君，这就是郑子。

郑子十二年，祭仲去世。

十四年，逃亡到栎邑的厉公突，派人劫持了郑国的大夫甫瑕，要挟甫瑕协助厉公复位。甫瑕答应了："只要放了我，我就替你杀死郑子，迎你回来复位。"厉公于是就放了他。六月，甫瑕果然履行诺言，杀了郑子和他的两个儿子，迎接厉公突，厉公突从栎邑回朝，重新登位。

厉公复位后，谴责他的伯父原说："我被夺去了君位，居住在都城外，已经好几年了。这几年，伯父从没有想到要迎我回来，也太过分了！"原回答说："侍奉君主，不能存有二心，这是做臣子的职分。我知道自己有罪！"说完就自杀了。

厉公还对甫瑕说："你侍奉国君，存有二心。"然后杀了他。甫瑕死前，悔恨万分："我没有报答当初郑君的恩德，这是我应得的下场！"

厉公复位当年，齐桓公开始称霸诸侯。第五年，燕国、卫国联合周惠王的弟弟颓，一起攻打周惠王，惠王逃亡，惠王的弟弟颓成为周王。六年，周惠王向郑国求援，郑厉公出兵讨伐周王，没有取胜，于是就把周惠王带回郑国，让他住在栎邑。七年春天，郑厉公和虢叔杀掉了周王，护送惠王回国复位。

秋天，厉公去世，儿子文公继位。

文公二十四年，文公的一个叫做作姞的贱妾，梦见天帝送给她一株兰草，说："我是你的祖先。这株兰草就是你的儿子，兰草有浓郁的香气，你的儿子也会这样。"燕姞把梦告诉了文公，文公很高兴，并且赐给她一株兰草作为纪念。后来，燕姞生了儿子，取名叫作兰。

三十六年，晋公子重耳路过郑国，文公不愿意以礼相待。文公的弟弟叔詹说："重耳有德有才，而且又是我们的同姓，他现在穷困潦倒，流亡在外，来拜访君王，对他不该轻慢。"文公不以为然地说："诸侯流亡的公子，路过这里的不知道有多少，怎么可能都以礼相待呢？"叔詹说："如果你实在不愿以礼相待，那就杀了他；如果不杀他，让他回到晋国，那可是郑国的隐患啊！"文公不听。

三十七年春天，重耳返回晋国，登上君位，就是晋文公。秋天，郑国攻打滑国[2]，滑国不战投降。不久，滑国又反抗郑国，归附卫国，于是郑国再次讨伐滑国。周襄王派使臣伯服出使郑国，替滑国求情。郑文公一直对周惠王心怀怨恨，因为，当初惠王在栎邑流亡的时候，送他回国复位的是文公的父亲厉公，而惠王复位后，却没有报答厉公，没有赏赐爵位和俸禄；现在，周襄王又要帮助卫国和滑国，并没有替郑国考虑。因为这些原因，所以郑文公没有理睬周襄王的请求，反而把他的使臣伯服抓了起来。周襄王大怒，联合翟人一起攻打郑国，没有取胜。冬天，翟人反戈，又攻打周襄王，周襄王只好逃到郑国，郑文公把周襄王安置在汜邑。三十八年，晋文公把周襄王迎回了成周。

四十一年，郑国帮楚国讨伐晋国。因为，当

230

初晋文公路过郑国的时候，郑文公没有以礼相待，结下了怨恨，所以，郑国干脆就背叛晋国，帮助楚国。四十三年，晋文公和秦穆公联合起来，讨伐郑国，原因是郑国帮助楚国攻打晋国，还有，就是晋文公路过郑国时，郑国没有以礼相待。

郑文公有三位夫人，曾经有五个宠爱的公子，但是五个公子都因为犯罪早死。文公很失望，就把其他所有的公子都赶跑了。公子兰逃到了晋国，随从晋文公前来围攻郑国。当时，公子兰对待晋文公非常恭敬而周到，很讨晋文公的喜欢。公子兰于是就在晋国暗中活动，想找机会回郑国当太子；晋国也想帮公子兰的忙，准备抓住叔詹，把他杀掉。

郑文公知道这些，很害怕，但又不敢对叔詹说。叔詹从别处听说了这些事情后，就主动对郑文公说："我以前劝过你，可是你偏偏不听我的话，现在晋国果然成了祸患。晋国现在围攻郑国，号称是为了抓住我。如果我的死真的能挽救郑国，那我死也甘心！"说完，叔詹自杀。郑国人马上把叔詹的尸体送给晋国。晋文公说："我一定要见郑君一面，羞辱他以后才愿意撤军。"郑国人对此非常担心，就暗中派人去游说秦国："打垮郑国，只会增强晋国的力量，这并不符合秦国的利益。"秦国军队于是撤走了。

晋文公想送公子兰回国当太子，并把这个想法告诉了郑国。郑国的大夫石癸说："文公的儿子已经死尽，剩下的庶子都不如公子兰有才有德。现在郑都被晋军团团围住，他们提出要送公子兰回国做太子，这对我们郑国一点坏处也没有啊，还有比这更宽容的条件吗？"于是答应了晋国的要求，与晋国签订了盟约。公子兰被立为太子，然后，晋军撤离。

四十五年，郑文公去世，子兰继位，就是郑穆公。

郑穆公元年，秦军攻打郑国。三年，郑国派兵跟随晋国一起去讨伐秦国，打败了秦军。

二十一年，郑穆公讨伐宋国，宋国大将华元率军抵抗。华元杀羊犒劳士兵，忽略了替他赶车的羊斟，羊斟没有喝到羊肉汤，很生气，于是在战场上把车赶进了郑国的营房，车上的华元被郑军俘虏。宋国出钱赎买华元，赎金还没有交完，华元已经逃回来了。

二十二年，郑穆公去世，儿子夷继位，就是灵公。

郑灵公元年，楚国送了一只鼋鱼[3]给灵公吃。子家、子公要去朝见灵公，子公的食指突然颤动了一下，子公于是对子家说："我的食指只要一颤动，肯定就有好东西可以吃。不知道今天是不是这样。"等到进入宫殿之后，正好看见灵公在吃鼋鱼羹，子公笑着说："果然如此！"灵公问他为什么发笑，子公就原原本本地告诉了灵公。灵公召子公过来说话，却偏偏忘了给他一点鼋鱼羹吃。子公心里很憋气，就用手指沾了一下鼋鱼羹，尝了尝，然后就退出了宫殿。灵公认为子公的举动对自己不恭敬，很生气，想杀掉子公。子公和子家密谋，决定抢先下手。不久之后，他们杀掉了灵公。

灵公死后，郑国人想拥立灵公的弟弟去疾，去疾推让说："应该拥立贤能的人即位，我不够贤能；应该按长幼顺序即位，公子坚比我年龄大。"公子坚，是灵公的庶弟，去疾的哥哥。于是郑国人就拥立公子坚，这就是襄公。

○ 品画鉴宝
龙纹鼎（春秋）此器直耳，深腹，有扉棱，蹄形足。腹、耳饰龙纹，足饰兽面纹。

襄公即位后，准备把缪氏全都驱逐出境。缪氏，也就是子公的家族，他们杀了灵公。去疾不同意："如果你非要驱逐缪氏家族不可，那我就离开郑国。"襄公这才罢休，并把他们都任命为大夫。

襄公元年，楚国怨恨郑国接受宋国的贿赂而释放华元，发兵前去攻打郑国。郑国于是与楚国对立，跟晋国亲善。五年，楚国再次出兵郑国，晋国前来援救。六年，子家去世，因为是他杀死了灵公，所以郑国人就驱逐了他的整个家族。七年，郑国与晋国结盟。

八年，因为郑国和晋国结盟，所以楚庄王发兵讨伐郑国，包围郑国的都城达三个月之久，郑国献出了都城，向楚国投降。楚庄王从皇门入城，郑襄公赤裸上身，牵着羊去迎接楚庄王，低声下气地说："我没有亲自到边境去迎接您，使君王您怀着恼怒来到我的国都，这是我的罪过。我怎敢不唯命是从呢！君王即使把我流放到江南，即使把郑国的土地都赏赐给其他诸侯，我也没有怨言。如果君王能看在我们先祖的面子上，怜悯我们，不灭绝他们所建立的国家，能给他们的后代子孙一些贫瘠的土地，使我们有机会侍奉君王，那我就感恩戴德啦。"楚庄王听后，命令楚军后撤三十里，安营扎寨。

楚国的群臣不解，问楚庄王："从郢都打到这里，大家都筋疲力尽了。现在总算打下了郑国，却又放弃它，这是为什么呀？"楚庄王说："我们楚国之所以要出兵讨伐，是因为郑国不服从我们。现在它已经服服帖帖，我们的目的达到了，还要怎么样呢？"最后，楚庄王撤兵南返。

这个时候，晋国听说楚国攻打郑国，就发兵救援。但由于晋国做决定太慢，所以军队来迟了，等晋军到达黄河岸边时，楚军已经解围离开了。晋国的将军想法不一致，有的想渡河追击，有的想班师回朝，最后，还是渡过了黄河去追击。楚庄王听到消息，就回师还击晋军。这时候，郑国也派出了军队，却反而帮助楚国，在黄河上大败晋军。

十年，晋国来讨伐郑国，因为郑国背叛了晋国，亲近楚国。

十一年，楚庄王出兵攻打宋国，宋国向晋国求援。晋景公想发兵，但伯宗劝谏晋君说："上天正在帮助楚国扩张，我们不能违背天意，不能讨伐它。"于是晋国寻找勇士，找到了解扬，命令他去欺骗楚国，让宋国不要投降。解扬出发，故意路过郑国，郑国跟楚国关系好，就逮捕了解扬，押送给楚军。楚庄王用重金贿赂解扬，与他签订盟约，让他假传晋国的意思，叫宋国赶快投降。刚开始，解扬不答应，楚王威胁他好几次，解扬才勉强同意。楚军于是请解扬登上楼车，让他向宋军喊话。可是，解扬违背了与楚庄王的盟约，还是传达了晋景公的命令，喊话说："晋国正在调动全国所有的兵力，马上就来援救宋国。虽然现在情况危急，但千万要挺住，不要向楚军投降，晋国军队今天就要赶到了！"

楚庄王大怒，要砍他的头。解扬说："君王能制定命令，这就是义；臣子能执行命令，这就是信。我受命于自己的国君，出国办事，宁肯死也不能违背君命。"楚庄王说："你也答应过我了，可是却转眼之间就背叛了承诺，你的信在哪里？"解扬说："我之所以答应你，就是想借此来完成我国君王的命令。"

解扬将要被处死时，回头对楚国的军队说："做人臣子的，千万不要忘记尽忠，宁死不悔。"楚庄王的兄弟们大为感动，都劝庄王赦免他。于是解扬得到赦免，被释放回国。晋君很感激解扬的忠心，拜他为上卿。

十八年，襄公去世，儿子悼公继位。

悼公元年，有人在楚王面前说郑悼公的坏话，悼公派自己的弟弟到楚国去申辩。申辩不但毫无结果，悼公的弟弟反而被楚王关了起来。郑悼公为了威胁楚国，就去晋国讲和，和晋国结成友好关系。同时，悼公的弟弟因为与楚国的子反关系很好，子反为他说情，所以楚共王释放了他。

二年，楚国攻打郑国，晋国赶来搭救。同年，悼公去世，弟弟继位，就是成公。

成公三年，楚共王说："当初我放了郑成公，我对他有恩。"便派人来与郑国结盟。成公也很愿意，就暗中与楚国结成盟友关系。秋天，成公去朝拜晋君，晋君知道郑国已经暗中与楚国结盟，便逮捕了成公，然后派栾书去讨伐郑国。

成公四年，郑国害怕晋国来打，公子如就拥立成公的庶兄为君。晋国听说郑国立了新君，就释放了成公，让他回国争权。郑国人听说成公又回来了，就杀掉新君，迎接成公复位。

十年，郑国背弃了与晋国签订的盟约，与楚国正式结盟。晋厉公大怒，出兵攻打郑国。楚共王听说，马上发兵援救郑国。晋军和楚军在鄢陵交战，楚军战败，楚共王的眼睛被晋军射伤，罢兵离去。十三年，晋悼公讨伐郑国，郑国据城坚守，晋军久攻不下，只好撤走。十四年，成公去世，儿子继位，这就是釐公。

相关链接

〔1〕郑桓公：生卒年代待考，姬姓，名友，周厉王之子，周宣王之弟，公元前806年封于郑（今陕西华县一带，后徙于今河南新郑一带），为郑国开国君主。

〔2〕滑国：周朝时分封的姬姓小诸侯国，国都在今河南睢县一带，后迁至费（今河南偃师），故又称费滑，后为秦所灭。

〔3〕鼋鱼：即甲鱼，学名鳖，又叫团鱼、水鱼等。

孔子曾经路过郑国，与子产亲如兄弟。子产去世的消息传到孔子那里，孔子为他悲泣说："子产，多么像是从古代遗留下来的仁爱之人啊，现在这种人越来越少了！"

郑釐公五年，郑国丞相子驷来拜见釐公，受到了釐公的怠慢。子驷生气，就偷偷让厨师用药毒死釐公，然后派人给诸侯各国送去讣告说："釐公暴病，已经去世。"同时，拥立釐公五岁的儿子嘉，就是简公。

简公元年，众公子在一起密谋，想除掉丞相子驷。子驷发觉，反而杀掉了所有公子。

二年，晋国前来攻打郑国，郑国屈服，与晋国签订了和约，晋军撤走。冬天，郑国又跟楚国结盟。当时，郑国实际上是丞相子驷当权，子驷害怕自己的地位不稳固，害怕有朝一日被诛杀，所以和晋国、楚国都亲近。

一年后，子驷认为时机成熟了，就想自立为郑君。这件事被公子子孔发觉了，就派人杀掉了子驷，由自己来担任丞相。不久，子孔也想自立为国君，子产[1]进谏说："子驷这样做行不通，被你杀掉了，现在你又效法他，这样下去，郑国肯定会一直动乱下去。"子孔听从了子产的话，打消了自立为国君的念头，仍旧做简公的丞相。

四年，晋君因为怨恨郑国与楚国结盟，所以出兵攻打郑国。郑国害怕得罪晋国，于是又和晋国结盟。楚共王不知道双方已经和解，所以就发兵援救郑国，打败了晋军。简公想为此向晋国道歉，楚国不许，于是就囚禁了郑国的使臣。

十二年，简公对丞相子孔独揽国家大权很愤恨，杀掉了他，改任子产为卿。还准备封给子产六个城邑，子产再三推让，最后只接受了三个城邑。

二十二年，吴国的使臣延陵季子来到郑国，见到了子产，非常亲密，像老朋友相会一样。延陵季子对子产说："郑国的当权者生活奢侈，不加节制，这样下去，肯定会大难临头。执政的重任只能落到你的身上。你如果执掌政权，一定要按礼法行事，否则郑国肯定会灭亡。"子产诚恳地接受意见，非常恭敬地接待季子。

二十三年，众公子争宠，互相残杀，还有人想诛杀子产。有的公子坚持说："子产是志士仁人，郑国之所以还没有衰败，全靠子产，子产杀不得！"这样，子产才逃过一劫。

良相子产

235

二十五年，郑国派子产出使晋国，去慰问晋平公的病情。平公问子产："占卜说，我的病是因为实沈和台骀在作祟，史官不知道他们是什么来头，请问他们是什么神？"

子产回答："高辛氏有两个儿子，大儿子名叫阏伯，小儿子名叫实沈，都住在大森林里。两个人互不相容，每天都干戈相见，打个没完。帝尧认为他们都不是好东西，就把阏伯迁到商丘，主持祭祀辰星，后代的商族人继承了这个职务，所以，辰星又可以称为商星；实沈被迁到了大夏，主持祭祀参星，后来的唐国人继承了这个职务，服事夏朝、商朝，唐的末世君王名叫唐叔虞。当初，周武王的夫人邑姜怀了太叔时，曾经梦见天帝对自己说：'我给你儿子起名叫作虞，可以把唐国封给他，让他在那里祭祀参星，并在那里繁衍后代子孙。'等到太叔生下来的时候，掌心里有个'虞'字，于是周武王就给他起名叫作虞。后来，周成王灭掉了唐国，就按照天帝的旨意，把唐国封给了太叔。而这个唐国，就是后来的晋国；所以，参星也称为晋星。由此可见，所谓实沈，实际上就是指参星神。至于台骀，有另外的来源。从前，金天氏有个后代叫昧，管理水渠，他生有允格和台骀两个儿子。台骀继承了父亲的官职，负责疏导汾水和洮水，围堵大的湖泽，居住在太原。他的功劳得到了颛顼帝的嘉奖，颛顼帝让他在汾水流域建国。由此可见，所谓台骀，是指汾水和洮水的神。上面所说的这两位神灵，其实都不会危及你的身体。对于河神，遇到有水旱灾害的时候，祭祀他们，可以祈求免灾，对于日月星辰神，遇到风霜雨雪不合时令的时候，祭祀他们，可以祈求调整。至于你的疾病，是由于饮食、情绪，还有女色不当造成的，与这两位神灵没有多大关系。"

晋平公和叔向都赞叹不已："先生真是博学多闻的君子！"晋平公很感激，用丰厚的礼物报答子产。

236

二十七年夏天，郑简公朝见晋君。到了冬天，简公害怕强大的楚国，又去朝见楚君。二十八年，郑简公生病，派子产去与诸侯相会，和楚灵王在申地签订了盟约。三十六年，简公去世，儿子定公宁继位。秋天，定公朝见了晋阳公。

定公元年，楚国公子弃疾杀了楚灵王，夺得王位，就是平王。平王想通过德行来收买诸侯，就把灵王侵占的郑国土地归还给了郑国。

八年，楚国太子建来投奔郑国。十年，太子建和晋国合谋，偷袭郑国。郑国杀掉了太子建，建的儿子胜逃亡到了吴国。

十一年，定公出使晋国，与晋君合谋，出兵杀死了周朝作乱的臣子，把周敬王送回了成周。

十三年，定公去世，儿子献公继位。献公在位十三年去世，儿子声公继位。在这段时期，晋国的六卿[2]非常强大，侵夺了郑国的很多领土，郑国于是就衰弱了。

郑声公五年，丞相子产去世，郑国人都痛哭流涕，悲痛得像自己的亲人去世一样。子产，是郑成公的小儿子。他仁慈厚道，侍奉君王忠诚可信。孔子曾经路过郑国，与子产亲如兄弟。子产去世的消息传到孔子那里，孔子为他悲泣说："子产，多么像是从古代遗留下来的仁爱之人啊，现在这种人越来越少了！"

八年，晋国的范氏、中行氏谋反，攻打晋君，晋君向郑国求救，郑国立刻出兵援救。晋国于是派兵讨伐郑国，打败了郑军。三十六年，晋国又讨伐郑国，攻占了九座城邑。

三十七年，声公去世，儿子哀公继位。八年后，郑国人杀掉了哀公，拥立声公的弟弟，就是共公。三十一年后，共公去世，儿子幽公继位。

幽公之后，郑国几次变换君主，国力越来越微弱。到了郑君乙的时代，郑国国内有反叛，国外有韩国等诸侯虎视眈眈。后来，韩哀侯灭掉了郑国，占领了郑国的全部领土，郑国灭亡了。

相关链接

〔1〕子产：？－公元前522年，名侨，又称公孙侨，郑成公之子，春秋时期郑国丞相、政治家。

〔2〕六卿：周朝时六卿为太宰、太宗、太史、太祝、太士、太卜，分别负责不同的事务，是当时国家的高级官员。

赵氏孤儿

> 赵朔的妻子生了个男孩。屠岸贾听到消息，急忙赶到宫里搜索。赵朔夫人把婴儿藏在裤裆里，祷告说："如果赵氏宗族应该灭绝的话，你就哭；如果不该灭绝，就别出声。"等到搜索时，婴儿竟然没有出声。

赵国的祖先，与秦国的祖先是同一个人。到了后代中衍的时候，曾为商朝的大戊帝赶车。中衍的后代蜚廉留下了两个儿子。一个儿子名叫恶来，他侍奉殷纣王，后来周武王灭了殷纣王，恶来也被周人杀死，他留下的后代姓嬴，就是秦国的始祖。恶来的弟弟名叫季胜，季胜的后代就是赵国人。

季胜的儿子是孟增，也就是宅皋狼。他生了衡父，衡父生了造父。造父深受周穆王的宠信。造父曾经精选了八匹骏马，再加上盗骊、骅骝、绿耳等良马，一起进献给穆王。穆王让良马拉车，让造父驾驭，一起到西方巡见各位诸侯。在西方，穆王见到了西王母[1]，高兴得不想回朝了。徐偃王趁此机会，发动叛乱，穆王听说，驾良马日行千里，突然攻击徐偃王，彻底消灭了他。这件事，造父立下大功，穆王把赵城赏赐给他，从此以后，造父后代就开始姓赵。造父往下六代，是奄父。奄父字公仲，周宣王讨伐戎族的时候，他给宣王赶车。在千亩战役中，由于奄父机智，使宣王脱离险境，立了大功。奄父的儿子是叔带。叔带在世的时候，周幽王荒淫无道，于是他就离开了周幽王，到了晋国，侍奉晋文侯，开始在晋国建立赵氏基业。从叔带开始，赵氏家族日渐巩固强大。五代之后，到了赵夙的时候，赵氏家族已经很兴盛了。

赵夙，在晋献公的时候曾是将军，奉命讨伐霍国，霍国战败，霍公逃亡到了齐国。那一年，晋国大旱，晋献公请人占卜，卜辞说："是霍太山的神灵在作怪。"献公于是就派赵夙出使齐国，召回了霍公，叫他恢复霍国，主持霍太山的祭祀。之后，晋国果然不再干旱，而且获得了丰收。赵夙在这件事上有功，所以，晋献公把原来耿国的土地赏赐给了赵夙。

赵夙的儿子是共孟，共孟的儿子是赵衰，赵衰字子馀。

赵衰不知道该辅佐谁，就去占卜。结果，卜辞说，侍奉晋献公和诸位公子，都不吉利；只有侍奉公子重耳，吉利。于是就去侍奉重耳。重耳因为骊姬的叛乱，逃亡到了翟国，赵衰随从前往，一起住在翟国。当时，翟国讨伐别国，俘获了两位女子，翟君把年少的女子嫁给重耳，把年长的嫁给赵衰，生了儿子赵盾。当初，赵衰在随重耳逃亡之前，还住在晋国的时候，已经有了妻子，而且已经生了儿子赵同、赵括、赵婴齐。赵衰随从重耳出国流亡，一共十九年，才返回晋国。重耳做了晋文公，赵衰做原大夫，居住在原地，执掌国家大权。晋文公之所以能够回国并且称霸，赵衰功不可没。

赵衰回到晋国后，在晋国娶的原配夫人很高兴，而且坚决要求他把在翟国的妻子接过来。不仅如此，还让翟妻的儿子赵盾做继承人，自己的三个儿子都侍奉他。

晋襄公六年，赵衰去世，谥号成季。

赵盾代替成季执掌国政才两年，晋襄公去世。当时，国家多事，襄公的太子夷皋年纪还小，所以，赵盾想拥立襄公的弟弟雍。雍当时在秦国，于是赵盾就派使臣去迎接他。太子的母亲日夜哭泣，叩头企求赵盾："先君难道有什么罪过吗？为什么要抛弃他的嫡子，却要立别人为国君呢？"这件事很让赵盾伤脑筋，担心太子母亲的家族和宗室大臣会杀了他，于是只好让太子继位，这就是灵公。赵盾一方面拥立太子为君，另一方面派出军队，去截击到秦国迎接襄公弟弟的人。

灵公即位之后，赵盾独揽了国家大权。

灵公在位十四年，越来越骄奢淫逸，肆无忌惮。赵盾多次劝谏，灵公置若罔闻。有一次，灵公吃熊掌，因为熊掌没有熟透，就杀了厨师，让人把尸体抬出宫外扔掉。正巧，这件事被赵盾发现了。灵公心里害怕，想杀掉赵盾。情况危急，好在赵盾一向富有爱心，以前曾经救助过一个饿汉，这个时候，这个饿汉出现，奋不顾身地救助赵盾，赵盾才得以脱逃。赵盾还没等逃出国境，赵穿就杀掉了灵公，拥立襄公的弟弟黑臀，就是成公。赵盾又回到国都，重新执掌国家大政。

晋景公的时候，赵盾去世，谥号为宣孟。儿子赵朔继承了爵位。

当年，赵盾还在世的时候，曾梦见祖辈叔带扶着腰痛哭，悲哀之极，可是，一会儿又放声大笑，还拍手唱歌。赵盾醒来，马上去占卜梦的吉凶，龟甲上呈现出先断后续的征兆。占卜的人解释说："这个梦很凶。不过，灾祸不是发生在你身上，而是在你儿子身上，但也是因为你的过错带来的。到了你的孙子，赵氏家族会更加衰弱。"

晋景公三年，大夫屠岸贾想除掉赵氏家族。屠岸贾，是原先灵公时代的宠臣，到了景公的时候，他当上了司寇，就开始追究诛杀灵公的罪犯，株连到了赵盾。屠岸贾对众臣说："赵盾虽然不知情，但灵公被杀，是他的过失造成的，他仍然是罪魁祸首。身为臣子，杀了国君，这样的人，他的子孙却在朝廷当官，这样下去，还怎么惩治罪犯呢？请各位一起诛杀赵氏。"另外一位大臣韩厥不同意："灵公被害时，赵盾在外面，我们的先君认为他没有罪，所以才没有杀他。现在诸位要杀他的后代，恐怕算是违反先君的意愿。如果违反先君的意愿，胡乱诛杀大臣，那就是作乱；而且，臣子做这么大的事情，却不让国君知道，就是无视国君的存在。"

屠岸贾不听，还是准备杀掉赵盾的后代。韩厥把情况告诉了赵朔，让他快逃。赵朔不肯，交代韩厥说："你一定要帮我的忙，不能让赵氏断了香火，这样，我死也瞑目了。"韩厥答应了他的请求，然后谎称有病，不再出门。

屠岸贾没有请示国君，就擅自与将领们在下宫袭击赵氏，杀死了赵朔、赵同、赵括、赵婴齐，并灭了他们整个家族。

赵朔的妻子是成公的姐姐，怀有赵家的遗腹子，她逃到景公的宫里，藏了起来。赵朔有个门客叫公孙杵臼，公孙杵臼问赵朔的朋友程婴："你为什么没有死？"程婴答："赵朔的妻子有个遗腹子，如果幸运，是个男孩，那我就侍奉他；如果是女孩，我就慢慢老去吧。"不久，赵朔的妻子生了个男孩。屠岸贾听到消息，急忙赶到宫里搜索。赵朔夫人把婴儿藏在裤裆里，祷告说："如果赵氏宗族应该灭绝的话，你就哭；如果不该灭绝，就别出声。"等到搜索时，婴儿竟然没有出声。脱险之后，程婴问公孙杵臼："这次没有搜到，以后他们肯定还会再来，怎么办？"

公孙杵臼问："扶立孤儿，让他日后能继承祖业，与死相比，哪个更难？"程婴说："死容易，扶立孤儿太难啦！"公孙杵臼说："赵氏先君对你有恩，你就勉强承担难的吧！我做容易的，让我先死。"于是，二人想方设法找来另外一个婴儿，给他披上华丽的襁褓，藏在了山里。然后，程婴出来，故意对屠岸贾手下的将军们说："我程婴没出息，没有能力扶立赵氏孤儿。谁给我千金，我就告诉他赵氏孤儿藏在什么地方。"将军们很高兴，答应了他，然后派兵跟随程婴，去攻打公孙杵臼。公孙杵臼假装怨恨地说："小人呀，程婴！当初，你我共谋藏匿赵氏孤儿，如今你却出卖我！你即使不愿意和我共同扶立赵氏孤儿，那么你退出就罢了，你怎么忍心出卖他呢？"说完，公孙杵臼抱着婴儿大呼道："苍天哪！苍天！赵氏孤儿有什么罪过？请让他活下来，只杀我好了。"将军们不答应，杀了杵臼和孤儿。将军们以为赵氏孤儿真的已经除掉，都很

高兴。实际上，真正的赵氏孤儿还活着，程婴带着他一起躲到了深山里。

十五年过去了。晋景公患病，请人占卜。占卜的人说，有一个大家族，因为断绝了香火，所以它的神灵在作祟。景公向韩厥咨询，韩厥知道赵氏孤儿仍然活着，就说："晋国断绝香火的大家族，只有赵氏，卜辞说的是赵氏吧？赵氏历史很久，自从中衍以来，子孙都姓嬴。中衍人面鸟嘴，辅佐殷代大戊帝，他的子孙辅佐周天子，都立下了功德。直到周幽王、周厉王荒淫无道，叔带才离开周王，来到晋国，侍奉先君文侯，一直到成公。他们世世代代都建立功勋，从未断绝过祭祀。而现在，在您执政的时候，偏偏灭绝了赵氏宗族。全国的百姓都为赵氏家族感到悲哀。正因为这样，所以才显现在龟策上。希望国君能考虑一下这件事。"景公问道："赵家现在还有后代吗？"韩厥于是就把真实情况和盘托出。景公就和韩厥商议，准备扶立赵氏孤儿，并把他召来，先藏在了宫里。将军们入宫问候景公病情的时候，景公就让韩厥安排士兵，胁迫将军们拜见赵氏孤儿。将军们迫不得已，只好说："下宫事变，是屠岸贾干的，是他假传圣旨，命令群臣。否则，我们怎么敢那样做？要不是国君您身体不好，不便烦扰，我们早就想请求您扶立赵氏的后代。如今国君有令，正合我们的心愿！"于是，景公召来赵氏孤儿赵武[2]，还有程婴，一起来拜谢各位将军。之后，将军们反过来和程婴、赵武攻打屠岸贾，灭了他的宗族。景公重新把原来赵氏的封地赐给了赵武。五年之后，赵武二十岁，已经成年，程婴就向各位大夫辞别，对赵武说："以前下宫事变，大家都已殉难。我并不贪生怕死，我之所以活下来，是为了扶立赵氏的后代。如今，你已经长大成人，延续了赵氏的香火，恢复了赵氏过去的爵位，我也该到九泉之下去了，去向你爷爷和公孙杵臼报告现在的好消息。"

赵武痛哭流涕，叩头请求程婴留下，说："我愿意以一生来报答您的恩德，难道您忍心丢下我去死吗？"程婴说："我非走不可。公孙杵臼认为我能办成大事，所以比我先走一步；我如果还不去回报，他会误以为我的事还没办成。"说完，就自杀了。赵武为他守丧三年，并为他设置专供祭祀之用的封地，每年春秋两季祭祀，世代不绝。

赵武复位十一年，晋厉公杀掉了他的三个大夫。大臣栾书怕牵连到自己，就杀死了厉公，另立襄公的曾孙周，这就是悼公。从此，晋国大夫的势力越来越大。

晋平公即位之后，赵武升任正卿，赵氏越来越强大。十三年，吴国的延陵季子出使晋国，曾说："晋国的政权，最终会落在赵武子、韩宣子和魏献子的后代手中。"

赵武去世，谥号为文子。文子生了景叔。景叔生了赵鞅，就是简子。

相关链接

[1] 西王母：又称王母娘娘，为传说中的女神，相传住在西方昆仑山的瑶池，《穆天子传》里记载周穆王向西巡游时曾经见过她。

[2] 赵武：公元前597－前541年，又称赵孟，即赵氏孤儿，赵朔之子，赵盾之孙，春秋时代晋国大夫，人称赵武子，谥号文子。

赵简子外出，有个人前来挡道，挡道人说："你前次生病时，我正在天帝身边。"简子说："对，有这么回事。你看见我时，我正在干什么？"挡道人说："天帝让你射杀熊和罴，都射死了。"简子说："对，是这样。这意味着什么呢？"挡道人说："意味着晋国将有灾难，你首当其冲。天帝想帮你，所以叫你灭掉二卿，熊和罴就是他们的祖先。"

赵简子[1]在位时期，曾经率领晋军会合诸侯，戍守周朝的边境，还曾经护送周敬王回到成周，为周室立下了功劳。

有一次，赵简子生病，整整五天不省人事，大臣们都很担忧。名医扁鹊[2]来给他诊断，说："简公血脉畅通，用不着大惊小怪。从前，秦穆公也曾经这样，过了七天才苏醒，苏醒之后，告诉公孙支和子舆说：'我到天帝那里去了，很快乐。

'我之所以在那里逗留那么久，是因为刚好碰到天帝教导我。天帝告诉我说：晋国将要发生大乱，接连五代都不会安宁；晋公的后代将会称霸诸侯，但霸主没有一个能够寿终正寝；霸主的儿子会使你们国家的男女关系很混乱。'公孙支把这些话记录了下来。

"后来，世道果然如天帝所说，献公时的变乱，文公的称霸，还有襄公在殽山打败秦军，回去之后就开始放纵淫乱，这些事情你都听说过。现在简公的病和秦穆公的病一样，不出两天，一定痊愈，痊愈之后，一定有话要说。"

过了两天半，简子苏醒了。他告诉大家说："我到天帝那里去了一趟，玩得很愉快，和众神一起在天庭的中央游览，仙乐飘飘，众神翩翩起舞，千姿百态，有一只熊要来抓我，天帝叫我射它，我射中了熊，把它射死了。

"又有一只罴扑过来，我又射中罴，罴也死了。天帝非常高兴，赏赐给我两个竹箱子，而且还都有备用的。我见一个小孩在天帝身旁。天帝托付给我一只翟犬，说：'等你儿子长大了，把这只翟犬赐给他。'天帝还告诉我：'晋国将一代比一代衰弱，再传七代，就会灭亡。嬴姓族人将大败周人，但不会取而代之。现在我很思念虞舜的丰功伟业，到时候，我准备把他的嫡女孟姚嫁给你的七世玄孙。'"史官把这些话都记录并收藏了起来。然后，他把扁鹊说的话告诉了简子，简子赏了四万亩田地给扁鹊。

一天，简子外出，有个人前来挡道，赶也赶不走，随从很生气，拔刀要杀他。挡道人说："我不是无理取闹，是有事要面见主君。"随从禀告了简子。简子马上召见，一见面就说："哎呀！我见过你，很面熟。"挡道人说："让随从们离开，我有话要单独跟你说。"

随从离开后，挡道人说："你生病时，我正在天帝身边。"

简子说："对，有这么回事。你看见我时，我正在干什么？"

挡道人说："天帝让你射杀熊和罴，都射死了。"

简子说："对，是这样。这意味着什么呢？"

挡道人说："意味着晋国将有灾难，你首当其冲。天帝想帮你，所以叫你灭掉二卿，熊和罴就是他们的祖先。"

简子问："天帝还赐给我两个竹箱子，而且还都有备用的，这是什么意思呢？"

挡道人说："这是说，你的儿子将在翟地打败两个国家。"

简子又问："我看见一个小孩在天帝身旁，天帝送给我一只翟犬，说：'等你儿子长大成人之后，就把这只翟犬赐给他。'为什么要把翟犬赐给小孩呢？"

挡道人答："那个小孩，是你儿子；而翟犬呢，是代国的祖先。你的儿子将来会占有代地。你的后代，将要改革政治，提倡全国人穿胡人的服装，并且要在翟地吞并两个国家。"

简子询问挡道人的姓名，并且请他做官。挡道人说："我是个粗人，只是来传达一下天帝的旨意而已。"说完就不见了。简子把这些话都记录下来，收藏在秘府里。

还有一天，子卿来拜见简子，简子把他的儿子都叫来，让子卿看相。子卿说："他们都当不了将军。"简子说："那么，赵氏会灭亡吗？"子卿说："我曾在路上看见一个孩子，他是你的儿子吧？"简子闻言，立刻召来儿子毋恤。毋恤一到，子卿就起身说："这才是真正的将军啊！"

简子不相信："这个孩子的母亲地位低贱，只是个翟人的婢女，凭什么说他能尊贵呢？"子卿回答说："因为这是上天赐予的，所以，虽然现在低贱，但日后必定尊贵。"从此以后，简子每次召见儿子们谈话，都会注意到毋恤最聪明。有一次，简子告诉儿子们说："我把宝符藏在常山上，看谁先找到，有奖！"儿

子们马上登山寻宝，到处寻找，却一无所获。毋恤回来之后，对简子说："我找到了。"简子说："递上来。"毋恤说："从常山上攻伐代国，可以占领代国。"简子感叹，知道毋恤果然贤能，于是就废了太子伯鲁，改立毋恤为太子。

晋定公十四年，范氏、中行氏叛乱。一年后，简子跟邯郸大夫赵午说："请把卫国进贡来的五百户士民还给我，我准备把他们安置在晋阳。"赵午答应了。可是，赵午的父兄不同意，于是赵午就违背了诺言。简子把赵午抓了起来，囚禁在晋阳，并告诉邯郸人说："我准备杀了赵午，各位想拥立谁来继位？"不久，杀了赵午。赵午的儿子赵稷，还有家臣涉宾，调动了整个邯郸的力量，起来叛乱。晋定公于是派兵围攻邯郸。荀寅、范吉射和赵午是亲戚，所以，不但不帮助平叛，反而暗中参与谋划叛乱，大臣董安于知道这件事，但没有制止。十月，范吉射、中行寅讨伐赵简子，赵简子逃到了晋阳。

不久，晋定公派人包围了晋阳。大臣荀栎对晋定公说："最先叛乱的人，应该处死。现在范吉射、荀寅、赵简子三位大臣最先叛乱，而只驱逐赵鞅一个人，这样处罚他们不公平。应该把他们都驱逐。"十一月，晋定公派人率军讨伐范氏、中行氏，没有如愿。范氏、中行氏反攻，定公还击，范氏、中行氏战败逃走，逃到了朝歌。

这时候，韩氏和魏氏替赵简子向定公求情，于是赵简子得以重回绛城，在定公宫中签订了和约。

第二年，知伯文子对赵简子说："范氏、中行氏虽然确实作乱，但这是董安于挑起的，董安于也参与了谋划。晋国有法，最先叛乱的人应该处死。现在，范氏、中行氏两人都已经治罪，可是董安于还在逍遥法外。"赵简子对此很忧虑。董安于知道后，说："我死了，赵氏就可以平安，晋国也能长治久安，看来，我早该死了！"于是自杀。

赵简子把这件事告诉了知伯，然后赵氏才放下心来。

相关链接
〔1〕赵简子：？－公元前458年，名鞅，又名志父，赵武子之子，春秋战国时期晋国正卿。其先祖与秦同姓。
〔2〕扁鹊：确切生卒年待考，又称卢医，姓秦，名越人，渤海莫（今河北任丘）人，中国传统医学的鼻祖。

文侯兴魏

魏文侯遵从圣贤之道，专门跟从孔子的门生子夏，认真学习经书。秦国曾经打算攻打魏国，有人说："魏君善待贤士能人，全国人都称颂他的仁德，上下同心，不要打他的主意。"文侯因此获得了诸侯的赞誉。

魏国的祖先，是毕公高的后代。毕公高与周室同姓。周武王灭商以后，毕公高被封在毕地，于是就以毕为姓。他的后代没有被封爵，变成了平民，有的居住在中原[1]，有的流落到了蛮荒的外族地区。他的后代子孙里面，有个人叫毕万，侍奉晋献公。

晋献公十六年，赵夙赶车，毕万做护卫，率军讨伐霍、耿、魏，消灭了它们。献公把耿地封给了赵夙，把魏地封给了毕万，二人都荣升为大夫。晋国掌管占卜的大夫郭偃说："毕万的后代肯定会昌盛。万是满数，魏，是巍巍名号。用这样的名号封赏，是天意要他开拓基业。天子统治亿万人民，诸侯统治万民。现在赐给他这样的大号，名字又是满数，他以后必定会拥有众多的百姓。"此前不久，毕万曾经占卜到晋国做官的吉凶，得到了"屯卦"变为"比卦"的卦相，辛廖推断说："这个卦相很吉利。'屯卦'表示坚固，'比卦'表示进入，还有比这更吉利的吗？他的后代一定会繁荣昌盛。"

十一年后，晋献公去世。献公的四个儿子争位，晋国内乱。而毕万的子孙繁衍增多，于是，依照他的封邑，改称魏氏。毕万生了魏武子。魏武子侍奉晋公子重耳。晋献公二十一年，魏武子随从公子重耳出国逃亡。十九年后，返回晋国，重耳即位，成为晋文公，晋文公封魏武子为大夫。

魏武子生了魏悼子。魏悼子生了魏绛。

魏绛辅佐晋悼公。悼公三年，晋悼公与诸侯会盟。悼公的弟弟杨干扰乱了队伍的行列，于是魏绛杀了杨干的仆人，表示惩罚杨干。悼公对此颇为生气，愤怒地说："会合诸侯，是为了显示威严和荣耀，可是现在却有人侮辱我弟弟！"悼公准备诛杀魏绛。幸好有人劝谏悼公，悼公才罢休。后来，还是任用魏绛处理大事，派他与戎、翟两国加强联系，戎、翟因此而亲附晋国。悼公很感激魏绛的努力，说："从我任用你开始，八年当中，九次会合诸侯，戎、翟两国也来亲附，这都是靠你的努力呀！"悼公还赏赐给魏绛乐器，魏绛推让多次，最后接受。魏绛去世后，谥号为昭子。魏绛生了魏嬴，魏嬴生了魏献子。

魏献子辅佐晋昭公。昭公去世后，晋国六卿强盛，公室力量越来越微弱。

晋顷公十二年，魏献子开始主持晋国的政治。当时，晋宗室的祁氏与羊舌氏互相争斗攻击，六卿乘机诛杀了他们，把他们的封邑划为十县，六卿各派自己的子孙去做各县的大夫。这时候，魏献子与赵简子、中行文子、范献子平起平坐，同为晋卿。

魏献子生了魏侈。在晋阳事变中，魏侈和赵简子共同攻打范氏、中行氏。

魏侈的孙子叫魏桓子，他与韩康子、赵襄子一起攻灭了知伯，瓜分了他的封地。

魏桓子的孙子是魏文侯。

魏文侯十七年，魏国消灭了中山国，文侯派子击驻守中山，让赵仓唐辅佐他。子击在朝歌遇见文侯的老师田子方，子击倒车让路，并下车拜见。可是田子方却不还礼。子击问他："是富贵者待人傲慢，还是贫贱者待人傲慢？"田子方回答说："只有贫贱的人才傲慢待人。诸侯待人傲慢，那就会亡国；大夫待人傲慢，就会失掉他的封邑。贫贱的人，做事不合国君的口味，想法不被国君采纳，那他只好到楚、越等蛮夷之地去，怎么能和富贵的人相提并论呢！"子击听了，知道田子方得不到国君的重用，心里有牢骚。但子击对他的无礼还是很不高兴。他率军西进，攻打秦国，打到郑邑之后，班师回朝，然后修筑洛阴城、合阳城。

二十二年，魏、赵、韩三国被封为诸侯。

魏文侯遵从圣贤之道，专门跟从孔子的门生子夏[2]，认真学习经书。还善待贤人段干木，每次经过段干木住的地方，都扶着车栏杆，行注目礼，表示敬意。秦国曾经打算攻打魏国，有人说："魏君善待贤士能人，全国人都称颂他的仁德，上下同心，不要打他的主意。"文侯因此获得了诸侯的赞誉。

文侯任命西门豹防守邺地，西门豹治理得当，河内地区的百姓安居乐业。

魏文侯问大臣李克："先生曾赐教我说：'家里穷困，就想娶贤妻；国家混乱，就想得良相。'现在我要选择相国，魏成子和翟璜都是不错的人选，你怎么评价这两个人？"

李克回答说："卑贱的人不议论尊贵的人，关系远的不议论关系近的人的事。我的职务是在宫门以外，我不敢乱说话。"

文侯说："先生就不要客气了。"

李克于是说："看来君王平时不注意考察自己的大臣。要看他平时亲近哪些人，富裕时结交哪些人，显贵时提拔哪些人，穷困时看他不做哪些事，贫贱时看他不要哪些东西。这五点就足以看出他的人品，足以决定谁更合适，何必非要我说呢！"

文侯说："先生可以回家了，我的丞相已经选定了。"

李克出宫，过访翟璜的家。翟璜问："刚才听说，君王召见先生，询问丞相的人选，究竟谁会当丞相呢？"

李克回答："魏成子当丞相。"

翟璜非常气愤："大家有目共睹，我哪一点比不上魏成子？西河守将吴起，是我推举的。国内最让君王担忧的是邺地，我推荐西门豹去治理。君王要讨伐中山，我推荐了乐羊。占领了中山后，找不到合适的人镇守，我推荐先生你。国君的儿子没有老师，我推荐了屈侯鲋。我哪里比不上魏成子？"

李克说："你把我推荐给国君，难道是为了拉帮结派做大官吗？国君问我，他心目中的丞相职位，'魏成子和翟璜都是不错的人选，你怎么评价这两个人？'我回答说：'看来君王平时不注意考察自己的大臣。要看他平时亲近哪些人，富裕时结交哪些人，显贵时提拔哪些人，穷困时看他不做哪些事，贫贱时看他不要哪些东西。这五点就足以看出他的人品，足以决定谁更合适，何必非要我说呢！'由此我知道，肯定是魏成子当丞相。再说，你怎么能和魏成子相比呢？魏成子的千钟俸禄，十分之九用在他人身上，十分之一用在家里，因此才从东方招来了子夏、田子方、段干木。这三个人，都被国君尊奉为老师。而你所推荐的五个人，国君都任用为臣子。你怎么能和魏成子相比呢？"

翟璜若有所思，向李克拜了两拜，说："我翟璜，的确还孤陋寡闻，缺乏见识，希望您原谅，愿意终身做您的学生。"

三十二年，魏国讨伐郑国，在注城打败了秦军。三十五年，齐国攻占了魏国的襄陵。三十六年，秦军攻占了魏国的阴晋。三十八年，魏国讨伐秦国，失利，战败，但是俘虏了秦国的一员大将。同年，魏文侯去世，子击继位，这就是武侯。

相关链接

〔1〕中原：对黄河中下游地区（今河南中北部、山西南部、陕西及山东部分地区）的一种泛称。

〔2〕子夏：公元前507年-？，姓卜，名商，字子夏，春秋末期晋国温（今河南温县一带）人，为孔子的著名弟子，"孔门十哲"之一。

○品画鉴宝　何尊（西周）

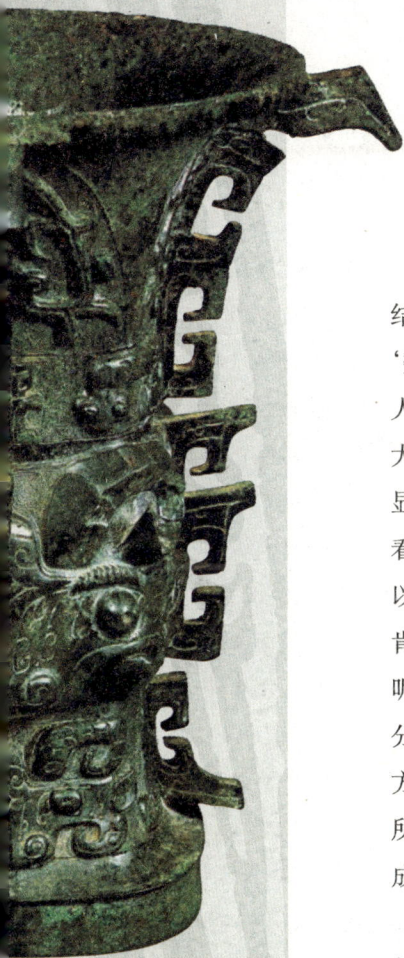

此尊造型凝重，纹饰华美，铸造工艺精湛，铭文历史价值较高，是西周平早期青铜器中出类拔萃的一件艺术瑰宝。

夹缝求生

魏武侯元年，赵敬侯也刚刚即位，公子朔作乱，失败，逃亡到魏国，说服魏军一起去袭击赵国的邯郸，魏军战败离去。七年，攻打齐国，一直打到了桑丘。九年，翟军打败了魏军。同年，魏国派大将吴起讨伐齐国，一直打到灵丘，当时齐威王刚即位。十一年，和韩、赵两国三分晋地，消灭了晋国。十六年，魏国讨伐楚国，夺取了鲁阳。这时候，魏武侯去世，惠王子罃继位。

当初，在魏武侯去世之后，惠王子罃掌权之前，子罃和公中缓争当太子。公孙颀从宋国跑到赵国，又从赵国跑到韩国，对韩懿侯说："魏国的子罃和公中缓争当太子，君王您也听说了吧？现在子罃得到大臣王错的辅佐，挟持上党，相当于半个魏国。如果能趁现在这个机会除掉子罃，必能打败整个魏国，这个良机不能错过啊！"

韩懿侯很高兴，就与赵成侯联合，一起去攻打魏国，在浊泽大败魏军，并包围了魏惠王。赵成侯对韩懿侯说："除掉魏君，拥立公中缓，割地之后撤军，这样对我们都有利。"韩懿侯不同意："不行，杀了魏君，人们一定骂我们残暴；割地之后撤军，人们一定骂我们贪婪。不如把魏国分成两个部分，魏国一分为二，就不会强于宋国、卫国，这样，我们就永远不用担心魏国了。"赵成侯不听。韩懿侯和赵成侯谈不拢，就率领他的精锐部队撤离了。

正因为韩、赵两国的意见不一致，所以，魏惠王没有被杀掉，国家也没有被分割，这是魏国的万幸。假如韩赵两国意见一致，那么魏国肯定会被分割。所以说，"国君去世，如果没有嫡子继位，那么他的国家是很危险的。"

魏惠王二年，魏军在马陵打败了韩军，在怀地打败了赵军。五年，与韩侯在宅阳相会。同年，魏军被秦军打败。六年，讨伐宋国，占领了仪台。九年，在浍水打败韩国。与秦军在少梁交战，秦军俘虏了魏军将领公孙痤，夺取了庞城。十年，攻打赵国的皮牢，占领了它。十四年，与赵侯相会。十五年，鲁、卫、宋、郑的国君都来朝见魏惠王。十六年，与秦孝公相会。攻占宋国的黄池，又被宋军夺了回去。十七年，与秦军交战，秦军夺取了魏国的少梁。魏军包围赵国的邯郸。十八年，攻占邯郸。赵国向齐国请求救兵，齐国派田忌、孙膑率军救赵，在桂陵打败了魏军。十九年，诸侯联军包围了魏国的襄陵。为了御敌，魏国修筑长城，在固阳建筑关塞。二十年，归还了赵国的邯郸，与赵国在漳水签订盟约。二十一年，和秦王在彤地相会。二十八年，中山君当上了魏国的丞相。

　　魏惠王三十年，魏国出兵讨伐赵国，赵国向齐国求救。齐宣王采纳了孙膑的计策，进攻魏国，从而援救了赵国。魏国于是派出重兵，以庞涓为将，太子申为上将军，去进攻齐国。军队路经外黄，外黄的徐子对太子申说："我有妙术，能让你百战百胜。"太子申问："我可以听听吗？"徐子说："本来就想敬献给你听的。"然后，接着说："太子亲自率军讨伐齐国，即使真的大胜齐军，而且占领莒地，那么也不可能像魏国一样富有，再尊贵也超不过做魏王。如果打不赢齐国呢，那么你的子孙后代就没有机会占有魏国了，这就是我的妙术。"太子醒悟："是这样啊，我一定听从你的话，马上率军回国。"徐子说："你现在想回去，已经来不及了。那些鼓动你打仗，想从中获利的人太多了。你现在想回国，恐怕办不到。"太子准备班师回国，他的赶车人说："将军刚出兵，就要返回，这和打败仗是一样的。"太子申于是硬着头皮进军，与齐军交战。结果，太子申被齐军俘虏，大将庞涓被杀，魏军大败。

　　三十一年，秦、赵、齐三国联合进攻魏国，秦将商君使用欺骗手段俘虏了魏国将军公子卬，然后大败魏军。同时，齐、赵两国也多次打败魏军。由于魏国国都靠近秦国，于是迁都到大梁 [1]。三十三年，秦孝公去世，商君逃出秦国，投奔魏国，魏国记恨他曾经欺骗公子卬，不予接纳。

　　惠王在战争中屡次败北，于是就用谦恭的礼节和优厚的待遇招揽贤士能人。当时的能人，如邹衍、淳于髡、孟轲 [2] 都来到了魏国。惠王对各位贤人说："我领导无方，军队多次在国外受挫，太子被俘，大将战死，国内空虚，玷辱了祖先的社稷，我感到羞耻。老先生不远千里，屈尊光临我国，各位准备提供什么妙计，使我国能重新获利呢？"孟轲说："君王不应该这样重视利益。君王贪利，那么大夫就会贪利，大夫贪利，百姓就会贪利，上上下下都争权夺利，那么国家就危险了。作为国君，只要实行仁义就足够了，为什么一定要追逐小利呢？"

　　三十六年，惠王去世，儿子襄王继位。

襄王元年，与诸侯在徐州会盟，互相尊称为王。

五年，秦军打败魏国军队，包围了焦地和曲沃。魏国妥协，把河西割让给了秦国。六年，秦军又攻占了汾阴和皮氏等地。七年，魏国把上郡全部都割让给了秦国。不久，秦军又攻占了魏国的蒲阳。八年，秦国归还了焦地和曲沃。

十二年，楚军在襄陵打败了魏军。同年，各位诸侯派大臣与秦国丞相张仪相会。十三年，张仪来到魏国担任丞相，可是三年后又回到了秦国。

十六年，襄王去世，儿子哀王继位。

哀王元年，五国共同讨伐秦国，没有胜利就退兵了。

八年，魏国出兵讨伐卫国，攻占了两座城邑。卫君非常忧虑。这时候，如耳拜见卫君说："请让我去说服魏国撤军，并罢免成陵君，好不好？"卫君说："先生如果真的能做到，我们卫国愿意世世代代侍奉先生。"于是如耳去拜见成陵君，说："从前，魏国讨伐赵国，本打算割裂赵国，把赵国一分为二，后来赵国没有灭亡，是因为魏国发了善心。现在，卫国濒临灭亡，它肯定会向西请求臣属于秦国。与其让秦国得便宜，不如由魏国来宽恕卫国，放了卫国。这样，卫国肯定会永远对魏国感恩戴德。"成陵君觉得不错，当场就答应了。从成陵君那里出来，如耳马上又去拜见魏王说："我曾经见过卫君。卫君原是周室的分支，卫国虽然是小国，但宝物甚多。现在，卫国处于危难之中了，却仍然不肯献出宝物，是因为他觉得，进攻卫国或放了卫国，并不是由您决定，所以，即使献出了宝物，也不会落到您手里。我私下估计，最先建议放了卫君的人，一定是接受了卫国贿赂的人。"如耳说完，刚出去，成陵君就进来拜见魏王，照如耳的话来建议魏王。魏王听完他的话，便停止了对卫国的包围，随即，罢免了成陵君的职务，终生不再见他。

九年，从秦国来的张仪，曾在韩国任职的犀首，齐国任职的薛公，都归附魏国。不久，魏国丞相田需去世，楚国很担心魏国让能人来担任丞相。楚国丞相昭鱼对苏代说："田需死了，我怕张仪、犀首、薛公中有一人继任魏相。"

苏代问："那么，谁做魏相对你最有利呢？"

昭鱼说："我想让魏太子做魏相。"

苏代说："那好，我愿意替你北上游说，一定让魏太子当魏相。"

昭鱼问："你准备怎么办？"

苏代说："你扮演魏王，我来游说你。"

昭鱼说："你要怎么说？"

苏代假装对魏王说："我从楚国来，楚国丞相昭鱼很忧虑，他说：'田需死了，我怕张仪、犀首、薛公三人之中，会有一人当魏相。'我安慰他说：'魏王明察秋毫，肯定不会让张仪当相国。如果张仪当相国，肯定会偏向秦国，损害魏国，犀首如果当相国，肯定会偏向韩国，也损害魏国；如果薛公当相国，肯定会偏向齐国，还是损害魏国。魏王，是贤明的国君，不可能随便任命他们。'魏王会问：'那么我该让谁当相国呢？'我就说：'还是让太子当相国最好。如果太子自己当相国，那么这三个人都会认为太子不会长期在任，于是就会尽力让他们的故国好好侍奉魏国，为的是将来能接替太子当魏相。魏国这么强大，如果再加上三个大国的辅佐，那么魏国一定会更加坚实兴盛。所以，还是让太子当相国最好。"

后来，苏代拜见了魏王，把这些话告诉了他。果然，太子当了魏的相国。

相关链接

〔1〕大梁：在今河南开封，魏惠王时将都城从安邑（今山西夏县一带）迁到了此地。

〔2〕孟轲：生卒年代大约为公元前385－前304年，姓孟，名轲，子子舆，鲁国邹（今山东邹县）人，战国时期伟大思想家、儒家一代宗师，继承并发展了孔子的学说，被后代尊为"亚圣"，和孔子并称"孔孟"。

抗秦图存

燕太子丹派荆轲去行刺秦王，被秦王发觉。秦军攻打魏国，于是魏国灭亡，被秦国设为郡县。

二十三年，哀王去世，儿子昭王[1]继位。昭王在位十九年，与各位诸侯征战，你来我往，各有胜负。昭王去世之后，儿子安釐王继位。

安釐王元年，秦军攻占了魏国的两座城，第二年，又攻占了两座城，而且兵临大梁城下。好在韩国出兵救援，暂时解围，最后，魏国割让了温地给秦国。一年后，秦军再次进攻，占领了四座城，杀死了四万人。又过一年，魏、韩、赵三国联军被秦军打败，死了十五万人。魏国大将段干子主张，割让南阳给秦国，以求和解。苏代对魏王说："段干子想升官，秦国想得到土地。可是如今，君王却让想得到土地的人掌握主动，让想升官的人控制魏国的土地。这样下去，只要魏国的土地还没有送得一干二净，就不会算完。再说，用土地来侍奉秦国，就像是抱柴救火，柴烧不完，火就不会熄灭。"

魏王想想说："你说的有道理。不过，事已至此，已经无力回天了。"

苏代回答："君王难道不懂得下棋的道理吗？如果有好处，那就吃掉对方的棋子；如果没好处，那就停止。现在您说：'事已至此，无力回天'，为什么您在治国方面还不如下棋更有谋略呢？"

最后，魏王还是没有听从苏代的建议。

九年，秦军又攻占了魏国的怀地。十年，秦国太子在魏国做人质，去世。十一年，秦军攻占了魏国的都丘。

秦昭王问左右大臣："现在的韩国、魏国与从前相比，哪个时候更强盛？"

群臣回答："当然不如从前。"

昭王又问："现在的如耳、魏齐，与当初的孟尝君、芒卯相比，谁更贤能？"

群臣回答："如耳、魏齐当然不如孟尝君和芒卯。"

昭王说："凭孟尝君、芒卯的才干，率领强盛时期的韩国和魏国来攻打我们秦国，还不能把我怎么样。现在，无能的如耳、魏齐，率领弱小的韩国、魏国，想攻打秦国，他们显然更不可能把我怎么样。"

群臣附和说："君王所言极是！"

254

可是大夫中旗持不同意见："君王对天下形势的估计有误。当初，晋国六卿并立时，知氏最为强大，它消灭了范氏、中行氏，还率领韩、魏两国军队把赵襄子围困在晋阳，决开晋水淹没晋阳城，淹得晋阳城只剩下三版宽的地方能站人。知伯巡视水情，魏桓子给他赶车，韩康子随从。知伯忘乎所以地说：'当初，我不知道水还能用来灭亡别人的国家，现在才知道，汾水可以淹安邑，绛水可以淹平阳。'魏桓子听了，偷偷用胳膊肘碰韩康子，韩康子也用脚踩魏桓子，两人都暗自嘲笑知伯，对他的残忍和自以为是很反感。后来，知氏失败，他的封地被瓜分，成为天下人讥笑的对象。现在，秦国虽然兵强马壮，但再强也不会超过当年的知氏；而韩国和魏国虽然弱小，但是，再弱也要胜过他们当初在晋阳城下的时候。现在，正是他们碰肘和踩脚达成默契的时候，希望君王不要轻视他们。"秦昭王听了，于是对两国感到忧虑。

不久之后，齐国、楚国联合起来，攻打魏国。魏王派人来向秦国求救，派去的使臣一个接着一个，可是秦国就是不发兵来救。魏国有个叫唐雎的人，当时已经九十多岁了，他拜见魏王说："请让老臣我西去游说秦王，保证让秦国的救兵比老臣还要先出来。"魏王感激，拜谢两次，然后准备车辆送唐雎出发。

唐雎到了秦国，马上去拜见秦王。秦王说："你老人家远道而来，一路劳顿，太辛苦啦！魏国已经派好几个人来过了，我早就知道魏国现在很危急。"

唐雎于是说："君王既然知道魏国危急，却不发兵救援，这肯定是替你出谋划策的大臣无能。魏国，是拥有万乘兵力的大国，然而，这个大国却侍奉秦国，自愿成为秦国在东方的藩属，接受秦国赐给的衣冠服饰，春秋两季按时向秦国进贡祭品。这是为什么呢？是因为强大的秦国是可以信赖的盟国。而现在呢，齐国、楚国的联军已经兵临魏国城下，但是秦国却不发救兵，其实也就是觉得魏国还可以支撑下去。但是，假如魏国撑不住了，那么它将被迫割地，而且会加入合纵的行列，与齐楚等国共同反对秦国。如果到了那个地步，那君王还能救什么呢？如果等到魏国危在旦夕才发兵救它，那么，弄不好就会失掉一个东方的藩属魏国，而使齐、楚两个敌国更加强盛，这样做对君王有什么好处呢？"

秦昭王听了，马上发出了救兵，魏国于是转危为安。

此后不久，赵王派人对魏王说："替我杀死范痤，我愿意拿出方圆七

十里土地献给魏国。"魏王动心，就派人去逮捕范痤。包围了范痤的家后，范痤察觉了，爬上了屋顶，骑在房梁上，对来抓他的官吏说："与其拿死的范痤交易，不如拿活的范痤交易。假如你们杀了我，但是赵王不愿送给魏王土地，那么魏王怎么办？所以，不如先与赵王划定割地，然后再杀我。"魏王同意了。范痤抓紧时间，写信给信陵君[2]说："我范痤，以前是魏国的相国，现在隐退了。赵王用割地为条件，让魏王杀掉我，魏

王竟然听从他。假设有那么一天，强秦也仿效赵王的办法，让你的国君杀掉你，那你准备怎么应付？"信陵君颇有感触，就向魏王进谏，魏王醒悟，就把范痤释放了。

因为秦国曾经出兵援救魏国，所以魏王想亲近秦国，攻打韩国，讨回以前的失地。信陵君无忌劝阻魏王说：

"秦人与野蛮的外族有相同的习俗，都有虎狼一样的心肠，贪婪暴虐，不讲信义，不懂礼仪。只要有利可图，那就连亲兄弟也不顾，就像禽兽一样，这是天下人都知道的。秦国从来没有施过恩，从来没有积过德。所以，宣太后虽然是秦王的母亲，却忧伤而死；穰侯是秦王的舅舅，没有谁比他的功劳更大，可是竟然被驱逐出国了；泾阳君、高陵君是秦王的弟弟，没有罪过，却一再剥夺他们的封邑。秦国对待亲戚尚且如此，又何况对于有仇的国家呢？现在，君王如果和秦国联合，去攻打韩国，那么就会被秦国所害。君王您要是不懂得这个道理，就不可能合理治国；作为大臣，如果不向君王讲清这个道理，就是不忠诚。

"现在，韩国国君年幼，靠母后辅佐，国内有叛乱，国外有强大的秦、魏两国来挑战。这样下去，韩国还会不灭亡吗？韩国如果灭亡，那么秦国就会占有郑地，就会与我们的首都很近。君王认为这样安全吗？君王想得到原来的土地，却与强秦亲近，君王认为这样的办法合适吗？

"秦国不是安分的国家，灭亡了韩国之后，肯定还会再挑事端，再挑事端，必定会找容易下手和有利可图的目标，而找容易下手和有利可图的目标，肯定不会去找楚国和赵国。为什么这么说呢？因为，进攻赵国，就要跨越大山与黄河，还要穿越韩国的上党，这样很危险，有前车之鉴，秦国肯定不会这样做。如果取道河内，横渡漳水、滏水，与赵军在邯郸城外决战，那就是重演知伯的败绩，秦国也会避免。要是讨伐楚国呢，那要路经涉谷，跋涉三千里，进攻要塞，所走的道路实在太远，所攻打的目标也实在太难对付，秦国不会这样做。如果路经河外，背向大梁，与楚军在陈郊决战，秦国又不敢。所以说，秦国肯定不会进攻楚国和赵国，更不可能去进攻卫国和齐国。如果韩国真的灭亡，那么秦国只要出兵，就肯定是要攻打魏国。

"秦国本来就拥有怀、茅、邢丘地区，又在垝津筑城，进逼河内，所以我国的河内地区是很危险的；秦国如果占有郑地，得到垣雍，挖开荥泽引水淹灌我们的大梁，那么大梁肯定守不住。君王联合秦国进攻韩国，这已是大错；可是更大的错误是，在秦王面前中伤安陵氏。秦国的叶阳、昆阳与魏国的舞阳很近，如果秦国攻灭了安陵氏，那么秦军就会威胁舞阳，以及魏国的整个南部，这对魏国是多么危险啊！

"君王您憎恨韩国，不喜欢安陵氏，都无可厚非。不过，不防范秦国，不注意保护南部地区，那就错了。想当初，秦国位于河西地区，离我们国都大梁有千里之远，中间既有黄河大山阻隔，又有周、韩两国作为缓冲地带。可是即使这样，秦军还是七次打败魏军，五次攻入围中，边境的城邑都被占领，文台被夷为平地，垂都被烧得一干二净，林木被砍伐，麋鹿都死光了，连国都大梁也被包围。秦军还长驱直入，东边到达了陶邑、卫邑，北边到达了平监地区。我们魏国被秦国占领的土地，山南山北，河外河内，大县几十个，名城数百座。当时的秦国还位于河西晋国旧地，距大梁有千里之远，而对魏国造成的损失就达到了这种程度。假如秦国灭亡了韩国，占有郑国的旧地，那么，秦国与魏国之间，既无山河阻隔，又无周、韩作为缓冲，秦国与大梁的距离就会只有区区百里，那么大祸来临的日子就不会远了。

"当初，合纵抗秦没有成功，是因为楚国和魏国互相信不过，而韩国不肯参加。现在不同了，韩国遭受秦国的侵袭已经三年，秦国想迫使它屈服，但是韩国宁死不屈，还送人质到赵国，请求替各位诸侯打先锋，要和秦军决一死战。在这种情况下，楚国和赵国必定愿意与韩国共同出兵灭秦，因为它们都知道，秦国贪得无厌，不消灭全部诸侯，不使天下臣服，秦国是绝对不会罢休的。所以，我希望君王能采用合纵的主张，赶快与楚国和赵国合作，向韩国要人质，然后出兵保护韩国，这样，日后向韩国索取我们原来的土地，韩国不会不交还。这样一来，官民不必过于劳苦，就得到旧地。这样做，要比和秦国共同攻打韩国划算，而且还可以避免与强秦为邻。

"保存韩国，从而安定魏国，有利于天下，这是君王的机遇。君王还可以开通我国与韩国上党等地的道路，对过路的商贾征收过境税，这样，相当于又把韩国的上党作了抵押。有了这些税收，能使国家更富裕。而韩国呢，一定会感激魏国、亲近魏国、尊重魏国、畏惧魏国，必定不敢反叛魏国。这样一来，韩国差不多就成了魏国的郡县了。如果能把韩国作为郡县，那么大梁、河外必定能安宁。反过来说，现在如果不保存韩国，那么东西二周和安陵必定危险，而秦军打败楚、赵联军以后，卫国和齐国将被秦国吓住，如果那样，那么天下诸侯就会争着朝拜秦国，向秦国俯首称臣。"

魏王觉得有道理，听从了。

二十年，秦军围攻赵国邯郸，魏国的信陵君无忌假传圣旨，夺取将军晋鄙的军队去援救赵国，赵国得救。得救之后，信陵君无忌没敢回国，留在了赵国。

三十年，信陵君无忌回到了魏国，率领五国联军去讨伐秦国，在河外击败了秦军，赶跑了秦将蒙骜。当时，魏国的太子增正在秦国做人质，秦王战败生气，想囚禁太子增。有人替太子增在秦王面前说好话："魏国的大臣公孙喜早就给丞相出主意说：'请派魏军急攻秦国，秦王恼怒，必定会囚禁太子增。魏王也会因此发怒，就会再次攻打秦国，那么秦国一定会杀掉太子增，那么我们就得利了。'现在，君王您囚禁了太子增，正中了公孙喜的诡计。为了粉碎他的阴谋，我们不如尊重太子增，与魏国和好，从而让齐国和韩国怀疑魏国。"秦王认为有道理，就释放了太子增。

三十一年，秦王嬴政即位。

三十四年，安釐王去世，太子增继位，就是景湣王。同年，信陵君无忌去世。

景湣王元年，秦军攻占了魏国的二十座城，设置为秦国的东郡。二年，又攻占了朝歌。三年，又攻占汲地。五年，又占领了垣地、蒲阳、衍地。

十五年，景湣王去世，儿子王假继位。

王假元年，燕太子丹派荆轲行刺秦王，被秦王发觉。三年，秦军攻打魏国首都大梁，引河沟的水淹灌大梁城，三个月后城墙被水浸泡倒塌，魏王假请求投降，被秦军俘虏。于是魏国灭亡，被秦国设为郡县。

相关链接

〔1〕魏昭王：？—公元前277年，名魏遫，魏哀王之子，公元前295—前277年在位。

〔2〕信陵君：？—公元前243年，名无忌，魏昭王之子，战国时期魏国著名的政治家、军事家，以礼贤下士而著称，与孟尝君、平原君、春申君并称为"战国四公子"。

恢复赵氏

韩厥偷偷告诉赵朔，让他逃跑。赵朔说："你要答应我，一定不要让赵氏断了香火，那我死也瞑目了。"韩厥答应了他。

韩国的祖先，与周室同姓，姓姬。他的后代子孙侍奉晋君，被封到了韩原，这个人名叫韩武子。韩武子死后，过了三代，有个后代叫作韩厥[1]，他根据封邑的名称，改姓韩。

晋景公三年，晋国的司寇屠岸贾想要叛乱，胡说杀害晋灵公的逆臣是赵盾。因为赵盾很久以前就已经去世了，所以就要诛杀赵盾的儿子赵朔，韩厥阻止屠岸贾滥杀无辜，屠岸贾不听。韩厥于是偷偷告诉了赵朔，让他逃跑。赵朔说："你要答应我，一定不要让赵氏断了香火，那我死也瞑目了。"韩厥答应了他。等到屠岸贾杀害赵氏家族时，韩厥假称有病，不肯出来参与。后来，程婴和公孙杵臼把赵氏孤儿赵武藏了起来，这件事，韩厥是知道的。

景公十一年，韩厥与郤克率大军讨代齐国，打败了齐顷公，抓获了逢丑父。之后不久，晋国设置六卿，韩厥因为有功，位居六卿之一，号为献子。

晋景公十七年，景公生病，占卜的结果是，死去的有功之臣断了香火，他们的灵魂在作祟。韩厥趁机称颂赵氏家族对晋国的贡献，并说他们断了香火，用这些话感动景公。景公问道："他们还有后代吗？"韩厥于是说出了赵武的家世。景公于是把赵氏原有的封邑还给了赵武，让他接续赵氏家族的祭祀。

晋悼公时期，韩厥去世，儿子宣子接替他的职位。

晋平公十四年，韩家势力已经非常强大。吴国的季札曾出使晋国，说："晋国的政治，以后肯定会由韩、魏、赵三家掌握。"

晋顷公十二年，韩宣子和赵、魏共同瓜分祁氏、羊舌氏的封地。晋定公十五年，韩宣子和赵简子攻打范氏、中行氏，清除了他们的势力。

韩宣子去世，过了三代，康子继位。康子和赵襄子、魏桓子一起打败了知伯，瓜分了他的封邑，韩氏家族的领地更大了，超过了一般诸侯的规模。康子去世之后，过了一代，景侯继位。景侯时期，韩氏家族与赵、魏一起被封为诸侯。

几代过去，到了哀侯元年，韩家又与赵、魏共同瓜分了晋国。

　　到了韩昭侯时期，申不害[2] 出任韩相，他推行法家的主张，国内稳定，国力强大，其他诸侯不敢来犯。二十二年，申不害去世。

相关链接

〔1〕韩厥：生卒年代不详，韩武子后代，本姓姬，因以祖上封地为姓，遂姓韩，为韩氏得姓始祖，晋景公时为上卿，谥献，故人称韩献子。

〔2〕申不害：约公元前385－前337年，又称申子，原为郑国人，郑亡后事韩，推行法家思想，使韩国得到了强大，有著作《申子》，已佚。

在秦楚之间

韩王违背前约，并与秦国绝交。秦王大怒，增兵讨伐韩国。而楚国的救兵并没有来韩国救援。韩国送太子仓到秦国做人质，秦国才罢兵休战。

韩宣惠王[1]五年，张仪担任秦国丞相。十一年，韩侯改称为王，同时，与赵国结盟。十四年，秦军在鄢地打败了韩军。

十六年，秦军在修鱼再次打败韩军，还在浊泽俘虏了韩国的两员大将。韩王很焦急，于是丞相公仲侈建议韩王说："盟国靠不住，他们不会来帮我们。

"其实，秦国早就打算进攻楚国，我们现在不如通过张仪与秦国讲和，再拿出一座名城贿赂秦国，然后，我们制造兵器装备军队，与秦军一起去讨伐楚国，这是以小换大的计策。"韩王同意，于是让公仲侈秘密启程，准备去与秦国讲和。

楚王听说了这个消息，非常惊慌，马上召见大臣陈轸，把这种情况告诉他，并征求他的意见。陈轸说：

"秦国对楚国早就蠢蠢欲动了，现在，又得到韩国的一座名城，还有特意装备过的韩国军队来帮助它，可以与韩国联合进攻楚国，这正是秦国梦寐以求的事。

"现在它的机会已经成熟，楚国已经不可能不被他们攻打了。君王要是听从我的意见，那就马上警戒四面国境，对外宣传要发兵援救韩国，让战车布满道路，派遣大量使臣，多配备随行的车辆，满载各种器物粮草，让韩王相信楚王真的是要来援救。

"这样一来，即使韩国还是不肯完全与楚国搞好关系，韩王也一定会感激楚王的恩德，肯定不会跟秦国像亲兄弟一样来攻打楚国，这样一来，秦国和韩国的关系就会出现裂痕，即使他们还是合作攻打楚国，也不会对楚国形成大的威胁。

"如果能进一步使韩国听从楚国，并与秦国断绝关系，那么秦王一定大怒，对韩国深恶痛绝。

"这样呢，韩国只好结交楚国，轻视秦国，而轻视秦国，那么它就不会恭恭敬敬地对待秦国。这就可以借助秦、韩两国军队的矛盾，避免楚国遭殃。"

楚王说："好。"于是就在国境上加强警戒，做出要发兵援救韩国的

样子。命令战车布满道路，并派遣很多使臣到韩国去，带了很多满载宝物的车辆随行。

到了韩国，使臣对韩王说："我们楚国虽小，但已经把军队全都派出来了。希望能让楚国在与秦军交战的时候占据上风，我们楚国愿意为韩王作出牺牲。"

韩王听了楚国使臣的话，高兴万分，就准备取消公仲侈去秦国议和的行动。

公仲侈说："不行。真正要攻打我们的是秦国，楚国只是假装要援助我们。君王如果被楚国的虚张声势所欺骗，而轻易地与强秦为敌，那么天下人必定会嘲笑君王。

"况且，楚国和韩国不是兄弟国家，并没有事先约好去攻打秦国。现在秦、韩联合，准备要进攻楚国了，楚国才声言要发兵救援韩国，这一定是陈轸的诡计。

"况且，君王已经派人把想法告诉了秦王，现在又出尔反尔，这是欺骗秦国。欺骗强大的秦国，听信楚国谋臣的话，这样下去，君王一定会后悔的。"

韩王不听，还是违背前约，并与秦国绝交。秦王大怒，增兵讨伐韩国。

双方大战，而楚国的救兵并没有来韩国救援。十九年，秦军大败韩军。韩国送太子仓到秦国做人质，秦国才罢兵休战。

二十一年，韩国联合秦国，一起攻打楚国，大败楚将屈丐，在丹阳杀掉了八万楚军。同年，宣惠王去世，太子仓继位，就是韩襄王[2]。

相关链接

[1] 韩宣惠王：？－公元前312年，韩昭侯若山之子，战国时期韩国君主，公元前332年即位，于公元前322年开始称王。

[2] 韩襄王：？－公元前296年，名韩仓，韩宣惠王之子，战国时期韩国君主，公元前311－前296年在位。

韩王安五年，秦军攻打韩国，韩国危在旦夕，于是派韩非出使秦国讲和。秦国扣留了韩非，把他杀了。

襄王四年，与秦武王在临晋相会。秋天，秦国派甘茂率军，攻打韩国的宜阳，第二年，攻占了宜阳，韩国士兵被杀掉六万。六年，秦国把原先占领的武遂还给了韩国，可是三年后再次攻占了武遂。十一年，秦军进攻韩国，攻占了穰邑。同年，韩国又与秦国一同讨伐楚国，打败了楚将庸昧。

十二年，太子婴去世。公子咎与公子虮虱都想当太子。当时，虮虱在楚国做人质，不在国内。苏代给公子咎出谋划策说："公子虮虱在楚国做人质，楚王很想送他回国。现在楚国在方城以北驻扎了十多万重兵，你可以趁机建议楚王攻打雍氏。这样，韩国肯定会发兵救援雍氏，那么你肯定是领兵的统帅。你可以利用韩、楚两国的兵力，接纳虮虱回国，这样一来，虮虱肯定会听从你，一旦得势，肯定会把楚、韩边境的地区封给你。"公子咎采纳了他的计策，并依照计策行事。

楚军果然围攻雍氏，于是韩国向秦国求救。秦国没有派救兵，而是偷偷地派公孙昧来韩国，韩国并不知道公孙昧是秦国派来的。韩国丞相公仲侈问公孙昧："你认为秦军会来援救韩国吗？"

公孙昧回答："恐怕不会。"

公仲侈又问："真的会这样吗？为什么？"

公孙昧回答："秦王肯定是想要效法原丞相张仪的旧伎俩。当初，楚威王进攻魏国，秦国丞相张仪建议秦王：'秦国要是与楚国联合，共同攻打魏国，那么，魏国要是战败，肯定会投入楚国的怀抱；而韩国呢，本来就是楚国的盟国，这样一来，秦国就成了孤家寡人。所以呢，秦国要是出兵，就不要真的努力作战，只要能迷惑他们就行，让魏国和楚国大战，损失越大越好。这样，鹬蚌相争、渔人得利，秦国就可以坐收西河以外的土地了。'

"现在，看秦国的样子，还是想效法当初的旧伎俩，表面上说是支持韩国，其实暗中与楚国友好。如果你认为秦国军队会出力，想靠秦军来增援，那你就肯定会轻易地与楚军交战。而楚军呢，他们其实早就知道秦军不会为韩国卖命，所以他们就可以放心大胆地与你大战。如果你战胜了楚军，那么秦军作为你的盟军，就可以名正言顺地和你一起乘楚军无力，到三川地区耀武扬威，而后满载而归，高高兴兴地回国。如果你没有战胜楚军，那么楚军就会扼守三川，你无能为力。这两种情况，都对韩国不利，我真的很为韩国担忧啊！

"现在秦国和楚国早就已经偷偷商量好了，秦国的司马庚三次到楚国的郢都密谋，甘茂也跑到商於与楚相昭鱼见面，表面上说是公务，其实就是交换密约。"

公仲侈听了，惊慌地说："那可如何是好啊？"

公孙昧回答："韩国为了避免危险，首先要考虑倚靠韩国自己的力量，自力更生，然后再考虑秦国的援助；先考虑自救的办法，然后再考虑对付秦国的伎俩。你最好赶快与齐国和楚国联合，这样，齐国和楚国一定会把国事托付给你。"

公仲侈接受了公孙昧的建议，韩国于是与齐楚两国结盟。楚国成了韩国的盟国，自然就解除了对雍氏的包围。而秦国，避免了得罪楚国，也省去了出兵的麻烦。

苏代又对秦太后的弟弟芈戎说："韩国的公叔伯婴为了自己的利益，担心秦楚两国支持公子虮虱回国，你为什么不替韩国求楚国放回虮虱呢？如果楚王不肯放虮虱回韩国，那么公叔伯婴就知道秦楚两国并不重视虮虱，这样，他就必定愿意使韩国跟秦楚联合。而秦楚两国如果能控制韩国，去威胁魏国，那么魏国就不敢跟齐国联合，这样，齐国就孤立了。然后，你又可以让秦国向楚国要求迎回虮虱，楚国如果不愿意，那就必然得罪韩国。那么，韩国就会依靠齐国和魏国，去攻打楚国，而楚国一挨打，就必然要重视你。如果你既得到秦国和楚国的重视，又对韩国有恩，那么公叔伯婴必定会让韩国亲近你。"

最后，由于各方面的原因，公子虮虱没能返回韩国。韩国于是立公子咎为太子。

十四年，韩国和齐魏两国联合，攻打秦国，打到了函谷关。十六年，秦国把河外及武遂地区归还给了韩国。

襄王去世之后，太子咎继位，就是釐王。

釐王三年，韩国派大将公孙喜率领韩魏联军二十四万人，去攻打秦国。秦军打败了韩魏联军，在伊阙俘虏了公孙喜。五年，秦军攻占了韩国的宛城。六年，韩国把武遂地区方圆二百里的土地割让给了秦国。十年，秦军在夏山打败韩军。十二年，韩王与秦昭王会合，帮助秦军攻打齐国，齐军战败，齐湣王逃亡。十四年，又与秦王相会。二十一年，派兵援救魏国，被秦军打败。

二十三年，赵、魏两国联合，来攻打韩国的华阳。韩国向秦国求救，秦国置之不理。韩国的相国请求谋士陈筮说："现在事态危急，我知道你现在身体不好，但还是希望你能连夜赶到秦国求救。"陈筮于是到了秦国，先去会见穰侯。穰侯说："事态紧急吧？否则不会派你来。"陈筮说："并不紧急。"

穰侯生气地说："你作为国君的特使，怎么能这样说假话？韩国的使臣络绎不绝地来到秦国，都告诉我们情况非常紧急，可是你却说不急，这是怎么回事？"陈筮解释说："如果韩国真的危如累卵，那么韩国就会改变政策，归附他国，这样问题就解决了。正因为还不到那个程度，所以又派我来啦。"

穰侯恍然大悟，知道秦国如果再不出兵援救，那么韩国就会与别的国家结成友好关系，就会疏远秦国，于是说："你不必去见秦王了，我们立刻发兵援救韩国。"八天后，秦国援军赶到了韩国，在华阳山下打败了赵魏联军。

这一年，釐王去世，儿子桓惠王继位。

桓惠王元年，韩国讨伐燕国。九年，秦军攻占了韩国的陉城，在汾水河边建城驻守。十年，秦军在太行山攻打韩国。同年，韩国的上党归附了赵国。十四年，秦军攻占了赵国的上党，在长平活埋了赵国士兵四十多万人。十七年，秦军攻占了韩国的阳城和负黍。二十四年，秦军又攻占了韩国的城皋和荥阳。二十九年，秦军再次攻打，占领了十三座城。

三十四年，桓惠王去世，儿子王安继位。

王安五年，秦军攻打韩国，韩国危在旦夕，于是派韩非[1]出使秦国讲和。秦国扣留了韩非，把他杀了。

九年，韩王安被秦军俘虏，韩国的土地全部被秦国占领，成为了秦国的一个郡。韩国就此灭亡了。[2]

相关链接

[1] 韩非：？ - 公元前233年，历来被人们称为韩非子，韩国贵族身份，早年曾和李斯一起跟从荀子学习。韩非为人口吃、耿直，但是很有文才，一生著述颇多，代表有《五蠹》《孤愤》《说林》《说难》等，主张法、术、势，是法家的代表人物，其著作也一直被后世奉为法家经典。

[2] 秦王嬴政执政后，于公元前231年开始实行消灭东方六国的计划，至公元前221年，"战国七雄"中的韩、赵、魏、楚、燕、齐被依次消灭。韩国临近秦国，而且是秦国通往东方的要道，所以首当其冲，第一个被灭亡。

田氏篡权

在齐国的时候，陈完把自己的姓氏改成姓田。后来，晏子出使晋国，偷偷对老朋友叔向说："齐国的政权，以后肯定要落在田氏家族手里啊！"

陈完，是陈厉公[1]的儿子。陈完出生的时候，碰巧周太史路经陈国，陈厉公就请他为陈完占卜，得到的卦象是从"观卦"变为"否卦"，卜辞说："这个人以后会成为君王的上宾。他要么将会取代陈君，拥有国家；如果不是在陈国，那么就会在别的国家掌权；如果他自己不能掌握一个国家，那么他的子孙肯定会这样。假如是在异国掌权，那么一定是在姜姓国。姜姓，是帝尧时四岳的后代。不过，一山不容二虎，陈完家族的兴盛，或许要等到陈国衰亡以后。"

陈厉公，是陈文公的儿子，母亲是蔡国人。文公去世之后，厉公的哥哥继位，就是桓公。桓公和弟弟厉公不是同母所生。有一次，桓公生病，蔡国人趁机替厉公杀了桓公以及太子陈免，而立他为君。厉公登位后，娶了个蔡国女子为妻。这位蔡国女人跟蔡国人通奸，经常回蔡国去私会。同时，厉公也不规矩，也经常到蔡国去淫乱。桓公的小儿子陈林对厉公杀了他的父兄怀恨在心，就跟蔡国人合谋，诱骗厉公出行，杀了他。然后，陈林自立为君，就是庄公。因为厉公陈佗没有善终，所以陈完没能继位，只做了陈国的大夫。

庄公死后，弟弟杵臼继位，就是宣公。

二十一年，宣公杀了他的太子御寇。陈完跟御寇关系特别好，现在御寇被杀，陈完怕受牵连，就逃到了齐国。齐桓

○ 品画鉴宝

错银双翼神兽（战国）神兽昂首侧扭，两肋生翼，全身错银，集威猛、娇健于一身。

268

公欣赏陈完的才能，想封他为卿，陈完推辞道："在外做客的小臣，能有幸免除各种负担，已经感恩不尽了。哪里还敢担当这么高的职位？"桓公于是让他担任了管理百工的工正。齐懿仲想把女儿嫁给陈完，不知道是否合适，就去占卜吉凶，卦辞说："两人像凤凰共同飞翔，鸣叫之声和谐悦耳。他们的后代，将会在姜姓国家里繁荣兴盛。五代以后，地位可以并列于正卿。八代之后，地位之高无人能比。"齐懿仲很高兴，于是把女儿嫁给了陈完。

在齐国的时候，陈完把自己的姓氏改成姓田。几代过去了，到了田无宇的时候。

田无宇生了田开和田乞。田乞侍奉齐景公，身任大夫之职。田乞待人宽厚，他向百姓征收赋税时用小斗进，借给百姓粮食时用大斗出，暗中向百姓施加恩德，齐景公不了解其中的奥妙，所以不加禁止。这样一来，田氏深得齐国的民心，田氏的宗族于是日益强大。齐国大臣晏子多次提醒齐景公，要他防范田氏家族，可是景公不听。后来，晏子出使晋国，偷偷对老朋友叔向说："齐国的政权，以后肯定要落在田氏家族手里啊！"

晏子去世后，范氏、中行氏在晋国反叛。晋国紧急出兵镇压，范氏、中行氏派人跑到齐国，请求借粮。田乞想乘机起事，准备在诸侯中结党，于是就劝景公说："范氏、中行氏多次对齐国有恩，齐国不能见死不救。"齐君于是派田乞前去救援，并且运送了很多粮食给他们。

景公的太子死得早，景公于是想把宠姬的儿子荼立为太子。景公重病时，吩咐丞相高昭子和国惠子，要他们日后一定要把荼立为太子。景公去世后，两位丞相就拥立荼为君，这就是晏孺子。田乞对此很不高兴，他想拥立景公的另外一个儿子阳生，阳生与田乞的关系一直很好。晏孺子就位后，阳生逃到了鲁国。田乞想挑拨高、国两位丞相与其他大臣之间的关系，以便接回阳生，从而使自己也尊贵起来。他先是对两位丞相做出很亲密的样子，每次上朝都陪同乘车，并且对他们说："想当初，各位大夫都不想拥立孺子。现在，孺子成了国君，所以大夫们人人自危，图谋作乱。"然后，他又欺骗大夫们说："高昭子这个人很危险，趁他还没对我们下手，我们先干掉他吧！"各位大夫果真人人自危，所以都听从于他。

于是，田乞、鲍牧和大夫们率兵入宫，攻杀高昭子。高昭子逃跑，与国惠子一起去救晏孺子。孺子的军队很快被打败，田乞乘胜追击国惠子，国惠子逃亡出国，到了莒地；军队于是又返回，杀掉了高昭子。

田乞派人到鲁国，接回了阳生。阳生回国之后，先是藏在了田乞家里。田乞邀请各位大夫说："我这里备有祭祀用的一点酒肉，请各位赏光，前来宴饮。"大夫们于是就到田乞家里宴饮。田乞把阳生装到大布袋里，放在宴会中央的坐位上。然后，当着大夫们的面，解开口袋，放出阳生，对大家说："这才是齐国真正的君王啊！"大夫们都俯地拜见。

然后，大家就要准备拥立阳生。田乞为了让自己的想法显得更有说服力，于是就撒谎说："这是我和鲍牧共同谋划的，我们都想拥立阳生。"鲍牧听了，发怒说："我没有想拥立阳生！难道各位大夫都忘了景公的遗命吗？"各位大夫听了，都想反悔。阳生见状，就叩头说："要是大家觉得我还行，那就立我为君；要是不行，那就算了。"这个时候，鲍牧害怕大祸临头，就改口说："都是景公的儿子，怎么会不行呢！"于是，大家就在田乞家里拥立阳生为君，就是悼公。

悼公即位后，派人把晏孺子迁到了骀地，不久就杀了他。而田乞，成了相国，掌握了齐国的政权。

四年后，田乞去世，儿子田常继承相位，就是田成子。

鲍牧跟齐悼公和不来，杀了悼公。齐国人于是拥立悼公的儿子壬为君，就是简公。田常和监止一起，分别担任左右相国，辅佐简公。监止深受简公宠信，田常无法夺得监止的权力，所以耿耿于怀。于是，田常重新采用他父亲田乞的老办法，用大斗把粮食借给百姓，而收回的时候只用小斗。齐国百姓很感激田常，歌颂他说："老太太采的芑菜，都愿意送给田成子！"

齐国大臣御鞅看出了田常与监止之间的矛盾，于是劝谏简公说："田常和监止水火不容，难以两立，君王应该有所取舍！"可是简公不听。

监止有一个同族人，叫作子我，经常与田氏发生冲突。子我有一个很宠信的手下，叫作田豹，是田常的远房亲戚。子我对田豹说："我想杀光田氏的嫡系子孙，让你田豹控制田氏家族。"田豹拒绝说："我毕竟是田家的亲戚啊！不要杀光田氏。"子我不听。田豹没办法，于是把子我对自己讲的话告诉了田氏："子我将要杀光田氏，田氏要是不先动手，那么就要大祸临头了。"

子我住在简公的宫里，田常兄弟四人乘车赶到宫里，想攻杀子我，

但是子我紧闭大门，田常等人进不去。当时，简公正在檀台与宫妃饮酒，听说了田常等人的事，就想派兵攻打田常。太史子馀对简公说："田常不是要作乱，他是要为国除害。"简公相信了，于是罢兵。这时候，田常出宫，听说简公发脾气了，就想逃亡出国。田子行说："迟疑不决，怎么可能成事？"田常于是留下来，攻打子我。子我率领部下迎击田氏，无法取胜，只好逃亡。田氏乘胜追击，杀掉了子我和监止。

简公听说田常叛乱，于是仓皇出逃。田氏追到徐州，抓住了简公。简公感叹说："要是我早点听从御鞅的话，就不至于到这种地步！"田

氏害怕简公复位诛杀他们，就杀了简公。简公死后，田常拥立简公的弟弟骜，这就是平公。平公即位后，任命田常为丞相。

田常杀了简公后，害怕诸侯一起讨伐他，就把齐国原先侵占的鲁国、卫国的土地全部退还，还向西与晋国、韩氏、魏氏、赵氏友好往来，向南派遣使者与吴越通好。在国内，田常则修行德政，论功行赏，安抚百姓，因此齐国再次安定。

田常对齐平公说："施行恩德，可以得民心，这方面请君王亲自施行；刑罚是民众最憎恶的，可以由我来执行。"就这样，田常运用刑罚处治自己的政敌，五年后，整个齐国的政权就都落在了田氏手里。田常掌握了大权之后，就把鲍氏、晏氏、监止及公族中势力较强的人全部杀光了，并划出齐国的大片领土，作为自己的封邑，封邑之大，大于齐平公管辖的地区。

权力确定之后，田常开始享乐，在齐国挑选身高七尺以上的美女，接到后宫充当妃妾，以至于后宫妃妾达到了几百人。而且，允许宾客、侍从随便出入后宫，毫不禁止。等到田常去世的时候，妃妾们生了七十多个儿子。

田常死后，儿子襄子继位，担任齐国丞相。

田襄子担任丞相后，让他的兄弟及族人包揽了齐国都邑的大夫职务，并与三晋 [2] 互通使臣，势力之大，几乎控制了整个齐国。

襄子去世之后，儿子庄子继位，继续当齐宣公的丞相。庄子去世之后，儿子太公继位，还是当齐宣公的丞相。

宣公在位五十一年去世，儿子康公贷继位。贷在位十四年，沉溺酒色，不理朝政。太公于是就把他迁到海边，给他一城的食邑，让他接续祖先的香火。

过了三年，太公与魏文侯相会，请求提升自己为诸侯。魏文侯派使臣通告周王和诸侯，请求立齐相为诸侯，周王批准了这一请求。于是，从康公十九年开始，太公就成了诸侯，田氏开始用元年纪事。

相关链接

[1] 陈厉公：？—公元前700年，名佗，一说跃，春秋时期陈国国君，公元前706—前700年在位。

[2] 三晋：指韩、赵、魏三国，三家分晋后，人们习惯上称之为"三晋"。

孔子到周去学礼，在那里，见到了老子。告别的时候，老子送行说："富贵的人送别时，赠送财物；品德高尚的人送别时，赠送言辞。我不富贵，只好冒充品德高尚，用言辞为你送行：'聪明敏感的人，常常要受到死的威胁，因为他好议论别人。博学善辩、见多识广的人，常常会陷入困境，因为他好揭发别人的罪恶。做人子女的要忘掉自己，一心为父母考虑；做臣子的，也要忘掉自己，而要一心想着君王。'"孔子从周返回鲁国之后，门生渐渐多了起来。

孔子生于鲁国的昌平乡陬邑。祖先是宋国人，叫孔防叔。防叔生了伯夏，伯夏生了叔梁纥。叔梁纥岁数很大的时候，与姓颜的少女野合[1]，生下了孔子。鲁襄公二十二年，孔子出生。孔子刚出生时，头顶中间下凹，四周隆起，所以起名叫丘。字仲尼，姓孔。

孔丘出生后不久，叔梁纥就去世了，埋在了防山。防山位于鲁国东部，孔子不知道父亲的坟墓的确切位置，母亲也没有告诉他。孔子小的时候，爱做游戏，喜欢摆设俎豆等祭器，模仿祭祀礼仪的动作。母亲死后，孔子出于慎重，没有马上下葬，而是把灵柩暂时放在了曲阜五父衢的路边。后来，有个陬邑人把孔子父亲的坟地告诉了他，然后他才把母亲的灵柩迁到防山，与父亲合葬在了一起。

当孔子还在守孝[2]时，季氏举行宴会，款待各界名士，孔子也想去赴宴。阳虎劝阻说："季氏款待的是名士，你不够资格，还是不要去了。"孔子只好退出。

孔子十七岁的时候，鲁国大夫孟釐子病重，告诫自己的儿子懿子说："孔丘，是圣人的后代，祖辈在宋国败落了。他的祖辈弗父何本来可以继承大业，可是让位给了弟弟厉公。等到正考父时，曾先后辅佐戴公、武公、宣公，三次受命，一次比一次恭敬，所以鼎的铭文说：'第一次，鞠躬受命；第二次，弯腰受命；第三次，俯身受命。平时走路，不敢大摇大摆，而是靠墙根而行，即使这样，也没有人敢怠慢我。在生活上，我也很简单，就用这个鼎煮些稀粥度日。'恭谨节俭到了这种程度。我听说，圣人的后代，虽然不一定能当上国君，但必定会有才德出众的人出现。现在，孔子年纪还不大，却讲究礼仪，他肯定会成为那个显达的人！我活不了多久了，我死后，你一定要拜他为师。"

釐子死后，懿子便与南宫敬叔到孔子那里学习礼仪。

孔子小的时候，家境贫穷，社会地位低微。成年之后，曾在季氏门下做管理仓库的小官，出纳钱粮，公平准确；还曾管理牧场，也管理得很好。因此，升职为负责营建的司空。不久，他离开了鲁国。在齐国，他受到了排挤；在宋国和卫国，他遭到了驱逐；在陈国和蔡国之间，还曾遭到围困；于是，他又返回了鲁国。由于鲁国善待他，所以才返回鲁国。孔子身高九尺六寸，人们都称他为"长人"，都觉得他和一般人不同。

鲁国人南宫敬叔请求鲁君："请让我跟从孔子，一起到周去。"鲁君给了他一辆车、两匹马，还有一名童仆，到周去学礼。在那里，孔子见到了老子 [3]。告别的时候，老子送行说："富贵的人送别时，赠送财物；品德高尚的人送别时，赠送言辞。我不富贵，只好冒充品德高尚，用言辞为你送行，这几句话是：'聪明敏感的人，常常要受到死的威胁，因为他好议论别人。博学善辩、见多识广的人，常常会陷入困境，因为他好揭发别人的罪恶。做人子女的要忘掉自己，一心为父母考虑；做臣子的，也要忘掉自己，而要一心想着君王。'"

○ 品画鉴宝
孔子圣迹图（清）焦秉贞／绘　此图所绘的是孔子周游列国，游说诸王的典故，集人物、树石、界画为一体，充分体现了画家扎实、全面的绘画功力。

孔子从周返回鲁国之后，门生渐渐多了起来。

当时，晋平公淫乱，六卿控制朝政，不断出兵攻打东边的诸侯；楚灵王的军队很厉害，经常讨伐中原各国；齐是大国，紧挨着鲁国。鲁国弱小，要是归附楚国，就会惹恼晋国；要是归附晋国，就会被楚国讨伐；对齐国要是伺候得不够周到，齐军就会进犯鲁国。

鲁昭公二十年，孔子大约三十岁。齐景公和晏婴来到鲁国，景公问孔子："从前，秦穆公国家小，地方偏，他却能称霸，他靠的是什么呢？"

孔子回答说："秦国虽小，但志向却很大；地区虽偏，可施政却很得当。他亲自举用了用五张羊皮赎回的百里奚，授给他大夫爵位，把他从牢房中请出来，与他深谈三天，然后请他执掌大政。用这种精神来治理国家，即便称王于天下，也不奇怪，他称霸还嫌小了点。"

齐景公听了，很佩服。

孔子三十五岁的时候，季平子和郈昭伯与鲁昭公斗鸡，得罪了鲁昭公，昭公于是率军攻打季平子，季平子不甘示弱，就联合孟孙氏和叔孙氏，三家一起攻打昭公。昭公败北，逃亡到了齐国，齐国把昭公安置在乾侯。不久之后，鲁国发生了叛乱。为了回避叛乱，孔子来到齐国，做了高昭子的家臣，想通过高昭子的关系来接触齐景公。在齐国，孔子与齐国的乐官谈论音乐，后来听到《韶》乐，就学起来，竟然整整三个月品尝不出肉味来，对于这种专心致志的精神，齐国人赞叹不已。

孔子引起了齐景公的注意，于是景公问孔子如何施政。孔子说："国君要像国君，臣子要像臣子，父亲要像父亲，儿子要像儿子。如此而已。"景公说："你说的对极了！假如国君不像国君，臣子不像臣子，父亲不像父亲，儿子不像儿子，那么即使丰衣足食，我也会寝食难安！"又有一天，景公又问孔子施政的原则，孔子回答："施政最重要的，就是控制支出、节省财力。"景公听了很赞同，打算把尼溪的土地封给孔子。

晏婴劝阻道："儒者能说会道、圆滑世故，难以用法治来约束他们。而且，他们生性高傲、自以为是，作为臣子很难驾驭。另外，他们重视丧礼，讲究厚葬，甚至不惜破产，我们决不能让这种做法形成风气。还有，他们四处游说，求取官职俸禄，我们决不能让这种人治理国家。自从圣王贤臣相继谢世以后，周室也随着衰微，礼崩乐坏已经很长时间了。现在，孔子过分讲究仪容服饰，为上朝下朝制订烦琐的礼仪，什么快步、慢步之类，都有规矩，这些繁文缛节，几代人都研究不完，一年之内根本就学不会。君王如果想用孔子的这一套东西，来改变齐国的风俗，恐怕并不是引导百姓的最好办法。"

后来，景公虽然还是很有礼貌地对待孔子，但不再向他请教礼仪了。有一天，景公对孔子说："要是给你季氏那样高的待遇，我无法做到。"于是就用低于上卿季氏，但是高于下卿孟孙氏的待遇来对待孔子。后来，齐国的大夫有人想谋害孔子，被孔子发觉了。景公听说这件事，就对孔子说："我老啦，没有能力再任用你了。"孔子只好辞行，返回了鲁国。

孔子四十二岁时，鲁昭公去世，定公继位。定公五年，季平子去世，季桓子继位为上卿。季桓子挖井，挖出了一个大肚小口的陶器，里面有一只像羊一样的东西。季桓子对孔子撒谎说："我挖井，挖出了一只狗。"孔子不相信，说："据我所知，不是狗，而是羊。我听说，山林中的怪兽是单腿的'夔'和山精'罔阆'；水泽中的怪物是'龙'和'罔象'；而土里的怪物呢，应该是雌雄不分的'坟羊'。"

吴国攻打越国，夷平了越国首都会稽，还得到一节骨头，长度竟然与车相等。吴国派使臣去请教孔子："什么骨头最大？"孔子说："当初，大禹召集群神到会稽聚会，防风氏迟到，大禹为了杀一儆百，就把防风氏杀了，陈尸示众，他的骨头一节就有车那么长，应该算是最大的骨头。"吴使又问："那么谁是神呢？"孔子回答："山川的神灵能为天下人带来雨水，造福于天下，他们就是神。而守卫国家社稷的就是公侯，他们都可以称为王者。"吴使再问："防风氏是负责什么的神？"孔子回答："汪罔氏的君长负责封山和禺山的祭祀。在虞、夏、商三代，叫作汪罔，在周代叫作长翟，现在叫作大人。"吴使再问："人的身高能达到多少？"孔子说："僬侥氏身高三尺，最矮。高的差不多可以达到三丈，算得上是最高的了。"吴使很佩服孔子的博学，感叹说："真了不起呀，的确是个圣人！"

季桓子有个宠臣，名叫仲梁怀，与阳虎有仇。阳虎想赶走仲梁怀，公山不狃劝阻了他。仲梁怀于是更加横行霸道，阳虎终于忍不住，把他抓了起来。季桓子见自己的宠臣被抓，很生气，想讨伐阳虎，阳虎于是就连季桓子也抓了起来，直到季桓子被迫与阳虎订立盟约之后，才把他放出来。从此，阳虎更加鄙视季氏。在鲁国，季氏总是超越本分，凌驾于鲁君之上，实际上控制了国家政权。因为有季氏的先例，所以鲁国大臣多半不守本分，背离正道。面对这种混乱的局面，孔子不再做官，退出了政界，专心研究整理《诗》《书》《礼》《乐》等典籍。他的博学吸引了很多学生，还有人从很远的地方前来，虚心向孔子学习。

鲁定公八年，公山不狃因为不被季氏重用，就唆使阳虎作乱，准备废掉季氏、孟孙氏和叔孙氏"三桓"的嫡长子，改立阳虎所喜欢的庶子。阳虎逮捕了季桓子，后来，季桓子用了个小手段，逃了出去。定公九年，阳虎作乱失败，逃亡到齐国。当时，孔子五十岁。

公山不狃又以费城为据点，反叛季氏，派人请孔子去帮忙。当时，孔子探索治国大道已经有些年头了，却一直无处施展，没有人任用他。现在机会来了，孔子高兴，说："当初，周文王、武王在丰、镐地区兴起，后来终于建立了王业。现在呢，费城虽然小了点，但说不定真的是个机会呢！"于是就想应召前去。弟子子路[4]不高兴，阻止孔子。孔子说："他们召我去，难道能让我白跑一趟吗？如果重用我，我就有机会在东方推行周朝的礼仪制度了啊！"可是到了最后，还是没能去成。

后来，鲁定公任命孔子去治理中都。一年之后，政绩突出，其他地方的官吏也都学习他的治理方法。于是，孔子便得到晋升，从中都长官提升为司空，又由司空提升为大司寇。

鲁定公十年春天，鲁国与齐国和解。夏天，齐国大夫对齐景公说："鲁国重用孔丘，依我看，这样下去，鲁国就会强盛起来，那肯定会威胁到齐国。"于是，齐景公派使臣告诉鲁定公，说要在夹谷举行友好会盟，实际上是想要乘机杀掉鲁定公。鲁定公没有想到这些，准备毫无戒备地前去会盟。孔子对鲁定公说："办理文事，离不开武备；办理武事，也离不开文备。古代诸侯走出自己的疆界，肯定要配备文武官员随从。这次会盟，请安排左右司马一起去。"定公说："好。"于是就带了左右司马随从。

到了夹谷，定公和齐侯相会。那里已经修建好了会盟的土台，台上准备好了席位，设有三级登台的台阶。两人拱手揖让登台。双方馈赠仪式过后，齐国的有司快步上前请求说："请允许我们演奏四方各族的舞乐。"景公说："好。"于是，齐国的乐队举着旌旗，头戴羽冠，身穿皮衣，手执矛、戟、剑等各种兵器，闹哄哄地蜂拥而上。

孔子见了，快步上前，一步一个台阶，还差一个台阶时，把手一挥，大声说道："我们两国国君友好会盟，为什么要让夷狄的舞乐来现丑？请命令他们下去！"有司让乐队退下，可是他们不走，而是面面相觑，看着晏婴和景公的眼色。景公心里尴尬，使劲挥手让乐队下去。不一会儿，齐国有司再次快步上前说："请允许我们演奏宫中的乐曲。"景公说："好。"于是，齐国的小丑和侏儒边舞边唱，走上台来。

孔子再次快步上前，一步一个台阶，还剩下最后一个台阶，就大声说："百姓用这种邪僻的舞乐来迷惑和戏弄诸侯，论罪当斩！请命令有司执行！"有司依法执行腰斩，这几个人立刻身首异处。齐景公深受触动，知道自己在礼仪方面赶不上鲁国，回国后很惶恐，询问群臣说："鲁国的大臣，用君子的大道辅佐国君，而你们呢，却用夷狄的邪道教我。现在，我已经得罪了鲁国的国君，该怎么办才好呢？"

有司上前回答说："君子犯下过错，就应该用实际行动向人认错；普通人犯错，总是用花言巧语谢罪。君子如果痛心，就用具体行动向人家道歉。"于是，齐景公就把侵占鲁国的郓、汶阳、龟阴土地归还给鲁国，以此向鲁国表示歉意。

定公十三年，孔子建议定公："大臣不许私藏武器，大夫的封邑，城墙高不准超过一丈、长不准超过三百丈。"定公同意，于是派仲由去当季氏的管家，准备拆掉季孙、孟孙、叔孙三家封邑的城墙。

公山不狃和叔孙辄很不情愿，于是率领费邑的人袭击鲁国。定公和季孙、孟孙、叔孙三人躲到季氏的住宅里，登上了季孙武子的高台。费邑人攻打他们，没有攻进去，但已经逼近了高台的台侧。孔子命令申句须、乐颀下台去反击敌人，敌人失败撤退。鲁国人乘胜追击，在姑蔑打败了他们。公山不狃和叔孙辄逃亡到了齐国，于是费邑的城墙被鲁国拆掉了。接着，又准备拆除成邑的城墙，成邑的长官公敛处父对孟孙说："要是拆毁了成邑的城墙，齐国人必然会进逼我们的北大门。况且，成邑是孟氏的屏障，没有了成邑，也就没有了孟氏。这个城墙拆不得。"十二月，定公率军围攻成邑，久攻不克。

定公十四年，孔子五十六岁，虽然还是大司寇，但已经代理丞相的职务。当时的孔子心情很好，时常喜形于色。弟子看不惯，对孔子说："我听说，君子的为人，应该是大祸临头而不恐惧，福禄双全而不喜形于色。"孔子回答："有这个话。但不是还有一句话吗，叫作'乐在身居高位而礼贤下士？'"

孔子参与国政三个月，鲁国的政治就有了很大变化。商人们不敢哄抬物价；男女有别，分路行走；丢在路上的东西没人捡起来据为私有；四方旅客来到鲁国，不必向相关官员送礼拉关系，都能得到接待和照顾，直到他们满意而归。

齐国听到这个消息，很担心。有人说："要是鲁国一直让孔子主持政务，那么鲁国肯定会称霸，鲁国一旦称霸，我国离它最近，我们就会先被吞并。为什么不先送给它一些土地呢？"一位大臣说："我们可以先争取阻止它强大，如果阻止不成，再送给它土地，那也不迟。"

于是，齐国挑选了八十名能歌善舞的漂亮少女，都穿上华丽的衣服，还有一百多匹身带花纹的骏马，准备一起送给鲁君。齐国先把歌舞少女和纹马彩车安置在鲁城南边的高门外，看鲁国的反应。季桓子很感兴趣，多次穿上便服，前去偷看。还跟鲁君撒谎，说要外出巡游，实际上整天都在城南观赏齐国的美女和纹马，连国事都懒得管了。子路见此情形，对孔子说："先生，我们应该离开这里了。"孔子回答："鲁国现在就要郊祭。郊祭过后，如果季桓子还没有忘记礼法，能把祭肉分给大夫，那么我们还可以留下来。"

季桓子接受了齐国的美女和良马，之后，一连三天尽情玩乐，不问政务。郊祭结束之后，也没有把祭肉分给大夫们。孔子很失望，只好离开鲁国。鲁国的师己赶来送行，孔子唱了首歌给师己听："妇人的口，可以把大臣赶走；亲近那些妇人，可以使国破人亡。悠闲啊，悠闲！我只能悠闲安度晚年啦！"师己返回，季桓子问："孔子说了些什么啊？"师己以实相告。桓子长叹道："先生是在怪罪我接受齐国的美女啊！"

相关链接

〔1〕野合：指男女私通或不合礼仪的婚配。

〔2〕守孝：又称守丧，是表达对死去的人（多为长辈）的悲痛和怀念的一种方式，方法为在死者坟墓旁搭建简陋的草庐住进去，时间有一年、三年不等。

〔3〕老子：约公元前600—前500年，又称老聃，姓李，名耳，字伯阳，楚国苦县（今河南鹿邑东）历乡曲仁里人，为东周王"守藏室之史"（即管理国家图书馆的官员），春秋时思想家，道家创始人，著有《老子》一书，相传孔子曾向他请教礼仪方面的学问。

〔4〕子路：公元前542—前480年，原名仲由，字子路，又字季路，鲁国卞（今山东泗水一带）人。孔子著名弟子，曾随其周游列国，为"孔门十哲"之一。

孔子不被卫君重用，打算去赵简子那里找机会。在黄河边上，传来了赵简子的大臣窦鸣犊和舜华被杀的消息，孔子看着浩瀚的黄河，叹气说："壮美的黄河水啊，浩浩荡荡！我之所以不能渡过黄河，也许是命运的安排吧！"

孔子到了卫国，卫灵公问孔子："先生在鲁国时，领多少俸禄？"孔子回答："粟米六万小斗。"卫国于是也给他粟米六万小斗。在卫国住下来不久，有人在卫灵公面前诽谤孔子。灵公于是就派公孙余假带兵监视孔子。孔子害怕无辜获罪，所以，在卫国住了十个月后，又离开了卫国。

孔子准备去陈国。路过匡城的时候，弟子颜刻赶车，颜刻用马鞭指着匡城城墙的一角说："以前我来这个城的时候，是从那个缺口进去的。"匡地人听到了颜刻的话，误以为他是鲁国的阳虎。阳虎曾经与匡城人有仇，匡城人于是就围困了孔子。孔子的长相特别像阳虎，所以被围困了整整五天。后来，弟子颜渊[1]赶到，孔子怪他来得晚，生气地说："我还以为你死了！"

颜渊回答："老师还健在，弟子我怎么敢先死！"

匡城人围得越来越紧，弟子们都很害怕，孔子安慰他们说："周文王已经死了，可是周代的礼乐制度，不是还保存在我们这里吗？上天如果要让这种制度失传，就不会让后人见识它和维护它。如果上天不想毁灭这种制度，那就不会让我们死去，那么匡城人又能对我们怎么样？"随后，孔子派人向卫国宁武子称臣，终于脱离了险境。

脱离险境之后，孔子来到了蒲地。过了一个多月，又返回了卫国，住在蘧伯玉的家里。卫灵公有个夫人叫南子，南子派人对孔子说："各国的君子，只要是看得起我们国君，想和我们国君友好往来的，必定会来拜见我们夫人。夫人愿意会见你。"按照当时的习惯礼仪，女人是不该参与政事的，也不能轻易会见他人。所以，刚开始，孔子推辞不去，最后不得已，只好去见。

南子夫人在帷帐中等待，孔子进门，跪拜行礼。夫人在帷帐中回拜答礼，所佩带的玉器首饰互相撞击，发出清脆的叮当声。会见结束后，孔子出来，对弟子说："我本来不愿意见她，但是既然见了，就要符合礼节。"子路还是觉得老师做得不对。孔子于是发誓说："假如我做得不对，那就让上天厌弃我！让上天厌弃我！"在卫国住了一个多月之后，有一天，灵公和夫人同坐一辆车，由宦官陪侍在车右，让孔子乘坐另外一辆车跟随，大摇大摆地从市面上走过。孔子对灵公的做法感到不满，说："在德行与美色之间，更喜欢德行的人，实在是太少啊！"于是便离开卫灵公，去了曹国。

在曹国住了不久，孔子又到了宋国，经常与弟子们在大树下演习礼仪。宋国的司马怨恨孔子，就把大树砍了。孔子只好离去。因为宋国司马想杀害孔子，所以弟子们催促孔子说："我们得快点走！"孔子说："上天既然赋予我传播道德的使命，他又能把我怎么样！"

到了郑国，孔子与弟子们走散了，一个人站在外城的东门。郑国有人对子贡说："东门站着个人，他的额头像尧，脖子像皋陶，肩膀像子产，然而，腰部以下要比禹短三寸，狼狈得像一只丧家之犬。"后来，子贡如实地告诉了孔子。孔子哈哈大笑说："他怎么形容我的相貌，都无所谓。但说我像一只丧家之犬，真的是太准确了！真是这样啊！"

孔子又到了陈国，住在司城贞子家里。有一天，许多只鹰落在陈国宫廷，随即死掉了，检查发现，它们的身体被一种箭射中，箭头是石制的，箭长一尺八寸。陈君派人问孔子是怎么回事，孔子说："这些鹰是从遥远的地方飞来的，箭是肃慎部族的箭。从前，周武王灭商之后，与各个偏远的少数民族取得了联系，让他们向周王朝贡献地方特产。肃慎族贡献的就是这种箭。周武王为了显示他征服远方的功绩，把肃慎族贡献的箭分给了长女大姬，大姬嫁给了虞胡公，而胡公后来被分封在了陈国。那时候，周室经常把珍宝玉器赠送给同姓诸侯，表示重视亲族；还把远方的贡品赠送给异姓诸侯，提醒他们勿忘服从王命。所以，肃慎族贡献给周室的箭，以前就曾经分给过陈国。"

陈君派人到收藏贡物的仓库里搜寻，果然找到了这种箭。于是对孔子的博学大为佩服。

孔子在陈国住了三年。三年之中，晋楚争霸，两国轮番攻打陈国，吴国有时候也来侵犯，陈国总是遭到袭击。孔子寻思："算了！我还是回去吧！我家乡的弟子们虽然做事迂阔一些，但是志向远大，有进取心，还没有忘记自己的理想。"于是孔子离开了陈国。

经过蒲地时，刚好碰上蒲人反叛，孔子等人被扣留。有个叫公良孺的孔门弟子，带着五辆车追随孔子周游列国。他身材高大，有力气，有才德，他对孔子说："从前跟随先生，在匡城被围困过，现在又在这里陷入困境，这是命中注定的吧？我跟先生您一再遭受磨难，受够了，我宁愿搏斗而死。"战斗非常激烈。蒲地人害怕了，就对孔子说："如果你们不去卫国，就放你们走。"孔子同意，与蒲地人订立了盟约，然后，蒲地人放孔子从东门出去。孔子出来之后，还是到了卫国。弟子子贡不解："我们订立了盟约，怎么可以违背呢？"孔子回答："受人胁迫而签订的盟约，神灵是不会认可的。"

卫灵公听说孔子来了，很高兴，亲自到郊外迎接。见到孔子，灵公问："蒲地该不该讨伐？"孔子回答："可以讨伐。"灵公说："可是我的大夫们认为不合适。因为，蒲地是防御晋楚的屏障，卫国要是讨伐它，恐怕不太合适。"孔子于是解释说："蒲地的男子有誓死效忠卫国的决心，妇女也有保卫这块土地的愿望。我所说要讨伐的，是指现在叛乱的几个头目。"灵公说："好的。"然而说过就算了，并没有派兵去平定蒲地的叛乱。

当时的灵公岁数已经大了，自己懒得处理国家政务，也不起用孔子。孔子感叹说："唉！如果有人用我主持国政，那么一年之内就可以变样，三年之后就会大见成效。"但是感叹也没有用处，灵公还是不任用孔子，孔子只好离去。

孔子不得志，有一天，心绪不宁，就敲打钟磬[2]，发出声响。门前有一个身背草筐的人路过，听了磬声，就说："这个敲磬人，好像有情绪啊！磬敲得叮叮当当这么响，有什么用呢？既然没人赏识你，就算了吧！"

○ 品画鉴宝
孔子见老子图（汉）此图绘孔子拜见老子的情景，人物神态专注，衣纹细腻，极为传神。

孔子向师襄学习弹琴，一连十天都没学新曲子。师襄说："现在你可以学习新曲了。"孔子说："我已经熟悉这首曲子了，但还没有掌握弹奏的要领。"过了一段时间，师襄说："你已经掌握了弹奏的要领，可以学新曲了。"孔子说："我还没有体会到乐曲里面蕴涵的志向呢！"又过了一段时间，师襄说："你已经体会到了乐曲的志向，应该换新曲了。"孔子说："可是我还没有感受到曲作者是什么样的人。"又过了一段时间，孔子表现出了视野宽广、志向高远的神态，说："我感受到作者是怎样的人了！他皮肤黝黑，身材高大，目光明亮，能高瞻远瞩，好像是统治四方诸侯的王。除了周文王，还有谁能达到这种境界呢？"师襄听了，离开座位，向孔子拜了两拜，说："我老师以前说过，这首曲子名叫《文王操》。"

孔子不被卫君重用，打算去赵简子那里找机会。在黄河边上，传来了赵简子的大臣窦鸣犊和舜华被杀的消息，这个消息对孔子打击很大。孔子看着浩瀚的黄河，叹气说："壮美的黄河水啊，浩浩荡荡！我之所以不能渡过黄河，也许是命运的安排吧！"弟子子贡跑上来问："请问先生，您这是什么意思？"

孔子回答："窦鸣犊和舜华，都是晋国有才有德的大夫。赵简子还没有得志的时候，是依靠了这两个人的辅佐，才得以取得了政权。可是，现在赵简子得志了，竟然杀了他们。我听说，剖腹取胎、杀害幼兽，麒麟就不愿降临；排干池水捉鱼，蛟龙就不肯调和阴阳、降雨利民；破坏鸟巢、打碎鸟蛋，凤凰就不愿飞到这里来。为什么呢？因为君子不应该杀害他的同类。对于不义的行为，鸟兽尚且知道躲避，何况我孔丘呢！"

于是，孔子便放弃了到赵简子那里去的想法，回到了老家陬乡休养，在老家，创作了《陬操》琴曲，以哀悼窦鸣犊和舜华两位贤人。过了一段时间，又返回了卫国，住在蘧伯玉家里。

卫灵公不重视修行德政，对孔子提倡的礼仪也不感兴趣，反而喜欢研究用兵打仗，孔子很失望。有一天，卫灵公向孔子请教打仗布阵的事，孔子就说："祭祀和礼仪，我倒是知道一些，可是打仗布阵的事，我一点都不知道。"第二天，灵公和孔子谈话时，有雁群从头上飞过，灵公于是就抬头仰望雁群，好像孔子不存在似的。孔子于是离开了卫国，又到了陈国。

鲁哀公三年，孔子六十岁。夏天的时候，鲁桓公、釐公的庙失火，南宫敬叔去救火。孔子当时在陈国，听到鲁庙失火的消息，就猜测说："火灾一定是发生在桓公和釐公的庙吧？"不久得到证实，果然被他说中了。

秋天，季桓子病重，乘辇车[3]遥望鲁城，长叹说："唉，想当初，这个国家差不多就要强盛起来，可是因为得罪了孔子，所以直到今日还是这个贫弱的样子。"说完，回头对他的继承人季康子说："我死之后，你肯定会当鲁国的丞相。你当了丞相，一定要召回孔子。"几天之后，季桓子去世，季康子接替了他的职位，想召孔子回来，可是公之鱼提醒他说："从前，我们先君任用他，可是没有善终，最后被诸侯耻笑。现在又任用他，假如还是半途而废，是会再次被诸侯耻笑的。"康子问："那么召谁来更合适呢？"公之鱼说："非孔子的弟子冉求莫属。"

于是，季康子就派人去召冉求。冉求接受了邀请，准备前往。孔子对别人说："鲁国派人召回冉求，不会小用，他肯定会得到重用。"就在同一天，孔子还自言自语说："唉，我还是回老家去吧！回去吧！我这些弟子志向远大，但做事迂阔，真不知道该怎么教育他们。"弟子子贡了解老师的心态，知道孔子心情不好，所以在送别冉求时，偷偷叮嘱冉求："如果你被重用了，一定要设法把老师也召回去！"

冉求离去以后，过了一年，孔子从陈国移居到了蔡国。又过一年，又从蔡国迁到叶邑。叶公向他请教治国的诀窍，孔子说："为政的关键，在于招纳贤人，使人归服。"有一天，叶公向子路了解孔子的情况，子路没有回答。孔子知道这件事后，对子路说："你可以回答他说：'他这个人，学习知识不知满足，教导别人不会厌倦，学习时会忘了吃饭，快乐时就忘记忧愁，以致意识不到自己快要老了。'"

离开叶邑，重回蔡国。在路上，看见长沮和桀溺在田里耕作，孔子知道他们是隐士，就让子路前去打听渡口在哪里。

长沮问："车上那位拉着缰绳的人是谁呀？"子路回答："是孔子。"长沮问："是鲁国的孔子吗？"子路回答："是啊。"长沮说："他那么聪明博学，他自己就应该知道渡口在哪里。"桀溺问子路："你是谁？"子路回答："我是子路。"桀溺说："你是孔子的学生吗？"子路回答："是啊。"桀溺说："天下到处都动荡不安，谁能改变这种局面呢？你们为躲避暴君乱臣而到处奔波，还不如像我们一样，为躲避乱世而隐居呢！"说完，就继续干起活来，不再搭理子路。子路只好返回，如实告诉孔子。孔子听了，失望地说："唉！可是，我们不可能像他们那样，居住在山林里，与鸟兽同群。要是天下太平，我也就用不着为了改变这种局面而四处奔波了。"

另一天，子路与孔子走散了，遇见了一位肩扛除草工具的老农，问："请问，您见到我的老师了吗？"老农说："你们这些人，从不劳动，连五谷都认不全，还敢自称老师！"说完，就自顾自地拔起草来，不再理会子路。子路把这件事情的经过也告诉了孔子，孔子说："他是位隐士啊！"可是等子路回去找时，老农已经走了。

孔子迁居到了蔡国。第三年，吴国讨伐陈国，楚国发兵援救陈国，驻扎在城父。楚王听说孔子住在陈、蔡边界上，就派人去聘请孔子。孔子准备前往，这时候，陈蔡两国的大夫暗中商议说："孔子是有才有德的圣人，总是能洞察诸侯各国的弊病。他久居陈、蔡之间，却不能被大夫们接受，不被两国重用。而楚国是个大国，却来聘请孔子。假如孔子被楚国重用，那么陈、蔡两国的君王和大臣就都危险了。"于是，两国派人把孔子围困在野外。

孔子和门徒都被围困，走投无路，连饭都吃不上了。随从的弟子有的已经饿病，都无精打采的。可是孔子还是照常不停地给弟子讲学、吟诗、唱歌、弹琴。子路对这种情况不满，迁怒于老师，于是面带怒色地见孔子说："君子难道也会陷于困境吗？"孔子说："是的。不过，君子面对困境，仍能坚守节操，毫不动摇；而小人遇到困境，那就什么事都干得出来。"

孔子知道弟子们心里动摇，于是问子路："依你看，我们为什么会落到这种地步呢？难道我们的学说不对吗？"子路说："可能是我们的德行还不够吧！所以人家才不信任我们。可能我们的智谋还不够吧！所以人家才不放我们走。"孔子说："你这是什么道理呢？如果有仁德的人就必定受人信任，那伯夷和叔齐怎么会饿死在首阳山呢？如果有智谋的人就肯定畅行无阻，那王子比干怎么会被剖心呢？"

子路出去，子贡进来相见。孔子问："依你看，我们为什么会落到这种地步呢？难道我们的学说不对吗？"子贡说："先生的学说不是不对，而是博大得过分了，所以，天下任何一个国家都无法容纳先生。先生为什么不稍微降低点要求呢？"孔子说："有经验的农民会种庄稼，但不能保证肯定有收获；好的工匠手艺精巧，但他制造出来的器具，不见得能让所有人喜欢。君子修炼自己的学说，不一定马上被社会所容纳。现在你不去修炼自己的学说，反而想降低标准，求人容纳。唉，你还是缺乏远大的志向啊！"

　　子贡出去，颜回进来相见。孔子问："依你看，我们为什么落到这种地步呢？难道我们的学说不对吗？"颜回说："先生的学说博大到了极点，所以没有哪个国家能容纳得了。虽然这样，先生还是应该坚持推行自己的学说，即使不被天下容纳，那又怎么样呢？对我们来说，学说得不到修炼和提高，那才是自己的耻辱。至于学说不被采用，那是国家当权者的耻辱。"

　　孔子听了，欣慰地笑着说："对啊，就是这样！你才是我的好学生！如果有朝一日你成了大富翁，我愿意去做你的管家。"

　　后来，孔子派子贡到楚国。楚昭王派军队来迎接孔子，这才解救出困境。

　　到了楚国，楚昭王想把七百里地封给孔子。可是楚国的令尹子西不同意。

　　子西问昭王："大王派往诸侯国的使臣，有像子贡这样优秀的吗？"

　　昭王回答："没有。"

　　子西问："大王的辅佐丞相，有像颜回这样出色的吗？"

　　昭王回答："没有。"

　　子西问："大王的将帅，有像子路这样的吗？"

　　昭王回答："也没有。"

　　子西问："大王的各位主管官员，有像宰予这样能干的吗？"

　　昭王说："还是没有。"

　　子西于是说："楚国的始祖受封于周天子的时候，封号只不过是子男爵，土地只不过五十里。而如今的孔子，精通三皇五帝的治国方法，有志于像周公和召公那样的事业，大王如果给了他机会，那么楚国还能保

286

住世世代代传下来的方圆几千里的土地吗？当初周文王和周武王都只是土地百里的君王，可是最终称王于天下。现在孔丘如果拥有七百里土地，又有那么多精明强干的弟子辅佐，这对楚国来说，可不是什么好事情。"

昭王于是打消了原来的想法。孔子还是得不到重用。

楚国装疯卖傻的隐士接舆，有一天来到孔子的车旁边，唱到："凤凰啊，凤凰！你的学说和道德为什么如此不受重视！过去已经无法挽回，未来的却还可以追求。算了吧，算了！现在从政的，可是很危险的啊！"孔子听了，赶紧下车，想和他谈谈，但接舆却快步走开了。

不久之后，孔子离开了楚国，返回了卫国。这一年，孔子六十三岁。

第二年，吴国和鲁国会盟，吴国要求鲁国提供一百头牛和一百头羊作为祭品。鲁国的季康子派子贡前去交涉，然后吴国才放弃了这个过分的要求。

孔子说："鲁国和卫国的政治，像亲兄弟一样相似。"卫出公想让孔子来执政。子路问孔子："卫君等着先生前去执政呢，先生打算怎么迈开第一步呢？"孔子说："首先要正名分！"子路说："先生您太陈腐了吧，为什么要正名呢？"孔子说："名分不正，说话就没分量，说话没分量，就办不成事，办不成事，礼乐就无法兴盛，礼乐不兴盛，刑罚就无法做到恰当，刑罚不恰当，百姓就会手足无措，不知道怎么做才对。所以，君子办事，首先必须符合名分，在这个基础上，要注意自己的言谈，不能马虎。"

一年后，孔子的学生冉有统率鲁国军队，与齐国作战，打了胜仗。季康子问："先生的军事才能如此出众，请问是学来的呢，还是天生的？"冉有回答："是从孔子那里学来的。"季康子说："孔子是什么样的人呢？"再有回答："您要是准备任用他，首先必须要让他有正当的名分，这样他才能施行德政，造福于百姓。如果您想让孔子像我一样去打仗，那么无论您封给他什么，先生都不会答应。"季康子问："我想召他回鲁国，你看可行吗？"再有回答："如果您召他回来，就不要让小人阻碍他，那就没问题。"

当时，卫国的孔文子想攻打太叔，向孔子咨询怎么打好。孔子借口不懂军事，谢绝了。回到住处，他马上备车，准备离开卫国。孔文子知道了，坚决挽留。正巧，这个时候，鲁国的季康子派人携带厚礼来迎接孔子，于是孔子就回鲁国去了。

孔子离开鲁国共十四年，经历了很多波折才返回鲁国。

回国后，鲁哀公向孔子请教治国之道，孔子回答："治国之道，最重要的是选择合适的大臣。"季康子也向孔子请教怎么治国，孔子说："任用和推荐正直的人，抛弃心术不正的人，这样下去，即使是心术不正的人，也会慢慢变得正直。"然而事实上，鲁国最终还是没有真的重用孔子，对此，孔子并不感到意外。而且，他并不追求官位，所以也并不苦闷。

相关链接

〔1〕颜渊：公元前521－前481年，名回，字子渊，春秋末期鲁国人，孔子名徒，"孔门十哲"（子渊、子骞、伯牛、仲弓、子有、子贡、子路、子我、子游、子夏）之一。

〔2〕钟磬：钟，一种用青铜铸造成的乐器；磬，一种用石或玉雕琢成的乐器。二者演奏时都要悬挂于架上，通过敲击发出声响。

〔3〕辇车：古代贵族使用的一种便车，一般用人力拉。

孔子对子贡说："现在我要死了。夏人死了，棺木停放在东台阶；周人死了，棺木停放在西台阶；殷人死了，棺木停放在厅堂的两柱中间。昨晚，我梦见自己坐在两柱中间被人祭奠，我本来是殷人啊！"七天过后，孔子去世了。

孔子花了很大精力来整理古代典籍。在孔子的时代，周室衰微，礼崩乐坏，典籍也都残缺不全，于是孔子追溯夏、商、周三代的礼仪制度，依照时间顺序整理编排。《书传》和《礼记》就是孔子编定的。

当时，从古代流传下来的《诗》有三千多篇，孔子把重复的删掉，把其中可以用于礼仪教化的选取出来。删减处理之后，《诗》定为三百零五篇，每篇诗都可以配乐歌唱。于是，先王的礼乐制度恢复了原貌，重新被人认识和尊重。

孔子全力整理古代典籍，完成了《诗》《书》《礼》《乐》《易》《春秋》六艺的编修。

孔子晚年喜欢钻研《易》经，还详细解释了其中的一些篇章。他对《易》爱不释手，以至于把串联竹简的皮绳磨断了多次。他说："要是让我多活几年，我就能掌握《易》的文辞和义理啦！"

孔子用《诗》《书》《礼》《乐》作教材，就读的弟子大约有三千人，其中优秀的弟子七十二人。[1] 另外，还有很多像颜浊邹那样的人，虽然在很多方面都接受了孔子的教育，但并没有列在七十二人之中。

孔子教育弟子，注重四个方面：学问、言行、忠恕、信义。他要弟子严格遵守四禁：不揣测、不武断、不固执、不自以为是。孔子很少谈利，即使谈到利益，也与命运和仁德联系起来谈。孔子授课，如果弟子不是实在想不通，就不去启发他。如果弟子不能举一反三、触类旁通，就不讲授新课。

孔子在自己的家乡，总是很谦恭，像个不善言辞的人。可是在宗庙祭祀和朝廷议政时，却言辞流利，滔滔不绝，理直气壮。上朝时，与上大夫们交谈，态度平和自然；与下大夫们交谈，和乐而且轻松。进入国君的宫门，就保持低头弯腰的恭敬姿势；快到国君跟前时，就小步快走，恭敬有礼。国君让他迎接宾客，他的表情会十分庄重认真。国君召见，总是不等车驾备好，就先出发了。

在饮食方面，不新鲜的鱼，变了味的肉，或者切割得不恰当，孔子

都不吃。席位不正，就不坐。在有丧事的人身旁吃饭，从来不吃饱。如果看见穿丧服的人和盲人，即便是小孩，也必定要改变神态，表示同情。

孔子说："几个人在一起，其中必定有人可以做我的老师。"又说："我所忧虑的事情，就是道德败坏，学业懒惰，不能向善，还有知错不改。"孔子不谈论的事情是：怪异、暴力、鬼神、淫乱。

子贡说："先生在古籍整理方面成就卓著，我们是知道的。可是先生对天道与人生命运的深奥见解，我们就无法彻底理解。"颜渊感慨地说："老师的学问，接触得越多，越觉得它崇高无比；钻研得越深，越觉得它坚实深厚。先生善于循序渐进地诱导我们学习，用古代典籍丰富我们的知识，用道德礼仪规范我们的言行，使我们想放弃学业都不可能。我们尽力苦学，有所收获，可是老师的学问还是那么高不可及。虽然我们都想赶上他，却无论如何也追不上。"

孔子说："君子最担心的是死后无名，不能流芳百世。我在政治上无所作为，那我靠什么给后人留下好名声呢？"于是，他根据鲁国历史作了《春秋》一书，文辞简练、意味深长。孔子作《春秋》，删繁就简，文笔精练至极，就连子夏等长于文字的弟子，也是无法增删一个字。孔子把《春秋》作为教育

孔子（公元前551－前479年）
名丘，字仲尼。春秋后期鲁国人，享年七十二岁，葬于曲阜城北泗水之上，即今日孔林所在地。曾修《诗》《书》，定《礼》《乐》，序《周易》，作《春秋》。其思想及学说对后世产生了极其深远的影响。

弟子的教材，他自嘲说："后人知道我，是因为《春秋》；后人怪罪我，也是因为《春秋》。"

弟子子路死得早，死在了卫国。孔子伤心，也病了。子贡来探望孔子，当时孔子正拄着拐杖在门口散步，见到子贡，说："你怎么才来啊？再晚几天，你就可能见不到我了！"随后叹息道："泰山要倒塌了！梁柱快折断了！哲人也要凋谢了！"落下了眼泪。然后，孔子又对子贡说："天下无道，由来已久，我的主张没有人愿意遵循。可是现在我要死了，没有机会推行我的主张了。夏人死了，棺木停放在东台阶；周人死了，棺木停放在西台阶；殷人死了，棺木停放在厅堂的两柱中间。昨晚，我梦见自己坐在两柱中间被人祭奠，我本来是殷人啊！"七天过后，孔子去世了。

孔子享年七十三岁，在鲁哀公十六年四月去世。

孔子死后，葬在鲁城北的泗水岸边。弟子们守孝三年，然后各奔东西，也有人留了下来，继续守孝。弟子子贡在孔子墓旁搭了一间小屋，守墓六年，然后离去。孔子的弟子，还有鲁国的其他一些人，迁到墓地附近居住的有一百多家，于是这里被命名为"孔里"。很多个世代以来，鲁国每年都要按时到孔子墓去祭奠，儒生们也在孔子墓地练习礼仪，举行各种活动。孔子的墓地有一顷大。孔子的故居，以及弟子们居住的地方，后来被改成庙，收藏孔子用过的衣冠、琴、车、书籍等等，直到汉代，二百多年过去了，也没有废弃。高皇帝刘邦经过鲁国的时候，曾用太牢[2] 大礼来祭祀孔子。而诸侯卿相一到任，也往往先去拜谒孔子墓，然后才去处理政务。

从古至今，天下的君王和贤人很多，他们活着的时候，荣耀而显赫，可是一旦去世，就烟消云散了。孔子只是一介平民，而他的名声和学说却流传至今，学者尊他为宗师，从天子到平民，都把孔子的学说看作判断事物的最高标准。毫无疑问，孔子的确是至高无上的圣人。

相关链接

〔1〕孔子在曲阜"杏坛"讲学，打破了以前学在官府的旧俗，开我国私人讲学之先河，他先后教授的门徒有三千多人，培育出了著名的"孔门十哲"，另有七十二高徒，为我国传统文化的继承和发扬做出了卓越的贡献。

〔2〕太牢：古代用来祭祀的动物称为牺牲，牺牲在宰杀之前要圈养起来，称为牢。太牢为一羊一豕（猪）一牛，为很高的礼节。

吕后专权

汉代兴起，吕娥做了汉高祖的正宫皇后，她的儿子成了太子。后来，孝惠帝去世，继承皇位的人还没确定，于是吕后掌握实权。

自古以来，开国帝王和继承正统的君王，不光个人品德高尚，也往往有外戚[1]的帮助。夏代之所以兴起，因为有涂山氏；而夏桀被放逐，是因为有末喜；殷代的兴起，是因为有娀氏；纣王被杀，是因为宠幸妲己；周代的兴起，是因为有姜原和大任；而幽王被擒，则是因为与褒姒淫乱。

汉代兴起，吕娥做了汉高祖的正宫皇后，她的儿子成了太子。等到晚年，吕后年老色衰，于是戚夫人得宠，她的儿子如意差一点就取代了原来的太子。高祖去世，吕后杀光了戚氏，赵王如意也被消灭，高祖后宫的妃子里面，只剩下没有受宠的人平安无事。

吕后的长女嫁给了宣平侯张敖，而张敖的女儿则做了孝惠帝的皇后。吕太后因为这种亲上加亲的关系，所以总是千方百计想让孝惠帝的皇后生儿子，但最后还是没能生儿子，于是就偷来宫女的儿子，谎称是她生的。后来，孝惠帝去世，继承皇位的人还没确定，于是吕后掌握实权，重用外戚，吕氏子弟都被封赐，而且，吕禄的女儿做了少帝的皇后。看上去，吕氏的根基似乎很牢固了，然而事实上并不是这样。

吕后去世，形势急转直下，吕禄、吕产等人害怕被杀，于是起兵叛乱。大臣征讨他们，消灭了吕氏，只剩下孝惠皇后，被安置在北宫。大臣迎立刘氏后代即位，这就是孝文皇帝，供奉的是汉家的宗庙。

相关链接

[1] 外戚：也叫"外家"或"戚畹"，指帝王的妻族、母族的人。

薄姬年岁还小的时候，与管夫人和赵子儿的关系很亲密，三个人约定说："谁要是先富贵了，不要忘了好姐妹。"三人被纳入汉王的后宫之后，管夫人和赵子儿不久就得到了汉王的宠幸。而薄姬则很少被汉王召见。

汉宫悲情

薄太后的父亲是吴地人，姓薄。秦朝的时候，他跟魏国宗室的女儿魏媪私通，生下了薄姬，也就是后来的薄太后。

有一次，魏媪让许负给薄姬看相，许负说她会生天子。当时，项羽和汉王正在荥阳对峙，天下归谁还没有定局。魏王豹本来臣服于汉王，可是听了许负的话，以为魏家将要出现天子，心里暗自高兴，于是背叛汉王，先是中立，后来就与楚王联合。汉王派曹参等人攻打并俘虏了魏王豹，灭了魏国，薄姬被送进汉宫去织布。

有一次，汉王刘邦来看织布，见薄姬美貌，就下令把她纳入后宫，可是纳入后宫后就把她忘了，整整一年多也没有见她。当初，薄姬年岁还小的时候，与管夫人和赵子儿的关系很亲密，三个人约定说："谁要是先富贵了，不要忘了好姐妹。"三人被纳入汉王的后宫后，管夫人和赵子儿不久就得到了汉王的宠幸。

有一次，两位美人谈起了当初与薄姬的约定，互相开玩笑。汉王听了，就问她们是怎么回事，两人于是把当初的约定告诉了汉王。汉王伤心，可怜薄姬，当天就召见薄姬。薄姬说："昨天夜里，妾梦见有苍龙盘踞在我的肚子里。"高帝说："这是显贵的征兆啊！"后来，薄姬生了个男孩，就是代王。此后，薄姬很少再被高祖召见。

高祖去世以后，吕太后非常憎恨那些被高祖宠幸的人，把她们全都囚禁起来，不准出宫。而薄

293

○ 品画鉴宝 汉宫图（宋）赵伯驹／绘 此图宫中设步帐，帐外牛马车驾，帐内宫女两行，各执法乐，簇拥一妇人。傅彩古艳，笔细而沉着有力。

姬因为很少见到高祖，得以出宫，随从儿子到达代国，成为代王的太后。太后的弟弟薄昭也随从到了代国。

十七年过去了，吕后去世。大臣们痛恨吕氏，都称赞薄氏宽厚善良，所以迎接代王，立为孝文皇帝，薄太后成了皇太后，太后的弟弟薄昭被封为轵侯。

因为薄太后的母家是魏氏，当初魏氏扶持薄太后，非常尽心尽力，所以，薄太后让儿子孝文皇帝下令，免除了魏氏的徭役赋税，还按照亲疏给予了赏赐。

薄太后逝世，葬在南陵。因为吕后和高祖合葬在长陵，所以她为自己单独建造了陵墓，靠近孝文帝的霸陵[1]。

窦太后，是赵国清河[2]人。吕太后时，窦姬从民间被选入宫中，服侍太后。太后把自己的宫女赏赐给诸侯王，窦姬就在这个行列中。窦姬家在清河，赵国离家比较近，就请求主管宦官说："请一定把我放在去赵国的名册里。"宦官答应了，可是后来又忘了，误把她放到了去代国的名册里。名册上奏，太后下诏批准，不得不启程了。窦姬痛哭流涕，不想去，强令她启程，才肯走。到了代国，代王只宠幸窦姬，生了女儿名叫嫖，后来又生了两个男孩。

孝文帝继位之后，公卿大臣请求立太子，窦姬的长子年龄最大，就

294

成了太子。窦姬于是成为皇后，女儿嫖为长公主。第二年，窦皇后的二儿子被立为梁王，这就是梁孝王。

窦皇后有个哥哥，叫作窦长君，有个弟弟，叫作窦广国，字少君。少君四五岁的时候，由于家境贫寒，被人抓去卖掉，他家人也不知道被卖到了什么地方。少君被转卖了十几家，后来到了宜阳。在宜阳，少君为主人进山烧炭，晚上一百多人睡在山崖下面，山崖倒塌，睡在崖下的人全都被压死，只有少君得以幸免。少君高兴，就自己占卜，结果说他几天之内就会被封侯。

少君当机立断，马上就跟从主人去了长安。在长安，少君听说窦皇后是新立的，老家在清河观津。少君被卖时虽然很小，但还记得老家的县名和自己的姓氏。他回忆起来，当初曾经和姐姐一起采桑叶，从树上摔下，他以此为证，上书陈述自己的身世。窦皇后把这件事告诉了文帝，文帝于是召见少君，少君详细讲述自己的情况，果然不错。又再问他以什么为凭证，他回答说："姐姐离开我西去时，与我在驿站告别。姐姐还向别人要来了洗澡用具，给我洗澡，又要来饭给我吃，然后才离开。"

窦皇后听了，拉住弟弟泣不成声，涕泪纵横。左右侍从都被感动，也伏在地下哭泣。一切安定之后，长君和少君都得到了丰厚的赏赐。皇后的其他同族兄弟，也得到了封赏，都定居在长安。

绛侯和灌将军等人说："我们这些人，只要不死，命就掌握在这两个人手里。他俩出身低微，没受过什么教育，不能不给他们挑选最好的老师和门客，否则弄不好又会效法吕氏，闹出大事来。"于是，就挑选年龄大、德行好的读书人去影响他们。在这种情况下，窦长君、少君慢慢成了谦谦君子，从不因为地位的尊贵而对别人骄横傲慢。

孝文帝去世之后，孝景帝继位，窦少君被封为章武侯。当时长君已经去世，景帝就封他的儿子彭祖为南皮侯。七国叛乱的时候，窦太后堂兄的儿子窦婴率兵平乱，立有军功，被封为魏其侯。窦氏家族共有三人被封为侯。

窦皇后年老生病，双目失明。逝世之后，和文帝合葬在霸陵。遗诏把东宫所有的金银财宝都赐给了长公主嫖。

相关链接

〔1〕霸陵：在今陕西西安白鹿原，为汉文帝刘恒的陵寝，因靠近灞河而得名。
〔2〕清河：在今河北省邢台市清河县一带。

武帝去看望平阳公主的时候，看中了卫子夫。公主趁机请求把卫子夫奉送入宫。子夫上车时，平阳公主抚摩着她的背说："走吧，多注意身体！如果尊贵了，别忘了我。"

卫皇后[1]，字子夫，本来是平阳公主的歌女，出身低微。武帝即位之初，好几年都没有生儿子。平阳公主[2]于是为武帝挑选了良家女子十几人，打扮一番养在家里。

一次，武帝去看望平阳公主的时候，公主就让所有的美人出来亮相，可是武帝都不喜欢。吃喝过后，歌女进来献艺，武帝马上看中了卫子夫。武帝非常高兴，赏赐给平阳公主黄金千斤。公主趁机请求把卫子夫奉送入宫。子夫上车时，平阳公主抚摩着她的背说："走吧，多注意身体！如果尊贵了，别忘了我。"可是，子夫入宫一年多，竟然再也没有见到过武帝。

后来，武帝挑选不中用的宫女，让她们出宫回家。子夫趁机求见武帝，哭泣着请求出宫。武帝可怜她，就开始宠幸她。不久之后，子夫有了身孕，一天比一天尊贵。子夫的哥哥卫长君、弟弟卫青也得到了武帝的召见，被封为侍中。后来，子夫备受宠爱，生了三女一男，儿子取名叫据。

卫子夫大受宠幸，陈皇后非常气愤，多次寻死上吊，有好几次差一点死掉。武帝对陈皇后这种做法很不高兴。陈皇后还用妇人的邪术来诅咒子夫，被武帝发觉。武帝于是废了陈皇后，立卫子夫为皇后。陈皇后的母亲大长公主，是景帝的姐姐，她责备武帝的姐姐平阳公主说："武帝要不是靠我帮忙，不可能继位。但是他即位不久，就抛弃了我女儿。他怎么能这么忘本呢！"平阳公主回答："那是因为你女儿生不出儿子。"陈皇后求子心切，花了九千万的医药费，可是最终还是没能生儿子。

卫子夫被立为皇后，弟弟卫青被封为了将军。后来，卫青抗击匈奴有功，被封为长平侯，而且，连当时还在襁褓之中的三个儿子，也被封为列侯。另外，卫皇后的姐姐有个儿子，叫作霍去病，因为军功被封为冠军侯，号称骠骑将军。卫青号称大将军。卫氏亲族靠军功起家，有五个人被封为侯。

　　卫子夫成为皇后之后，弟弟卫青以大将军的身分被封为长平侯。他有四个儿子，长子准备继承侯位，其他三个弟弟也都被封为侯，卫家之富贵，震撼天下。当时流行的歌谣说："生男不必欢喜，生女不用发愁，难道你没有看见，卫子夫雄霸天下！"

　　当时，平阳公主守寡，大家帮忙出主意，看长安城里哪个列侯配做她的丈夫，最后都说大将军可以。公主笑着说："这个人是从我家里出去的，是我的随从，怎么能让他做我丈夫呢？"大家反驳说："可是如今，大将军的姐姐是皇后，三个儿子都是侯，富贵无比，公主怎么能轻视他呢？"于是公主应许，与大将军成亲。

　　是啊，人一旦富贵起来，那么所有的污点都被掩盖，好像从来没有过一样，只显得荣耀华贵，贫贱时的事情怎么可能牵累他呢！

相关链接

〔1〕卫皇后：？－公元前90年，字子夫，平阳（今山西临汾）人，汉武帝的皇后，生子刘据，刘据之孙刘询为汉宣帝。

〔2〕平阳公主：汉景帝与王皇后之长女，汉武帝同母姐姐，初为阳信公主，嫁于曹寿后封平阳公主，曹寿死，嫁于卫青。

荆王刘贾

荆王刘贾，与汉王刘邦同族。刘贾被汉王任命为将军后，常常成为项羽的克星，让楚军无能为力。

荆王刘贾[1]，与汉王刘邦同族，但是血缘关系比较远。

汉王元年，刘贾被任命为将军，平定塞地，并跟随汉王东进，去攻打项羽。四年后，汉王派刘贾率领步兵两万，骑兵数百，渡过白马津[2]深入楚地，烧毁楚军囤积的粮草，来破坏项羽的大业，使项羽的军粮断绝。不久，楚军反击刘贾，刘贾坚守不战，与彭越互相接应保护，让楚军无能为力。

一年后，汉王又派刘贾南渡淮河，围攻寿春。刘贾派人招降楚国大司马周殷，周殷背叛楚王，帮助刘贾攻占了九江。然后迎接黥布的军队，一起到垓下会战，共同围攻项羽。不久，汉王又派刘贾率领九江的军队，向西南攻击临江王共尉，攻克之后，把临江改为南郡。

汉六年春天，高祖会见诸侯王，废黜了楚王韩信，把他的封地分成两个国家。当时，高祖的儿子年幼，兄弟不多，而且又不贤能，所以想封同姓为王，镇守天下，于是就下诏说："将军刘贾有战功，应该尽早封赏优秀的刘氏子弟为王。"群臣都说："应该立刘贾为荆王，封他淮东五十二城；高祖的弟弟交为楚王，封他淮西三十六城。"从此，开始封刘氏兄弟为王。

高祖十一年，淮南王黥布反叛，向东进攻荆王。荆王刘贾出战，败退到富陵，不久被黥布杀掉。高祖亲自率军出征，打败了黥布。一年后，沛侯刘濞被封为吴王，接管了原来属于荆王的封地。

相关链接

[1] 刘贾：？—公元前196年，泗水沛（今属江苏）人，汉高祖刘邦之堂兄，西汉时被封为荆王。

[2] 白马津：古代黄河渡口名，在今河南滑县北。

　　燕王刘泽，是刘氏宗族的远房亲戚。高帝十一年，刘泽立下战功，被封为营陵[1]侯。

　　吕后当权的时候，齐国人田生出外远游，缺少路费，就找到营陵侯刘泽，说他有奇谋大略，如果刘泽能资助他，他就把奇谋大略贡献出来。刘泽非常高兴，给了田生二百斤黄金。田生得到黄金，立即返回了齐国，然后就不再露面了。刘泽非常生气，就派人对田生说："不要再跟我来往了，就当我不认识你。"

　　后来，田生又来到长安，没有去见刘泽，而是租了一座大宅院，让自己的儿子求见吕后宠幸的宦官张卿。张卿前来赴宴。田生准备得很充分，挂起了豪华的帷帐，摆出了精美的用具，像诸侯一样阔气，让张卿大吃一惊。

　　在吃喝得正畅快时，田生让手下人退下，对张卿说："吕氏一向忠心耿耿，辅佐高帝得到了天下，劳苦功高，在亲戚中的地位最重要。如今，太后年岁大了，吕氏的势力削弱，太后为了保住吕氏的地位，想让吕产去做代地的国王。可是，太后又担心大臣们不同意。你最受太后宠幸，大臣们也怕你，你为什么不诱导大臣向太后进言，立诸吕为王呢？这样的话，太后一定高兴。诸吕如果被封王，那么你也就成了万户侯[2]。你想想吧，现在太后心里急着这样做，而你身为内臣，却无动于衷，这样下去，肯定会大祸临头。"

　　张卿听了，觉得非常有道理，于是就诱导大臣向吕后进言。太后上朝时，大臣们进言请求立吕产为王。太后心里高兴，赐给张卿一千斤黄金。张卿拿到黄金，分了一半给田生。田生没有接受，而是趁机劝他说："虽然现在吕产被封为王，但是大臣们并没有心服口服。比如，营陵侯刘泽，属于刘氏宗族，而且还是大将军，他就不可能心服。你应该劝劝太后，划出十几个县封刘泽为王，他获得王位，心里高兴，就不会再怨恨吕氏，那么诸吕的王位就更稳固了。"

　　张卿把这些话禀报给太后，太后很赞同。于是，营陵侯刘泽被封为琅邪王。这个时候，田生去见刘泽，把来龙去脉告诉了琅邪王刘泽，并劝刘泽赶快启程，不要停留，以免吕后反悔。不出所料，吕后果然反悔，派人追赶阻止他们，但那时候刘泽已经出了函谷关，追兵只好无功而返。

吕后去世，琅邪王刘泽马上联合齐王，一起向长安进军，去诛杀诸吕。这时候，代王也从代地赶到了长安。琅邪王召集各位大臣，拥立代王为天子。天子登基，改封刘泽为燕王。

燕王刘泽一年后去世，谥号为敬王。王位传给了儿子嘉，就是康王。

到了刘泽的孙子定国，刘家开始衰败。定国无恶不作，与父亲康王的姬妾通奸，生下一个男孩；还强夺弟弟的妻子做姬妾；甚至还与三个女儿通奸。定国还打算杀死自己的臣子郢人，郢人揭发定国的恶行，定国于是想办法杀了郢人灭口。后来，郢人的兄弟再次上书揭发定国的丑事，定国的罪行于是暴露。武帝诏令公卿讨论，一致认为："定国的禽兽行为，败坏人伦，违背天理，应该处死。"武帝批准了公卿的建议，准备惩治定国。定国畏罪自杀，然后，封国被废除，成为汉朝的一个郡。

相关链接

〔1〕营陵：地名，在今山东昌乐东南。

〔2〕万户侯：汉代制度，列侯食邑（作为世禄的田邑，包括土地上的劳动者）以"户"论定大小，万户侯就是食邑有万户的侯，为当时侯爵最高的一层。

齐哀王为了保护刘氏江山，举兵入关讨伐诸吕。吕禄、吕产慌了，想在关中作乱，朱虚侯与太尉周勃和丞相陈平合作，杀了他们。朱虚侯首先杀掉了吕产，太尉周勃等人诛灭了吕氏家族。

齐悼惠王刘肥[1]，是高祖偏妃里的长子。高祖六年，刘肥被立为齐王，封地七十座城，凡是说齐语的百姓都归齐王统辖。

齐王是孝惠帝的哥哥。孝惠帝二年，齐王到京城见惠帝。惠帝和齐王宴饮，以平等的礼节相待，就像家里人一样随便而融洽。吕太后看着不高兴，觉得乱了君臣之间的礼节，损害了君王的威严，很生气，想杀掉齐王，杀一儆百。当时，吕太后掌握着实权，而且飞扬跋扈，心地狠毒，齐王很害怕，怕自己有来无回，好在有个大臣给他出谋划策，让他献出城阳郡，送给吕后的女儿鲁元公主作为封邑。吕太后开心了，就不再计较，这样，齐王才得以安全回到封地。

悼惠王在位十三年，去世之后，儿子襄继位，这就是哀王。

哀王元年，汉孝惠帝逝世，吕太后掌权，为了与汉高祖刘邦对应，吕太后自称高后，国家大事都必须要由高后决定。第二年，高后立她哥哥的儿子吕台为吕王，把齐国的济南郡作为封地。

哀王三年，刘肥的弟弟刘章进入汉朝宫廷，吕太后封他为朱虚侯，还把吕禄的女儿嫁给了他。四年后，刘章的弟弟刘兴居被封为东牟侯，都在长安宫廷，充任值班的守卫。

哀王九年，高后进一步削弱刘氏，几乎篡取了刘氏江山。吕氏子弟占有了燕王、赵王、梁王等王位，专权当政，势可倾国。

朱虚侯刘章二十岁，身体强健，有雄心壮志，可是因为吕氏专权，自己得不到发展，所以忿忿不平。有一次，刘章在酒宴上侍奉高后，高后让他专门管喝酒。刘章不高兴，就上前请示说："臣出身将门，请允许我按军法行酒令。"高后说："好的，可以。"

酒宴达到高潮之后，刘章让艺人，进献歌舞助酒。过了一会儿，又说："请允许我为太后唱耕田歌。"高后把他当孩子看待，笑着说："你父亲倒是会耕田。而你生下来就是公子，怎么可能知道耕田的事呢？"刘章说："我的确知道耕田是怎么回事。"太后说："那就试着给我唱一唱耕田歌吧！"

○ 品画鉴宝　上林苑驯兽图（西汉）　此图表现驯兽的情景，图中两人，一人左手执鞭，右手执斧，似在驯兽，另一人身着白衣，似为驯兽小丑。此壁画显示了墓主人帝王贵族的高贵身份。

刘章于是唱到："深耕密植，秧苗要稀疏；不是同种的杂草，要铲除，不能留。"吕后听了，很意外，沉默不语。

过了一会儿，吕氏家族有一个人喝醉了，不想再喝，于是就逃离了酒席，刘章追过去，拔剑杀了他，然后回来报告说："有一个人逃离酒席，臣执行军法，把他杀了。"太后和手下人都非常吃惊。可是，既然已经批准他按军法行事，就无法加罪于他。酒宴只好到此为止。

从此以后，吕氏家族的人都害怕朱虚侯刘章，大臣们也都听从朱虚侯，刘氏因此越来越强盛。

高后逝世后，国家开始动荡不安。上将军吕禄，还有相国吕产，两人都住在长安城里，乘机聚兵叛乱。吕禄的女儿是朱虚侯刘章的妻子，知道了他们的阴谋，于是就偷偷派人出了长安，去通知他哥哥齐王，让他发兵西进，而朱虚侯和东牟侯可以作为内应争取一举诛灭吕氏集团，然后拥立齐王为帝。

齐王知道了吕氏的阴谋后，就和他舅舅驷钧、郎中令祝午、中尉魏勃暗中谋划，准备发兵讨伐吕氏。齐相召平听说齐王准备出兵，就带人包围了王宫。这时候，魏勃就去欺骗召平说："君王的确是想发兵，而且没有汉朝的虎符 [2]，你包围王宫，这是很正确的，是好事。请让我替你领兵，把守住王宫，让他们无法出兵。"召平相信了他，就派魏勃领兵包围王宫。魏勃兵权到手，马上反戈，派兵包围了相府。召平醒悟，但为时已晚，感叹说："唉！道家的话'当断不断，反受其乱'，的确有道理啊！"说完就自杀了。

于是，齐王任命驷钧为相国，魏勃为将军，祝午为内史，征发了国内的全部兵力。然后，又派祝午去诈骗琅邪王说："吕氏叛乱，齐王发兵，马上就要西进，去诛杀他们。齐王自己觉得是晚辈，年轻，也不熟悉军事，愿意把全国委托给大王。大王从高祖时起就是将军，熟悉战事。齐王现在不敢离开军队，所以派我来请大王，一起到齐王那里去面议大事，然后好率领齐军西进，去平定关中之乱。"琅邪王信以为真，很兴奋，就飞驰去见齐王。齐王和魏勃等琅邪王一到，就马上扣留了琅邪王，然后，派祝午把琅邪国的军队全部征发，统率这些军队一起行动。

琅邪王刘泽被欺骗和扣留之后，回不去了，只好劝齐王说："齐悼惠王，是高皇帝的长子，从血缘上说，大王你就是高皇帝的嫡长孙，要是继承皇位的话，非你莫属。如今，大臣们还在犹豫，无法确定立谁最合适。我刘泽在刘氏中年龄最大，大臣们都听我的话，经常要等我来决定大事。大王这样扣留我，一点好处没有，还不如放我入关，计议迎立你做皇帝的大事。"齐王认为很对，就准备了很多车辆，送走了琅邪王。

琅邪王出发后，齐国就发兵西进，首先去攻打吕国的济南。齐哀王为了稳定局势，给所有诸侯王都写了一封信："当初，高皇帝平定天下，分封子弟们为王，悼惠王封在了齐国。悼惠王去世，惠帝派留侯张良立臣为齐王。惠帝逝世后，高后当权。高后年纪大了，听任诸吕擅自废黜高帝所立的封王，还杀死了三位赵王，灭了梁国、燕国、赵国，把所有这些都分封给了诸吕，并把齐国分成四国。面对这种情况，忠臣进言劝谏，可是主上昏乱不听。如今高后逝世，皇帝年幼，没有能力治理天下，所以要依赖大臣和诸侯。现在诸吕又自封为高官，聚集军队耀武扬威，劫持列侯和忠臣，假传圣旨以号令天下，刘氏政权岌岌可危。现在，寡人率领军队入关，是要诛杀那些不应当为王的人。"

汉朝听说齐国打过来了，相国吕产就派大将军灌婴前去迎击齐军。灌婴到达荥阳，分析局势后，认为："诸吕盘踞关中，想危害创立汉朝基业的刘氏，想自己当皇帝，在道义上说不过去。我如果打败齐军，等于是增加了吕氏的资本。"于是停止进军，驻军在荥阳，然后派使臣通告齐王和诸侯，愿意和他们联合，等吕氏叛乱之后，一起去诛灭他们。齐王听说后很高兴，就继续向西进军，夺回了齐国原先的土地济南，然后，屯兵不动，等待依约进军。

这时候，吕禄、吕产慌了，想在关中作乱，朱虚侯与太尉周勃和丞相陈平合作，杀了他们。朱虚侯首先杀掉了吕产，太尉周勃等人诛灭了吕氏家族。

琅邪王这时候赶到了长安。大臣们商议，想拥立齐王，而琅邪王和一些大臣说："齐王母亲的家族，性格凶恶残暴，像老虎一样，只不过戴着帽子，才看上去斯文一些。汉朝是因为吕氏的缘故，才弄的差不多天下大乱；如今要是再立齐王，那可是有重蹈覆辙的危险啊！代王母家薄氏，都是忠厚正直的君子。况且，代王又是高帝的亲儿子，如今健在，年龄又最长。儿子继位，名正言顺；他肯定会任用贤良的人才，这样大臣也也安心。"于是，大臣们就决定迎立代王。然后，大家派朱虚侯把已经杀掉吕氏的事告诉齐王，让他罢兵。

灌婴在荥阳，听说是魏勃最先教唆齐王反叛，可是吕氏被诛灭后，齐兵被迫退兵，而魏勃却无所作为，不能替齐王出力。灌婴派人召来魏勃责问。魏勃站在灌婴面前，很害怕，两腿发抖，话都说不完整，后来干脆一句话都说不出来了。灌将军盯着他看了好久，然后笑着说："人们都说魏勃勇敢，其实不过是狂妄平庸的人，怎么可能有所作为呢！"随后就罢免了魏勃的官职。

当初，魏勃的父亲因为善于弹琴，见过秦朝的皇帝。魏勃年少时，想求见齐相曹参，可是因为家里穷，没有财力打通关系，魏勃就只好想其他的办法。他常常一个人，在半夜到齐相舍人的门外打扫。齐相的舍人发现，自己的门外总是干净的，感到奇怪，以为有什么怪物，就在晚上暗中察看，发现了魏勃。魏勃坦言说："我想拜见曹相国，可是没有门路，所以为你打扫，希望你能帮我找个求见的机会。"舍人就带领魏勃去见曹参，也被收为舍人。

有一次，魏勃为曹参赶车，谈论国家大事，曹参认为他有德行和能力，就向齐悼惠王推荐他。悼惠王召见，任命他为内史。从此，魏勃开始飞黄腾达。等到哀王的时候，魏勃当权，权势之大，甚至要超过齐相。

○ 品画鉴宝　当户灯（西汉）此器作人托灯状。铜人半跪，左手按膝，右手上举，支托灯盘。"当户"系匈奴官名。

相关链接

〔1〕刘肥：？一公元前189年，刘邦长子，母曹氏，高帝六年（公元前201年）封为齐王，都临淄（今山东淄博东北），谥齐悼惠王。

〔2〕虎符：古代调军，一般是用一种铜铸成的老虎牌，分成两半，一半在国君手里，一半在带兵大将手里。如果国君要调动军队，必须派使者持虎符传令，两半虎符相对无误时，传令才能生效。

七王之乱

齐悼惠王的七个儿子都被汉孝文帝封为列侯。再后来，孝文帝又把他们晋升为王，共有七王。齐孝王十一年，七王中的吴王濞和楚王戊联合起来，一起反叛，兴兵西进，攻打汉朝王室。自此，开始了七王之乱。

齐王收兵回国后，代王来到长安，登上帝位，就是孝文帝。

孝文帝元年，把高后时期从齐国划出来的城阳、琅邪和济南郡又全部还给了齐国。琅邪王被改封为燕王，加封朱虚侯、东牟侯领地各二千户。后来，汉朝又划出齐国的城阳郡，立朱虚侯为城阳王，划出齐国的济北郡，立东牟侯为济北王。

几年后，齐悼惠王的七个儿子都被汉孝文帝封为列侯。再后来，孝文帝又把他们晋升为王，共有七王。

齐孝王十一年，七王中的吴王濞[1]和楚王戊联合起来，一起反叛，兴兵西进，攻打汉朝王室。他们打出旗号，对诸侯说："我们要诛杀汉朝的贼臣晁错[2]，安定国家。"其他好几个王都响应吴、楚叛乱，发兵一起攻打汉室。他们想拉齐孝王一起叛乱，可是齐孝王没有听从他们，而是坚守城池。于是，有三个叛乱的王国派兵包围了齐国。齐王派路中大夫向汉天子告急。天子让路中大夫返回告诉齐王："继续坚守，我的军队已经打败吴、楚等国，他们的叛乱不会很久。"路中大夫马上回来报告，可是，当时三国的军队已把都城团团围住，无法进城。三国的将领劫持了路中大夫，胁迫他："你反过来说，就说汉军已经被打败，齐国快向三国投降。要不然，会被屠城。"路中大夫应许了他们，来到城下，看见了齐王。这时候，路中大夫还是按照汉天子的吩咐喊话说："汉朝已经发兵百万，派太尉周亚夫打败了吴、楚叛军，正率军前来援救齐国。齐王一定要坚持住，不要投降！"三国的将领没有得逞，杀了路中大夫。

齐国被围攻得很急迫时，曾经暗中与三国谈判。就要与三国签订条约的时候，听说路中大夫正从汉朝回来，齐王非常高兴，就对签约很犹豫，他的大臣们也就趁机规劝齐王，不要向三国投降。没过多久，汉将栾布、平阳侯曹奇等率军到达齐国，打散了三国军队，解除了对齐国的包围。不久，汉军听说齐王当初和三国有和约，准备移兵讨伐齐国。齐孝王恐惧万分，喝毒药自杀了。汉景帝听说了这件事，认为齐王与七王不同，一开始是好的，只是后来受到了胁迫，才不得不跟三国和约，并

306

没有什么罪过。于是，孝王的太子寿被封为齐王，这就是懿王。其他几王都被消灭，封地收归汉室。

齐懿王在位二十二年，去世后，儿子次景继位，就是厉王。

齐厉王的母亲是纪太后。纪太后把自己弟弟纪氏的女儿嫁给厉王，可是厉王不喜欢。太后为了让纪家世代显贵，就把自己的长女纪翁主派入王宫，专门看管后宫宫女，不准她们接近厉王，想通过这种方法隔离厉王，让他不得不去宠幸纪氏的女儿。可是纪太后的目的没有达到，厉王开始与他的姐姐翁主通奸。

齐国有个宦官，叫作徐甲，入京去侍奉汉皇太后。皇太后有个女儿，叫修成君，太后很怜爱她。修成君有个女儿，叫作娥，太后想把她嫁给诸侯。宦官徐甲知道了皇太后的想法，就请求出使齐国，说一定可以说服齐王，让他上书请求娶娥为王后。皇太后很高兴，就派徐甲到齐国。

当时在京师有个齐国人，叫主父偃[3]，他得知徐甲出使齐国，是为了齐王娶王后的事，就趁机对徐甲说："如果你的事能办成，拜托你把

我女儿弄到宫里去，去充当齐王的后宫。"徐甲答应了。

徐甲到了齐国后，用含蓄的言辞说明了来意。纪太后闻言大怒道："齐王不是没有王后，后宫的嫔妃也齐备。你徐甲是齐国的穷人，穷得没办法才当了宦官，进京侍奉汉宫，在那里没有得到什么好处，才想扰乱我家！再说，主父偃是什么东西，也想让他的女儿充当后宫！"

徐甲非常尴尬，只好回朝报告皇太后说："齐王愿意娶娥为王后。但我有一点担心，担心齐王像燕王一样！"燕王，跟自己的女儿以及姐妹通奸，最近犯法而死，封国已经被废除，徐甲用这件事触动皇太后。皇太后听了，说："嫁女给齐王的事，以后就不要再提了。"

后来，这件事逐渐传到了天子的耳朵里。主父偃也听说了，从此开始怨恨齐王。

当时，主父偃正得宠于天子，参与国家大政。主父偃对天子说："齐国都城，人民达到十万户，商业税收每天可以达到千金，人口这么多，经济这么发达，要超过长安。这样的好地方，如果不是天子的亲兄弟和爱子，就不应该在这里为王。如今呢，齐王和皇室亲属的关系越来越疏远，他在这个地方实在太不合适了。"随后怂恿说："吕太后的时候，齐国想谋反，吴楚七国叛乱时，齐孝王也差不多要参加了。现如今，据说齐王和他姐姐通奸。"

天子听了，很重视，就拜主父偃为齐国的丞相，让他审理这件事。主父偃到齐国后，马上提审齐王后宫的宦官，还有帮助齐王去他姐姐住所的人，让他们提供证词，证明都曾经为齐王引路。齐王年少，害怕被官吏捕杀，就喝毒药自杀了。

主父偃一出京师就废掉了齐王，这让赵王很害怕，担心他会继续行动，影响刘氏子孙的利益。于是，赵王上书天子，状告主父偃接受贿赂，还公报私仇，处事不公道。天子于是囚禁了主父偃。公孙弘给天子出主意说："齐王已经自杀了，没有后代，国土已经收归汉室。汉室该得的已经得到，为了平息事端，应该杀了主父偃。不杀

他，无法平息天下人的怨恨。"于是杀了主父偃。

齐厉王在位五年，没有后代接位，国土收归汉室。

济北王刘兴居，是齐悼惠王的儿子，曾以东牟侯的身份诛杀诸吕，功劳不大。等到文帝从代地来长安，兴居说："请派我与太仆夏侯婴入宫，去清理门户。"少帝被废之后，与各位大臣一起尊立孝文帝。

孝文帝二年，刘兴居被封为济北王，和城阳王一同受封。受封两年之后，济北王刘兴居谋反。当初，大臣们诛灭吕氏时，朱虚侯刘章的功劳特别大，所以大臣们商定，事成之后，把赵地全部封给朱虚侯，把梁地全部封给东牟侯。等到文帝即位后，听说朱虚侯和东牟侯二人本来是想拥立齐王，很不高兴，所以就贬低他们的功劳。刘章和刘兴居心里不服气。刘章死后，匈奴大举入侵汉朝国境，汉朝大量发兵，派丞相灌婴反击匈奴，文帝亲自到太原。刘兴居听说了，以为天子亲自率军抗击匈奴，就在济北反叛。反叛发生后，天子让已经出发的军队都返回长安，然后，派棘蒲侯柴将军击败并俘虏了济北王。济北王兵败自杀，封地被收归汉室，改为郡。

文帝十六年，齐悼惠王的儿子安都侯志被封为济北王。十一年后，吴、楚七国叛乱时，志坚守城池，不与七国合谋。吴、楚叛乱被平定后，被改封为菑川王。

济南王辟光，也是齐悼惠王的儿子，孝文帝十六年，被晋封为济南王。十一年后，和吴、楚一起反叛。兵败被杀，汉朝把济南改为郡，封地归于汉室。

相关链接

〔1〕吴王濞：即刘濞，公元前215－前154年，刘仲的长子，刘邦的侄子，公元前195年封为吴王，景帝时，听从晁错建议，开始削弱诸侯势力，刘濞便以诛杀晁错为名，于公元前154年联合其他诸侯发动叛乱，史称"七王之乱"。

〔2〕晁错：公元前200－前154年，颍川（今河南禹州）人，西汉大臣，被汉景帝称为"智囊"，官至御史大夫，主张削弱诸侯势力，引发了"七王之乱"，迫于内外压力，景帝诛杀了他。晁错擅长文章，尤长于散文，著有《守边劝农疏》《言兵事疏》《募民实塞疏》等。

〔3〕主父偃：？－公元前126年，临淄（今山东淄博东北）人，汉武帝时大臣，早年学长短纵横之术，后又学《春秋》百家之言，在齐受到排挤而北游燕、赵诸侯之地，仍不得志，于是西入长安，上书武帝，得到重用，主张削弱诸侯，提出"推恩"政策，元朔二年（公元前127年）出任齐相。

> 高祖刘邦还是个平民的时候，萧何已经是小官，曾经多次保护他。后来，高祖以小官的身份到咸阳服役，县里的同僚每人资助路费三百钱，只有萧何资助五百钱。

相国萧何，沛县丰邑人。精通法律，同时代无人能比。

高祖刘邦还是个平民的时候，萧何已经是小官，曾经多次保护他。高祖当亭长后，萧何还是经常帮助他。后来，高祖以小官的身份到咸阳服役，县里的同僚每人资助路费三百钱，只有萧何资助五百钱。

秦朝的御史到郡里检查工作，让萧何帮忙，萧何总是把事务办得井井有条。于是，萧何被提升为泗水郡的卒史，政绩考核名列榜首。秦朝的御史对他很赏识，准备回朝进言，征调萧何到首都，萧何坚决请求留下，这样才没有被调走。

高祖起兵，被推为沛公，萧何担任县丞，督办公务。沛公打到咸阳后，将领们都争先恐后地奔向府库，分取金银财宝，唯独萧何进入秦宫，找到丞相和御史掌管的律令图书，把它们都封存起来。后来，沛公被封为汉王，拜萧何为丞相。汉王之所以能全面了解各地的军事要塞，户口多少，地方强弱，民众疾苦，就是因为萧何得到了秦朝全部的图书资料。萧何还向汉王推荐韩信，于是韩信被封为大将军，为夺取天下立下了汗马功劳。

汉王率兵东进，平定三秦，萧何以丞相的身份留守巴蜀地区，处理财税，安抚百姓，颁布政令，为军队供应粮草。汉二年，汉王率领诸侯攻打楚军，萧何留守关中，侍奉太子。萧何做事干练，无论是制定法令、制度，还是建立宗庙、社稷、宫室、县邑，萧何总是尽快向汉王报告，得到汉王的同意，他才开始施行；如果来不及报告，他就酌情处理，等到汉王回来再报告。关中的日常事务繁多，都仰仗萧何办事得法，才处

萧何（？—公元前193年）

沛县丰邑人，秦末汉初著名的政治家。他是刘邦的重要谋臣和得力助手，在为刘邦夺取和巩固政权的过程中，做出了重大贡献，是西汉开国功臣之一。

理得有条不紊。日常事务，比如按户口征收粮草、兵丁，再通过水路输送到前方，让前方将士不至于失去支援。汉王在征战的过程中，多次弃军逃亡，萧何就常常要征发关中的士卒，来补足军队的缺额。汉王感激信任萧何，专门委任其处理关中的事务。

汉三年，汉王和项羽在京、索之间对峙的时候，汉王多次腾出精力，派使臣来慰劳丞相萧何。鲍生对丞相说："汉王风餐露宿，辛苦之极，却多次派使臣来慰劳你，这是对你有疑心啊！为你着想，你应该派你的子孙和兄弟中能打仗的人，全部都到军中去效力，这样，汉王必定就会更加信任你。"萧何采纳了他的建议，汉王果然大为高兴。

汉五年，汉王刘邦已经消灭了项羽，平定了天下，开始论功行赏。由于群臣争功，所以，争了一年多，功劳的大小还是没能确定下来。高祖认为萧何的功劳最大，所以封赐最高，给予的食邑也最多。功臣们都不服气："臣等身披铠甲，手持兵器，多的身经百战，少的也交锋数十回合，攻城略地，功劳有大有小，各自不等。可是萧何呢，根本就没有立下汗马功劳，只不过是舞文弄墨，发发议论而已，并没参加过战斗。可是，他的封赏反而在我们之上，这是为什么？"

高祖问："诸位了解打猎吗？"

群臣答："当然了解。"

高祖又问："知道猎狗吗？"

群臣说："当然知道。"

高祖于是开导群臣说："打猎的时候，追捕野兽和兔子的是狗，但是能发现野兽的踪迹，并且指出野兽位置的是人。如今诸位，只是能捕捉到野兽而已，功劳就如同猎狗一样。至于萧何，却能发现野兽的踪迹，然后告诉我们要猎取的目标在哪里，功劳如同猎人。再说，各位都只是一个人追随我，最多不过两三个人。而萧何带领全族好几十人随我打天下，功劳之大，是无可争议的。"

群臣听了，都不敢再争辩了。

列侯全都受到封赏，等到排位次时，大家都说："平阳侯曹参，浑身受伤七十多处，南征北战，功劳最大，应该排在第一位。"

高祖已经说服了各位功臣一次，多封了萧何土地，在位次的问题上，没有理由再反驳功臣。可是，高祖在心里还是想把萧何排在第一位。

关内侯鄂君了解高祖的心思，于是就当廷进言道："各位大臣的看

法都错了。曹参虽然有打仗攻城的功劳，但是这种功劳，只是短期的事情。高帝和楚军对峙五年，常常兵败，损失惨重，光是只身逃亡就有好多次。萧何常常从关中派出军队，来充实前线，这些都不是高帝命令他做的，可是在高帝最为危险的时刻，总是有几万名士卒开赴前线，解燃眉之急，这种情况可不是一次两次，而是好多次。汉和楚在荥阳对垒多年，汉军从来都没有现粮，都是萧何从关中水路运粮，供应及时，军粮供应从未缺乏过。陛下在外征战，虽然多次失掉崤山以东地区，但是萧何一直保全关中，等待陛下，这可是万世不朽的功劳啊！如今天下平定，即使没有了曹参这样的人，对汉室好像也不会有太大的损失。况且，汉室得到了曹参，靠他打下了天下，也未必就要等着靠他来保全。怎么能让短期的功劳凌驾于万世功劳之上呢？所以说，在位次上，理应萧何第一，曹参居次。"

这一席话正中高祖下怀，于是就坚决地说："好！有道理，就这么定了。"于是就确定萧何第一，恩赐他可以带剑穿鞋上殿，上朝时不必遵循常礼，不用小步快走[1]。

高祖对鄂君很欣赏，就说："我听说，能推荐贤人的大臣，理应受到大的赏赐。萧何的功劳很高，经过鄂君的申辩，就更加明显了。"于是晋升鄂君，从关内侯升为安平侯。当天，萧何父子兄弟十余人，都得到了食邑封赏。还另外加封萧何二千户，以报答当初高帝去咸阳服役时，萧何比别人多送了二百钱的恩情。

相关链接

[1] 依据当时朝堂的礼法，大臣上殿朝见君王不得穿鞋佩剑，而且为了表示恭谨，大臣还需小步快走（趋）。刘邦为嘉奖萧何，所以免除他这些繁文缛节。

高祖拜丞相萧何为相国，众人都前来祝贺，而召平却表示忧虑，他对相国说："你的祸患，恐怕就要从此开始了。"

汉十一年，有封地大臣反叛，高祖亲自率军出征平定叛乱，到了邯郸。叛乱还没有完全平定，淮阴侯韩信又在关中谋反，吕后采用了萧何的计策，诛杀了淮阴侯韩信，平定了关中。[1] 高祖在外地，听到淮阴侯韩信被杀的消息后，马上派使臣回国，拜丞相萧何为相国，加封五千户，并命令五百名士卒和一名都尉，担任相国的卫队。

萧何再次得到晋升，众人都前来祝贺，只有召平来向萧何表示忧虑。召平，在秦朝的时候，是东陵侯。秦朝灭亡之后，召平沦落为平民，家境越来越穷，只好在长安城东种瓜谋生，他种出的瓜味道鲜美出众，所以世称"东陵瓜"，瓜名取自召平原先的封号。

召平前来表示忧虑，他对相国说："你的祸患，恐怕就要从此开始了。皇上风吹日晒，在外征战。你留守关中，一点刀枪剑戟的危险都没有，可是皇上反而增加你的封邑，还配备卫队，这可是有隐患的啊！这是因为，淮阴侯刚刚在京城谋反，所以皇上也开始怀疑你了。设置卫队保护你，并不是因为宠爱你，而是因为担心你。希望你推辞封赏，不要接受，最好还把全部家产捐出来，作为国家的军费。这样，皇上心里才会真的高兴。"

相国萧何采纳了召平的计策，高祖果然非常高兴。

汉十二年秋天，黥布反叛，高祖亲自率军去平叛，但多次派人回来，询问相国在干什么。相国考虑到高帝率军在外，就更加努力地安抚勉励百姓，把自己全部的家财都捐献出来，用作军费，跟讨伐陈豨叛乱时一样。有个门客警告相国说："你现在已经离灭族不远了。你身为相国，功劳最大，一人之下，万人之上，如此显贵的地位，还能再提高吗？当初，你刚到关中，就深得民心，现在已经十多年了，百姓都亲附于你。可是，你却仍然孜孜不倦地做事，老百姓越来越爱戴你。皇上之所以多次派人询问你在干什么，其实是害怕你占有关中地区啊！你为什么不多买些田地，用低价赊借来败坏自己的名声呢？只有这样做，才能让皇上安心。"相国听后，采纳了他的意见，皇上果然大为高兴。

有一次，高祖出去征讨黥布军队的反叛，之后，班师回朝。在半路上，有百姓拦路上书，状告相国贱价强买民众的田地、房宅，价值达几千万。

皇上回到京城，相国萧何拜见。皇上笑着说："相国可真的是利国利民啊！"然后，板起了面孔，把百姓的上书甩给相国，说："你自己去向百姓谢罪吧！"

相国知道，强买百姓的土地房屋，其实是王室的意思。于是，相国趁机为民众请求说："长安的土地狭窄，而皇上的上林苑中有很多空地，废弃不用，一片荒芜，希望能让百姓进去耕种收粮，留下禾秆供禽兽食用。"

皇上大怒说："相国到底接受了商人多少财物，就为他们请求我的上林苑？"

于是，相国被交给了廷尉，被戴上了刑具，拘禁起来。过了几天，有个姓王的守卫侍奉皇上，上前询问说："相国犯了什么大罪，陛下用刑具把他拘禁起来，如此严酷地对待他？"

皇上说："我听说，当初的李斯以丞相的身份辅佐秦朝皇帝，有了成绩就归功于主上，而有了差错就由自己承担。可是如今的相国倒好，大量收受奸商的贿赂，却为民众请求我的上林苑，这样来向百姓讨好。这种做法太恶劣了，所以给他戴上刑具治罪。"

守卫说："相国是职责在身，只要有利于百姓的，就要为他们请求，这是相国应该做的事情。陛下为什么怀疑相国接受了商人的钱财呢？当初，陛下和楚军对抗了好几年，黥布等人反叛时，陛下亲自率军去讨伐，那个时候，相国留守在关中，只要他一跺脚，那么函谷关以西就不归陛下所有了。相国不在那时候谋利，到了今天才贪图商人的钱财吗？况且，当初的秦始皇是因为听不到自己的过错而亡国的，李斯当然要分担过错，他们又有什么值得效法的呢？陛下为什么怀疑宰相呢？为什么要怀疑到如此浅薄的地步？"

皇上听了上面的话，很不高兴。但是，心里面的确有些惭愧。当天晚上，派使臣赦免并释放了相国。相国年纪大了，一向谦恭，放出来之后，马上去向皇上谢恩，光着脚步行入宫谢罪。皇上先说话："相国不用说了！相国为百姓请求上林苑，我不应许，是我的过错。我只不过是桀、纣那样的暴君，而相国则是贤相。我之所以给相国戴上刑具，是想让百姓知道我的过错，了解您的贤明。"

萧何和曹参早就有过节，向来彼此瞧不起。萧何病重时，孝惠帝亲自前去探望病情，并且问他说："如果你不能继续担任相国了，那么谁可以代替你呢？"萧何回答说："了解臣子莫过于君主。"孝惠帝问："你觉得曹参怎么样？"萧何叩头说："皇上已经得到理想的人选，我死也没有遗憾了！"[2]

萧何一生俭朴，购置田地、房屋，必定是在穷乡僻壤，建造家园也从不修建围墙。他说："子孙后代如果贤能，就学习我的俭朴；如果不贤能，那最好不要被有权势的人家夺去自己的财产。"

孝惠帝二年，相国萧何去世，谥号文终侯。

萧何的后代子孙里面，因为犯罪而失掉侯爵封号的有四代。可是由于萧何的功劳，所以每次断绝了继承人，天子总是再寻找萧何的后代，续封为侯。在这一点上，其他所有的功臣都不能跟他相比。

萧何的一生，没有大起大落。在秦朝时，他不过是个文职小吏，平平凡凡的，没有什么奇功，没做出什么了不起的事情。等到汉代兴起，依仗着皇帝的权势，萧何谨守相国的职责，根据百姓痛恨秦朝苛法的状况，顺应民心，除旧布新，安抚天下。淮阴侯、黥布等人野心太大，都被诛灭，而萧何的功勋却越来越灿烂夺目。他的地位超越群臣，名声流传千古，至今卓冠古今。

相关链接

[1]公元前196年，吕后利用萧何的计策，将韩信欺骗至长乐宫钟室，以谋反的罪名将其杀害。韩信当初被刘邦重用是由于萧何的大力举荐，后来被吕后诛杀也是萧何在出谋划策，所以人们说韩信"成也萧何，败也萧何"。

[2]萧何死后，曹参出任相国，他不仅严格遵循萧何的治国方略，而且实行"无为而治"，对于西汉国力的恢复和发展起到了很大的作用，人们称之为"萧规曹随"。

高祖刚刚起兵时，曹参就随从高祖征战，东奔西走，战功赫赫，被沛公赐为七大夫。

平阳侯曹参，沛县人。秦朝的时候，做过沛县的狱吏，萧何和他在一起，官阶比他稍微大一点，两个人在县里都是很有权势的官吏。

高祖刚刚起兵时，曹参就开始随从高祖征战。曹参曾率军攻打胡陵、方与，进攻秦朝郡监公的军队，大败敌军。之后，向东攻占薛县，在薛县外城西边攻打泗水郡守的军队。然后，再次掉转军队，攻打胡陵，占领了它。之后又转守方与，可是方与已经反叛，投降了魏，曹参于是再次攻打方与。丰邑也反叛，投降了魏，曹参只好又去攻打丰邑。曹参转战南北，东奔西走，战功赫赫，被沛公赐为七大夫[1]。

曹参在砀县东边攻击秦朝军队，秦军溃败，于是曹参夺取了砀县、狐父和祁县的善置地区。又攻打下邑以西的地方，一直打到虞县，去进攻章邯的车骑部队。又与人一起攻打爰戚和亢父，曹参攻入，率先登城，被升为五大夫。

之后，向北援救东阿，进攻章邯的军队，攻陷陈县，一直追到濮阳。攻打定陶，夺取临济。还向南援救雍丘，进攻秦朝军队，秦军战败，秦将李由被曹参所杀，还俘虏了秦朝的一名军侯。当时，秦将章邯打败了项梁的军队，杀了项梁，沛公和项羽无力抵抗，只好率军东归。楚怀王任命沛公为砀郡长，统率砀郡的军队。沛公受封之后，马上就任曹参为执帛，号称建成君，不久，又升为戚县县令，属于砀郡。从此以后，曹参就开始跟从沛公。攻打东郡尉的军队，在成武南打败敌军。在成阳南进攻王离的军队，打败他们之后乘胜追击，大破王离的军队。接着追击败军，一直追到了开封，顺便进攻赵贲的军队，打败了他，把赵贲围困在开封城中。之后，向西攻击秦将杨熊的军队，再次取胜，俘虏了秦朝的司马及御吏各一人。这时候，曹参晋升为执圭。

之后，又随从沛公进攻阳武，攻占缑氏等地，封锁了黄河渡口。然后回师，在尸北进攻赵贲，打败了他。再随从沛公向南进攻犨县，与秦军在阳城外交战，攻陷了敌阵，占领了宛县，俘虏了南阳郡守，平定了南阳全郡。再跟随沛公向西进攻武关、峣关，占领了这两个地区。之后，

再向前推进，在蓝田南边正面进攻秦军，又趁夜在蓝田北边偷袭秦军，秦军大败，于是攻占咸阳，灭了秦朝。

项羽进驻关中后，封沛公为汉王，汉王封曹参为建成侯。曹参随从汉王到达汉中，晋升为将军。在汉中，曹参仍然南征北战，随从汉王平定三秦，攻打下辩、故道、雍县等地。又攻打章平的军队，夺取了壤乡。在壤东及高栎攻打三秦，大败三秦军队。之后，再次包围章平，章平突围逃走。于是攻击赵贲和内史保的军队，打败了他们。然后向东，夺取了咸阳，改名为新城。

曹参曾率军镇守景陵二十天，三秦[2]派章平等进攻曹参，曹参出击，大败敌军。曹参善于军事，曾把秦国最杰出的将领章邯围困在废丘。还在定陶攻打秦国另外一位大将龙且和项他，大败秦军。楚汉战争的时候，又攻占了砀县、萧县、彭城，进攻项羽的军队。曹参曾以中尉的身份围攻并夺取了雍丘。汉将王武在外黄反叛，程处在燕县反叛，曹参率军前往平定叛乱，把他们都打败了。柱天侯在衍氏反叛，曹参又击败叛军，收复了衍氏。在昆阳攻打羽婴，追到叶县，回师进攻武强，乘势打到荥阳。

曹参自从在汉中做了将军中尉以后，随从汉王进攻诸侯和项羽，打了好几年。差不多是所向披靡。因为他善于用兵打仗，所以能者多劳，从来没有休息过。

高祖二年，曹参被封为代理左丞相，率军进驻关中。一个月后，魏王豹反叛，曹参以代理左丞相的身份与韩信率军东征，进攻魏军，俘虏了魏的将领王襄；然后，在曲阳进攻魏王，追到武垣，活捉了魏王豹。然后，又攻占平阳城，俘虏了魏王的母亲、妻妾、儿女，魏国所有土地全部被占领，共夺得五十二座城。占领之后，汉王把平阳赐给了曹参，作为奖赏。

之后，又随从韩信进攻赵国相国夏说的军队，杀了夏说。韩信和张耳又率军去攻打成安君，曹参回师，去围攻赵国的戚将军，戚将军突围逃跑，曹参追击并杀了他。这个时候，韩信已经打败了赵国，向东攻打齐国。曹参于是随从韩信，打败齐国的驻军，夺取了一城。不久，又随韩信攻打龙且的军队，杀了龙且，俘虏他的部将周兰。齐国很快被平定了，共得七十余县。齐王田广、丞相田光、代理留守丞相许章，还有胶东将军田既，全部都被俘虏。齐国已经被消灭，韩信当了齐王，然后领兵抵达陈县，与汉王会合，一起打败了项羽。曹参留在齐国，平定齐国尚未降服的地区。

楚霸王项羽死后，天下平定，汉王当了皇帝，成为汉高祖。韩信被封为楚王。曹参归还了汉朝的丞相印，被任命为齐的相国。高帝六年，赏赐列侯爵位，曹参与诸侯剖符为凭，让受封者世世代代相传不绝。曹参的食邑是平阳，有一万零六百三十户，封号叫作平阳侯，以前所封的食邑取消。

成为相国后，曹参仍然为国出征。陈地叛乱，曹参以齐相国的身份率军出征，攻打叛军部将张春，打败了他。后来，黥布又反叛，曹参以相国的身份随从齐悼惠王率领步兵和车骑十二万人，与高祖刘邦会合，一起攻打黥布的军队，大破敌军。

曹参军功卓著。他总共打下了两个侯国，一百二十二个县，俘虏诸侯王二人，诸侯丞相三人，将军六人，大莫敖、郡守、司马、军候、御史各一人。

相关链接

〔1〕七大夫：官爵名，为秦朝二十等爵位中的第七等。

〔2〕三秦：秦朝灭亡后，项羽封秦朝降将章邯为雍王，司马欣为塞王，董翳为翟王，将原来的秦地一分为三，故关中一带有"三秦"之称。

汉惠帝怪罪相国曹参不理政事，曹参说："高帝和萧何平定了天下，法令已经明确了。如今，陛下只要垂衣拱手，我只要谨守自己的职责，遵循已有的法度不变，不就行了吗？"

汉孝惠帝元年，不再允许诸侯国设置相国，于是曹参被任命为齐国的丞相。

曹参担任齐国丞相的时候，齐国统辖七十座城。当时，天下刚刚平定，齐国的悼惠王年轻，曹参想把齐王辅佐好，于是召来所有的长老[1]和书生，询问安抚百姓的办法。到会的儒生有好几百人，一人说一套，各持己见，让曹参无所适从。

后来，曹参听说胶西有位盖公，精通黄老学说[2]，于是就派人携带厚礼去请他。见到盖公后，盖公对曹参说，治理国家的最佳途径，就是崇尚清静无为，让百姓自行安定。盖公还举出了很多事实上的例子，来证明自己的观点，把所有道理都一一陈述清楚。曹参很佩服，于是让出自己的正堂，请盖公住进去。曹参治理国家，主要的办法就是采用黄老学说。他做齐相九年，齐国安定，百姓乐业，所有人都大力称赞他是贤明的丞相。

汉惠帝二年，相国萧何去世。曹参听到了这个消息，马上告诉门客，让他赶快收拾行装，准备出发，说："我就要入朝当相国啦！"不久，朝廷果然派人来召曹参。曹参离开齐国时，嘱咐自己的后任丞相说："齐国的监狱，只能作为威慑手段，尽可能不要寄予厚望。运用刑罚要慎重，不要轻易用刑。不过，监狱不能撤销，即使坏人非常少，也不要撤销。"后任丞相问："你就要走了，可以把担任丞相的更多经验都告诉我。请问，治理国家还有比这更重要的事吗？"曹参说："其实这就是最重要的经验了。监狱的职能是惩恶劝善，所以非常重要。如果你没有恰当地对待它，甚至撤销它，那么坏人去哪里容身呢？因此，应该把它摆在头等位置。"

曹参原先地位低贱的时候，和萧何的关系很好。后来，他们都飞黄腾达了，官至将军、相国，就产生了隔阂。萧何临终的时候，向惠帝推荐贤臣，只推荐了曹参一人。曹参接替萧何，做了汉朝的相国，他承继萧何的事业，办事方式没有任何变更，一切都遵循萧何制定的法度。

无为而治

曹参

曹参在郡国官吏中物色那些不善言辞、稳重厚道的长者，找到后立即召来，任命为自己的副手。而那些在语言文字上讲究细枝末节的人，或者想求名求利的人，曹参总是把他们拒之门外。

曹参推崇无为而治，并沿袭萧何的法度，所以没有什么急迫的事情做，于是就日夜痛饮美酒。卿大夫以下各级官吏以及宾客见曹参整天无所事事，就上门来进言劝告。可是客人一到，曹参就会拿出醇厚的美酒，堵住他们的嘴，过一会儿，来客想进言，曹参就又递酒让他们喝，直到喝醉离去，始终不给来客开口劝谏的机会。慢慢地，大家就习以为常了，大家也都开始效仿曹参，饮酒作乐。

相国住宅的后园靠近官吏的宿舍，官吏的宿舍里整天纵酒高歌、喧闹无比。曹参的随从官吏住在后园，难得清静，对这种状况非常厌恶，但又无可奈何。于是，他们请曹参到后园游玩，听官吏们醉酒高歌、狂呼乱叫。随从的官吏本希望相国把他们召来治罪，可是曹参却反而让随从的官吏取酒，摆设座位，然后痛饮起来，也高歌欢呼，与官吏们相应和。

曹参不喜欢把事情闹大，看到别人有小过失，总是尽可能隐瞒掩盖，所以，相府里总是平安无事，天下太平。

汉惠帝怪罪相国曹参不理政事，心里想："作为相国，他无所事事，这

岂不是轻视我吗？"于是，惠帝对曹参的儿子说："你回家去，私下里从容地试着问你父亲：'高祖刚刚永别了群臣，新皇帝还年轻。你身为相国，整天饮酒作乐，总是不向皇帝请示汇报工作，你是依据什么来治理国家大事的呢？'你这样问他，但是不要说是我让你问的。"

曹参的儿子假日回家，闲暇时陪同父亲，把惠帝的话转变成自己的意思，规劝曹参。曹参闻言大怒，打了他二百大板，然后对儿子说："赶快进宫去侍奉皇帝。天下大事你不应当乱说。"

上朝时，惠帝责备曹参："为什么要惩治你儿子呢？是我叫他劝你的。"

曹参马上脱帽谢罪说："请陛下自己仔细想想，要论圣明英武，你和高帝相比，谁更强？"

皇上答："我怎么敢跟先帝相比呢！"

曹参说："陛下看来，我的才能和萧何相比，谁更厉害呢？"

皇上答："好像萧何更强一点。"

曹参说："陛下说得很对。高帝和萧何平定了天下，法令已经明确了。如今，陛下只要垂衣拱手，我只要谨守自己的职责，遵循已有的法度不变，不就行了吗？"

惠帝说："好，我懂了。你不用再说啦！"

曹参做汉朝的相国，一共三年。去世后，谥号懿侯。百姓歌颂曹参说："萧何制定法规，明白划一，国家有法可依。曹参接替他，遵循定制而不改变，没有使萧何的成果付诸东流。曹参执行他清静无为的政策，造福海内，百姓因而安定统一。"

相关链接

〔1〕长老：指年纪大且有德行的老人。

〔2〕黄老学说：黄，黄帝的简称；老，老子的简称。黄老被道家奉为祖师，因此黄老学说也是道家学说的核心思想。

老人拿出一部书，对张良说："读完这部书，就可以做帝王的老师了。十年以后，你会事业有成。十三年以后，你到济北来见我，穀城山下的黄石就是我！"说完，就离去了。

留侯张良，字子房，祖先是韩国人。祖父名叫开地，做过韩昭侯、宣惠王、襄哀王的丞相。父亲名叫平，做过釐王、悼惠王的丞相。悼惠王二十三年，平去世。平去世二十年后，秦国灭亡了韩国。

张良生得晚，没有在韩国做过官。韩国灭亡时，张良家里有奴仆三百人。张良的弟弟死了，张家不用厚礼埋葬，而是变卖了全部家产，出钱寻求刺客，要谋刺秦王，为韩国报仇。之所以这么忠于自己的国家，是因为张良的祖父和父亲在韩国做过五代丞相。

韩国灭亡后，张良曾经到淮阳[1]去学习礼法，到东方去拜访仓海君。在那里，他找到了一个大力士，为他制作了一个铁锤[2]，重达一百二十斤。秦始皇到东方巡游，张良和大力士趁机袭击秦始皇，打偏了，误中了为秦始皇赶车的。两人失败逃跑，藏起来了。秦始皇大怒，在全国大肆搜捕，缉拿这两个刺客。张良于是改名换姓，逃到了下邳，隐居起来。

有一天，张良无事闲逛，到下邳桥上从容悠闲地漫步。这时候，有一个老人，身穿粗布短衣，走到张良跟前，故意把鞋甩到了桥下。然后，老人瞪着张良说："小子，下去把鞋给我捡上来！"张良很惊愕，想揍他一顿。但因为他年纪太大，就强忍怒火，下去把鞋捡了上来。老人又说："把鞋给我穿上！"张良已经为他捡了鞋，所以干脆就做好事做到底，跪下来给老人穿鞋。老人趾高气扬地伸出脚，把鞋穿上，然后站起来，大笑着离去。

张良感到莫名其妙，怎么也想不清楚是怎么回事，就望着老人的身影发呆。老人走出了很远，又返回来，对张良说："你这小子值得教导。五天以后拂晓，来这里和我相会。"张良觉得这件事很奇怪，就跪下说："是！"

五天以后，天刚蒙蒙亮，张良按时前往。老人已经等在那里了，他发怒说："跟长者约会，反而后到，这是什么道理！"老人说完，准备离去，告诉张良说："五天以后早点来。"

五天以后，鸡刚叫，张良就去了。老人又先在那里，又发怒说："你又来晚了，为什么？"老人于是离去，说："五天以后，再早点来。"

五天以后，张良不到半夜就去了。过了一会，老人也来了，高兴地说："这样才对。"随后就拿出一部书，说："读完这部书，就可以做帝王的老师了。十年以后，你会事业有成。十三年以后，你到济北来见我，榖城山下的黄石就是我！"说完，就离去了，再也没有说别的话。从此，就再也没有见过这位老人。天亮以后，张良看老人送的书，原来是《太公兵法》。张良觉得这部书不同寻常，所以经常诵读和研究它。

张良隐居在下邳，仗义行侠。项伯曾经杀过人，与张良一样，也隐居起来。十年过去了，陈涉等人起兵反秦，张良于是也聚集青年一百多人起事。当时，景驹自立为代理楚王，驻扎在留县。张良想去投靠他，路上遇见了沛公刘邦。沛公正率领几千人，攻打下邳以西的地方。张良对沛公印象很好，就归附了他。沛公任命张良为将。张良多次根据《太公兵法》向沛公献策，沛公非常赏识，常常采纳他的计策。而张良对其他人说这些计策，他们都不能领悟。张良说："沛公大概真的是天授之才吧！"于是就跟定了沛公，不再考虑去见景驹。

后来，沛公到了薛地，拜见项梁。项梁拥立楚怀王之后，张良又劝项梁说："你现在已经拥立了楚王的后代，还应该再立另外几个人。韩国公子里面，横阳君韩成最贤能，可以立他为王，这样可以增加自己的党羽。"项梁于是派张良找到韩成，立他为韩王，并任命张良为韩国的司徒，与韩王率领一千多人去攻取韩国原有的土地，夺得了几座城邑，可是总是立即被秦军又夺了回去，于是韩军便在颍川一带打游击战。

沛公从洛阳打过来，张良率军随从沛公，一起攻占了韩国的十余座城邑，打败了秦将杨熊的军队。之后，沛公让韩王留守阳翟，自己和张良一同南下，攻占宛城，向西进入武关。沛公计划出动两万兵力，进攻秦朝峣关的守军，张良劝谏说："秦军还很强大，我们不能轻易进攻。我听说峣关的守将是屠户的儿子，市侩之人容易被利益打动，我们可以争取招降他。希望沛公按兵不动，留守军营，先派五万人出去，在各个山头上多悬挂旗帜，作为疑兵，吓唬守将；然后，再派郦食其携带金银财宝去收买他。"

果然，秦将背叛了秦朝，愿意跟沛公联合，一起去袭击咸阳。沛公想接受秦将的投降。张良说："守将想反叛，但是士兵不一定听从。士兵不听从，那就很危险。不如趁敌人懈怠，马上攻打他们。"沛公于是率军出击，大破秦军，追击败军到蓝田，再次交战，秦军彻底溃败。沛公于是到达了咸阳，秦王子婴向沛公投降。

沛公进入秦宫，看见宫室、帷帐、狗马、贵重宝物、美女数以千计，就动了心，想留在宫里不走。樊哙劝谏沛公，建议他出去居住，可是沛公不听。张良说："秦朝因为奢华而暴虐，所以沛公你才能打到这里。替全天下铲除暴秦，就应该以朴素为本。可是现在，你刚刚进入秦都，就开始享乐，这正是人们所说的'助纣为虐'啊！俗话说，'忠言逆耳利于行，良药苦口利于病'，希望沛公能听从樊哙的话。"沛公权衡利弊，这才很不情愿地率军出宫，驻扎在霸上。

项羽率军到达鸿门，想攻杀沛公，项羽的手下项伯是张良的好朋友，担心张良在沛公那里受牵连，于是就连夜赶到沛公军营，私下里会见张良，劝张良和自己一起离开。张良说："我替韩王辅佐沛公，现在情况紧急，逃走不合道义。"于是就把全部情况都告诉了沛公。

沛公大吃一惊："哎呀，应该怎么办好呢？"

张良问："沛公真的是想背叛项羽吗？"

沛公说："是小人教我把守函谷关，不让诸侯进来，说这样就可以占据全部秦地称王，我一时糊涂，所以听从了他的建议。"

张良问："沛公自己估计，你能击退项羽吗？"

沛公沉默良久，说："当然没有这个能力。现在怎么办好呢？"

于是张良坚决邀请项伯，让他会见沛公。沛公请项伯共饮，向他祝福，还结为亲家。然后，拜托项伯去向项羽详细说明，让他相信，沛公从来没有

想过要背叛他，之所以派兵把守函谷关，是为了防备其他强盗。后来，沛公去拜见项羽，两人和解。

汉元年正月，沛公被封为汉王，统辖巴蜀。汉王赐给张良黄金百镒，珍珠二斗，张良把所有这些东西全都送给了项伯。汉王还让张良厚赠项伯，让项伯替他请求得到汉中地区。项王答应了，于是汉王得到了汉中地区。汉王到封国去，张良送到褒中，劝告汉王说："汉王您应该烧毁所经过的栈道，向天下显示永不返回的决心。这样，项王才会安心。"汉王听从，于是一边行进，一边烧毁了经过的栈道。

当时，项王还是有些担心沛公会对自己造成威胁。张良劝告项王说："汉王烧毁了栈道，这表明他已经没有返回的想法了。"随后，张良又把齐国田荣反叛的事，写书信报告给项王。因此，项王不再担忧西边的汉王，而是发兵北进，去进攻齐国。

项王怨恨韩王，抱怨韩王曾经让张良去辅佐沛公，于是就不让韩王到封国去，后来又把他贬为侯，最后把他杀死在彭城。张良逃跑，从小道投奔汉王，当时汉王已经回师平定了三秦。汉王封张良为成信侯，让他随军东进，去攻打楚军。打到了彭城，汉军大败，撤军逃跑。

跑到了下邑，汉王下马，靠着马鞍问张良："我想拿出函谷关以东，作为封赏，请问，谁能和我一起建功立业呢？他可以得到我的封赏。"

张良进言说："九江王黥布是个人选，他是楚国的猛将，但与项王有些隔阂。另外，彭越在梁地反叛楚王。这两个人马上就可以利用。而汉王的将领里面，只有韩信可以托付大事，独当一面。如果把函谷关拿出来作为封赏，那么应该封赏给这三个人。这样，楚国肯定可以打败。"

汉王于是派人去游说九江王黥布，又派人去联络彭越。后来，魏王豹反叛汉王，汉王派韩信率军讨伐，乘机攻占了燕、代、齐、赵等国。可以说，汉王最终打败楚国，正是靠这三个人的力量。

张良体弱多病，从未曾单独挂帅出征，一直是作为出谋划策的臣子，跟随汉王。

汉三年，项羽把汉王围困在了荥阳，汉王忧虑万分，像热锅上的蚂蚁。汉王于是找大臣郦食其商量，讨论怎么才能解围，并且削弱楚国的势力。

郦食其说："从前，商汤攻灭夏桀，把夏朝的后代封在了杞国。周武王讨伐商纣王，把商朝后代封在了宋国。如今呢，秦朝不施行德政，抛弃了道义，侵略诸侯国，消灭了六国的后代，使他们没有立锥之地。在这种情况下，陛下如果能重新拥立六国的后代，使他们接受陛下的印绶，服从陛下的安排，这样一来，六国的君臣百姓必定会感戴陛下的恩德，向往陛下的德义，甘愿做陛下的臣民。随着德义的推行，陛下就可以称霸，那么楚王也必定会打扮得整整齐齐地前来朝拜。"

汉王说："好！快去刻好大印，先生可以带着它出发了。"

还没等郦食其启程，张良就从外面回来，拜见汉王。当时汉王正在吃饭，随口说："你来以前，有个客人为我策划了一个削弱楚国势力的办法。"接着，就把郦食其的话原原本本地告诉了张良，还问道："你觉得怎么样？"

张良问："是谁替陛下筹划这种计策？要是按照这种计策实行，那么陛下的大事可就失败了！"

汉王说："为什么这么说呢？"

张良回答："臣请求借用你面前的筷子，为大王讲解一下目前的形势。"然后接着说："从前商汤讨伐夏桀，把夏朝的后代封在杞国，那是因为，商汤知道自己能置夏桀于死地。可是如今，陛下能置项王于死地吗？"

汉王答："不能。"

张良说："这是不能那样做的第一个原因。当初，周武王讨伐商纣王，把商朝后代封在宋国，那是估计能够得到纣王的头颅。可是如今，陛下能够得到项王的头颅吗？"

汉王答："不能。"

张良说："这是不能那样做的第二个原因。当初，周武王攻入殷朝的都城，表彰商容的德行，释放了被囚禁的箕子，修葺比干的坟墓。可是如今，陛下能修葺圣人的坟墓，表彰贤人的德行，在智者的门前向他们致敬吗？"

汉王说："不能。"

张良说："这是不能那样做的第三个原因。当初，周武王曾发放巨桥 [3] 的陈米，散发掉鹿台的存钱，赏赐贫苦百姓。可是如今，陛下能散发府库的粮食和钱财，来赏赐贫苦百姓吗？"

汉王说："不能。"

张良说："这是不能那样做的第四个原因。殷朝灭亡以后，周武王废弃了兵车，改成日常乘坐的车，把武器都倒置存放，盖上虎皮，向天下表示再也不动用兵器。可是如今，陛下能停止征战，推行文治，不再用兵打仗吗？"

汉王说："不能。"

张良说："这是不能那样做的第五个原因。周武王把战马散放在华山的南边，表示没有用处了。可是如今，陛下能让战马休息、不再使用吗？"

汉王说："不能。"

张良说："这是不能那样做的第六个原因。周武王把牛放牧在桃林北边，表示不再运送辎重了。可是如今，陛下能放牧牛群，不再运送辎重吗？"

汉王说："不能。"

张良说："这是不能那样做的第七个原因。另外，天下的游士背井离乡，随从陛下走南闯北、风餐露宿，只是希望能得到一小块封地。如今要是恢复六国，立韩、魏、燕、赵、齐、楚的后代，那么，天下的游士就会各自回乡，去侍奉他们的君主，伴随他们的亲人和旧友，那么，谁和陛下一起打天下呢？这是不能那样做的第八个原因。目前，我们的任务很明确，就是要削弱楚国，让楚国不再强大，否则，封立了六国的后代，他们就会屈服于楚国，如果到了那个地步，陛下怎么能使他们臣服呢？总之，陛下如果采用客人的计谋，那么陛下的大事可就失败啦！"

汉王后怕，一点饭也吃不下了，吐出了嘴里的食物，大骂道："这个笨儒生，差一点败坏了我的大事！"于是马上下令，销毁了那些印绶。

汉四年，韩信攻占了齐国，想自立为王。汉王大怒，张良劝说汉王，于是汉王派张良授予韩信齐王印绶，把一场叛乱消灭在了萌芽之中。

相关链接

〔1〕淮阳：地名，在今河南周口境内，因在淮水之阳而得名。

〔2〕锤：古代兵器的一种，一般短柄，头安重物。头的形状有圆形、椭圆形、蒜头形、多面形等。

〔3〕巨桥："巨桥"和下文的"鹿台"分别为商纣王时的粮仓和宫苑名称。相传纣王在巨桥囤积了大量的粮食，在鹿台聚集了无数的珍宝。

决胜千里之外

当初，张良在下邳桥上，遇见了那个给他《太公兵法》的老人。十三年后，他随从高帝路过济北，果然在穀城山下见到了黄石，便取了回来，当做最贵重的宝物来祭祀。

汉六年正月，封赏功臣。张良不曾有过战功，高帝说："运筹帷幄之中，决胜千里之外，这是张良的功劳。他可以自己选择齐国的三万户作为封邑。"

张良说："起初，我在下邳起事，无意之中在留县碰到了皇上，这是上天把我赏赐给陛下。陛下采用我的计策，常常侥幸奏效，这是我的幸运。把我封在留县就可以了，不敢承受三万户的封赏。"于是，封张良为留侯，与萧何等人一起受封。

皇上封赏了大功臣二十多人，其余大臣日夜争功，功劳大小无法决定，不能及时封赏。有一天，高帝在洛阳南宫，从空中阁道望见诸位将领，发现他们总是坐在沙地上讨论。高帝奇怪："他们在说什么呢？"

留侯张良回答："陛下还不知道吗？他们在商量谋反！"

皇上说："天下已经安定了，为什么还要谋反呢？怎么可能呢？"

留侯回答："陛下当初也是个平民，靠这些人夺得了天下。现在陛下做了天子，所封赏的都是您亲近的萧何、曹参等老朋友，所诛杀的都是您最怨恨的人。现在这些将领们计算各自的功劳，认为天下的土地不够封赏，于是担心陛下不能全部封赏，害怕被您怀疑而遭到诛杀，所以他们聚在一起，图谋造反。"

皇上于是忧虑地问："那我该怎么办？"

留侯说："皇上最憎恨，而且群臣都知道的，是谁？"

皇上回答："雍齿跟我有仇，曾经多次让我受到侮辱。我想杀了他，只是因为他的功劳大，所以我才没有下手。"

留侯说："现在您应该马上封赏雍齿，做给群臣看，群臣见雍齿也受到了封赏，那么大家就知道自己也能受封，就会坚信不疑了。"

皇上立即摆酒设宴，封雍齿为什方侯。同时，催促丞相和御史尽快评定各位大臣的功劳，进行封赏。酒宴结束后，群臣都高兴地说："连得罪了皇上的雍齿都被封为侯，我们这些人就用不着担心了。"

高帝安定天下后，刘敬建议高帝说："应该定都关中。"高帝犹豫不决。大臣们大多劝高帝定都洛阳，他们说："洛阳是好地方。东面有成皋，西面有山有水，背靠着黄河，正面是伊水和洛水，这样的地形很容易把守，很坚固，靠得住。"

留侯不同意："洛阳虽然有这些优点，比较坚固，但是它的中心地区太狭小，方圆不过几百里，而且土地贫瘠；另外，因为地形的原因，所以住在这里容易四面受敌。关中地区则不同，左有崤山、函谷关，右有陇山、岷山，很安全；而且沃野千里，南边可以控制巴蜀的富饶资源，北边就是利于放牧的草原；在那里定都，可以依靠三面的险阻而固守，只用东方一面来控制诸侯。如果诸侯安定，那么可以用黄河、渭水转运天下的粮食，西上供给京都；如果诸侯叛乱，那么可以顺流而下，运送军队粮草。这就是所谓'金城千里，天府之国'啊！刘敬的建议是正确的。"

高帝听取了刘敬和张良的意见，当天就起驾，定都关中。

留侯张良随从高帝进入关中。留侯身体自小多病，来到关中之后，就静居调养，不吃五谷，闭门不出一年多。

皇上想废掉太子，准备改立戚夫人的儿子赵王刘如意。很多大臣进谏劝阻，但是高帝态度很坚决，谁的意见也不听。吕后毫无办法，很惶恐，不知道如何是好。有人给吕后出主意说："留侯善于谋略筹划，而且高帝信任他。你可以找留侯帮忙。"

吕后于是就派建成侯吕释之去胁迫留侯，说："你一直是高帝的谋臣，现在高帝抛弃了成规，要更换太子，这样大的事，你怎么能袖手旁观，高枕无忧睡大觉呢？"

○ 品画鉴宝

羊灯（西汉）此灯作卧羊式，昂首，双角卷曲，身躯浑圆，短尾巴。灯盘设计巧妙，可上下合而使此灯成为一件装饰品。

留侯回答："当初高帝多次身陷困境，侥幸采用了我的计策。如今天下安定了，因为偏爱的缘故想更换太子，这是亲骨肉之间的事，我们大臣都是外人，纵然我们一百多人都去进谏，恐怕也不会有什么用处。"

吕释之语气强硬地要求说："你一定得给我想出个妙计！"

留侯说："好吧！这件事呢，不能靠用口舌争辩来取胜，吵吵嚷嚷的没什么用处。现在，高帝贵为天子，谁都听命于他。而不听从高帝的，全天下只有四个人。这四个人年纪很大，都认为高帝傲慢、不尊重人，所以逃到山里隐居去了。他们四人重视道义，不肯做汉朝的臣子。然而皇上很敬重这四个人。你可以准备大量的金银财宝，让太子写封信，言辞要谦恭，再准备安稳舒适的车辆，派说客去恳请他们四个人，他们应当会来。来了以后，要把他们当作贵宾，让他们常常随从太子上朝。高帝看到他们，必定会感到奇怪，因而询问他们。一问他们，高帝就可以知道这四个人贤能。高帝看到有四个贤能的人辅佐太子，那么这对太子将是一大帮助。"

于是，吕后让人携带太子的书信，带着丰厚的礼物，万分恭敬地去迎请这四个人。四人到来后，以贵宾的身份安顿在建成侯吕释之的家里。

汉十一年，黥布反叛，皇上正好生病，想任命太子为主将，出兵去讨伐叛军。这四个人商议说："我们之所以到这里来，就是为了保全太子。如果让太子出兵平叛，那么就大事不好了。"于是四人劝告建成侯说："太子率军出征，如果立了战功，那么也得不到多少好处；如果无功而返，那么从此就要遭殃了。况且，与太子一起出征的将领，都是曾经和皇上一起平定天下的猛将，如果让太子统率他们，就相当于让羊统率狼，他们不可能心悦诚服地为太子卖力，这样一来，太子必然无法建立战功。

"你应该赶快去找吕后，让她找个机会向皇上哭诉说：'黥布，是全天下有名的猛将，善于用兵打仗。如今各位将领都是跟随陛下一起打过天下的，都是陛下的同辈人，如果让太子统率这些人，无异于让羊去统率狼，没有人会听从太子指挥的。而且，如果让黥布听到这一部署，他就会大张旗鼓地向西推进。所以，为了国家大计，还是皇上亲自出征的好。皇上虽然患病，但是在战车里坐阵，躺着让人护理你，这样，众将就不敢不尽力。皇上虽然会吃些苦，但是妻儿还是希望皇上能自强不息。'"

于是吕后找机会向皇上哭诉。皇上说："我本来就觉得这小子不够派遣的条件，唉，还是我自己去吧！"于是皇上就亲自率军出征。群臣留守，送皇上到霸上。留侯有病，勉强起来送行，送到了曲邮，拜见皇上说："我本来应该随驾出征，但病情实在太重，没办法。楚人勇猛善战，希望皇上不要跟他们争一时的高低。"趁机还劝谏皇上说："让太子做将军，监督关中军队吧！"皇上说："子房你虽然病重，但一定要强打精神，辅佐太子。"当时，叔孙通做太傅，留侯做少傅，都在辅佐太子。

汉十二年，高帝镇压了黥布的反叛，班师回朝。病情更加严重，就更想更换太子。留侯谏争，高帝不听，留侯于是就在家养病，不再理会这件事。太傅叔孙通 [1] 引用古今事例来劝告，舍命争保太子。高帝假装答应，但还是准备更换太子。

有一次宴会，在摆设酒席时，太子在皇上身旁侍奉。那四个人跟随着太子，他们的年龄都已经八十多岁，须眉雪白，衣冠奇特。

皇上见了，感到奇怪，问道："他们是干什么的？"四个人依次上前，说出了自己的姓名，分别叫作东园公、角里先生、绮里季、夏黄公。皇上听了四个人的名字，大惊，说："我访求你们多年了，你们总是逃避我，如今你们为什么主动来随从我儿子呢？"四人都说："陛下轻视士人，一张口就骂人，我们几个重视道义，不愿受这份侮辱，所以就逃到深山，躲藏起来。我们听说太子仁义孝顺，对待别人能够恭敬有礼，而且敬慕士人，全天下人都伸长脖子想来为太子拼命效力，所以我们也来了。"皇上说："好吧，烦劳各位好好地调教太子。"

四人祝福完毕，快步离去。高帝目送他们远去，然后召唤戚夫人，指着这四个人说："我本想更换太子。但是，那四个人辅佐太子，太子的羽翼已经形成，无法更换了。以后，吕后就真的是你的主人了。"戚夫人听了，痛哭流涕。皇上安慰她说："你为我跳楚舞，我为你唱楚歌吧！"随即歌唱道："鸿鹄高飞，一举千里。羽翮已就，横绝四海。横绝四海，当可奈何！虽有矰缴，尚安所施！"高帝连唱几遍，戚夫人只是不停地叹息流泪。然后，皇上起身离去，酒宴不欢而散。

最终，没有更换太子。这全是留侯招来这四个人的力量。

留侯曾随从高帝进攻代地，在马邑城下贡献奇计，还曾建议拜萧何为相国。他与高帝畅所欲言，从容不迫地谈论天下，内容非常多，因为与天下的存亡没有什么重大关系，所以没有记载。

留侯宣称："我家世世代代出任韩相。韩国灭亡后，我家又不吝惜万金资产，为韩国向强秦报仇，天下都受到震动。如今，我凭借三寸之

舌成为帝王的军师，封得万户食邑，成为列侯，这是平民所能达到的最高点，对于我张良来说，已经非常满足了。现在我已经无所企盼，我愿意抛弃人间俗务，随从赤松子 [2] 去遨游。"

于是，留侯开始学习气功和辟谷的方法，奉行导引之术，以便让自己轻身。当时，恰好高帝逝世，吕后感激留侯的恩德，怕他会伤了身体，就强迫他吃饭，说："人生在世，就像白驹过隙那样短暂，何必这样自讨苦吃啊！"留侯不得已，勉强听从了吕后的建议，重新开始进食。

八年后，留侯去世。谥号文成侯。儿子不疑承袭侯位。

当初，张良在下邳桥上，遇见了那个给他《太公兵法》的老人。十三年后，他随从高帝路过济北，果然在谷城山下见到了黄石，便取了回来，当作最贵重的宝物来祭祀。留侯去世后，把这块黄石也安葬在了他的墓里。后人扫墓和祭祀留侯时，也一并祭祀黄石。

张良的儿子不疑，在孝文帝五年犯了罪，被剥夺了封国。

张良一生，为汉朝立下了巨大的功劳。高帝说："运筹帷幄之中，决胜千里之外，我比不上子房。"很多人都会因此而认为，这个人应该高大强壮，形象魁伟。见到他的画像，相貌却像一个妇人美女般的柔弱。大概正如孔子所说："以貌取人，用在子羽身上就有失误。"对于留侯张良，也可以这样说。

相关链接

[1] 叔孙通：又名叔孙何，西汉时薛县（今山东滕州南）人，西汉大臣，生卒年代不详。西汉建立后，他根据形势变化和实际需要，为帝王制定了很多礼仪章程，被太史公司马迁称为"汉家儒宗"。

[2] 赤松子：古代神话传说中的仙人，据说为神农氏时的雨师，一说为帝喾之师。

汉王又召来陈平责问："先生先是侍奉魏王，不投合，于是投奔楚王；与楚王也不投合，于是又来跟随我。如果你是讲信义的人，能这样三心二意吗？"

陈平，是阳武[1]县户牖乡人。小的时候，家境贫穷，喜欢读书。家里有三十亩田地，陈平和哥哥陈伯住在一起。平常，陈伯耕田种地，陈平就在外面交游求学。

陈平长得又高又大，而且相貌英俊。有人问陈平："你家里那么穷，你到底吃了什么东西，胖成这个样子？"

当时，陈平和他的嫂子都在场。嫂子嫌恶陈平不顾家庭，不下田劳动，就说："也不过是吃点糠[2]里的粗屑罢了。有这样的小叔子，还不如没有！"陈平的哥哥陈伯听到这些话，把他的妻子赶走抛弃了。

陈平长成大人，应该娶妻了。可是，富家女儿没有人肯嫁给他，而娶穷家的女儿，陈平不愿意，觉得丢脸。就这样过了好几年。户牖有个叫张负的富人，他的孙女五次嫁人，丈夫总是早死，没有人再敢娶她。可是陈平不怕，愿意娶她。当时，乡邑中有丧事，陈平因为家里贫穷，就去帮助料理丧事，经常是早出晚归，出力帮忙。张负在丧家见到了陈平，就盯着身材魁梧的陈平仔细看。陈平很晚才离开，张负尾随到陈平家里，他家就在靠外城墙的偏僻小巷里，用破席当门，然而门外却有很多贵人留下的车辙。

张负回去后，对他儿子张仲说："我准备把孙女嫁给陈平。"

张仲说："陈平家里太穷，又游手好闲，全县人都讥笑他无所作为。为什么偏偏要把女儿嫁给他呢？"

张负答道："像陈平这样相貌堂堂的人，怎么可能一直贫贱下去呢？"张负坚持己见，终于把孙女嫁给了陈平。因为陈平家里穷，张负就借给他钱行聘礼，又给他一些购买酒肉的钱举行婚礼。张负告诫孙女说："不要因为陈家贫穷的缘故，就待人家不恭敬。侍奉哥哥陈伯要像侍奉父亲一样，侍奉嫂子要像侍奉母亲一样。"陈平娶了张家的女儿以后，生活上开始宽裕起来，交游的范围于是越来越广。

乡里祭祀社神，陈平主刀分肉，祭肉分得非常均匀。父老们说："好啊，陈家小子主刀分祭肉就是公平！"陈平感叹："唉，要是让我陈平治理天下，那可要比分这块肉还更公平！"

陈平

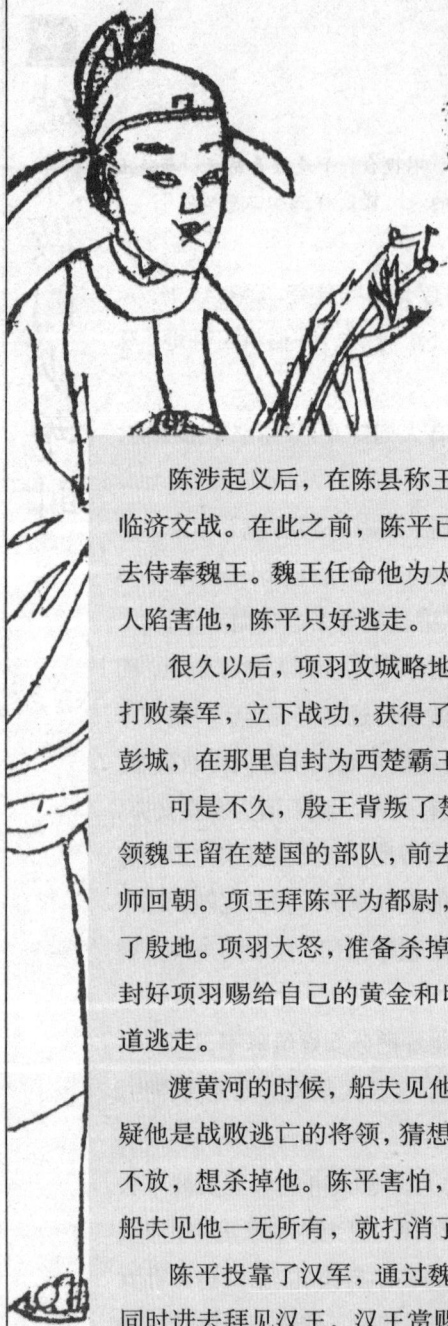

　　陈涉起义后，在陈县称王。然后，陈涉派周巿平定魏地，与秦军在临济交战。在此之前，陈平已经辞别了陈伯，与一些同龄人前往临济，去侍奉魏王。魏王任命他为太仆。陈平向魏王献计，魏王不采纳；又有人陷害他，陈平只好逃走。

　　很久以后，项羽攻城略地打到了黄河，陈平前去投靠，随项羽入关打败秦军，立下战功，获得了项羽的封赏，被赐予卿级爵位。项羽到了彭城，在那里自封为西楚霸王。

　　可是不久，殷王背叛了楚国，项羽于是封陈平为武信君，让他率领魏王留在楚国的部队，前去镇压殷王。陈平出击，一举降服殷王，班师回朝。项王拜陈平为都尉，赐给黄金二十镒。没过多久，汉王攻占了殷地。项羽大怒，准备杀掉平定殷地的官员。陈平害怕自身难保，就封好项羽赐给自己的黄金和印绶，派人还给项王，然后只身一人抄小道逃走。

　　渡黄河的时候，船夫见他身材魁伟，气度不凡，而且单身独行，怀疑他是战败逃亡的将领，猜想他腰中应当藏有金玉宝器，于是就盯住他不放，想杀掉他。陈平害怕，于是解开衣服，赤身露体地帮船夫撑船。船夫见他一无所有，就打消了杀人的念头。

　　陈平投靠了汉军，通过魏无知的引见，被汉王召见。陈平等七个人同时进去拜见汉王，汉王赏赐他们酒食。汉王说："吃饱吃好，然后就到客栈休息去吧！"陈平说："我是为要紧的事而来的，我要说的话今天非说不可，否则就晚了！"于是汉王就和陈平交谈，觉得陈平是个人才，很欣赏他。汉王问："你在楚军里面担任什么官职？"陈平回答："当都尉。"汉王于是立刻就任命陈平为都尉，还让他做自己坐车时的陪乘人，主管监护军队。

陈平得宠，众将领一片哗然，都不服气："一个楚国的逃兵，大王连他的本领是高是低都不知道，就跟他同乘一辆车，还让他监督军中的老将！这是什么世道啊！"汉王听到这些议论，不生气，反而更加宠信陈平。不久，汉王带着陈平东进，去讨伐项王。进军到彭城后，与楚军交战，被楚军打败。汉王率军撤退，沿途收集散兵，到了荥阳，任命陈平为亚将，隶属于韩王，驻扎在广武。

绛侯、灌婴等都向汉王进献谗言，陷害陈平说："陈平他虽然魁梧美貌，可是也不过像点缀帽子的美玉罢了，未必有什么奇才大略。我们听说，陈平在家的时候，与嫂子私通；侍奉魏王呢，也不能容身，只好逃走去归附楚王；在楚王那里也做不好，只好又逃亡归附汉王。如今大王却偏偏器重他，授予高官，还让他监护军队。我们还听说，陈平总是敲诈各位将领，给的钱多，就能得到好的职位，给钱少，就只能得到次要的职位。总之，陈平是个反复无常的乱臣，望大王明察。"

汉王相信了这些话，对陈平产生了怀疑，于是召见当初引荐陈平的魏无知，当面进行责问。魏无知说："我看中陈平的是才能，而陛下刚才所讲的是品行。当今，品行高尚的有尾生和孝己，而他们对于战争的胜负却没有任何用处，陛下当然就没有闲工夫任用他们。现在楚汉相争，我推荐善于出奇谋的人，只考虑他的计谋是否有利于国家，其他就不考虑。即使陈平真的与嫂子私通，还接受钱财，那又有什么了不起呢？"

汉王又召来陈平责问："先生先是侍奉魏王，不投合，于是投奔楚王；与楚王也不投合，于是又来跟随我。如果你是讲信义的人，能这样三心二意吗？"

陈平说："我侍奉魏王，魏王不能采纳我的计谋，所以我才离开他，去侍奉项王。项王不能够信任人，他能信任和宠爱的，不是项氏族人就是妻家兄弟，虽然有奇才也不任用，于是我只好离开楚王。听说汉王善于任用各路人才，所以才来归顺大王。我空身前来，一无所有，如果不接受一点钱财，就连办事的费用都没有。如果我的计谋有值得采纳的，希望大王能采用；假如连一点值得采纳的都没有，那么钱财都还在，请允许我把钱财封存好，送给官府，只希望在离去的时候，能保全我的尸骨。"

汉王听了，向陈平道歉，还给了他丰厚的赏赐，任命他做护军中尉，监督所有将领。众将领这才不敢再说什么。

楚汉战争之初，汉军经常战败。有一次，楚军急攻，切断了汉军的运粮通道，把汉王困在荥阳。汉王被围困了很长时间，有些沉不住气了，想割让荥阳以西地区，同楚军讲和，可是项王不答应。

汉王非常忧虑，对陈平说："全天下都乱哄哄的，什么时候才能安定啊！"

陈平说："项王这个人，对人很恭敬，所以清廉忠诚的士人大多归顺了他。可是，等到论功行赏的时候，项王却很吝啬，所以士人跟他相处久了，也就因此有了二心。大王您呢，待人傲慢，不注意礼仪，所以清廉忠诚的士人不来效力。然而，大王舍得给人官爵、食邑，那些不顾廉耻、贪图财利的士人于是就来投归汉王。你们两位，只要能各自取长补短，那么只要招一招手，就可以安定天下。然而，大王还是喜欢任意侮辱人，不能得到廉洁的士人。不过，楚军还是有可以扰乱的地方。项王身边，刚直的臣子有亚父范增、钟离昧、龙且、周殷等人，也不过几人罢了。大王如果能拿出几万斤黄金，实行反间计，离间楚国的君臣关系，让他们互相怀疑，那么肯定会奏效。项王这个人多疑，容易听信谗言，这样楚国内部必然互相残杀。然后汉王趁机发兵，进攻他们，那么打败楚军就易如反掌了。"

汉王认为有道理，于是拿出四万斤黄金，任凭陈平支配，从不过问他的开支情况。

陈平把黄金用在了楚军内部，专门进行离间活动。条件成熟之后，就开始到处释放谣言，说将领钟离昧等人替项王领兵出征，

功劳很多，然而终究还是不能割地封王，他们实在受不了了，想跟汉王联合，消灭项氏，瓜分楚国的土地，然后各自称王。

项羽果然产生疑心，不再信任钟离眛等人，还专门派人到汉王那里探听虚实。汉王用非常郑重的礼节欢迎项王的使臣，让人端来丰盛的菜肴，好好招待。见到了项王的使臣之后，汉王马上假装吃惊地说："我还以为是亚父的使臣呢，原来是项王派来的！"说完，就让人把菜肴端走，换些粗劣的饭菜来给项王的使臣吃。项王的使臣返回，详细地告诉了项王。项王果然开始怀疑亚父。亚父听说项王怀疑他，大怒说："天下大局已定，君王你自己干吧！只希望你能恩准我活着回乡养老。"亚父真的回乡养老，但是还没有到达彭城，就因为背上的毒疮发作，死去了。

当时，汉王和陈平还被楚军围困在荥阳。听到楚军内部不和，就准备趁机逃脱。陈平在夜里派两千名妇女跑出荥阳城东门，楚军于是去追击她们，陈平就和汉王马上从荥阳城西门逃走。于是汉王进入了关中，收集散兵游勇，再次向东进军。

相关链接

〔1〕阳武：旧地名，在今河南原阳东南。
〔2〕糠：从稻、麦等谷物上脱下的皮、壳。

○品画鉴宝

双龙谷纹玉璧（西汉）此玉透雕，晶莹洁白，体扁平，两面纹饰相同。顶部有一小孔，可穿挂。造型别致，雕琢精细。

足智多谋屡建奇功

孝文帝即位，陈平想把右丞相的位置让给周勃，于是就称病引退。文帝觉得陈平病得很奇怪，就很好奇地探问病因。陈平说："高祖的时候，周勃的功劳不如我陈平。可是要说到诛杀吕氏，我的功劳可就不如周勃了。我愿意把右丞相的职位让给周勃。"

淮阴侯韩信攻破了齐国，自立为齐王，然后派使者向汉王报告。汉王大怒，当着使者的面痛骂韩信，陈平暗地里踩汉王的脚。汉王恍然大悟，于是收敛了怒气，以优厚的待遇款待使者，并派张良去封立韩信为齐王。

汉王多次采用陈平的奇谋计策，终于消灭了楚国，取得天下。后来，韩信因为军功卓著，被封为楚王。

汉六年，有人告发楚王韩信谋反。高帝刘邦向各位将领征求意见，将领们说："赶快出兵攻打他，把这小子活埋算了。"

高帝没有表态。退朝之后，去问陈平，陈平一再推辞，不愿说出自己的意见，而是反问高帝："将领们都说了些什么？"高帝于是把将领们的话一一讲给他听。

陈平问："韩信谋反这件事，还有其他人知道吗？"

高帝回答："没有其他人了。"

陈平问："韩信知道自己被告发了吗？"

高帝说："不知道。"

陈平问："陛下的精锐部队和韩信的部队相比，谁更强大一些？"

高帝说："还是他们厉害一些。"

陈平问："陛下的将领之中，用兵打仗，有人能超过韩信吗？"

高帝说："没有人能赶上他。"

陈平说："如今陛下的兵不如他的兵精，将领也赶不上韩信善战，如果发兵去攻打他，这是促使他起兵反叛啊，这样做很危险。"

高帝问："那该怎么办呢？"

陈平说："古代天子有时候要到各地视察，去会见诸侯。南方有个云梦泽，陛下可以效仿古代天子，假装出游云梦泽，在陈县会见诸侯。陈县在楚国的边界，韩信听说天子出游，肯定不会有什么疑心，不可能有所防备，会到郊外迎拜陛下，拜见时，陛下可以乘机逮捕他。这样逮捕他，只要一个力士就能办到。"

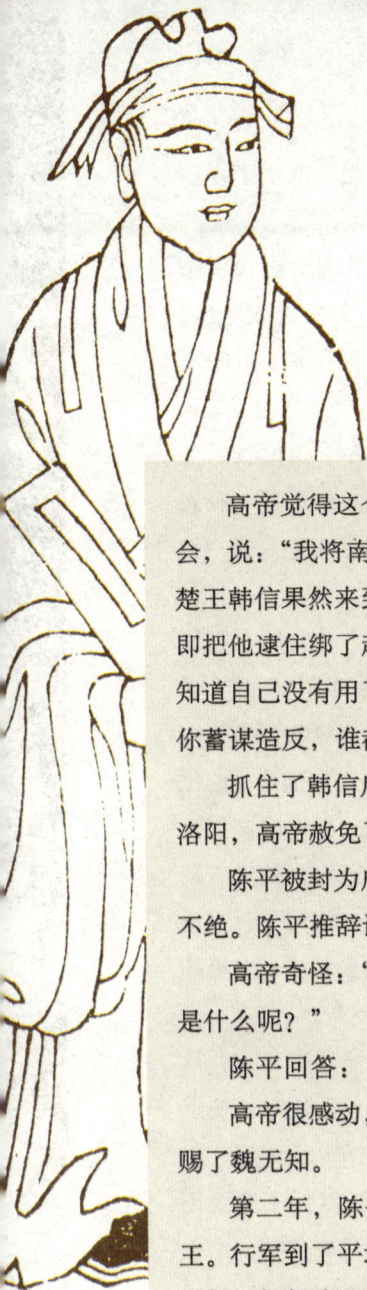

陈平

高帝觉得这个办法不错，于是派使臣通告诸侯，让大家到陈县相会，说："我将南下，到云梦地区去巡游。"高帝启程，还没到达陈县，楚王韩信果然来到郊外迎接。高帝预先安排好了力士，见韩信到了，立即把他逮住绑了起来，装在后面的车里。韩信大喊："天下已经平定，我知道自己没有用了，所以你要杀我！"高帝回头对韩信说："不要喊了，你蓄谋造反，谁都看得出来！"

抓住了韩信后，高帝在陈县会见诸侯，然后彻底平定了楚地。回到洛阳，高帝赦免了韩信，降为淮阴侯。

陈平被封为户牖侯，并且剖分符信作为凭证，要陈家世世代代相传不绝。陈平推辞说："我没有什么功劳，不能受封。"

高帝奇怪："我这么多次采用先生的计谋，克敌制胜，这不是功劳是什么呢？"

陈平回答："如果不是魏无知引见，我怎么可能入朝为官呢？"

高帝很感动，说："像先生你这样，可以说是不忘本了。"于是又赏赐了魏无知。

第二年，陈平以护军中尉的身份随从高帝，到代地攻打反叛的韩王。行军到了平城[1]后，无意中被匈奴包围，整整七天没吃上饭。这时候，高帝采用了陈平的奇计，派使臣与匈奴单于阏氏取得了联系，这样包围才得以解除。高帝脱身出来以后，陈平的奇计一直没有公开，没有人知道平城突围的真相。

高帝突围，向南进发，回师京都。路过曲逆[2]的时候，高帝登上城楼，望见县城的房屋都非常宽大，感慨说："好壮观的县！我走遍天下，不知道见过多少郡县，只有洛阳和这个县如此壮观。"回头问御史："曲逆县有多少户居民？"御史回答："当初秦朝的时候，有三万多户，秦汉之间战乱频繁，很多人逃亡了，现在只剩下了五千户。"高帝于是就诏令御史，改封陈平为曲逆侯，这个县都给他作食邑，取消了以前封的户牖乡。

这以后，陈平还多次以护军中尉的身份随从高帝出征，讨伐黥布等人的反叛。他总共出过六次奇计，每次都能奏效，每次奏效之后，高帝都增加他的封邑，一共增封了六次。有的奇计非常秘密，世间没有人知道。

高帝讨伐平定了黥布以后，从前线回来，受伤病重。这时候，燕王卢绾反叛，高帝派樊哙以相国的身份率军讨伐。樊哙启程后，有人跑来对高帝说樊哙的坏话。高帝听了，发怒说："樊哙见我生病，就盼我早死。"

高帝于是召来绛侯周勃和陈平，在病床上下诏说："你与陈平赶快乘车去代替樊哙领兵，陈平到达军中，要立即砍下樊哙的头！"两人受命后，立刻乘车急行，在路上，两个人边走边商议说："樊哙，是高帝的老朋友，功劳很大，而且又是吕后的妹夫，和高帝是亲上加亲，地位显贵。高帝现在一时愤怒，想杀他，但恐怕将来会后悔。我们应该把他囚禁起来，交给高帝，由高帝自己诛杀他。"两人主意已定，就没有到达樊哙军中，而是在将要到达的时候就建造土坛，用高帝的符节召见樊哙。樊哙前来接受诏令，立即被反绑双手押上囚车，送到长安，交给高帝处理。绛侯周勃代替他领兵，率领军队平定燕国的反叛。

陈平在回京的路上听说高帝逝世，他害怕吕后的妹妹进谗言，吕后发怒，于是赶忙乘车先行。在路上，陈平遇见了朝廷的使臣，使臣诏令陈平和灌婴驻守荥阳。陈平接受诏命后，马上又驱车赶到宫里。面对去世的高帝，陈平哭得非常哀痛，乘机在高帝灵前向吕后上奏受诏出使的经过。吕后明白了事情的真相，哀怜他，说："你辛苦了，出去好好休息吧！"陈平还是害怕谗言加身，因此坚决请求留在宫里守灵。吕后于是就任命他为郎中令，说："好好辅佐教导孝惠帝吧！"这样，陈平才杜绝了吕后妹妹的谗言。樊哙被押回长安，马上就被赦免，并恢复了爵邑。

孝惠帝六年，相国曹参去世，安国侯王陵[3]被任命为右丞相，陈平为左丞相。

王陵，沛县人，当初是沛县里的豪强。高祖地位低贱的时候，像对待兄长一样对待王陵。王陵修养不高，爱感情用事，说话直爽。高祖在沛县起兵，入关打到咸阳时，王陵也聚集了兵众好几千人，驻扎在南阳，不肯服从沛公。后来，汉王回师攻打项羽，王陵率军归属了汉王。项羽逮捕了王陵的母亲，安置在军营里面，王陵的使臣来看她时，项羽就想用王陵的母亲来招降王陵。

在送别使臣的时候，王陵的母亲哭着说："请替老妇我转告王陵，要好好地侍奉汉王。汉王，是宽厚长者，值得追随。千万不要因为老妇我的缘故，对他怀有什么三心二意。我愿以一死送别使臣！"随后就拔剑自刎。项王大怒，烹煮了她的尸体。从此，王陵则一心跟随汉王，平定了天下。王陵和雍齿的关系密切，而雍齿是高帝的仇人，再加上王陵本来无意随从高帝，所以受封较晚，封号为安国侯。

安国侯王陵做了右丞相以后两年，孝惠帝去世。高后想封吕氏子弟为王，征求王陵的意见，王陵直言道："不行！"又征求陈平的意见，陈平说："可以。"吕太后于是假意提升王陵为皇帝的太傅，实际上不重用他。王陵生气，称病辞职，闭门不出，后来干脆就不去上朝拜见皇帝。这样过了七年，就去世了。

王陵被免去丞相职务后，吕太后就调任陈平做右丞相，让辟阳侯审食其做左丞相。左丞相不设办事处，常常在宫中处理政务。

审食其也是沛县人。当初，汉王在彭城战败逃跑时，楚军抓了太上皇和吕后作为人质，审食其以家臣的身份侍奉吕后。后来，审食其跟随高帝打败了项羽，被封为侯，并且受到吕后宠幸。再后来，他当了左丞相，住在宫中，百官都得通过他决断大事。

吕后的妹妹总是忘不了樊哙的事，一直对陈平不满，多次向吕后进谗言说："陈平做丞相，总是不做正事，整天饮酒，还玩弄妇女。"陈平听到后，不当回事，照样饮酒玩乐，比以前还厉害。吕太后听说后，暗自高兴，觉得陈平越是不务正业，自己就越是可以为所欲为。她当着妹妹的面宽慰陈平："俗话说'小孩和妇女的话不可信'，我妹妹的话我不相信。只要你对得起我，不妨碍我，那就什么都好办。用不着怕我妹妹说坏话。"

吕太后每次立吕氏子弟为王，陈平都假装听从。等到吕太后去世，陈平马上找到太尉周勃，合谋反对吕氏，不久终于诛杀了吕氏宗族，然后拥立孝文帝继位。在整个反对吕氏的事件中，陈平起了很大的作用。

孝文帝即位，认为太尉周勃亲自率军诛杀吕氏，功劳最大，所以想奖赏他。正好这个时候，陈平想把右丞相的位置让给周勃，于是就称病引退。文帝觉得陈平病得很奇怪，就很好奇地探问病因。陈平说："高祖的时候，周勃的功劳不如我陈平。可是要说到诛杀吕氏，我的功劳可就不如周勃了。我愿意把右丞相的职位让给周勃。"

孝文帝于是任命周勃为右丞相，位次列为第一。陈平则调为左丞相，位次列为第二。赏赐陈平黄金千斤，增加食邑三千户。

没过多久，孝文帝对全国大事了如指掌了，于是就想考一考大臣们。上朝的时候，文帝问右丞相周勃："全国一年要办理多少件诉讼案？"周勃谢罪说："不知道。"孝文帝又问："全国每年钱粮的收支有多少？"周勃又不知道，只好再次谢罪，又惭愧又焦急，弄得汗流浃背。

韩信（？－公元前196年）
淮阴人，西汉著名的军事家，善于用兵作战。韩信出身平民，后经萧何举荐得到了刘邦的重用，为西汉的建立做出了不可磨灭的贡献，是西汉开国功臣之一。

孝文帝又问左丞相陈平。陈平回答："诉讼和收支，各有各的主管人，陛下可以问他们。"

　　孝文帝问："主管人是谁？"

　　陈平答："陛下如果问诉讼方面的事，可以问廷尉；钱粮收支方面的事，可以问治粟内史。"

　　孝文帝很不高兴："如果各有各的主管人，那要你干什么？你主管的是些什么事呢？"

　　陈平谢罪说："陛下不知道我才智低下，误任我为宰相，臣诚惶诚恐！宰相的职责，对上是要辅佐天子，顺应四时节令，对下是要帮助百姓，使万物适时生长；对外要镇抚蛮夷之地以及诸侯；对内呢，要亲附百姓，让公卿大夫都能胜任他们的职责。"

　　孝文帝听了，鼓掌称赞陈平说得好。

　　右丞相周勃更显得惭愧，退朝后埋怨陈平说："你平时怎么不教我回答！让我丢尽了脸！"陈平笑着回答说："你身为丞相，难道丞相的职责也要别人告诉吗？如果陛下问起长安盗贼的确切数目，你难道也想勉强回答吗？"周勃听了，更加惭愧，自知才能比陈平差得太远了。没过多久，周勃称病，请求免去右丞相的职务。于是，陈平就既是左丞相，又是右丞相，成了合二为一的丞相。

　　孝文帝二年，丞相陈平去世，谥号献侯。儿子共侯买承袭侯位。买在位二年后去世，儿子简承袭侯位。简在位二十三年去世，儿子何继承侯位。何在位二十三年因罪被判死刑，封国被废除。

相关链接

〔1〕平城：地名，在今山西大同一带。

〔2〕曲逆：在今河北顺平东南，为战国时期燕国城邑，因曲逆水（今河北顺平曲逆河）而得名，秦时设县，至汉初仍户口众多，故刘邦加以称赞。

〔3〕王陵：？—公元前181年，汉初大臣，沛县（今属江苏）人，秦末农民战争中，聚众数千人踞南阳（今河南南阳），后归从刘邦，西汉定国后，封安国侯。

343

质朴少文大将军

周勃性格质朴无华，憨厚老实，高祖信任他，认为他可以托付大事。

绛侯周勃，沛县人。祖先本来是在卷县 [1]，后来才迁到了沛县。周勃年轻的时候很穷，靠给人编织蚕箔 [2] 维持生活，谁家有丧事，他就去为人家吹箫奏挽歌，挣一点儿辛苦钱。周勃虽然穷，但是勇敢，力气也大，是个能拉动强弓的勇士。

高祖刚刚起兵的时候，周勃就随从高祖攻打胡陵，占领了方与。后来，方与反叛，周勃又带军平叛，打败了叛军。之后，又多次进攻秦军，攻下很多城池。在攻占下邑时，周勃身先士卒，最先登上城墙，最后大获全胜。高祖欣赏他的勇敢，赐给他五大夫爵位。高祖信任他，所以在自己率军进攻秦朝猛将章邯的时候，让周勃率军殿后，作为接应。

进攻留桑时，周勃又是身先士卒，最先登上城墙。在以后的多次战役中，周勃攻城略地，拿下了甄城、宛朐、卷县等很多城池，还俘虏了单父的县令等秦国官吏，威镇秦军。进攻秦朝重镇开封的时候，周勃的部队也是最先赶到城下，人数也最多。后来，秦朝的章邯打败了项梁的军队，杀了项梁，沛公和项羽只好率军退到砀郡。从最初在沛县起义，一直到回师砀郡，一共一年零两个月。这段时间里，周勃表现都很突出。

楚怀王封沛公为安武侯，出任砀郡长官。周勃被沛公任命为虎贲令，随从沛公平定魏地。魏地平定后，进攻东郡、长社、颍阳、缑氏、武关、峣关等地，打败了秦将王离、赵贲等人。最后在蓝田大败秦军，攻入咸阳，消灭了秦朝。

项羽到达关中，封沛公为汉王，汉王封周勃为威武侯。之后，周勃再次跟随汉王，进入汉中征战。先是攻打秦朝各地，打败秦朝各大将领。秦朝势力被大大削弱后，周勃等人转而攻打项羽。项羽战死后，周勃趁机向东平定楚地，攻占了二十二个县。这个时候，天下大势已定，只剩下残渣余孽，已经不是那么混乱了。

周勃这个时候，既是侯爵，也是带兵的将军。燕王臧荼反叛，他随从高祖去平叛，在易县城下，大败叛军。周勃的士兵在最恰当的位置上阻击叛军，功劳最多。为了表彰周勃，高祖赐给周勃列侯爵位，并剖分

周勃（？—公元前169年）
秦末汉初的军事家和政治家，西汉开国功臣，沛县（今江苏沛县）人，汉高祖时封
为绛侯。为周亚夫之父。

符信，保证爵位世代相传不绝。还赐给他绛县八千一百八十户作为食邑，号称绛侯。

之后，周勃又以将军的身份随从高祖出兵，在代地进攻反叛的韩王信，降服了霍人县。然后继续进军，到达武泉，在那里攻击匈奴骑兵，把匈奴兵打得抱头鼠窜。不过，当时韩王信以及匈奴的军队众多而且分散，虽然打败了其中的一些军队，但另外的那些军队就开始在别处作威作福。于是周勃与汉王南来北往，纵横东西，在太原、晋阳等很多地方，与韩王信和匈奴的骑兵展开决战，几乎是战无不胜。在碧石一役中，韩王信的军队被周勃打散，然后，周勃率军追击八十里，韩王的军队只能疲于奔命，毫无还手之力。

在平叛的过程中，周勃率领的士兵多次阻击敌军，战绩突出，功劳最大。于是，周勃被晋升为太尉。

燕王卢绾等人反叛。这个时候，周勃已经是相国。他以相国的身份接替樊哙为将，平定叛军，攻占了蓟县，俘虏了卢绾的大将抵、丞相偃、郡守陉、太尉弱、御史大夫施，并毁灭了浑都城。之后，又与卢绾的主力部队交战，在沮阳打败卢绾的军队，然后乘胜追击到长城，消灭了卢绾。卢绾曾经占有的所有地方，都被平定。上谷郡的十二个县，右北平郡的十六个县，辽西、辽东两郡的二十九个县，渔阳郡的二十二个县，都被清理得一干二净。

在多年以来的征战生涯中，周勃可以说是战功卓著。总计：随从高祖俘虏相国一人，丞相二人，将军、将领各三人；单独打垮敌军两支，攻占城池三座，平定五个郡，七十九个县，俘虏丞相、将军各一人。

周勃性格质朴无华，憨厚老实，高祖信任他，认为他可以托付大事。周勃不喜欢繁文缛节，也不喜欢太多的礼数，每次召见儒生和说客，他总是随便坐着，对他们说："有什么就说什么！说吧！"

周勃平定燕地反叛，回朝后，高祖已经逝世了。于是，他开始以列侯的身份侍奉孝惠帝。孝惠帝六年，设置太尉的官职，周勃被任命为太尉。

　　十年过去了，高后逝世。那个时候，吕氏已经掌握了汉朝的大权。吕禄以赵王的身份做汉朝的上将军，吕产以吕王的身份做汉朝的相国，他们操纵着汉朝的军政大权，想颠覆刘氏的天下，用吕氏取而代之。当时，几乎所有的大臣，甚至包括刘邦的后代在内，都形同虚设。周勃身为太尉，竟然连军营的大门都走不进去；陈平身为丞相，竟然无权过问政事。于是，周勃和陈平共谋，终于诛灭了吕氏宗族，拥立了孝文皇帝。

　　文帝即位后，任命周勃为右丞相，赏赐黄金五千斤，食邑一万户。一个多月后，有人提醒周勃说："你诛杀了吕氏宗族，拥立了新皇帝，威震天下。你还受到丰厚的赏赐，处在群臣之首的地位上，深得皇帝的宠信。这样下去，总有一天，你会大祸临头！"周勃想想有道理，心

里害怕，也感到自己处境危险，于是辞职，请求归还相印。文帝答应了他的请求。

一年以后，丞相陈平去世，周勃又被文帝任命为丞相。过了十多个月，文帝对周勃说："前些天，我下诏命令列侯到自己的封国去，可是还有些人没走。丞相是我最器重的人，你先到封国去吧，给大家带个头！"于是，周勃被免去了丞相职务，下放到了封国。

到封国一年多，周勃一直担心皇帝不信任自己，担心自己的安危。每次河东郡守和郡尉巡视各县，到达绛县的时候，绛侯周勃总是害怕被他们暗算，所以就经常身披铠甲与他们会见，还命令家里人手持武器，做好应战准备。这样做了几次后，就有人向皇帝上书，诬告周勃准备谋反。文帝把这件事交给廷尉处理，廷尉又交给手下办理。周勃被逮捕，进行审问。周勃很害怕，不知道怎么答辩才好。

狱吏见周勃语无伦次，就不再把他当回事，渐渐开始欺凌侮辱他。周勃用一千斤黄金贿赂狱吏，狱吏于是就在公文背面写了几个字，提示周勃说："让公主为你作证。"公主，是孝文帝的女儿，嫁给了周勃的长子周胜之，所以狱吏给周勃出主意，让她出面作证。

周勃以前得到过很多加封和赏赐，他都送给了薄昭。现在周勃岌岌可危、性命攸关了，薄昭出面为周勃向薄太后说情。薄太后也认为周勃根本不可能反叛。文帝朝见太后的时候，太后顺手抓起头巾掷向文帝，大声说："想当年，绛侯拿着皇帝的印玺，在北军统率部队，重兵在握。他不在那时谋反，如今身居小小的绛县，却反而要叛乱吗？"当时，文帝已经看过了周勃在狱中的供词，知道周勃无罪，就向太后谢罪说："狱吏刚刚查证清楚，我早就要释放他了！"于是派使臣带着节符赦免绛侯，恢复了他的爵位和封邑。

绛侯出狱后，感慨自己在监狱中的遭遇说："我曾经统率百万大军，可是，直到今天，我才知道，狱吏可是很尊贵的啊！"

绛侯重新回到了封国。孝文帝十一年，去世，谥号为武侯。

相关链接

〔1〕卷县：古称"卷"，战国时期魏国地名，在今河南原阳西南。

〔2〕蚕箔：用竹篾或苇子等编织而成的养蚕用具，又称蚕帘、蚕薄。

饿死的周亚夫

周亚夫在还没有被封侯的时候，许负给他相面，说："三年以后，你肯定会被封为侯；再过八年，你会做到将军和丞相，掌握国家大政，地位尊贵，责任重大，在群臣之中独一无二。可是，这以后再过九年，你会饿死。"周亚夫的最后结局，确如许负所言，是饿死的。

周勃死后，儿子周胜之继承侯位。过了六年，他与所娶的公主感情不合，又犯了杀人罪，所以被废除了封国。于是，绛侯的爵位绝封一年。文帝感激周勃为汉朝出了不少力，不愿绛侯爵位断绝，就从周勃的儿子中选择了贤能的周亚夫，封为条侯，接续绛侯的爵位。

周亚夫在还没有被封侯的时候，许负给他相面，说："三年以后，你肯定会被封为侯；再过八年，你会做到将军和丞相，掌握国家大政，地位尊贵，责任重大，在群臣之中独一无二。可是，这以后再过九年，你会饿死。"

周亚夫笑着说："我父亲的侯位已经由我哥哥继承了，即使他死了，也应当是他的儿子继位。我周亚夫怎么可能被封侯呢？再说，如果我真的能像你说的那样富贵，怎么又会饿死呢？请你指教我，说得明白一些。"

许负指着他的嘴说："你嘴边有竖纹入口，这是饿死的面相。"

过了三年，周亚夫的哥哥周胜之犯罪，被免去侯位。孝文帝想从周勃的儿子中选择贤能的人，大家都一致推荐周亚夫，于是文帝封周亚夫为条侯，接续绛侯的爵位。

文帝后元六年，匈奴大举入侵。为防御匈奴，文帝任命刘礼为将军，驻军霸上；徐厉为将军，驻军棘门；周亚夫为将军，驻军细柳[1]。

文帝亲自去慰问驻军。在霸上和棘门的军营，都是直接策马扬鞭，疾驰而入，驻地的将军和下属军官都是骑马进进出出。后来，文帝到达细柳军营，军中将士都披挂铠甲，手持锐利的兵器，张开弓弩，拉满弓弦，严阵以待。天子的先导跑进军营，被拦在了门外，进不去。先导说："天子就快到了！把大门打开！"把守军门的都尉说："将军命令过：'军中只听将军的命令，不听天子的诏令。'我们是按照将军的旨意行事。"过了不久，文帝到达，还是被拦住，不许进入。于是，文帝就派出使臣，带着符节诏令将军周亚夫说："我要进营慰劳军队。"周亚夫这才传令打外面，可是太尉周亚夫却若无其事，始终安稳地躺在床上，连起来看一看都没有。过了一会儿，内讧平息，又恢复了安定。

在平息"七王之乱"的战斗中，围困吴军月余，吴军越来越饥饿，从东南角攻打汉营。太尉周亚夫却让将士防备西北角，只用极少的兵力来迎击东南角。不久，吴国的精兵果然急袭西北角，但遇到强兵把守，无法取胜。当时，吴兵已经饥饿得东倒西歪，只能撤退。他们一撤退，周亚夫就派精兵追击，结果，吴军溃不成军，作鸟兽散。吴王濞抛弃了他的大部队，率领几千精兵逃亡，想去江南丹徒自保。汉军没有给他们机会，乘胜追击，把他们全部俘虏了，然后，又悬赏千金，捉拿吴王。一个多月后，越人斩了吴王的头前来领赏。

周亚夫平息吴楚叛乱，从防守到进攻，总共三个月。最后，吴楚叛军被彻底打垮，局势稳定，没有后患。直到这个时候，将领们才认识到，太尉周亚夫的计谋实在是太高明了。不过，由于这次平叛，梁王却对太尉恨之入骨。

周亚夫率军回朝，从代理太尉晋升为正式的太尉。五年以后，升任为丞相，非常受景帝器重。后来，景帝准备废掉栗太子，周亚夫极力劝阻，没有奏效，反而得罪了景帝，景帝从此疏远了周亚夫。另外，梁王每次朝见，常常向太后讲周亚夫的短处。

窦太后请求景帝说："皇后的哥哥王信应该封侯了。"景帝推辞说："当初的南皮侯窦彭祖、章武侯窦广国，很有政绩，先帝都不封他们为侯，一直到我即位之后，才封他们。王信比不上他们，现在还不能封侯。"窦太后坚持说："时代变了，君主不同，做事的方法也不应该相同。我哥哥窦长君在世的时候，竟然不能被封侯，死后才封他的儿子窦彭祖为侯，我现在还非常恼恨这件事。皇上还是赶快封王信为侯吧！"

景帝动了怜悯之心，就对太后说："让我和丞相商议一下再说。"景帝找到丞相商议，周亚夫说："高皇帝规定：'不是刘氏子弟不准封王，不是有功之臣不准封侯。谁不遵守规定，天下人可以共同讨伐他。'如今王信虽然是皇后的哥哥，但没有立下什么功劳，给他封侯就是违背规定。"景帝沉默不语，只得作罢。

后来，匈奴王唯徐卢等五人跑来归降汉朝，景帝想封他们为侯，以供后人仿效。丞相周亚夫不同意："他们背叛自己的君主，投降了陛下。如果陛下封他们为侯，就是鼓励背叛，这样一来，我们还如何去责备那些不忠的臣子呢？"景帝没有听从周亚夫的意见，还是坚持把唯徐卢等人都封为侯。周亚夫因此称病休养，不再过问朝政。景帝中元三年，周

周亚夫（？－公元前143年）
沛（今属江苏）人，周勃次子，西汉著名将领，曾参与抗击匈奴、平息"七王之乱"等战争，封条侯。

亚夫因病免去了丞相职务。

不久之后，景帝召见周亚夫入宫，赏赐食物。可是，宴席上只放大块的肉，大得不得了，没有切过，又不放筷子。周亚夫心里不高兴，回头喊管宴席的官员拿筷子来。景帝看着他，笑嘻嘻地说："这些肉都不能满足你的需要吗？"周亚夫很生气，但还是站起来脱帽谢罪。景帝起身，周亚夫就趁机快步走出去，跑掉了。景帝睁大眼睛看着他出去，说："这个人满腹牢骚，不能让他担任少主的大臣啊！"

没过不久，周亚夫的儿子从制造皇家器具的官员那里，为父亲购买了五百件供殉葬用的盔甲盾牌。盔甲盾牌很重，搬运起来很辛苦，但雇工没有得到工钱。雇工很气愤，他知道这是偷买皇家专用器物，就上告周亚夫的儿子要谋反。景帝看到雇工的上书，就把这件事交给官吏查办。官吏责问周亚夫，周亚夫拒绝回答。景帝责骂他说："你不用回答了！你想干什么，我清清楚楚！"马上下令，把周亚夫交给廷尉治罪。廷尉责问周亚夫："你是不是想造反？"周亚夫回答："我买的器物都是殉葬品，怎么能说我要造反呢？"廷尉说："即使你不想在活着的时候造反，也想死后造反吧？"

廷尉的逼供越来越厉害，周亚夫非常痛苦。他刚刚被逮捕的时候，曾经想自杀，夫人劝阻他，他才没有死。可是在廷尉的监狱里，他实在受不了了。他不再吃饭，绝食五天后，吐血而死。

周亚夫死了，周家封国被废除。一年后，景帝觉得过意不去，于是改封绛侯周勃的另一个儿子周坚为平曲侯，接续绛侯的爵位。十九年以后，平曲侯去世，谥号为共侯。儿子建德继承侯位，后来担任了太子太傅的职务。不久，由于贡献给皇上的金子成色不好，被宣布有罪，封国被废除。

周亚夫的结局，果然如许负所预言的那样，饿死了。

相关链接

〔1〕细柳：古地名，在今陕西咸阳西南的渭水北岸。

阅读国学经典·品鉴古今智慧

领悟先贤哲思·创造人生辉煌